LUGAR ERRADO, HORA ERRADA

GILLIAN McALLISTER

LUGAR ERRADO, HORA ERRADA

Tradução
Juliana Romeiro

1ª edição

EDITORA RECORD
RIO DE JANEIRO • SÃO PAULO
2024

CIP-BRASIL. CATALOGAÇÃO NA PUBLICAÇÃO
SINDICATO NACIONAL DOS EDITORES DE LIVROS, RJ

M113L McAlister, Gillian
Lugar errado, hora errada / Gillian McAllister ; tradução Juliana Romeiro.
1. ed. - Rio de Janeiro : Record, 2024.

Tradução de: Wrong place, wrong time
ISBN 978-65-5587-747-2

1. Ficção inglesa. I. Romeiro, Juliana. II. Título.

23-86960 CDD: 823
CDU: 82-3(410.1)

Meri Gleice Rodrigues de Souza - Bibliotecária - CRB-7/6439

Título original:
Wrong Place Wrong Time

Publicado originalmente por Penguin Michael Joseph

Texto revisado segundo o Acordo Ortográfico da Língua Portuguesa de 1990.

Impresso no Brasil

ISBN 978-65-5587-747-2

Para Felicity e Lucy: quero ser agenciada
por vocês em qualquer multiverso.

Dia Zero, logo após a meia-noite

Jen está feliz que os relógios vão atrasar uma hora hoje. Ela vai ganhar sessenta minutos, um tempinho extra para fingir que não está esperando acordada pelo filho.

Agora que já passa da meia-noite, é oficialmente 30 de outubro. Quase Dia das Bruxas. Jen diz para si mesma que Todd já tem 18 anos, seu bebê de setembro virou adulto. Pode fazer *o que bem entender.*

Ela passou a maior parte da noite esculpindo, mal e porcamente, uma abóbora. Agora coloca a abóbora no parapeito da janela que fica no patamar entre dois lances de escada, uma janela que dá para a calçada na frente da casa, e acende a vela dentro dela. Só fez isso pelo mesmo motivo que faz a maioria das coisas — porque achou que deveria —, mas até que ficou bonita, ainda que de um jeito meio mal-ajambrado.

Ela ouve os passos do marido, Kelly, no andar de cima e se vira para olhar. Não é comum ele estar acordado a essa hora; ele é a cotovia, e ela, o rouxinol. Kelly sai do quarto dos dois. Seu cabelo está bagunçado, e a escuridão imprime um tom de preto meio azulado nos fios. Não está com uma peça de roupa sequer, munido apenas de um sorrisinho de canto de boca.

Ele desce a escada indo até ela. A luz incide na tatuagem no pulso, uma data inscrita, de quando, segundo ele, teve certeza de que a amava: primavera de 2003. Jen fita o corpo do marido. Só alguns dos cabelos no peito ficaram grisalhos no último ano, seu quadragésimo terceiro.

— Estava com a mão na massa aí? — Ele aponta para a abóbora.

— Todo mundo já fez uma — explica Jen, meio sem jeito. — Todos os vizinhos.

— E daí? — pergunta Kelly. É a cara dele perguntar isso.

— Todd ainda não chegou.

— Ainda está cedo para ele, a noite é uma criança — diz Kelly. O sutil sotaque galês transparece, quase imperceptível, nas três sílabas de *cri-an-ça*, como se sua dicção estivesse tropeçando numa cordilheira. — O toque de recolher dele não é só à uma da manhã?

É um diálogo típico dos dois. Jen se preocupa demais, Kelly talvez de menos. Assim que ela pensa isso, ele se vira, e lá está: aquela bunda mais que perfeita, que ela ama há quase vinte anos. Jen olha de novo para a rua, à procura de Todd, então de volta para Kelly.

— Agora os vizinhos vão ver sua bunda — comenta.

— Eles vão achar que é outra abóbora — devolve Kelly, rápido e afiado como uma faca. Deboche. Essa sempre foi a moeda de troca deles. — Você não vem dormir? Nem acredito que a obra na Merrilocks acabou — acrescenta, se espreguiçando.

Kelly passou a semana toda restaurando um piso de azulejos vitorianos numa casa na Merrilocks Road. Trabalhando sozinho, do jeito que gosta. Ele ouve um podcast depois do outro, quase nunca tem contato com ninguém. Complicado, ligeiramente insatisfeito, esse é o Kelly.

— Já vou — responde ela. — Daqui a pouquinho. Só quero ver que ele chegou bem.

— Já, já ele chega aí com um kebab na mão. — Kelly faz um gesto de pouco-caso. — Vai ficar esperando acordada só para comer batata frita?

— Para de bobeira — diz Jen com um sorriso.

Kelly dá uma piscadinha e volta para a cama.

Jen anda pela casa a esmo. Pensa num caso no qual vem trabalhando, um casal em processo de divórcio que está disputando um conjunto de pratos de porcelana, mas a briga é obviamente por causa de uma traição. Não deveria ter aceitado esse caso, já cuida de mais de trezentos. Mas a Sra. Vichare olhou para ela na primeira reunião e disse: "Se eu tiver que dar aqueles pratos para ele, terei perdido todas as coisas que amo, sem exceção", e Jen não conseguiu declinar. Queria não se importar tanto assim — com pessoas desconhecidas se divorciando, com os vizinhos, com a porcaria de uma abóbora —, mas se importa.

Ela faz um chá e sobe a escada com a caneca na mão até a janela da frente, onde continua a vigília. Vai esperar o tempo que for preciso. Esses dois períodos da maternidade — a fase do recém-nascido e a do quase adulto — são marcados pela privação de sono, ainda que por motivos diferentes.

Eles compraram a casa por causa dessa janela que fica bem no centro do imóvel de três andares. "A gente vai parecer um rei e uma rainha olhando por ela", comentou Jen enquanto Kelly ria.

Ela fita a névoa de outubro, e lá vem Todd pela rua, finalmente. Jen o vê assim que o horário de verão termina e a hora no celular muda de 01:59 para 01:00. Ela reprime um sorriso: graças à mudança de horário, ele já não está mais atrasado. Esse é o Todd; acha o malabarismo linguístico e semântico de discutir o horário do toque de recolher mais importante do que a razão para a restrição em si.

Ele vem seguindo pela rua a passos largos. É só pele e osso, parece que nunca ganha peso. Enquanto anda, seus joelhos marcam a calça jeans. A névoa lá fora não tem cor, as árvores e a calçada estão pretas, o ar é de um branco translúcido. Um mundo em tons de cinza.

A rua deles — numa periferia de Crosby, em Merseyside — é escura. Kelly instalou uma luminária na frente da casa que parece saída de Nárnia. Foi uma surpresa, ferro forjado, cara; ela não tem ideia de como ele conseguiu pagar por aquilo. A lâmpada acende quando detecta movimento.

Mas... só um segundo. Todd viu alguma coisa. Ele fica imóvel, estreita os olhos. Jen segue seu olhar, então ela também vê: uma figura vindo depressa da outra ponta da rua. É mais velho que Todd, bem mais velho. Dá para ver pelo corpo, pelos movimentos. Jen repara em coisas assim. Sempre reparou. É o que faz dela uma boa advogada.

Ela pousa a palma da mão quente no vidro frio da janela.

Tem alguma coisa errada. Algo está prestes a acontecer. Jen tem certeza disso, embora não saiba dizer o quê; algum instinto que a deixa alerta para o perigo, exatamente como se sente perto de fogos de artifício, cruzamentos ferroviários e beiradas de precipícios. Os pensamentos passam por sua mente como os cliques de uma máquina fotográfica, um depois do outro, depois do outro.

Ela pousa a caneca no parapeito da janela, chama por Kelly e desce a escada de dois em dois degraus, sentindo o tapete listrado áspero sob os pés descalços. Calça os tênis e então faz uma pausa de um segundo ao levar uma das mãos à maçaneta de metal da porta da frente.

Que… que sensação é essa? Não consegue explicar.

É um *déjà-vu*? Quase nunca sente isso. Ela pisca, e a sensação se esvai, imaterial como fumaça. O que foi? A mão na maçaneta? A lâmpada amarela lá fora? Não, não consegue lembrar. Agora passou.

— O que houve? — pergunta Kelly, aparecendo atrás dela, amarrando a faixa do roupão cinza na cintura.

— É o Todd… ele… ele está lá fora… com alguém.

Os dois saem depressa. O frio do outono faz a pele dela se arrepiar na mesma hora. Jen corre até Todd e o desconhecido. Mas, antes mesmo de entender o que está acontecendo, Kelly grita:

— Para!

Todd está correndo agora, e em poucos segundos alcança o desconhecido, segurando a frente de seu casaco com capuz. Ele o encara de frente, os ombros encurvados, os corpos se tocando. O desconhecido enfia a mão no bolso.

Em pânico, Kelly corre até eles, olhando de um lado para o outro da rua.

— Todd, não! — exclama ele.

E é aí que Jen vê a faca.

Ela assiste a tudo, a adrenalina aguçando sua visão. Uma facada rápida e cirúrgica. E então tudo desacelera: o movimento do braço para trás, a roupa primeiro retendo e depois liberando a faca. Duas penas brancas saem do casaco junto com a lâmina e pairam sem rumo no ar frio, como flocos de neve.

Jen olha fixamente para o sangue que começa a jorrar, muito sangue. Ela deve estar de joelhos agora, pois sente as pedrinhas no chão furando a pele. Ela o está segurando, abrindo o casaco, sentindo o sangue quente escorrer pelas mãos, por entre os dedos, pelos punhos.

Jen abre os botões da camisa dele. O tronco começa a inundar; três feridas em formato de fenda aparecem e desaparecem de vista — é como tentar ver o fundo de um lago vermelho. Seu corpo gela.

— Não — grita Jen, e sua voz soa pesada e carregada.

— Jen — exclama Kelly, a voz rouca.

Tem tanto sangue. Ela o deita na calçada de casa e se debruça sobre ele, olhando com atenção. Espera estar errada, mas, por um segundo, pode jurar que ele não está mais entre nós. O jeito como a luz amarelada da luminária reflete nos olhos dele não parece normal.

O silêncio toma conta da noite, e, depois do que parecem vários minutos, ela pisca em choque e então olha para o filho.

Kelly afastou Todd da vítima e o abraçou. Kelly está de costas para ela, e Todd, de frente, olhando por cima do ombro do pai, uma expressão neutra no rosto. Ele deixa a faca cair. O metal bate no chão frio da calçada com um tilintar de sino de igreja. Ele passa a mão na cara, deixando um rastro de sangue.

Jen observa a expressão em seu rosto. Talvez esteja arrependido, talvez não. Ela não sabe dizer. Jen é capaz de interpretar a expressão no rosto de quase todo mundo, mas nunca a de Todd.

Dia Zero, logo após 01:00

Alguém deve ter ligado para a polícia, porque, de repente, a rua se ilumina com luzes azuis fortes.

— O que… — diz Jen a Todd. Esse "o que…" engloba tudo: quem, por quê, que porra é essa?

Kelly solta o filho, o rosto empalidecido de espanto, mas não diz nada, o que é um comportamento típico dele.

Todd não olha para ela nem para o pai.

— Mãe — diz, por fim. Os filhos não recorrem sempre à mãe primeiro? Ela estica o braço para ele, mas não consegue soltar o corpo. Não consegue parar de comprimir os ferimentos. Se fizer isso, poderá piorar a situação para todo mundo. — Mãe — chama ele de novo. Sua voz soa partida, feito terra seca se quebrando em duas. Ele morde o lábio e desvia o olhar, fitando a rua.

— Todd — responde ela. O sangue do homem cobre suas mãos como a água viscosa de um banho de banheira.

— Eu não tive escolha — diz ele, olhando para ela por fim.

O queixo de Jen cai, em choque. Kelly baixa a cabeça. As mangas do roupão dele estão sujas com o sangue das mãos de Todd.

— Cara — sussurra Kelly, tão baixinho que Jen nem sabe dizer ao certo se ele falou mesmo. — Todd.

— Eu não tive escolha — repete Todd mais enfaticamente. Ele expira um rastro de fumaça no ar frio. — Não tive alternativa — insiste, mas, desta vez, com uma urgência adolescente.

A luz azul da viatura da polícia pisca mais próxima. Kelly está encarando Todd. Os lábios — pálidos pela falta de sangue — murmuram alguma coisa, um palavrão silencioso, talvez.

Ela o encara, seu filho, esse criminoso violento, que gosta de computadores e estatísticas e — ainda — de ganhar um pijama de Natal todo ano, dobrado e arrumado no pé da cama.

Kelly se vira em um círculo inútil na calçada, as mãos na cabeça. Não olhou para o homem nem uma vez. Mantém os olhos fixos em Todd.

Jen tenta conter o sangramento que pulsa sob suas mãos. Não consegue se afastar do... da vítima. A polícia chegou, mas não os paramédicos.

Todd continua tremendo, se de frio ou de choque ela não sabe.

— Quem é ele? — pergunta Jen.

Ela tem tantas perguntas, mas Todd dá de ombros, sem responder. Jen quer acessar o filho, arrancar dele as respostas, mas ele não revela mais nada.

— Eles vão te prender — diz Kelly, o tom de voz grave. Um policial vem correndo até eles. — Escuta aqui... não fala nada, tá? A gente...

— Quem é ele? — repete Jen. A pergunta sai alta demais, um grito no meio da noite. Ela torce para que o policial diminua o passo, por favor, mais devagar, espera só mais um pouquinho.

Todd volta a fitá-la.

— Eu... — começa ele e, pela primeira vez, não dá uma explicação comprida, não banca o intelectual. Nada, só uma frase interrompida, soprada na umidade do ar que paira entre os dois, nos instantes finais que ambos têm antes de as coisas tomarem uma proporção maior.

O policial se aproxima deles: alto, colete preto à prova de faca, camisa branca, rádio na mão esquerda.

— Atenção, central, viatura Eco-Tango-dois-quatro-cinco falando... no local do crime agora. Ambulância chegando. — Todd olha por cima do ombro para o policial uma vez, duas vezes, então se volta para a mãe. É agora. É agora que ele vai se explicar, antes que a polícia tome conta de tudo com suas algemas e seu poder.

Jen mantém o rosto imóvel, as mãos quentes por causa do sangue. Ela fica esperando, com medo de se mexer, de interromper o contato visual. Quem desvia o olhar é Todd. Ele morde o lábio e fita os pés. E nada mais.

Outro policial afasta Jen do corpo do desconhecido, e ela fica ali na frente da casa, de tênis e pijama, as mãos molhadas e grudentas, só olhando para o filho, e depois também para o marido, que, de roupão, tenta negociar com o sistema de justiça. Era ela quem deveria estar assumindo as rédeas da situação. Afinal, é ela a advogada. Mas Jen não sabe o que dizer. Está totalmente desnorteada. Tão perdida quanto estaria se tivesse acabado de ser largada no polo norte.

— Pode confirmar seu nome? — pergunta o primeiro policial a Todd. Outros policiais saltam de outros carros, como formigas saindo de um formigueiro.

Jen e Kelly dão um passo à frente ao mesmo tempo, mas Todd faz um leve movimento, um gesto sutil. Ele move a mão para o lado para detê-los.

— Todd Brotherhood — responde, obediente.

— Pode me explicar o que aconteceu? — continua o policial.

— Ei — exclama Jen, recompondo-se. — Você não pode interrogar o menino no meio da rua.

— Vamos todos para a delegacia — diz Kelly depressa. — E aí...

— Eu esfaqueei ele — interrompe Todd, apontando para o homem no chão. Ele bota as mãos nos bolsos de novo e dá um passo à frente, em direção ao policial. — Então acho melhor você me prender.

— Todd — pede Jen. — Para de falar. — Ela sente um nó na garganta. Isso não pode estar acontecendo. Ela precisa de uma bebida forte, precisa voltar no tempo, precisa vomitar. Seu corpo inteiro começa a tremer naquele frio absurdo e confuso.

— Todd Brotherhood, você não precisa dizer nada — anuncia o policial —, mas não responder às nossas perguntas pode prejudicar a sua defesa.

Todd junta os pulsos de bom grado, como se estivesse na porra de um filme, e, desse jeito, simples assim, é algemado com um clique metálico. Seus ombros estão eretos. Ele age com frieza. Sua expressão é neutra, resignada até. Jen não consegue, por nada nesse mundo, parar de olhar para ele.

— Você não pode fazer isso! — exclama Kelly. — Isso é...

— Espera — pede Jen, em pânico, para o policial. — A gente pode ir junto? Ele é um adolescente ainda...

— Eu já tenho 18 anos — interrompe Todd.

— Entra — ordena o policial a Todd, apontando para a viatura e ignorando Jen. No rádio, ele comunica: — Viatura Eco-Tango-dois--quatro-cinco falando... Favor preparar cela sem latrina.

— A gente vai seguindo vocês então — continua ela, desesperada. — Eu sou advogada — acrescenta, desnecessariamente, embora não saiba nada sobre direito penal. Ainda assim, mesmo ali no meio da crise, o instinto materno queima tão forte e visível quanto a chama da vela na abóbora à janela. Só precisam descobrir por que ele fez isso, tirá-lo de lá e então ajudá-lo. É isso que precisam fazer. É isso que vão fazer. — A gente já vai — diz ela. — A gente se encontra na delegacia.

O policial finalmente olha para ela. Parece um modelo fotográfico. Maçãs do rosto angulosas. Meu Deus, que clichê, mas não é verdade que os policiais parecem todos novinhos demais hoje em dia?

— Delegacia de Crosby — diz ele e então entra na viatura sem falar mais uma palavra, levando o filho dela. O outro policial fica com a vítima no chão. Jen não consegue nem ousar pensar nele. Dá uma olhadinha rápida. O sangue, a expressão no rosto do policial... ela acredita que ele esteja morto.

Jen se vira para Kelly e nunca vai esquecer o olhar que seu estoico marido lhe dá naquele momento. Ela fita os olhos azuis dele. Apenas por um segundo, o mundo parece parar de girar e, no silêncio e na quietude, Jen pensa: Kelly é a personificação de um coração partido.

A delegacia tem um letreiro na frente para identificá-la para o público. DELEGACIA DE POLÍCIA DE MERSEYSIDE — CROSBY. Sob o letreiro há um prédio baixo dos anos 1960, cercado por um murinho de tijolos. Pilhas de folhas secas do outono se acumulam junto ao muro.

Jen estaciona o carro em local proibido e desliga o motor. O filho deles acabou de esfaquear uma pessoa — que importância tem uma multa de trânsito? Kelly salta antes mesmo de o carro parar por completo. Ele estica o braço atrás de si — inconscientemente, pensa ela —, em busca de sua mão. Jen se agarra à dele como se fosse um bote salva-vidas.

Ele empurra para abrir uma das portas duplas de vidro, e os dois entram, seguindo apressados pelo piso de linóleo cinza do saguão. O lugar tem cheiro de coisa antiga. Como escolas, hospitais, asilos. Instituições que exigem uniforme e que servem comida ruim, o tipo de lugar que Kelly odeia. "Eu nunca", disse ele, no começo do namoro, "vou trabalhar num lugar desses."

— Deixa que eu falo com eles — diz Kelly depressa. Está tremendo. Mas não parece ser de medo, e sim de raiva. Ele está furioso.

— Tudo bem... eu posso advogar e fazer a primeira...

— Cadê o delegado? — Kelly rosna para o policial careca da recepção que tem um anel de sinete no mindinho. A linguagem corporal de Kelly mudou completamente. As pernas bem abertas, o peito estufado. Poucas vezes na vida Jen o viu adotar essa postura.

Num tom entediado, o policial manda que esperem para ser atendidos.

— Você tem cinco minutos — diz Kelly, apontando para o relógio antes de desabar numa cadeira do outro lado do saguão.

Jen se senta ao seu lado e pega sua mão. A aliança está frouxa no dedo dele. Deve estar com frio. Eles ficam sentados ali, Kelly cruzando e descruzando as pernas compridas, bufando, Jen sem dizer uma palavra. Um policial aparece na recepção falando baixo ao celular.

— É um crime como o de dois dias atrás, lesão corporal dolosa. A vítima era Nicola Williams, o agressor está foragido. — Ele fala tão baixo que Jen precisa se esforçar para escutar.

Ela fica sentada, ouvindo. Lesão corporal dolosa, isso inclui esfaqueamento. Devem estar falando de Todd. E de um outro crime parecido que aconteceu há dois dias.

Finalmente, o policial alto que fez a prisão, o das maçãs do rosto proeminentes, aparece.

Jen olha para o relógio atrás da mesa. São três e meia, ou talvez quatro e meia. Ela não sabe se ainda está marcando o horário de verão ali. É desorientador.

— Seu filho vai passar a noite com a gente. O interrogatório vai começar daqui a pouco.

— Onde... lá atrás? — pergunta Kelly. — Deixa eu entrar.

— Você não pode falar com ele — explica o policial. — Vocês são testemunhas.

Jen sente a irritação crescendo dentro de si. É por causa desse tipo de coisa — exatamente por *isso* — que as pessoas detestam o sistema de justiça.

— Vai ser assim então? — comenta Kelly, com acidez, para o policial. Ele ergue as mãos.

— Perdão, senhor? — pergunta o policial calmamente.

— Quer dizer então que agora a gente é inimigo?

— Kelly! — exclama Jen.

— Ninguém é inimigo de ninguém — devolve o policial. — Você vai poder falar com seu filho de manhã.

— Cadê o delegado? — pergunta Kelly.

— Você vai poder falar com seu filho de manhã.

Kelly deixa um silêncio carregado e ameaçador no ar. Foram poucas as pessoas que Jen já viu receberem esse silêncio, mas, mesmo assim, ela não inveja o policial. O pavio de Kelly não é curto, mas, quando acende, é explosivo.

— Vou ligar para uma pessoa — diz ela. — Conheço alguém. — Ela pega o celular e, trêmula, começa a vasculhar seus contatos. Advogados criminalistas. Conhece um monte deles. A primeira regra no direito é nunca se meter em algo que não seja sua especialidade. A segunda é nunca representar ninguém da família.

— Ele falou que não quer advogado nenhum — diz o policial.

— Ele precisa de advogado... você não pode... — começa ela.

O policial levanta as mãos espalmadas para Jen. Ela sente Kelly fumegando ao seu lado.

— Vou ligar para alguém, e aí ele pode... — continua ela.

— Tá, me deixa entrar — ordena Kelly, apontando para a porta branca que conduz ao interior da delegacia.

— Você não tem autorização para isso — responde o policial.

— Vai se foder — exclama Kelly. Jen olha para ele espantada. O policial nem se dá o trabalho de responder, só encara Kelly num silêncio gélido.

— Então... e agora? — pergunta Jen. Meu Deus, Kelly mandou um policial se foder. Desacato a autoridade não vai melhorar em nada a situação.

— Como já falei, ele vai passar a noite aqui — responde o policial para Jen, impassível, ignorando Kelly. — Sugiro que voltem pela manhã. — Ele olha brevemente para Kelly. — Vocês não podem obrigar seu filho a aceitar um advogado. Nós já tentamos.

— Mas ele é uma criança — argumenta Jen, embora saiba que, legalmente, não é. — Ele é só uma criança — repete baixinho, mais para si mesma, pensando no pijama de Natal e no jeito como ele pediu que ela ficasse ao seu lado há tão pouco tempo quando teve uma infecção estomacal. Eles passaram a noite inteira no banheiro da suíte. Jogando conversa fora, ela limpando a boca dele com um pano umedecido.

— Eles não ligam pra isso, nem pra mais nada — comenta Kelly, amargo.

— De manhã a gente volta... com um advogado — diz Jen, tentando acalmar as coisas, apaziguar a situação.

— Como quiserem. Precisamos mandar uma equipe até a sua casa agora — diz ele. Jen assente com a cabeça, sem dizer nada. Perícia. A casa sendo revistada. O pacote completo.

Jen e Kelly saem da delegacia. Jen esfrega a testa enquanto andam até o carro e entram. Assim que se sentam, ela liga o aquecimento no máximo.

— Nós vamos mesmo pra casa? — pergunta ela. — Ficar sentados lá, de braços cruzados, enquanto eles revistam tudo?

Kelly está com os ombros tensos. Ele a encara, o cabelo preto bagunçado, os olhos tristes como os de um poeta.

— Não faço a mais puta ideia.

Jen olha pelo para-brisa e vê um arbusto brilhando com o orvalho outonal do meio da madrugada. Depois de alguns segundos, dá marcha à ré e dirige, porque não sabe mais o que fazer.

A abóbora os saúda da janela enquanto ela estaciona. Deve ter deixado a vela acesa. O pessoal da perícia já chegou, parecendo um bando de fantasmas, esperando na porta da casa com seus macacões brancos, perto do cordão de isolamento que sacode sob o vento de outubro. A poça de sangue começou a secar nas beiradas.

Eles recebem permissão para entrar na porra da própria casa e ficam sentados no andar de baixo, olhando para a equipe uniformizada lá fora, alguns de quatro no chão procurando impressões digitais na cena do crime. Não falam uma palavra, ficam só de mãos dadas, em silêncio. Kelly nem tira o casaco.

Por fim, quando os policiais deixam a cena do crime, e os pertences de Todd foram revistados e confiscados, Jen se ajeita no sofá e se deita, olhando para o teto. E é aí que as lágrimas vêm. Quentes, rápidas e molhadas. Lágrimas pelo futuro. E lágrimas pelo passado e pelo que ela não conseguiu prever.

Dia Menos Um,
08:00

Jen abre os olhos.

Deve ter subido para o quarto em algum momento. E deve ter dormido. A sensação é de que não dormiu nada, mas está no quarto, e não no sofá, e já ficou claro lá fora por trás da persiana.

Ela se vira de lado. Diz que não é verdade.

Pisca, olhando para a cama vazia. Está sozinha. Kelly acordou e já deve estar ao telefone, pelo menos é o que ela espera.

Suas roupas estão jogadas no chão do quarto, como se ela tivesse evaporado de dentro delas. Passa por cima das peças e se veste com uma calça jeans e um suéter simples de gola alta que a deixa imensa, mas que ela ama mesmo assim.

Arrisca sair no corredor e para diante do quarto vazio de Todd.

Seu filho. Que passou a noite na cela de uma delegacia. Não consegue nem pensar em quantas noites mais o aguardam.

Certo. Ela vai dar um jeito em tudo. Jen é ótima em tirar pessoas de situações difíceis, passou a vida inteira fazendo isso, e agora está na hora de ajudar o filho.

Ela vai entender o que aconteceu.

Por que ele fez aquilo?

Por que estava andando com uma faca? Quem era a vítima, aquele adulto que seu filho matou, ao que tudo indica? De repente, Jen enxerga as pequenas pistas que Todd vinha dando nas últimas semanas e meses. O mau humor. A perda de peso. Os segredos. Coisas que ela havia atribuído à adolescência. Há apenas dois dias ele recebeu uma ligação e foi atender lá fora, no jardim. Quando Jen perguntou quem era, ele disse que não era da conta dela e jogou o celular no sofá. O telefone quicou uma vez e caiu no chão, e os dois ficaram olhando para o aparelho. Ele fez parecer que tinha sido só de brincadeira, aquela pequena birra, mas não foi.

Jen encara a porta do quarto do filho. Como foi que acabou criando um assassino? Ira adolescente. Arma branca. Gangues. Antifa. O que será? O que a sorte lhes reservou?

Não está ouvindo a voz de Kelly. Começa a descer a escada, mas, no meio do caminho, olha pela janela da frente, a janela diante da qual estava poucas horas atrás, no instante em que tudo mudou. O dia continua nebuloso.

Fica surpresa ao ver que não há manchas no chão lá fora — a chuva deve ter lavado o sangue. A polícia foi embora. O cordão de isolamento sumiu.

Ela olha ao longo da rua, os canteiros com árvores cobertas de folhas secas e amareladas. Mas tem algo de estranho na paisagem. Não sabe exatamente o quê. Devem ser as lembranças da noite anterior. De alguma forma distorcendo a visão. Deixando tudo meio fora de lugar.

Desce às pressas, passa pelo hall de entrada com piso de tábua de madeira e segue até a cozinha. O lugar está com o cheiro de ontem, de antes de tudo acontecer. Comida, velas. Normalidade.

Ouve uma voz, bem acima dela, um timbre grave e masculino. Kelly. Olha para o teto, confusa. Ele deve estar no quarto de Todd. No mínimo fazendo uma busca. Ela entende aquele impulso. A vontade de encontrar o que a polícia não achou.

— Kell? — chama ela, subindo apressada a escada e chegando ofegante ao andar de cima. — A gente tem que se preparar… que advogado você acha que…

— Que os anjos digam Jen! — clama uma voz. Ela vem do quarto de Todd e é a inconfundível voz de seu filho. Jen dá um passo tão grande para trás que chega a tropeçar no topo da escada.

E ela não está imaginando coisas: Todd emerge dos confins de seu quarto com uma camisa de malha preta que exibe os dizeres *Science Guy* e uma calça de moletom. Está na cara que acabou de acordar. Ele estreita os olhos para ela, e seu rosto pálido é a única luz na escuridão.

— Esse a gente não tinha feito ainda — diz ele com seu sorriso de covinhas. — Confesso que cheguei até a procurar num site de trocadilhos.

Jen não consegue parar de encará-lo, boquiaberta. Seu filho, o assassino. Não há sangue em suas mãos. Nem uma expressão assassina em seu rosto, mas mesmo assim…

— O quê? — pergunta ela. — Como você chegou aqui?

— Ahn?

Ele parece o mesmo de antes. Embora confusa, Jen está curiosa. Os olhos azuis de sempre. O cabelo igualmente desgrenhado. O corpo alto e magro. Mas ele cometeu um ato imperdoável. Imperdoável para todo mundo, exceto talvez para ela.

Como ele pode estar aqui? Como está em casa?

— O quê? — pergunta ele.

— Como você voltou?

Todd franze a testa.

— Isso tá esquisito, até pra você.

— Seu pai te buscou? Você saiu sob fiança? — exclama ela.

— *Sob fiança?* — Ele ergue uma das sobrancelhas, uma mania recente.

Ele mudou nos últimos meses. Mais magro de corpo, mais fino nos quadris, mas com o rosto mais inchado. Com a palidez de quem está trabalhando demais, comendo muita porcaria e bebendo pouca água. Até onde Jen sabe, Todd não está fazendo nada disso, mas, como pode ter certeza? E então apareceu com esse maneirismo, adquirido logo depois que conheceu Clio, a nova namorada.

— Tô indo encontrar o Connor.

Connor. Um garoto do mesmo ano que ele, mas uma amizade recente, que só começou no último verão. Jen ficou amiga da mãe dele, Pauline, anos atrás. Ela é bem o estilo de pessoa de que Jen gosta: calejada, boca-suja, nada maternal, o tipo que implicitamente dá a ela permissão para errar. Jen sempre se sentiu atraída por gente assim. Todos os seus amigos são despretensiosos, não têm medo de fazer e de dizer o que pensam. Recentemente, Pauline comentou sobre o irmão mais novo de Connor, Theo: "Eu amo meu filho, mas, por ter 7 anos ainda, é um pentelho às vezes." Elas riram como duas doidas no portão da escola.

Jen dá um passo à frente e observa Todd atentamente. Não há nenhum sinal do diabo nele, nenhuma alteração por trás dos olhos, nenhuma arma no quarto atrás dele. Na verdade, o quarto parece intocado.

— Como você chegou em casa... e o que aconteceu?

— Como eu cheguei de onde?

— Da delegacia — responde Jen.

Ela percebe que está mantendo certa distância dele. Só um passo a mais que o normal. Não sabe mais do que essa pessoa (seu filho, o amor da sua vida) é capaz.

— Oi? Da delegacia? — devolve ele, achando graça. — Ponto de interrogação? — Todd faz uma careta, torcendo o nariz do mesmo jeito que fazia quando bebê.

Ele tem duas pequenas cicatrizes resultantes da pior fase da acne na adolescência. Tirando isso, seu rosto é ainda muito infantil, imaculado em sua beleza jovem.

— A sua prisão, Todd!

— A minha *prisão*?

Em geral, Jen sabe quando o filho está mentindo, e, nesse momento, ele definitivamente não parece estar mentindo. Todd a fita com seus olhos claros de crepúsculo, as feições demonstrando confusão.

— O quê? — pergunta ela, num sussurro quase inaudível. Algo vai subindo por sua espinha, um pensamento hesitante e assustador. — Eu vi... Eu vi o que você fez. — Ela aponta para a janela da frente. E é nesse momento que percebe qual é o problema. Não é a paisagem lá fora: é a própria janela. Não tem abóbora. A abóbora sumiu.

Seus dentes começam a bater. Isso não pode estar acontecendo.

Ela desvia os olhos do parapeito da janela sem abóbora.

— Eu vi — repete.

— Viu o quê? — Os olhos dele se parecem tanto com os de Kelly, ela se pega pensando pelo que deve ser a milésima vez na vida: são idênticos.

Ela se limita a olhar para ele, que enfim a encara.

— O que aconteceu ontem à noite depois que você voltou?

— Eu não saí ontem. — As gracinhas, os trejeitos e a pose se foram.

— O quê? Eu fiquei te esperando, você chegou tarde, mas aí o relógio atrasou uma hora...

Ele continua olhando para ela.

— O horário de verão acaba amanhã. Hoje é sexta.

Dia Menos Um, 08:20

Uma espécie de elevador interno despenca no peito de Jen. Ela afasta o cabelo do rosto e vai até o banheiro no fim do corredor, erguendo o indicador para Todd por um segundo. Jen tem um calafrio ao dar as costas para o filho, como se ele fosse um predador que ela não quer perder de vista.

Jen vomita no banheiro, passando mal de um jeito que fazia muito tempo que não passava. Não chega a botar quase nada para fora, só um pouco de suco gástrico amarelado e gosmento que se deposita no fundo da privada. Ela lembra da gravidez, quando contou ao médico que vinha vomitando tanto que só saía bile, e ele por algum motivo se sentiu na obrigação de explicar: "A bile é bem verde e sinal de problema sério. Você está falando do suco gástrico."

Ela fica olhando para o ácido no fundo da privada. Pode não ser bile, mas ela acha que pode estar com um problema sério.

Todd não sabe do que ela está falando. Isso está claro. Nem ele negaria aquilo. Mas por quê? Como?

A abóbora. A abóbora sumiu. E cadê o marido dela? Não consegue pensar direito. O pânico invade seu corpo, uma pressão imensa que não tem para onde ir. Vai vomitar de novo.

Jen se senta no piso frio de azulejos xadrez.

Tira o celular do bolso e fica olhando para ele, em seguida abre o calendário.

É sexta-feira, dia 28 de outubro. O horário de verão realmente só termina amanhã. Segunda-feira é Dia das Bruxas. Jen fica olhando para a data. Como isso é possível?

Deve estar ficando doida. Ela se põe de pé e começa a andar de um lado para o outro, feito uma barata tonta. É como se seu corpo estivesse coberto de formigas. Precisa sair dali. Mas sair de onde? De ontem?

Ela repassa suas mensagens até chegar à última que trocou com Kelly e aperta *ligar*.

Ele atende na mesma hora.

— Escuta — diz ela, com urgência.

— Lá vem — devolve ele, tranquilo, sempre se divertindo com ela.

Jen ouve uma porta se fechar.

— Onde você está? — pergunta ela. Sabe que está agindo como louca, mas não tem como evitar.

Há uma pausa.

— No planeta Terra, mas parece que você não.

— Me responde.

— No trabalho! Lógico! Onde *você* está?

— O Todd foi preso ontem à noite?

— O quê? — Ela o escuta pousando uma coisa pesada e aparentemente oca no chão. — Ahn… pelo quê?

— Não, isso é uma pergunta. Ele *foi* preso?

— Não? — responde Kelly interrogativamente, soando perplexo.

Jen não consegue acreditar. O suor brota em seu peito. Ela começa a esfregar os próprios braços.

— Mas a gente… a gente foi até a delegacia. Você gritou com eles. O relógio tinha acabado de atrasar uma hora, eu estava… eu tinha terminado a abóbora.

— Escuta… você tá bem? Tenho que terminar essa obra na Merrilocks — diz ele.

Jen inspira fundo. Ele falou que já tinha terminado a obra ontem. Não falou? Sim, ela tem certeza de que ele falou. Estava no patamar da escada, vestido só com a tatuagem e o sorriso. Ela se recorda disso. Ela se *lembra*.

Jen cobre os olhos com a mão, como se pudesse bloquear o mundo.

— Eu não sei o que está acontecendo — diz ela. Começa a chorar, as lágrimas permeando suas palavras. — O que a gente fez? Ontem à noite? — Ela encosta a cabeça na parede. — Eu esculpi uma abóbora?

— O que você...

— Eu acho que tive algum tipo de surto — sussurra ela bem baixinho.

Ela puxa a calça do pijama até os joelhos e fita a própria pele. Não há nenhuma marca de quando se ajoelhou no cascalho. Nenhuma sujeirinha no local. Também não há sangue debaixo das unhas. Seus braços se arrepiam de cima a baixo, como um *time-lapse*.

— Eu esculpi a abóbora? — pergunta ela de novo, mas, assim que fala, começa a se dar conta de algo importante.

Se não aconteceu... ela pode até ter enlouquecido, mas o filho não é um assassino. Ela sente os ombros relaxarem, só um pouquinho, de alívio.

— Não, você... você falou que estava pouco se lixando... — responde ele com uma risadinha.

— Certo — devolve ela, sem convicção, lembrando exatamente de como ficou aquela abóbora.

Ela se levanta e se olha no espelho. Fita os próprios olhos. É o retrato de uma mulher em pânico. Cabelo escuro, rosto pálido. Olhar assustado.

— Escuta, é melhor eu desligar — diz ela. — Só pode ter sido um pesadelo — continua, mas não pode ter sido, pode?

— Tá bem — responde Kelly lentamente. Talvez esteja prestes a dizer alguma coisa, mas acaba não falando, porque só repete: — Tá bem. — Então acrescenta: — Vou sair mais cedo.

E Jen fica feliz que ele seja assim, um homem caseiro, e não o tipo que vai para o bar ou jogar com os amigos, só o seu Kelly.

Ela sai do banheiro e desce até a cozinha. Pelas portas duplas que se abrem para os fundos da casa ela vê a névoa que encobre o jardim, ocultando as copas das árvores. Tem uns dois anos que Kelly construiu essa cozinha para eles, depois que ela falou — bêbada — que queria ser "o tipo de mulher que está no controle da situação, sabe, que tem clientes satisfeitos, um filho feliz, que tem uma pia com uma cuba bem grande e moderna".

Uma noite ele apresentou a cozinha nova para ela: "Pode se preparar pra ficar no controle da situação, Jen, porque essa aqui é a pia dos seus sonhos."

A memória se esvai. Jen sempre aconselha os estagiários estressados a respirarem fundo dez vezes e fazerem um café, então é isso que ela vai fazer agora. É treinada para isso. Depois de duas décadas trabalhando num emprego estressante você aprende algumas técnicas.

Mas, ao se aproximar da ilha de mármore na cozinha, ela diminui os passos. No canto da bancada há uma abóbora inteira, sem um corte sequer.

Ela para de repente. Como se tivesse visto um fantasma. Acha que vai vomitar de novo.

— Ah — diz ela para ninguém, uma palavra mínima que lhe escapa dos lábios, uma sílaba gigante de ficha caindo.

Ela se aproxima da abóbora como se fosse uma bomba não detonada e a gira, mas ela está inteira sob seus dedos, firme e ilesa, e, meu Deus do céu, a noite passada não aconteceu. Não aconteceu, porra! É dominada por uma sensação de alívio. Ele não fez nada. Ele não fez nada.

Ela ouve Todd lá no quarto. Abrindo e fechando gavetas, andando de um lado para o outro, o barulho de um zíper se fechando.

— Já voltou pra realidade? — pergunta ele, chegando ao hall de entrada no pé da escada.

O tom de malícia em sua voz a faz dar um pulo. Jen encara o filho. Seu corpo. Ele está mais magro do que há algumas semanas, não está?

— Mais ou menos — responde ela automaticamente. Engole duas vezes. Sente um calafrio na espinha, como se estivesse doente, a adrenalina queimando numa espécie de pânico febril.

— Que bom...

— Acho que tive um pesadelo horrível.

— Ai, que chato — diz ele, como se algo simples assim pudesse explicar a confusão dela.

— É. Mas... escuta. No pesadelo... você matou uma pessoa.

— Uau — comenta ele, mas algo muito discreto muda em sua expressão, como um peixe nadando no fundo do oceano, que passaria totalmente despercebido não fossem as ondulações provocadas por ele. — Quem? — continua Todd, o que para Jen parece uma estranha pergunta a se fazer primeiro. Ela está acostumada a lidar com clientes que não falam toda a verdade, e é isso que acha que está acontecendo.

Ele afasta o cabelo escuro da testa. A camisa de malha sobe, expondo a cintura que ela costumava segurar quando ele era um neném inquieto, ainda aprendendo a se sentar, a se balançar, a andar. Na época, ela achava a maternidade uma coisa tão entediante, tão pouco gratificante, horas e horas dedicadas às mesmas tarefas, só mudando a ordem. Mas hoje ela sabe que não era; dizer isso é o mesmo que dizer que respirar é entediante.

— Um adulto. De uns quarenta e poucos anos.

— Com este braço magro? — pergunta Todd, erguendo o braço num gesto teatral.

Uma vez Kelly perguntou a ela, bem tarde da noite: “Como foi que *nós* criamos um nerd tão convencido”, e os dois tiveram que abafar o riso. O humor ácido de Kelly é o que Jen mais ama nele. Ainda bem que Todd herdou isso.

— Com esse braço magro — responde ela. Mas pensa: *Você não precisou de músculos. Você tinha uma arma.*

Todd calça um tênis sem meia. Bem naquele instante, Jen se lembra da mesma cena acontecendo na manhã de sexta-feira. Ela tinha ficado impressionada com a falta de incômodo dele com o clima de outubro, e preocupada que ele fosse sentir frio no tornozelo, na escola. Com medo também — que vergonha — de que as pessoas fossem achar que ela era uma mãe desnaturada, que era... o que mesmo? Antimeias? Meu Deus, as coisas que a preocupam.

Mas *tinha* pensado isso. Ela lembra.

Sente um arrepio nos ombros. Todd segura a maçaneta da porta, e Jen se lembra do *déjà-vu*. Não. Ela está bem. Está bem. Não tem com que se preocupar. É só esquecer isso. Não há prova nenhuma de que qualquer coisa dessas já tenha acontecido.

Até que surge uma prova.

— Vou direto para a casa da Clio depois da aula. Se estiver tudo bem por ela. Vou comer lá. — Seu tom é curto. Ele está avisando e não pedindo autorização; do jeito que tem sido ultimamente.

E é aí que acontece. As palavras saem da boca de Jen com a mesma naturalidade que uma nascente de água brota da terra, exatamente a mesma frase que proferiu no dia anterior.

— Balde de ostras de novo? — pergunta ela.

Da primeira vez que Todd foi jantar na casa da Clio, eles serviram ostras. Ele havia mandado a foto de uma ostra aberta para a mãe, equilibrada nas pontas dos dedos, com a legenda: *Você disse que eu precisava me abrir mais?*

Ela fica esperando a resposta de Todd. Que com certeza eles vão servir uma coisa mais simples, tipo *foie gras*.

Ele abre um sorriso, aliviando a tensão.

— Com certeza eles vão servir uma coisa mais simples, tipo, sei lá, *foie gras*.

Não é possível. Ela não sabe como lidar com aquilo. Que loucura. A sensação é de que seu coração vai acabar parando de tanto bater.

Todd pega a mochila. Algo na forma como ela se assenta em seu ombro deixa Jen ainda mais enervada. Parece pesada.

É então que o pensamento se forma em sua mente. *E se a arma estiver na mochila?* E se o crime ainda *estiver para acontecer*? E se não tiver sido um sonho, mas uma premonição?

Jen sente calor e depois frio.

— Esse barulhinho foi o seu computador? — pergunta, olhando para o teto. — Acho que ouvi alguma coisa.

Chega a ser ridículo de tão fácil que é fazer um adolescente verificar algo em um aparelho eletrônico, e Jen sente uma pena carregada de culpa, só por um segundo, enquanto o observa tropeçar nos próprios pés na pressa de subir para ver o que é. É um hábito, uma compaixão residual que sempre sentiu por Todd — exagerada, às vezes, chegando a se envolver em dramas na porta da escola quando ele era excluído de algum evento social —, mas que hoje parece meio sem sentido. Ela o viu matar uma pessoa.

Seja lá o que está sentindo, não é suficiente para impedi-la de dar uma olhada.

Bolsos da frente, bolsos laterais. É uma boa distração estar tomando uma atitude. Ela ouve Todd cantarolando lá em cima, do jeito que faz quando está impaciente.

— Cacete — reclama ele.

Dois livros de química, três canetas soltas. Jen coloca tudo no chão do hall de entrada e continua procurando.

— Não tem notificação nenhuma — grita ele. O tom é de irritação de novo. Recentemente, ela tem se sentido como se fosse um incômodo para ele.

— Foi mal — devolve ela, pensando, *merda, me dá só mais um minutinho, só mais um minutinho.* — Deve ter sido outra coisa.

O fundo da mochila está cheio de migalhas de mil sanduíches.

Mas, o que é isso? Bem no fundo? Uma bainha, uma bainha de couro. É fria e dura feito um fêmur, escondida bem ali na parte de trás da mochila do filho. Mesmo antes de puxar, ela sabe o que é.

Uma capa comprida de couro. Ela expira, então desabotoa a ponta, e um cabo desliza para fora.

E... dentro da bainha... uma faca. *A* faca.

Dia Menos Um, 08:30

Jen fica de pé no hall de entrada olhando para aquilo, para aquela traição em suas mãos. Não tinha pensado no que ia fazer se encontrasse alguma coisa. Não achou que fosse encontrar nada.

Ela ergue o cabo comprido, preto e sinistro.

O pânico ressurge, uma onda de ansiedade que retorna para o mar, mas que sempre, sempre volta. Ela abre a porta do quartinho que fica embaixo da escada. Sapatos, equipamentos esportivos e latas de comida que não cabem no armário da cozinha se empilham ali, e ela vai abrindo caminho entre eles, enfiando a faca lá no fundo. Dá para ouvir Todd no corredor do andar de cima. Jen encosta a faca na parede dos fundos, sai do quartinho e começa a colocar as outras coisas de volta na mochila.

Todd — com um sorriso contrariado que é a cara de Kelly quando novo — pega a mochila. Ele não parece notar a diferença, o fato de estar mais leve. Jen o observa enquanto ele abre a porta da casa. Seu filho, armado, ou pelo menos é isso que ele pensa, e com intenção de ferir. O filho que enfiou aquela faca com tanta força que abriu o peito de outra pessoa em três lugares. Ele olha para trás, por cima do ombro, desconfiado, e, por um segundo, Jen suspeita de que ele saiba o que ela fez.

Ele vai embora, e Jen sobe a escada e fica observando o carro dele pela janela da frente. O carro se afasta, e ela tem certeza de que o vê levantando os olhos para o retrovisor interno e encontrando os dela por um breve instante, como uma borboleta que pousa e levanta voo antes que você se dê conta, batendo as asas uma única vez.

— Achei uma faca na mochila do Todd — anuncia Jen no segundo em que seu marido pisa em casa. Ela não explica o resto, não ainda. Passou o dia dividida entre o pânico e a racionalização. Não foi nada, foi um sonho, foi algo assim, teve um pesadelo acordada. Ela está louca, ela está louca, ela está louca.

Kelly fecha a cara na mesma hora, como esperado.

Ele se aproxima dela, pega a faca e a sustenta com as duas mãos, como se fosse um achado arqueológico. Suas pupilas estão enormes.

— E o que foi que ele falou? Quando você achou? — Seu tom é frio.

— Ele não sabe.

Kelly assente, fitando a lâmina comprida e afiada sem dizer nada. Jen se lembra de como ele ficou irritado na noite anterior e pensa que, neste momento, ele parece estar apenas contido.

— A faca está novinha — diz ele, voltando-se para ela. — Vou matar esse garoto.

— Eu sei.

— Não foi usada.

Jen dá uma risada curta e sem humor.

— Certo.

— O que foi?

— É só que… Quer dizer, eu vi o Todd esfaquear uma pessoa ontem à noite.

— Hein… — diz ele, e a palavra não soa como uma pergunta, mas uma declaração de descrença.

— Ontem à noite, eu fiquei esperando o Todd chegar, e ele… ele esfaqueou uma pessoa, no meio da rua. Você estava lá também.

— Mas… — Kelly passa a mão no queixo. — Mas eu não estava. Nem você. Você falou que foi um pesadelo. — Ele abre um sorrisinho rápido. — Você tá na malucolândia? — pergunta ele, usando a expressão dos dois para distúrbios mentais.

Jen desvia o olhar. Lá fora, o vizinho passeia com o cachorro. Jen sabe que o celular dele está prestes a tocar, lembra-se de ontem, mas o telefone toca antes que ela possa dizer isso a Kelly. Precisa pensar em outra coisa que esteja prestes a acontecer para provar a Kelly, mas não consegue, não consegue pensar em nada, exceto em como acordou ali, em algum universo alternativo e assustador.

— Eu estava acordada — diz ela, desviando o olhar do vizinho, pensando em todos os itens que seriam considerados evidências circunstanciais de que o dia de ontem não aconteceu: a abóbora lisa e inteira, a presença do filho no quarto, a ausência de qualquer sangue ou cordão de isolamento na rua lá fora. Mas então pensa na faca. A faca é a única prova tangível que ela tem.

— Olha, eu não vi nada ontem. Quando ele chegar, a gente pergunta — diz Kelly. — Isso é crime. Então… a gente pode falar isso pra ele.

Jen assente, sem acrescentar nada. O que mais pode dizer?

— Larga do meu pé — reclama Kelly. Ele está falando com o gato da família, Henrique VIII, que tem esse nome porque sempre foi obeso, desde o dia em que o resgataram.

Deitada no banco estofado da cozinha, Jen se retrai. Foi a mesma coisa que Kelly falou na sexta à noite. A primeira sexta à noite. Ele acabou cedendo, deu comida para o gato, e disse: "Tá bem, mas saiba que eu tô te julgando."

Ela se levanta e passa por Kelly. Não dá mais. Não pode ficar ali sentada, de braços cruzados, e deixar um dia que já viveu transcorrer de novo.

— Aonde você vai? — pergunta ele, descontraído. — Você parece tão estressada que chegou a fazer um vento quando passou aqui. — E então, para o gato que não para de miar: — Tá bem, mas saiba que eu tô te julgando.

Ele abre um pacote de ração. Jen sente um calor subindo no peito. Sente um pânico esquentando a garganta e o rosto.

— Isso tudo já aconteceu — diz ela. — Já aconteceu antes. O que tem de errado comigo?

Ela se senta no banco de novo e puxa as próprias roupas em vão, como se estivesse tentando fugir do próprio corpo, tentando expressar algo impossível. Se já não tiver enlouquecido, sem dúvida está parecendo louca agora.

— A faca?

— A faca não, eu só achei a faca hoje — explica ela, sabendo que isso não vai fazer o menor sentido para mais ninguém além dela mesma. — Mas o resto todo. Eu já vivi tudo o que está acontecendo. Estou vivendo este dia pela segunda vez.

Kelly suspira ao terminar de servir a comida de Henrique VIII e abre a porta do freezer.

— Isso é muito doido, mesmo vindo de você — comenta, irônico.

Jen deita a cabeça para trás, fitando-o do banco.

Da primeira vez que viveram esta noite, eles discutiram por causa das férias. Jen sempre querendo viajar, Kelly se recusando a entrar num avião. No começo do namoro, ele contou que, numa viagem, o avião despencou cinco mil pés durante uma turbulência. Nunca mais ele andou de avião. "Você está longe de ser uma pessoa ansiosa", Jen tinha dito. "Bom, quando o assunto é avião, eu sou", respondera ele, pegando um Magnum no freezer.

— Eu sei que você vai comer um Magnum — diz ela agora, mas Kelly já está com a mão no freezer.

— Como foi que você adivinhou? — pergunta ele. — Ela é vidente — comenta com o gato.

Kelly sai da cozinha. Ela sabe que ele vai lá em cima tomar banho. Ao passar por ela, ele desliza os dedos tão de leve no alto de suas costas que ela chega a estremecer. Ela o fita nos olhos.

— Está tudo bem com você — diz ele.

Jen queria não ter sido uma pessoa tão ansiosa no passado. Ela levanta a mão para segurar a dele no momento em que ele começa a se afastar, como já fez mil vezes. A mão dele é como uma âncora para ela, uma mulher sozinha no meio do mar. E então ele se foi. Se está preocupado com a faca, ou com o que ela está dizendo, não fala nada. Não é o estilo dele.

Jen liga a televisão para ver um episódio de *Grey's Anatomy* e se recosta no banco estofado, sozinha, tentando relaxar.

Jen e Kelly se conheceram há quase vinte anos. Ele apareceu no escritório de advocacia do pai dela perguntando se precisavam de algum serviço de decoração. Calça jeans de cintura baixa, um sorriso lento e simpático ao pousar os olhos nela. O pai de Jen o dispensou logo, mas ela foi almoçar com ele, mais por acidente do que qualquer outra coisa. Ele tinha saído com ela do escritório ao meio-dia, e os dois viram que o pub do outro lado da rua, com a calçada molhada de chuva, estava com uma promoção de dois pratos pelo preço de um. Jen passou o almoço inteirinho, depois a sobremesa, e então o café, dizendo que era melhor ela voltar, mas eles pareciam ter tanto a dizer. Kelly fazia uma pergunta curiosa atrás da outra. Ele é o melhor ouvinte que ela conhece.

Jen se lembra de quase tudo daquele almoço. Foi no fim de março, fazia um frio danado e os dias estavam muito chuvosos, mas, sentada ali com Kelly, a uma mesa de canto naquele pub, o sol saiu de trás das nuvens escuras, só por um minuto ou dois, e os iluminou. E, bem naquele instante, de repente pareceu que já era primavera, mesmo tendo voltado a chover poucos minutos depois.

Eles compartilharam um guarda-chuva do pub até o escritório. Ela deixou o guarda-chuva com ele, um ato totalmente deliberado, e quando ele apareceu no escritório na segunda-feira seguinte para devolver, esqueceu suas chaves na mesa dela.

Aquele dia veio a definir a percepção da passagem do tempo para Jen. Todo mês de março ela sente a chegada da primavera. Pelo cheiro de um narciso, pelo jeito como o sol bate inclinado às vezes, pálido e fraco. Uma janela aberta fazia com que se lembrasse deles juntos na cama, as pernas entrelaçadas, os troncos separados, como duas sereias felizes. Toda primavera ela voltava para aquele dia: uma tarde chuvosa de março, com ele.

Agora, enquanto vê *Grey's Anatomy*, Jen se consola, como tantas vezes antes, ao acompanhar o setor de cardiologia do Hospital Seattle Grace e ao tirar o sutiã. Talvez seja culpa sua, pensa, olhando para a televisão sem prestar atenção direito no que está passando. Sempre achou a maternidade muito difícil. Para ela, foi um choque. Uma redução tão grande no tempo que tinha para si. Não fazia nada direito, nem no trabalho, nem como mãe. Apagou incêndios nas duas frentes pelo que pareceu uma década, e só recentemente é que emergiu do fogo. Mas talvez o estrago já estivesse feito.

É um sonho, só isso, diz para si mesma. Isso. A convicção se acende em seu peito. Claro que foi um sonho.

Ela tira do *Grey's Anatomy*. Coloca no jornal. Lembra dessa matéria, sobre as configurações de privacidade do Facebook estarem sendo revisadas. A próxima vai ser sobre um medicamento para epilepsia que está sendo testado em ratos de laboratório. Não chega a ser exatamente uma prova de viagem no tempo, mas, mesmo assim, a matéria começa.

— Um novo estudo de um medicamento no...

Jen desliga a televisão, sai da cozinha e vai até o corredor. Lá em cima, o chuveiro está ligado, exatamente como sabia que estaria. Ela tem que conseguir usar essas coisas para convencer alguém. Não tem?

Jen pega a faca do quartinho embaixo da escada e a analisa. Não foi usada, exatamente como Kelly falou.

Ela se senta no primeiro degrau da escada e fica esperando por Todd com a faca no colo. Mais uma vez esperando por ele. Mas, desta vez, está esperando uma explicação. Esperando a verdade.

— Eu encontrei isto aqui — diz Jen, e uma pequena parte dela fica satisfeita por estar tendo uma conversa nova, e não uma que já teve antes. Ela estende a faca para Todd. Ele não a pega.

Há um milhão de sinais: seu cenho se franze, ele lambe os lábios e transfere o peso de uma perna para a outra. Não diz nada e diz tudo.

— É de um amigo — explica, por fim.

— Essa é a mentira mais antiga do mundo — devolve Jen. — Você tem noção de quantas vezes um advogado ouve isso? — Ela engole o suco gástrico. O ar de quem tem algo a esconder confirmou tudo para ela. Vai acontecer. Vai acontecer amanhã.

— Por que que você tá engolindo desse jeito? — pergunta Todd, com um dar de ombros indolente.

É assim que ele tem agido ultimamente, Jen se pega pensando enquanto fita o chão e tenta não vomitar de novo. Um garoto cheio de segredos. Hoje a presença dele lhe parece sinistra.

— Deixa que eu falo com ele — diz Kelly, do alto da escada.

Ela achava que eles tinham escapado disso, desses problemas de adolescente. Todd foi um bebê tranquilo, uma criança feliz. O único drama que tiveram foi no último verão, quando uma menina chamada Gemma terminou com ele porque era *muito esquisito*. Ele voltou para casa com o coração partido, passou um dia inteirinho sem dizer uma palavra, deixando Jen e Kelly com suas conjecturas. Na noite seguinte, ele se sentou na cama dela quando Kelly não estava em casa, cruzou as pernas, contou o que tinha acontecido e perguntou se ela concordava com aquilo. "Nem um pouco", respondera ela enquanto pensava, meio culpada, se tinha algum jeito de dizer para ele... Hum, talvez? Não esquisito demais, mas sem dúvida um pouco nerd. Ele mostrou algumas das mensagens que tinha mandado para a menina. *Intenso* era a palavra para descrever aquilo. Textos compridos, memes de ciência, poemas, uma mensagem depois da outra, depois da outra, todas sem resposta. Gemma estava obviamente tentando manter distância — *valeu, amanhã a gente se fala, tô meio enrolada hoje* —, e Jen se condoera pelo filho.

Mas agora isso: faca, assassinato, prisão.

Kelly está avaliando o filho em silêncio, a cabeça ligeiramente inclinada para trás. Jen queria vê-lo explodindo, intensificando a conversa de alguma forma, mas ele obviamente resolveu não fazer isso. Todd de repente parece irritado. Sua mandíbula está travada.

Ele ergue a mão espalmada, mas não fala nada.

— Então, se eu verificar o extrato da sua conta, você não vai ter comprado isso? Eu não vou encontrar nada lá? — pergunta Kelly.

Todd aceita o desafio, sustentando o olhar do pai, ainda na escada. Depois de alguns segundos, ele interrompe o contato visual e tira o casaco. Em seguida tira os tênis, e seus pés descalços tocam as tábuas do piso.

— É isso aí — devolve ele, de costas para Jen enquanto pendura o casaco, algo que ele nunca faz.

— A gente entende, sabe... A vontade de se sentir... protegido — diz Kelly. — Escuta, vem aqui. Vamos dar uma volta.

— Entende, é? — pergunta Jen. Ela o fita, surpresa.

Todd se afasta dela abruptamente e sobe correndo a escada, passando por Kelly.

— O que você acha que eu vou fazer, te matar? — diz Todd tão baixinho que ela fica na dúvida se ouviu direito. Todo o seu corpo se contrai de náusea.

— Se você não me disser onde arrumou isso, e por quê, não vai mais poder sair para lugar nenhum. Por vários dias. Não vai nem pra escola — diz ela.

— Por mim, tudo bem! — grita ele.

Ele entra no quarto, batendo a porta com tanta força que a casa toda estremece. Jen olha para Kelly, sentindo-se como se tivesse levado um tapa.

Kelly passa a mão pelo cabelo.

— Puta merda — diz ele para ela. — Que confusão.

Ele passa a mão em cima do pequeno armário que fica no topo da escada. Um papel cai no chão, e ele pega, esfregando a testa. Jen sabe que o papel é a oferta de um trabalho grande, um trabalho que Kelly recusou porque eles queriam contratá-lo como funcionário em vez de deixá-lo continuar como autônomo, e ele falou que jamais faria aquilo.

— O que aconteceu com o Todd? — pergunta Jen.

— Não sei — responde ele, curto e grosso. — Vamos deixar essa porra pra lá.

Jen sabe que essa raiva não é direcionada a ela. É que nas raras ocasiões em que ele perde a cabeça, é sempre repentino e intenso. Uma vez, ele explodiu num bar com um homem que tocou na bunda dela. Disse que queria falar com ele lá fora, e Jen não acreditou no que ouviu.

Ela assente agora, com um nó grande demais na garganta para falar qualquer coisa, com medo demais do que vem pela frente.

— Amanhã a gente resolve *isso tudo* — continua Kelly, fazendo um gesto com a mão.

Jen assente, satisfeita que alguém lhe diga o que fazer. Ela leva a faca consigo até o andar de cima e a esconde debaixo da cama deles.

Ela e Todd se cruzam mais uma vez naquela noite, ele descendo para beber alguma coisa, ela prestes a subir para dormir. Normalmente, Jen estaria colocando uma pilha de roupa para lavar ou fazendo outras tarefas banais, mas hoje não. Ela fica só observando Todd do outro lado da cozinha, sem as movimentações rotineiras da vida acontecendo ao redor.

Ele enche um copo com água da torneira, bebe tudo de uma vez só e enche de novo. Então pega o celular e fica passando o dedo na tela enquanto bebe, meio que sorri para alguma coisa e guarda o telefone no bolso.

Ela finge se ocupar com alguma coisa. Todd passa por ela com o copo de água na mão, mas, antes de subir, verifica se a porta da frente está trancada. Ele sobe um degrau, então volta e confere a porta de novo. Por garantia. Parece a atitude de alguém com medo. Ela sente um frio na espinha ao observar o filho.

Enquanto pega no sono, Jen se vê pensando que Todd está ali, seguro em casa, de castigo. E ela está com a faca. Talvez ela tenha evitado aquilo. O que quer que seja. Talvez ela acorde e seja amanhã. O dia seguinte. Tudo menos hoje de novo.

Dia Menos Dois, 08:30

Jen acorda com o peito suado. O celular está na mesinha de cabeceira, mas ela não verifica a data. Um impulso perverso de manter viva a esperança pulsa dentro de si.

Ela veste o roupão de Kelly, ainda molhado do banho que ele tomou, e desce. O piso de tábua de madeira brilha iluminado pelo sol. A luz cor de mel aquece seus dedos e seus pés à medida que ela anda.

Por favor, que não seja sexta-feira de novo. Tudo menos isso.

Ela dá uma espiada na cozinha esperando encontrar Kelly. Mas a casa está vazia. E arrumada. As bancadas estão limpas. Ela pisca. A abóbora. Não está ali. Ela entra na cozinha, então fica indo de um lado para o outro, sem rumo. Mas não está em lugar nenhum. Talvez já seja domingo. Talvez já tenha acabado aquilo.

Ela tira o celular do bolso do roupão, prende a respiração e olha para ele.

É dia 27 de outubro. A véspera da véspera.

O sangue lateja em sua testa, quente e acelerado, como se alguém tivesse ligado um aquecedor. Deve estar ficando louca — só pode ser. A abóbora não está aqui porque ela ainda não a comprou.

Aparentemente, são oito e meia da manhã de quinta-feira. Todd deve estar a caminho da escola. Kelly, na casa da Merrilocks Road. E Jen — Jen deveria estar no trabalho. Ela olha para o jardim, para a grama dourada sob a luz da manhã. Faz um café e bebe tudo de uma vez, mas isso só mexe mais com os seus nervos.

Pelos seus cálculos, amanhã vai ser quarta-feira. E depois, terça. E aí? Para trás de novo? Ela vomita novamente, dessa vez na pia da cozinha, cuspindo o café doce, o pânico e a dúvida. Em seguida descansa a cabeça por um instante na beirada de cerâmica e toma uma decisão. Precisa conversar com alguém que a entenda: seu colega de trabalho e amigo de longa data, Rakesh.

Situada bem num corredor de vento no centro da cidade de Liverpool, a rua do trabalho de Jen é quase sempre tempestuosa. O vento de outubro sopra a barra de seu casaco para cima, como a saia de uma dançarina sensual. Vai chover mais tarde, uma chuva de gotas enormes que gelam o ar.

Jen queria morar mais perto do centro, mas Crosby foi o mais próximo que Kelly disse que aceitaria. Ele odeia barulho de cidade, e não gosta da confusão, da correria. Nem do povo de Liverpool, "tirando você", disse ele uma vez de brincadeira, pelo menos é o que ela acha. Kelly se mudou da cidade onde nasceu quando conheceu Jen. Como os pais já morreram, e os amigos da escola são, segundo ele, todos uns vagabundos, ele quase nunca volta lá. A única ligação que ainda tem com o lugar é uma viagem anual para acampar com velhos amigos no fim de semana de Pentecostes. Ele queria morar no meio do mato, disse uma vez, mas ela o fez se mudar para Crosby com ela. "Mas os subúrbios são a maior muvuca", argumentou ele. Kelly é assim. Humor ácido com cinismo.

Ela abre a porta de vidro quente da recepção iluminada pelo sol e segue pelo corredor em direção à sala de Rakesh. Rakesh Kapoor — seu maior aliado e amigo do peito — era médico antes de virar advogado. Superqualificado, racional até dizer chega. Jen acha que é o tipo de homem que Todd pode se tornar. O pensamento a atinge com uma pontada de tristeza.

Ela o encontra na copa, colocando açúcar no chá. A copa é uma pequena área roxa escura e sem graça com um pôster emoldurado com a imagem de um pôr do sol. Jen lembra do pai escolhendo o tom de vinho quando eles assinaram o aluguel do imóvel há três anos, dezoito meses antes de ele morrer. O nome da tinta era Uva Azeda. "Perfeito para um escritório de advocacia", disse Jen, e seu pai — normalmente um cara sério — deu uma risada espontânea e gostosa.

Rakesh a cumprimenta erguendo as sobrancelhas escuras e a caneca cheia de chá. Como Jen, ele não é uma pessoa matinal.

— Posso conversar com você um minutinho? — pergunta ela. Sua voz sai trêmula de medo.

Ele nunca vai acreditar nela. Vai mandá-la para algum lugar, vai interná-la. Mas o que mais ela pode fazer?

— Claro.

Jen o conduz pelo corredor de volta à sala dela, onde se recosta na beirada da mesa bagunçada. Rakesh fica junto à porta, mas a fecha quando percebe que ela está hesitando. Ele age como um excelente médico. Gentil, mas calejado, gosta de usar coletes de lã e ternos largos. Abandonou a medicina porque não gostava da pressão. Diz que o direito é pior ainda, só que não quer desistir de uma segunda carreira. Eles ficaram amigos no dia em que ela o contratou, quando, na entrevista, ele falou que a sua maior fraqueza profissional eram os donuts servidos nos escritórios.

A sala de Jen fica virada para o leste e é iluminada pelo sol da manhã. Uma das paredes está coberta de pastas, as mais diversas, em tons de rosa, azul e verde, todas com as lombadas desbotadas pelo sol — um sinal evidente de que precisam ser arquivadas, algo que Jen acha muito menos interessante do que receber clientes.

— O que você acha de dar uma consulta médica? — pergunta ela, com uma risadinha, seguida de um suspiro profundo.

— Sem registro? — devolve ele, sempre rápido no gatilho.

— Sua isenção de responsabilidade está a salvo comigo.

Rakesh tira o paletó e o joga por cima do encosto da poltrona verde-escura no canto da sala. Um gesto que demonstra muita intimidade, mas que não chega a ser inadequado. Tem uma década que Jen e Rakesh almoçam juntos quase todo dia útil. Eles compram batatas recheadas de uma van cujo nome é Sr. Cabeça de Batata. Rakesh passa o ano inteiro guardando os carimbos do cartão de fidelidade — em formato de batata — e, no Natal, ganha um monte de refeições de graça. Ele marcou o evento nos calendários deles como FELIZ BATATAL.

— Que tipo de doença tem a pessoa que está presa num loop temporal? Que nem o Bill Murray, em *Feitiço do tempo*? — pergunta ela, pensando que faz muito tempo que não vê o filme. — Quer dizer… em termos de doença mental.

De início, Rakesh não diz nada. Fica só olhando para ela. Jen sente o rosto corando de vergonha e medo.

— Acho que eu diria… estresse — responde Rakesh, por fim, entrelaçando as mãos com cuidado. — Ou um tumor no cérebro. Hum… epilepsia do lobo temporal. Amnésia retrógrada, traumatismo craniano…

— Nada de bom.

Mais uma vez, Rakesh fica em silêncio, apenas faz uma pausa de médico à espera de mais informações da outra ponta da sala.

Ela hesita, então continua. Se amanhã for ontem, que diferença faz?

— Eu tenho certeza absoluta — diz ela com cuidado, sem olhar diretamente para ele — de que acordei no dia 29 de outubro, depois no dia 28 e agora no dia 27.

— Eu diria que você precisa de um calendário novo — comenta ele, descontraído.

— Mas aconteceu uma coisa no dia 29. O Todd… ele… ele vai cometer um crime. Depois de amanhã.

— Você acha que esteve no futuro? — pergunta Rakesh.

O medo de Jen se atenuou numa espécie de pânico contido. Ela está exausta.

— Você acha que eu fiquei maluca?

— Não — responde Rakesh com calma. — Se tivesse ficado, você não perguntaria isso.

— Que bom, então — continua Jen, suspirando. — Ainda bem que perguntei.

— O que aconteceu exatamente? — Rakesh se aproxima e para perto dela, junto da janela com vista para a rua lá embaixo. Jen adora aquela janela antiquada.

Quando escolheu aquela sala, insistiu para que tivesse uma janela que pudesse ser aberta. No verão, ela sente a brisa quente e ouve os músicos de rua lá fora. No inverno, as correntes de ar a deixam com frio. É bom estar ciente do clima, em vez de num escritório estéril sempre a dezoito graus.

Ele cruza os braços, e sua aliança reflete a luz do sol. Está olhando para Jen com atenção, examinando seu rosto. De repente, ela se sente desconfortável por estar sob o escrutínio de Rakesh, como se ele estivesse prestes a descobrir uma coisa horrível, fatal.

— Quando tudo começou?

— No próximo sábado.

Ele faz uma pausa.

— Tá bem, então. — E abre as mãos num gesto que indica, *que seja*, o rosto encoberto pela sombra do sol ainda baixo.

Depois que ela finalmente para de falar, tendo contado todos os detalhes, até as coisas inusitadas — a abóbora, o marido pelado —, Rakesh fica em silêncio por mais de um minuto. Em sua ansiedade, Jen perdeu totalmente o freio, não se importando com o que ele pensa dela.

— Então você está me dizendo que o dia de hoje já aconteceu, e que agora está acontecendo de novo mais ou menos do mesmo jeito? — pergunta ele enfaticamente, compreendendo a lógica (ou não) da situação em que ela se encontra.

— É.

— Então, o que a gente fez? Da primeira vez que você viveu o dia de hoje? No *primeiro* dia 27?

Jen se senta em sua cadeira. Que pergunta inteligente. Ela fita o rosto dele por alguns segundos. Precisa relaxar para conseguir responder a isso. Solta o ar dos pulmões, fecha os olhos só por um segundo. Lembra de uma coisa, uma imagem que vem flutuando do fundo do cérebro.

— Você está com meias engraçadas? — pergunta ela. — Eu acho que… a gente pode ter rido das suas meias quando saiu para almoçar. Cor-de-rosa.

Rakesh pisca, então puxa a perna da calça para cima.

— E não é que eu estou? — responde ele, com uma risada, mostrando as meias cor de cereja com a palavra *Padrinho*. Era isso. Ele foi a um casamento no último fim de semana e ganhou as meias de brinde.

— Não chega a ser uma prova incontestável, né? — comenta ela.

— Olha. Deve ser estresse — diz Rakesh depressa. — Você está sendo coerente. Você *sabe* que dia é hoje. Acho que eu diria que é… sei lá. Ansiedade. Você às vezes fica meio ansiosa, não fica?… Ou, então, depressão... a depressão pode fazer os dias parecerem todos iguais, como se você não estivesse chegando a lugar nenhum… isso não é psicose.

— Obrigada. Espero que não.

— Quer dizer… — comenta Rakesh, com uma pontada de humor permeando a voz. — Acho importante deixar claro que eu não tenho a menor ideia do que estou falando.

— Nem eu — devolve ela, mas se sentindo mais leve por ter conversado com alguém.

— Você pode só ter se confundido — continua ele. — Acontece toda hora comigo, com coisas pequenas. Outro dia eu não conseguia lembrar de ter dirigido até o trabalho. Não conseguiria dizer que caminho fiz nem se você me pagasse. Não chega a ser um transtorno de dissociação, né? Faz parte da vida. Tenta dormir mais. Comer mais legumes.

— É. — Jen desvia o olhar e abre a janela.

Não é isso. Isso é esquecimento. Não é a mesma coisa.

E também não é *estresse*. Lógico que não.

Ela olha para Liverpool lá embaixo. Ela está aqui. Está no aqui e agora. A fumaça da lenha de outono sendo queimada invade a sala. O sol aquece as costas das suas mãos.

— Eu tenho um amigo que fez alguma pesquisa relacionada a viagem no tempo no doutorado — comenta Rakesh.

— Ah, é?

— É. Um estudo sobre se é possível ficar preso num loop temporal. Eu revisei o texto para ele. Ele cursava... o que era mesmo? — Rakesh se recosta na parede, os braços cruzados, a camisa embolando nos ombros. — Física teórica e matemática aplicada. Na Universidade de Liverpool, como eu. Depois ele foi estudar... Nossa, era algum curso muito doido. Agora trabalha na Universidade John Moores, aqui em Liverpool também.

— Como é o nome dele?

— Andy Vettese. — Rakesh enfia a mão no bolso da calça e tira um maço de cigarros aberto. — Enfim. Fica com isso por mim, por favor. Andei fraquejando.

— Médico de meia-tigela — responde Jen, com bom humor, estendendo a palma da mão para receber o maço.

Ela sorri para Rakesh quando ele se vira para sair, mas não para de pensar em como foi parar ali: na quinta-feira. Sente-se mais calma por ter conversado sobre o assunto com alguém em quem confia, alguém mais capaz de avaliar a questão objetivamente.

Então, como foi que aconteceu? Como ela fez aquilo? Será que é quando dorme?

E o que ela tem que fazer para sair dessa situação?

Jen fita o maço de cigarros amassado. Ela deve ter que mudar alguma coisa: mudar algo para interromper o processo. Para salvar Todd e se livrar disso.

— Se eu me lembrar, vou usar meias diferentes. Da próxima vez que a gente se encontrar — diz Rakesh, com um sorriso enigmático e uma das mãos pousada no batente da porta.

Ele sai da sala, ela espera um segundo e, então, na esperança de mudar alguma coisa (qualquer coisa) para melhor, grita para o corredor:

— Para de fumar! Não faz bem pra saúde!

— Eu sei — responde Rakesh de costas para ela, sem se virar.

Jen liga o computador e começa a pesquisar sobre loop temporal no Google. E por que não? Não é o que todo bom advogado faria?

Dois cientistas, James Ward e Oliver Johnson, escreveram um artigo sobre *o paradoxo de bootstrap: voltar no tempo para observar um evento que, na verdade, você causou*. Jen anota isso.

Segundo eles, para entrar num loop temporal, você precisa criar uma *curva fechada do tipo tempo*. Eles apresentam uma fórmula física. Mas também oferecem um passo a passo muito útil. Parece que acontece quando uma enorme força é exercida sobre o corpo. Ward e Johnson acham que a força teria de ser mais forte do que a gravidade para criar um loop temporal.

Ela continua lendo o artigo. A força teria de ser mil vezes maior que o peso dela.

Jen baixa a cabeça nas mãos. Não está entendendo uma palavra daquilo. E mil vezes o peso dela é... muito. Ela abre um sorriso triste. Um número que nem vale a pena calcular.

Ela volta para o Google e clica — desesperadamente — num artigo chamado "Cinco dicas fáceis para escapar de um loop temporal". Isso... isso existe? A internet realmente tem conteúdo para todos os gostos. São cinco dicas que contradizem o título do artigo: descubra o motivo, conte para um amigo e o faça entrar no loop com você (claro), documente tudo, faça experiências... e tente não morrer.

A última dica a deixa inquieta. Não tinha nem pensado nisso. Um ar de mistério parece invadir a sala quando ela pensa no assunto. Tente não morrer. E se for isso o que vai acontecer? Algo ainda mais terrível do que aquela primeira noite, um sacrifício materno, uma barganha com os deuses.

Ela desliga o monitor. Deve haver um jeito de fazer Kelly acreditar nela: seu maior aliado, seu amante, seu amigo, o homem com quem ela pode ser a pessoa mais boba e despretensiosa. Vai tentar provar para ele. E aí ele vai poder ajudar.

Natalia, a estagiária, passa pela sua sala empurrando um carrinho de pastas de arquivo que Jen já viu antes. Ela está prestes a bater o carrinho sem querer na porta fechada do elevador. Jen fecha os olhos ao ouvir o baque pela segunda vez.

Ela tem que sair desse lugar.

Dez minutos depois, já fumou quatro cigarros sozinha na porta do prédio, a saúde que se dane.

Lá no fundo, em algum lugar que não consegue nomear, ela sabe que é função dela, não é? Deter um assassinato. Descobrir por que ele acontece e evitar que aconteça.

Como se o universo estivesse concordando com ela, assim que termina o quinto cigarro, começa a chover. Uma chuva de gotas enormes que gelam o ar.

Jen está deitada no banco com estofado azul na cozinha. Saiu mais cedo do trabalho. Será que ter confiscado a faca não teria evitado o assassinato e, portanto, interrompido o loop temporal?

Existe uma realidade alternativa em que isso ainda vai acontecer? Outra Jen, que não voltou no tempo, que continua seguindo adiante?

Todd saiu. *Com amigos*, segundo ele, como da outra vez; mais mensagens curtas, a distância entre eles cada vez maior.

Jen está pesquisando Andy Vettese no Google. Ele é de fato professor do departamento de física da Universidade John Moores, de Liverpool. É uma pessoa fácil de encontrar. Pelo LinkedIn, pela página da universidade, pela conta dele no Twitter, @AndysWorld, que tem o e-mail na bio. Ela poderia escrever para ele.

Ela ouve a porta de casa se abrindo e senta no banco.

— Não vou demorar — grita Todd, entrando na cozinha feito um borrão de ar frio e movimentos adolescentes, perturbando a hesitação de Jen diante de uma caixa de mensagem.

— Tá bem — responde ela. Normalmente teria perguntado se havia algum motivo para ele nunca querer ficar em casa.

Fica surpresa ao notar que a abordagem mais pacífica funciona.

— Eu estava na casa do Connor, agora estou indo pra casa da Clio — explica Todd, olhando para ela.

Ele transfere o peso de um pé para o outro enquanto mexe num carregador de celular, cheio de energia, cheio do otimismo próprio de alguém para quem a vida está de fato só começando. Não é o comportamento de um assassino, Jen pensa com seus botões.

Connor. O filho mais velho de Pauline. Tem alguma coisa nele que Jen não gosta muito. Uma malícia. Ele fuma e fala palavrão — coisas que ela também faz, às vezes —, mas, ainda assim, hábitos repulsivos quando vistos pelo prisma implacável da maternidade.

Ela se apoia no cotovelo e fica olhando para Todd. Não o viu chegando em casa da outra vez. Estava no trabalho.

Nas últimas semanas, um caso vem tomando todo o seu tempo, o que significa que Jen tem estado mais ausente da vida doméstica que o normal. Isso acontece com frequência quando um divórcio importante está prestes a ser julgado. A carência e a tristeza dos clientes acabam ultrapassando os limites já não muito bem demarcados de Jen, e ela fica atendendo o telefone o tempo todo e praticamente dorme no escritório.

Gina Davis foi a cliente que manteve Jen ocupada durante o mês de outubro, mas não pelos motivos de sempre. Ela aparecera no escritório de Jen pela primeira vez no verão, com um pedido de divórcio enviado pelo marido que a havia deixado na semana anterior.

— Não quero que ele veja as crianças nunca mais — dissera Gina. Ela tinha feito cachinhos bem definidos no cabelo loiro e estava com um tailleur impecável.

— Por quê? — perguntara Jen. — Você está com medo de alguma coisa?

— Não. Ele é um ótimo pai.

— E...?

— É só como um castigo para ele.

Ela tinha 37 anos, um coração partido e muita raiva. Jen sentiu uma conexão imediata com ela, o tipo de mulher que não esconde as emoções. O tipo de mulher que fala o que é tabu.

— Eu só quero magoar ele — dissera ela a Jen.

— Não posso te cobrar por isso — retrucara Jen.

Não era a coisa certa a fazer, ela havia pensado, lucrar com uma situação daquelas. Logo Gina voltaria a si e pararia.

— Então faz de graça — devolvera Gina, e foi o que Jen fez.

Não porque o escritório de advocacia do falecido pai não precisasse de dinheiro, mas porque Jen sabia que Gina acabaria abandonando o caso, aceitando a sentença de divórcio e a guarda compartilhada, e seguindo em frente.

Mas isso ainda não tinha acontecido, nem depois que Jen falou para Gina tirar umas férias e pensar melhor no assunto durante o verão, nem depois que ela foi contra a ideia nas muitas reuniões que tiveram durante o outono. Elas também conversaram sobre todo tipo de coisa: filhos, notícias de jornal, até sobre o reality show *Love Island*. "Repugnante, mas convincente", comentou Gina enquanto Jen ria e assentia.

Jen fita Todd agora e se pergunta, de repente, se ele está apaixonado como Gina está. Ela se pergunta o que essa Clio é de fato para ele. O que ela significa. A loucura do primeiro amor sem dúvida é algo que não deve ser descartado, considerando o que ele faz dali a dois dias.

Jen ainda não conhece Clio. Depois que Gemma terminou com ele no verão, Todd se tornou automaticamente mais resguardado quanto à vida amorosa, com vergonha pelo namoro não ter dado certo, pensa Jen. Com vergonha da noite em que lhe mostrou todas aquelas mensagens sem resposta.

Enquanto se arruma para sair de novo, Todd olha de relance, apenas uma vez, para a porta da frente. Não é uma conferida rápida e por curiosidade. É outra coisa. Uma espécie de cautela, como se estivesse esperando ver alguém ali, como se estivesse nervoso. Jen jamais teria notado se não o estivesse observando. É tão rápido que sua expressão volta ao normal quase que imediatamente.

— O que você tá fazendo aí? — pergunta Todd, voltando-se para ela e apontando para o computador.

— Ah, estava só lendo uma coisa interessante. Sobre loop temporal, sabe?

— Me amarro nisso — responde ele.

Todd passou gel no cabelo, numa espécie de topete para cima, e está com uma camisa de malha retrô de sinuca. Tem pouco tempo que passou a gostar do jogo, ele diz que acha legal a geometria necessária para encaçapar as bolas. Jen o observa, seu filho lindo de morrer.

— O que você faria… se ficasse preso num loop temporal? — pergunta ela.

— Ah, é quase sempre um detalhe mínimo — diz ele, como quem não quer nada.

— Como assim?

— Que nem o efeito borboleta, sabe? Uma coisinha simples pode mudar o futuro.

Todd se abaixa para acariciar o gato e, só por um segundo, parece uma criança de novo. Seu filho, que acredita piamente em loops temporais. Talvez ela devesse contar para ele. Ouvir o que tem a dizer.

Mas, por enquanto, não dá. Se isso está mesmo acontecendo, de verdade, então é papel dela impedir o assassinato. Descobrir quais eventos vão levar a ele e intervir. E então, um dia, quando ela conseguir fazer isso, vai acordar, e não vai ser ontem.

E é por isso que ela não conta nada a Todd.

Ele sai, e Jen verifica que *não há ninguém* esperando por ele, nem o seguindo. E então ela mesma o segue.

Dia Menos Dois, 19:00

Jen está dois carros atrás de Todd e fica paradoxalmente aliviada ao descobrir que o filho é um péssimo motorista: até onde consegue dizer, ele não olhou nem uma vez pelo retrovisor, por isso não a viu.

Ele reduz a velocidade e entra numa rua chamada Eshe Road North. Uma imobiliária a descreveria como *contendo bastante verde*, como se não nascessem plantas em ruas de conjuntos habitacionais. Em algumas casas há abóboras nos degraus da frente, já decoradas e iluminadas, lembretes grotescos de tudo o que está por vir.

Todd estaciona com cuidado. Jen entra numa rua lateral não iluminada, algumas casas mais adiante, e espera não ser vista. Ela salta do carro e fecha bem o casaco. O ar noturno carrega aquela sensação mal-assombrada do início do outono. Teias de aranha molhadas, a impressão de que algo está chegando ao fim antes que você esteja realmente preparado para desapegar.

Todd anda pela rua determinado, chutando as folhas com os tênis brancos. É tão estranho, para ela, testemunhar isso; as coisas que aconteceram enquanto ela advogava, enquanto estava ocupada, se preocupando demais com o trabalho e — obviamente — não o suficiente com a família.

Ela para na esquina da rua lateral com a Eshe Road North, até que Todd desaparece de repente dentro de uma das casas. Ela é grande, geminada em um dos lados com outra casa recuada da rua, com um pórtico largo e o sótão reformado. Jen, que foi criada numa casa de dois quartos geminada em ambos os lados e com janelas tão finas que a brisa balançava seu cabelo à noite, ainda se sente intimidada com lugares como aquele. Seu pai viúvo não percebia a corrente de ar, mas, mesmo que percebesse, pegava trabalhos demais de assistência jurídica gratuita para poder resolver o problema.

Ela curva os ombros por causa do frio, uma mulher com um casaco fino demais, numa rua chuvosa, olhando para as árvores com suas copas secas e alaranjadas, apenas pensando. Em Todd, em seu pai, no dia de hoje, de amanhã e de ontem.

Ela segue pela rua. Todd está no número 32. Enquanto espera, pesquisa o endereço no Google, com os dedos tão gelados que mal consegue digitar. O imóvel aparece como sede da Corte & Costura Ltda., uma empresa de Ezra Michaels e Joseph Jones. Foi fundada há pouco tempo e ainda não prestou contas para o governo.

Do mesmo jeito com que Todd foi engolido pela casa, alguém sai de dentro dela.

Ela está bem no caminho.

O homem sai pelo portão que dá para a calçada no instante em que Jen passa por ele e, de repente, ela fica cara a cara com um morto. Quer dizer, não exatamente. Com um homem que vai morrer daqui a dois dias. A vítima.

Dia Menos Dois, 19:20

Jen o reconheceria em qualquer lugar, mesmo ele tendo agora brilho nos olhos e cor nas bochechas. Esse homem ainda vivo, mas que tem poucos dias de vida, parece alguém que já foi muito atraente e que deve ter uns quarenta e poucos anos, talvez um pouco mais. Ele tem uma barba escura e cheia e orelhas de elfo, com a pontinha virada para fora.

— Oi — cumprimenta Jen espontaneamente.

— Boa noite — diz ele, cauteloso.

Seu corpo todo fica imóvel, exceto pelos olhos pretos que avaliam o rosto dela.

Jen tenta pensar em alguma coisa. Precisa do máximo de informações possível. A honestidade não é, de longe, a melhor política? Com clientes, com rivais no trabalho e com os inimigos do seu filho também.

— O Todd é meu filho — diz ela apenas. — Meu nome é Jen.

— Ah. Você é a *Jen,* Jen Brotherhood — responde ele. Parece conhecê-la. — Eu sou o Joseph. — Ele tem a voz rouca, mas fala com autoridade, como se fosse um político.

Joseph Jones. Deve ser ele. O dono da empresa registrada neste endereço.

— Um bom menino, o Todd. Tá namorando a sobrinha do Ezra, né?

— Ezra é…

— Meu amigo. E sócio.

Jen engole em seco, tentando processar a informação.

— Então. Eu só fiquei curiosa. Estou um pouco preocupada com ele. Com o Todd. Foi mal eu aparecer assim, do nada — diz ela, meio sem jeito.

— Preocupada? — Ele inclina a cabeça de lado.

— É, sabe como é… Com medo de que ele esteja andando com más…

— Todd está em boas mãos. Boa noite — diz Joseph, dispensando-a com a rapidez de um profissional.

Ele faz um gesto para ela como quem diz *para que lado você está indo?* Mas não há a menor dúvida que quer dizer: *Escolhe um lado, porque você está indo, goste disso ou não.*

Jen não se mexe, então ele passa por ela, deixando-a sozinha na névoa, perguntando-se o que está acontecendo. Se o futuro continuou sem ela. Se existe outra Jen em algum lugar. Dormindo, ou perplexa demais para continuar vivendo normalmente? No mundo em que Todd agora está detido, preso, acusado, condenado. Sozinho.

Jen decide tocar a campainha. A deprimente falta de um amanhã gerou nela uma atitude fatalista. E pensar em Todd nas mãos da polícia a deixou desesperada.

— Só queria saber se ele está bem — diz Jen para o desconhecido na porta.

Deve ser o Ezra. É um pouco mais novo que Joseph. Um homem corpulento de nariz torto.

— Mãe? — diz Todd de algum lugar dentro da casa.

Ele surge na escuridão do hall de entrada. Parece pálido e aflito.

Jen imagina que a casa tenha sido bonita um dia, mas acha que agora o estilo "desleixado chique" está mais para só desleixado mesmo. Piso de cerâmica vitoriana desgastada. Umas sobras de carpete empilhadas no hall de entrada feito jornal velho.

— O que…? — começa Todd, transpondo todas essas coisas. Ele transmite sua perplexidade com um sorriso tenso.

Uma moça bonita surge da sala de estar no fim do corredor, abrindo a porta com o quadril. Deve ser a Clio. Pelo jeito como se aproxima de Todd, Jen percebe que são um casal.

Ela tem um nariz aquilino. Uma franja bem curta e moderninha. Calça jeans desbotada rasgada nos joelhos, a pele queimada de sol. Nada de meias. Uma camisa de malha cor-de-rosa recortada. Até os ombros dela são atraentes, dois pêssegos. É alta, quase da altura de Todd. Jen se sente uma idiota de 100 anos de idade.

— O que foi? — pergunta Todd. — Aconteceu alguma coisa? — Seu tom de voz é tão assertivo, tão irritado. Ele é arrogante com ela. Como não tinha notado isso?

— Nada — diz, sem jeito. — É só... Hum... eu recebi uma mensagem sua. Você me mandou... a sua localização — mente ela.

Jen volta a olhar para a casa atrás dele. A pele rosada e os dentes brancos de Clio e Todd parecem deslocados em contraste com as paredes de gesso e com a porta da sala de estar: encardida e com a maçaneta solta. Jen franze a testa.

Todd tira o celular do bolso.

— Mandei não...

— Ah... foi mal. Achei que você queria que eu viesse até aqui.

Todd estreita os olhos para ela, sacudindo o telefone no ar.

— Eu não mandei nada. Por que você não me ligou?

O gesto que ele faz com o braço traz à memória dela o movimento exato do esfaqueamento. Forte, certeiro, intencional. Ela sente um calafrio.

— Você é a Jen — diz Ezra para ela.

Jen pisca. Um sinal de reconhecimento: Ezra diz o nome dela do mesmo jeito que Joseph. Todd deve falar dela.

— Isso — responde ela. — Perdão... Não vou aparecer mais sem ser convidada...

Jen está tentando reunir o máximo de informações possível antes de ser expulsa por Todd a qualquer momento. Ela olha ao redor, procurando evidências. Não sabe o que está procurando; imagina que não vai saber até encontrar.

Ezra está com as costas viradas para um armário.

— Mãe? — pergunta Todd.

Ele está sorrindo, mas seus olhos demonstram que é para ela ir embora.

A casa não tem cheiro de lar. É isso. Não tem cheiro de comida no fogo, de roupa lavada. Nada.

— Desculpa... antes de eu ir embora, posso usar seu banheiro? — pergunta Jen.

Ela só quer *entrar*. Dar uma olhada no lugar. Ver que segredos a casa pode esconder.

— Ai, meu Deus, *mãe* — exclama Todd, com um revirar de olhos adolescente que reverbera pelo corpo inteiro.

Jen levanta a mão espalmada.

— Eu sei, eu sei, foi mal. É rapidinho. — Ela abre um sorriso enorme para Ezra. — Onde fica?

— Você tá a cinco minutos de casa.

— Eu já estou na meia-idade, Todd.

Ele quase cai duro ali mesmo, mas Ezra indica a porta da sala de estar sem dizer uma palavra. *Oba*. Ela vai entrar.

Jen se espreme para passar por Todd e Clio e emerge num cômodo nos fundos da casa, uma sala quadrada com cozinha integrada e que contém outra porta à direita. Não há fotos emolduradas nas paredes. Mais gesso. Pendurado na parede oposta há um tecido grande estampado com um sol e uma lua costurados. Ela espia atrás dele, procurando... — o quê? Um armário secreto? —, mas é lógico que não encontra nada.

Jen abre a porta do banheiro e depois a torneira, então segue num círculo lento pela cozinha. Não tem quase nada. Um piso velho. Farelo na bancada. Aquele cheiro de mofo, um cheiro de casa velha e vazia. Nenhuma fruta na fruteira. Nenhuma carta importante grudada na geladeira. Se Ezra mora aqui, não parece passar muito tempo em casa.

Há uma televisão grande pendurada na parede à esquerda. Embaixo dela, um Xbox. Em cima do videogame, um iPhone, aceso e, por sorte, desbloqueado. Jen pega o celular e vai direto para as mensagens. Lá, encontra as mensagens de Todd para, presume ela, Clio:

Todd: Eu tô ligado em você como uma ligação covalente, saca?

Clio: Rsrsrs. Você é muito nerd.

Todd: Mas eu sou o SEU nerd. Não sou?

Clio: Você é meu! Pra sempre! <3

Jen fica olhando fixamente para elas. Desce mais um pouco, sentindo-se culpada por isso, mas não o suficiente para parar.

Clio: Relatório matinal. Um café ingerido, dois croissants, mil pensamentos em você.

Todd: Só mil?

Clio: Mil e um agora.

Todd: Eu comi mil croissants e só tive alguns pensamentos.

Clio: Parece perfeito, pra ser sincera.

Todd: Posso falar uma coisa séria?

Clio: Espera, você não tava falando sério? Você comeu DOIS mil croissants?

Todd: Eu faria literalmente qualquer coisa por você. Bj.

Clio: Eu também. Bj.

Qualquer coisa. Jen não gosta dessa expressão. Por *qualquer coisa* se subentende tudo. Crime, assassinato.

Quer continuar lendo, mas ouve passos e para. Coloca o celular de volta em cima do videogame. Clio gosta mesmo dele. Pode ser que o ame. Ela suspira e examina o cômodo outra vez, mas não há mais nada.

Dá descarga, fecha a torneira e sai.

No carro, Jen resgata as informações de contato de Andy Vettese. Precisa de ajuda. Manda um e-mail para ele num impulso, após ter sido expulsa da casa pelo filho envergonhado.

> Prezado Andy,
>
> Você não me conhece, mas eu trabalho com Rakesh Kapoor e gostaria muito de conversar com você sobre algo que estou vivenciando e que creio ser da sua área de estudo. Não vou dar mais detalhes agora por medo de parecer um tanto desequilibrada, mas, por favor, responda ao meu e-mail...
>
> Atenciosamente,
>
> Jen

— Como foi o trabalho hoje? — pergunta Kelly quando ela entra em casa. Ele está lixando um banco que começou a restaurar para os dois. O tipo de atividade solitária de que gosta. Jen sabe como vai ficar o produto final: daqui a dois dias ele vai passar uma tinta spray verde-sálvia.

— Péssimo — responde Jen, sendo parcialmente honesta. Precisa tentar contar para ele de novo.

Kelly se aproxima e, meio distraído, tira o casaco dela, o tipo de coisa com a qual ela nunca vai se acostumar, de tanto que gosta; a atenção e o cuidado que ele dedica à rotina conjugal. Ele a beija. Tem gosto de chiclete de hortelã. Seus quadris se tocam, suas pernas se entrelaçam. É o encaixe perfeito. Jen sente a respiração desacelerar automaticamente. Seu marido sempre exerceu esse efeito nela.

— Seus clientes são todos uns loucos — diz ele, impassível, a boca ainda junto à dela.

— Estou preocupada com o Todd — comenta Jen. Kelly dá um passo atrás. — Ele está diferente.

— Como assim?

O aquecimento da casa é acionado com um clique, e o boiler acende uma chama suave.

— Estou com medo de ele estar andando com más companhias.

— O *Todd*? Que companhias são essas, alguns jogadores de *Warhammer*?

Jen não consegue conter o riso. Queria que Kelly mostrasse esse lado dele para o mundo lá fora.

— A vida é comprida demais para essa preocupação — acrescenta ele.

É uma frase que os dois repetem há anos. Ela tem certeza de que foi ele que inventou, e ele jura que foi ela.

— Essa Clio. Não sei não.

— Ele ainda está saindo com a Clio?

— Como assim?

— Achei que ele tinha dito que não estava mais. Enfim, tenho uma surpresa pra você — diz ele.

— Não precisa gastar sua grana comigo — retruca ela bem baixinho.

Kelly costuma receber em espécie e sempre compra algum presente para ela com esse dinheiro.

— Eu gosto — diz ele. — É uma abóbora — continua.

Isso distrai Jen completamente.

— O quê? — pergunta ela.

— É… Você falou que queria uma, não falou?

— Eu ia comprar amanhã — sussurra ela.

— Ah, é? Então… já está aqui.

Jen dá uma olhada na cozinha atrás dele. E lá está a abóbora. Mas não é a mesma. É grande e cinza. A visão a deixa arrepiada. E se ela mudar coisas demais? E se mudar coisas que não têm a ver com o assassinato? Não é isso o que sempre acontece nos filmes? Os protagonistas mudam coisas demais; eles não resistem, ficam gananciosos, jogam na loteria, matam Hitler.

— Sou eu que tenho que comprar a abóbora.

— Hein?

— Kelly. Ontem eu te falei que estou vivendo os dias ao contrário.

O espanto desponta no rosto dele como o sol do alvorecer no horizonte.

— O quê?

Ela explica tudo, do mesmo jeito que explicou para Rakesh, do mesmo jeito que já tinha explicado para Kelly. A primeira noite, a faca que achou na mochila do Todd, tudo.

— E cadê essa faca agora?

— Sei lá... deve estar na mochila dele — responde ela, impaciente, sem a menor vontade de revisitar uma conversa que já tiveram.

— Olha. Isso é ridículo — diz ele. Não dá para dizer que ela fica surpresa com a reação dele. — Você acha que deveria... sei lá... procurar um médico?

— Pode ser — sussurra ela. — Não sei. Mas é verdade. Eu estou falando a verdade.

Kelly apenas a encara, então olha para a abóbora e depois de novo para ela. Ele vai até o hall de entrada e pega a mochila de Todd. Com um gesto teatral, esvazia todo o conteúdo no chão. Não cai nenhuma faca.

Jen suspira. No mínimo, ele não comprou ainda.

— Esquece — diz ela. — Já que você não vai acreditar em mim.

Ela se vira para sair dali. É inútil tentar explicar, mesmo para ele. Ao subir a escada, admite para si mesma que também não acreditaria nele. Quem acreditaria?

— Eu não... — ela o ouve dizer lá embaixo, mas então ele se interrompe.

A meia frase é o que deixa Jen mais chateada. Kelly gosta de evitar discussões às vezes, e esta obviamente é uma dessas vezes.

Irritada, vai tomar banho. Que seja, então. Se dormir é o que faz com que ela acorde ontem, então não vai dormir mais. Essa vai ser a sua tática agora.

Kelly pega no sono imediatamente, do jeito que sempre faz. Mas Jen permanece sentada. Ela fica olhando o relógio mostrar 23:00, e então 23:30, quando Todd chega em casa. À meia-noite, não desgruda os olhos do celular, enquanto 00:00 vira 00:01, e a data passa de 27 para 28 de outubro, do jeito que deveria ser, simples assim.

Desce e fica assistindo ao noticiário da BBC, que então emenda no jornal local sobre um acidente de trânsito que aconteceu numa esquina por volta das onze da noite do dia anterior. Um carro capotou e o motorista escapou ileso. Ela vê o relógio marcar uma da manhã, duas, três.

Seus olhos começam a ficar pesados, a adrenalina e a irritação com Kelly começam a diminuir de intensidade. Ela anda pela sala de estar. Faz dois cafés e, depois do segundo, ela se senta no sofá, só por um instante, com o jornal ainda ligado. O acidente, o clima, as capas dos jornais que vão ser publicados amanhã. Fecha os olhos só por um segundo, e...

Ryan

Ryan Hiles tem 23 anos e vai mudar o mundo.

Hoje é o primeiro dia dele no trabalho, o primeiro dia como agente de polícia. Ele enfrentou o processo de inscrição e as entrevistas. Encarou o centro de treinamento regional — doze semanas na deprimente Manchester. Fez fila com os outros policiais no piso de taco, encerado e polido, e recebeu sua farda num saco plástico transparente. Uma camisa de botões branca. Um colete preto. O seu número na polícia — 2648 — nos ombros.

E, enfim, aqui está ele, no saguão. Com o cabelo molhado por causa da chuva implacável, mas, tirando isso, está pronto. Na noite anterior, vestiu a farda no banheiro de casa, depois de tanto tempo esperando por aquele momento. Subiu no vaso sanitário para se ver de corpo inteiro no espelho. E lá estava ele: um policial. Em cima do vaso, é verdade — mas, ainda assim, um policial.

Mais que a farda, no entanto, Ryan agora tem o que sempre quis: habilidade. Sobretudo a habilidade de fazer a diferença. E aqui está ele — bem aqui, neste exato segundo —, na delegacia, esperando para conhecer o policial que vai ser o seu tutor.

— Você está escalado com o agente Luke Bradford — diz a escrivã de polícia no balcão da recepção, num tom entediado.

Ela é mais velha, deve ter uns cinquenta e tantos anos, embora Ryan nunca tenha sido muito bom em adivinhar idades. O cabelo é da cor da ardósia.

Ela aponta para uma fileira de cadeiras azuis presas umas às outras, e ele se senta do lado de um homem que imagina se tratar de um criminoso ou de uma testemunha: um rapaz de rabo de cavalo, fitando as mãos.

Lá fora, a chuva segue castigando o prédio da delegacia. Ryan consegue ouvir os filetes escorrendo dos parapeitos das janelas. Choveu tanto que deu no jornal. O mês de outubro mais chuvoso de que se tem registro. Rotas de trem interrompidas, os parques e jardins um atoleiro de água e folhas.

Vinte minutos depois chega o agente Luke Bradford. Ryan inspira e expira com vontade três vezes enquanto ele se aproxima. Pronto. Vai começar.

Bradford esmaga a mão de Ryan ao apertá-la. Deve ser uns cinco anos mais velho que ele — ainda está no primeiro cargo da hierarquia policial, então deve ser jovem. E, no entanto, tem a pele muito pálida, olheiras e cheiro de café. Seu cabelo escuro está embranquecendo nas têmporas e acima das orelhas. Ryan tem um corpo atlético — modéstia à parte —, e engole em seco ao observar Bradford, notando a barriguinha nitidamente saliente por cima da calça preta.

— Certo, bem-vindo. Cacete, ainda tá chovendo? — Bradford olha para o estacionamento. — Primeiro, preleção; depois, chamadas de emergência. — Ele dá as costas para Ryan e o conduz pelas entranhas do lugar que vai chamar de trabalho.

Preleção. Bradford usa termos da velha guarda. Ainda assim, é o seu primeiro briefing. Ryan chega a sentir um frio na barriga.

— Liga a chaleira elétrica — ordena Bradford.

— Ah, é pra já — responde Ryan, querendo parecer prestativo.

— A rodada de chá é com o novato. — Ele aponta a sala do briefing. — Vai lá descobrir o que cada um quer. — Dá um tapa em seu ombro e vai embora.

— Pode deixar.

Tranquilo, Ryan pensa. Ele sabe fazer chá.

Mas acontece que chá é uma coisa bem complicada. Quinze canecas. Cada pessoa com a sua preferência de intensidade, quantidade de açúcar, até a porcaria do leite para pingar no chá varia. Adoçante, açúcar normal — o pacote completo. Ryan carrega as últimas canecas com as mãos tremendo, os dedos queimando. Quando entra na sala bem na hora do briefing, percebe que não preparou o próprio chá.

A sargento, Joanne Zamo, tem quarenta e muitos anos e o tipo de sorriso largo que domina o rosto inteiro. Ela começa a repassar a lista de casos ativos, e Ryan não entende nada. É o único novato nesta delegacia; os demais foram espalhados em outros postos pelo norte. Ele olha ao redor, observando os quinze agentes e suas quinze canecas de chá. Estava torcendo para encontrar um parceiro, alguém da sua idade.

Ryan terminou os estudos aos 18 anos e passou os últimos anos trabalhando em escritório, com amigos. Estava num emprego bom, fazendo pedidos de material de escritório num lugar onde ninguém esperava que ele fizesse nada de produtivo, mas ainda assim estavam dispostos a lhe pagar um salário por isso. Por um tempo, ele achou ótimo, só que ficar encomendando régua e papel A4 pautado não era o suficiente para ele. Numa segunda-feira, há seis meses, acordou e se perguntou: *É assim que vai ser?*

E aí ele se candidatou para uma vaga na polícia.

Zamo está distribuindo as chamadas de emergência.

— Certo — acrescenta ela. — Quem está de recruta aqui? Você. — Seus olhos castanhos se fixam em Ryan. — O Bradford é o seu tutor?

— Positivo — responde Bradford, antes que Ryan possa dizer alguma coisa.

— Certo… Vocês são Eco. — Ela encara Ryan de frente. — E Mike.

— Mike? — pergunta Ryan. — Não, desculpa. Eu sou o Ryan. Ryan Hiles.

As pestanas de Bradford batem de leve. Um movimento que Ryan não consegue entender. Há uma pausa. E então todos na sala desatam a gargalhar.

— Eco-Mike — diz Bradford, rindo, como se fosse uma piada. Está com uma das mãos no batente da porta e a outra na barriga. — Você aprendeu o alfabeto fonético internacional na academia de Manchester ou eles não ensinam mais isso?

— Ah, é, ensinam — responde Ryan, com as bochechas queimando. — Não, eu aprendi, eu só… desculpa, achei que… o Mike me confundiu por um segundo.

— Certo — diz a sargento, ignorando o riso desenfreado. As gargalhadas param, mas recomeçam, uma onda vindo de onde estão reunidos alguns investigadores. Excelente.

— Eco-Mike-dois-quatro-cinco — diz Bradford, tentando dar prosseguimento. Ele se aproxima de Ryan. — Eu atendo à primeira chamada, depois você pega a segunda — acrescenta ele, saindo depressa da sala de briefing. Ryan não ousa perguntar o que ele quer dizer com isso.

Eles andam por um corredor forrado de carpete verde que cheira a aspirador de pó. Chegam a um armário, e Bradford entrega um rádio a Ryan.

— Beleza. Esse fica contigo. As chamadas chegam assim: Eco-Mike, e o número da sua viatura. Você responde com o seu número. O seu é 2648, tá no seu ombro, lembra?

— Certo — diz Ryan. — Certo. — Todo policial passa os primeiros dois anos atendendo a ligações de emergência. Pode ser qualquer coisa. Roubo. Assassinato.

— Beleza — diz Bradford. — Vamos lá.

Ele faz um gesto que pode significar tanto *Por aqui, por favor,* quanto *Cara, espero que você não seja um imbecil,* e Ryan passa novamente pela recepção e sai lá fora, na chuva.

— Esse aqui é o EM dois-quatro-cinco, tá legal? Igual a Zamo falou — diz Bradford, apontando a viatura. As listras. As luzes no alto. Ryan não consegue parar de olhar.

— Certo — responde. Ele abre a porta do carona e entra. O carro tem cheiro de cigarro velho.

— Eco-Mike-dois-quatro-cinco; dois-quatro-cinco, central falando — anuncia o rádio.

— Eco-Mike-dois-quatro-cinco na escuta — responde Bradford, impassível.

Ele nem ligou o carro ainda, está só sacudindo a alavanca de câmbio. Em seguida, verifica se as luzes estão funcionando, apertando um botão enorme no painel que inunda os dois numa luz azul. Ryan permanece com os pés cruzados sobre o tapete do carro, ouvindo o rádio.

— Obrigado. Recebemos relatos de um senhor de idade que parece bêbado e está ofendendo transeuntes.

Ryan olha o relógio, que marca 08:05.

— Eco-Mike-dois-quatro-cinco, recebido, a caminho. — Bradford enfim liga o carro e passa a marcha. — Deve ser o Velho Sandy — comenta.

Apavorado com a possibilidade de haver mais uma letra do alfabeto policial camuflada na frase, Ryan fica em silêncio.

— É um mendigo, gente boa — explica Bradford, verificando o retrovisor para sair do estacionamento. — A gente deve só dar uma advertência. Talvez chamar uma ambulância se ele estiver muito mal. O negócio dele é vodca. Bebe litros e mais litros. Tem uma resistência impressionante.

Ryan observa o trânsito enquanto eles esperam o sinal abrir. É uma experiência completamente diferente de quando está dirigindo o próprio carro. Ninguém acharia estranho se você pensasse que todo mundo é um motorista exemplar; parece uma cena saída de *O show de Truman*, todo mundo atuando. As mãos bem posicionadas no volante. Os olhos atentos à frente.

— Impressionante como todo mundo se comporta bem — comenta Ryan, e Bradford não diz nada. Ryan continua pensando no Velho Sandy e na vodca. E, claro, no próprio irmão. — Qual é a história dele? — pergunta. — Do Velho Sandy?

— Não tenho a menor ideia.

— A gente pode perguntar?

— Rá — devolve Bradford, mantendo os olhos à frente. — É... se a gente fosse fazer isso com todo mundo, seríamos uns heróis, né?

— Pois é — responde Ryan baixinho.

A chuva deixa tudo borrado lá fora, o asfalto refletindo as luzes de freio e o branco do céu.

— Primeira regra deste trabalho: quase todas as chamadas de emergência são entediantes ou envolvem imbecis. Em geral, as duas coisas — completa Bradford, categórico. — E imbecis não têm salvação.

— Certo, que beleza — responde Ryan com sarcasmo.

— Segunda regra: recrutas são sempre uns bananas.

Eles chegam à praia, e Bradford estaciona perfeitamente numa vaga. Ryan não se dá o trabalho de responder ao comentário.

— Anda, Mike — chama Bradford, saindo do carro.

Ryan cora de novo. O apelido vai pegar, ele sabe que vai. É assim que funciona. Ele uma vez foi a uma despedida de solteiro onde todo mundo passou o fim de semana inteiro chamando um dos caras de Punheteiro do Primeiro Andar, só por causa do andar do hotel onde o quarto dele ficava. Ryan nem chegou a saber qual era o nome do cara.

O Velho Sandy não é tão velho assim. Ele tem o rosto rosado e marcado de um alcoólatra, mas um corpo ágil. Está praguejando sobre Deus quando eles se aproximam, o mar agitado ao fundo e o cenário estranho da orla fora de temporada criando uma aura apocalíptica.

— E aí, Velho Sandy? — chama Bradford.

Sandy para e afasta o cabelo da testa ao reconhecê-lo.

— É você — diz para Bradford, com sinceridade. — Tava torcendo pra ser você.

Ryan mais tarde descobre que o nome dele é Daniel, e não Sandy. Os policiais o chamam de Sandy porque ele dorme na areia da praia — na *sand*.

Enquanto espera a próxima chamada, Ryan fita a chuva e suspira.

Seis incidentes depois. Uma violência doméstica: a décima quarta chamada feita por uma esposa que nunca parece ter coragem suficiente para prestar queixa. Foi o mais deprimente, mas, também — ainda que de um jeito estranho —, o mais interessante. Os outros... bem. Um homem que urinou na caixa de correio de uma funerária. Uma briga entre dois donos de cães sobre lixo nas ruas. Um caixa eletrônico que engoliu uma nota de dez libras. Fala sério. Mundano seria a descrição certa.

Ryan volta para a delegacia com Bradford às seis da tarde, a farda absolutamente encharcada, tão exausto como se tivesse passado a noite em claro.

— Até amanhã, Mike — diz Bradford, rindo consigo mesmo enquanto eles entram no prédio.

Mas Ryan ainda não pode bater o ponto: ele tem que preencher um registro de treinamento sobre cada chamada antes de poder ir para casa. Na verdade, está ansioso para entrar no silêncio de uma pequena sala de reuniões, ter a chance de pensar um pouco, colocar a cabeça no lugar. Finalmente tomar a porra de um chá. Seu cérebro parece um globo de neve que foi sacudido. Achou que ia ser... achou que ia ser diferente disso.

Ele anda pela recepção, passa pela escrivã — é outra agora, mas com a mesma expressão entediada — e segue por um corredor silencioso com uma luz de emergência na parede. Queria poder ter um vislumbre de um suspeito sendo interrogado, ou de uma das celas, de qualquer coisa mesmo. Tudo menos chamadas de emergência. Seis chamadas por dia. Quatro dias por semana, três de folga. Quarenta e oito semanas por ano. Dois anos. Ryan não se dá o trabalho de fazer as contas de quantas chamadas isso dá, mas sabe que são muitas. Pode ser que hoje tenha sido diferente, um dia ruim. Quem sabe Bradford não estava só cansado? Talvez amanhã seja interessante. Quem sabe, quem sabe.

Ele abre a porta de uma sala de reuniões vazia. São duas portas, para isolar o som. Puxa uma cadeira para junto de uma mesa de metal simples, do tipo que você encontraria numa prefeitura de cidade do interior. Tira um caderninho do bolso do colete, pega uma caneta de um pote de plástico vermelho no canto da mesa e escreve a data no topo da página. Era para ter feito essas anotações ao longo do dia, mas Bradford falou que isso era palhaçada da escola de treinamento.

Ryan começa a escrever sobre Sandy e então para, querendo pensar um pouco. Querendo pensar em como pode fazer alguma diferença.

Em retrospecto, seu irmão começou a "dar trabalho", como a mãe dizia, no fim da adolescência. Começou roubando carros, depois passou a vender drogas. Foi da maconha à heroína no tempo em que um carro vai de zero a cem quilômetros por hora. E o que Bradford diria disso? No mínimo, que o irmão também estava desperdiçando o tempo da polícia. As circunstâncias eram as mais previsíveis — sem figura paterna para estabelecer parâmetros, sem perspectiva na vida. A mãe deles fez o melhor que pôde, mas ela nem sempre estava disponível, tinha dois empregos. O curioso é que o irmão queria ajudar com as finanças. Só isso. E ajudou, por um tempo, botando dinheiro em casa, embora todo mundo se perguntasse de onde ele o tirava.

Ryan toca a ponta da caneta no papel. Talvez ele *esteja* fazendo alguma diferença para pessoas como o seu irmão. O Velho Sandy ficou feliz em vê-los — parecia conhecer Bradford muito bem, aliás. Talvez eles o estejam ajudando, mas não do jeito que Ryan achou que iria ajudar.

Foda-se, pensa Ryan. Amanhã ele preenche esse caderno. Agora não está no clima.

Abre a porta da sala de reuniões. Um cara grande passa por ele. De terno. Deve ser detetive. Ryan sente algo de bom crescendo em seu peito. Tem, sim, claro, muitas oportunidades aqui ainda. Chances de realizar coisas interessantes e fazer alguma diferença. É só isso que ele quer. Não é isso que todo mundo quer?

— Boa tarde — diz Ryan para o homem.

Ele é alto, bem mais que um metro e oitenta, e forte também. Parece uma espécie de vilão de jogo de computador.

— Primeiro dia?

Ryan faz que sim.

— É... Estou atendendo chamadas.

— Diversão pura. — O homem ri. Ele estende a mão para Ryan. — Pete, mas pode me chamar de Montanha.

— Prazer — diz Ryan. — Você é detetive?

— Pagando meus pecados. — Ele recosta na parede cor de creme. Pega um chiclete e oferece outro para Ryan, que o aceita. O sabor de hortelã explode na boca. — Algum trabalho bom hoje? Quem é o seu tutor?

— Bradford.

— Ui.

— Pois é. — Ryan sorri. — Nenhum chamado bom ainda.

— É, imagino que não. Você não é daqui, é? Seu sotaque....

— Não, eu moro em Manchester — responde ele.

— Ah, é? E por que veio pra cá... As fascinantes e incessantes chamadas de emergência?

— Por aí — responde Ryan. — E, sabe como é, *querer fazer alguma diferença*. — Ele desenha aspas no ar.

— Logo você vai se arrepender disso. — Montanha desencosta da parede e anda pelo corredor. Ryan o segue. Um pouco antes de chegarem à porta que leva à recepção, Montanha se vira para ele. — Escuta, pode ser uma coisa boa não estar familiarizado com os jargões — comenta ele. — Você vai acabar descobrindo por quê.

— Você já ouviu a história do Mike, né? — comenta Ryan.

— Pois é — responde Montanha, mal contendo o sorriso.

— É... eu não tô tão em dia assim com os jargões, mas vou aprender — diz ele.

— Só cuidado pra não ficar bom demais nisso — devolve Montanha, enigmático. Ele masca o chiclete por mais alguns segundos, encarando a porta, pensando. — Nem todos os bons policiais falam desse jeito.

Dia Menos Três, 08:00

Jen abre os olhos. Está na cama. E é dia 26.

É o Dia Menos Três.

Ela vai até a janela da frente. Está chovendo lá fora. Onde isso vai terminar? Voltar para trás… o quê, para sempre? Até deixar de existir?

Ela precisa entender as regras. É o que qualquer advogado faria. Entender o estatuto, o sistema, aí você pode jogar o jogo. A única coisa que sabe até agora é que nada funcionou. Só pode presumir que, como voltou mais no tempo, não conseguiu evitar o crime. Só pode ser isso. Se evitar o crime, o loop temporal vai acabar. Essa *deve* ser a chave.

Ansiosa, abre o e-mail em busca de uma resposta de Andy Vettese, mas não há nada. Ela desce e vê Todd procurando alguma coisa.

— Tá em cima da estante da televisão — diz ela.

Sabe que ele está procurando a pasta de física. Sabe porque é mãe dele, mas também porque isso já aconteceu.

— Ah, valeu. — Ele lhe oferece um sorriso tímido. — Hoje tem física quântica.

Nossa, ele está muito mais alto que ela. Ele costumava ser bem mais baixo que ela, o braço estendido para cima no caminho da escola, a mão quente sempre procurando a dela. Ele ficava irritado quando Jen não podia segurar a mão dele porque estava ocupada procurando alguma coisa dentro da bolsa ou apertando o botão do sinal para pedestres. Toda vez ela se sentia culpada. É uma loucura a quantidade de coisas que podem fazer uma mãe se sentir culpada.

Agora, olha só, trinta centímetros mais alto que ela e incapaz de fitá-la nos olhos.

Talvez tivesse razão de se sentir culpada, pensa meio desesperada. Talvez não devesse ter feito nada além de segurar a mão dele. Seria capaz de listar mil crimes maternos: deixar o filho ver televisão demais, treiná-lo para dormir sozinho — o pacote completo, pensa ela com amargura.

— Você conhece algum Joseph Jones? — pergunta ela baixinho. Não para ver se ele vai responder, mas para ver se ele vai mentir, e ela acha que vai. O instinto materno é melhor que o de qualquer advogado.

Todd enche a boca de ar e assopra, então liga o celular no carregador da cozinha.

— Não — responde, a testa franzida numa expressão estudada. Ele nunca carregou o celular dele na cozinha antes de ir para a escola. Sempre deixa carregando durante a noite. — Por quê? — pergunta ele.

Jen avalia o filho. Interessante. Ele podia facilmente ter dito: "É um amigo do tio da Clio", mas optou por não responder. Exatamente como ela imaginava.

Ela hesita, pois não quer fazer nada muito grande, quer planejar.

— Por nada — diz.

— Então tá, Jen misteriosa. Mais uma pergunta que um axioma. Vou tomar um banho.

Todd deixa o celular carregando. Jen fica na cozinha, sem uma teoria, sem esperanças e com a única pessoa capaz de ajudar mentindo para ela.

Olha na direção da escada. Tem entre cinco e vinte minutos. Todd às vezes demora bastante no banho, mas às vezes sai depressa, correndo tanto para se vestir que as roupas se grudam ao corpo molhado. Ela tenta desbloquear o celular, mas erra a senha duas vezes.

Sobe às pressas. Vai revistar o quarto dele. Tem que achar algo de útil.

O quarto de Todd é uma caverna sombria pintada de verde-escuro. Cortinas fechadas. Debaixo da janela há uma cama de casal coberta por uma colcha xadrez. Uma televisão de frente para a cama. Há uma mesa no canto, embaixo da escada que sobe para o quarto dela e de Kelly. É arrumado, mas não é aconchegante: do mesmo jeito que muitos homens mantêm seus espaços. Sobre a mesa há apenas um abajur preto e um MacBook; junto à parede oposta, uma bicicleta ergométrica.

Ela abre o laptop e também erra a senha duas vezes. Olha ao redor do quarto, pensando na melhor forma de usar aquele tempo.

Abre freneticamente as gavetas da mesa e as da mesinha de cabeceira e olha debaixo da cama. Afasta o edredom e apalpa o fundo do armário. Sabe que vai encontrar alguma coisa. Pode sentir isso. Algo incriminador. Algo que nunca vai poder esquecer.

Revira o quarto inteiro. Nunca vai conseguir arrumar isso de novo, mas não se importa.

Já perdeu seis minutos. Uma unidade de tempo jurídico: um décimo de hora. Seu olhar pousa no Xbox. Ele está sempre jogando. Deve falar com alguém pelo videogame. Vale a pena tentar.

De ouvido atento ao barulho do chuveiro, ela liga o Xbox e entra no bate-papo. Que mundo sombrio. Mensagens trocadas com pessoas aleatórias sobre jogos assustadores, jogos de luta, jogos em que você ganha pontos suficientes para comprar facas e esfaquear outros jogadores...

Ela entra na caixa de saída, que tem duas mensagens recentes. Uma para Usuário78630 e uma para Connor18. A primeira diz: *tá bem*. A mensagem para Connor diz: *entrego às 23:00?*

Vai perguntar a Pauline sobre Connor. Ver se ele está envolvido com alguma coisa. Parece muita coincidência que eles tenham começado a se encontrar justo quando Todd saiu dos trilhos. E entregas às onze da noite... isso não soa nada bem.

Ela desliga o videogame e sai do quarto de Todd. Segundos depois, ele abre a porta do banheiro.

Os dois se cruzam no corredor. Ele está só com uma toalha enrolada na cintura.

Ela o fita nos olhos, mas ele não sustenta o olhar por muito tempo. Ela não é capaz de avaliar qual é o humor dele. Lembra da sua expressão facial na noite do assassinato. Não havia nenhum remorso em suas feições, em lugar nenhum, nem um pouquinho.

De que adianta ir para o escritório se, quando ela acordar amanhã, vai ser ontem? Pela primeira vez em sua vida adulta, de nada adianta trabalhar. Ela reflete sobre isso enquanto alimenta Henrique VIII.

Tenta ligar para um número que encontrou registrado no nome de Andy Vettese, mas ninguém atende. Pesquisa por ele no Google de novo. Ele ganhou algum tipo de prêmio científico na véspera por um artigo sobre buracos negros. Manda e-mails para outras duas pessoas que escreveram teses sobre viagem no tempo.

Pensa em como convencer o marido do que está acontecendo.

Jen suspira e, por fim, encontra um bloco cheio de anotações sobre um caso que não parece importar muito agora. Tudo o que ouve é o zumbido baixo do aquecedor.

Escreve no bloco: *Dia Menos Três.*

Embaixo, escreve: O *que eu sei.*

O *nome de Joseph Jones, o endereço dele*
Clio pode estar envolvida
Entregas para Connor?

Não é muito.

Pela primeira vez em muitos anos, Jen aparece na escola na hora da saída. O portão verde está lotado de pais. As panelinhas, os solitários, os arrumados, os muito desarrumados — tem de tudo. Em geral, Jen passaria o tempo dela no portão da escola se perguntando se as pessoas estavam falando dela, mas hoje pensa que gostaria de ter feito isso mais vezes. É no mínimo fascinante.

Ela vê Pauline na mesma hora. Está sozinha; ultimamente tem insistido em buscar Connor na escola, para saber se ele faltou ou não — ele recebeu uma advertência há pouco tempo por ter matado aula —, e depois vai buscar o filho mais novo, Theo. Está com uma jaqueta jeans e um cachecol imenso, olhando para o celular, as pernas cruzadas na altura do tornozelo.

— Pensei em ver como é esse negócio de buscar filho na escola — diz Jen para ela.

— Que honra — responde Pauline, erguendo o rosto do celular e rindo. — Só tem gente babaca aqui. Sério mesmo, a mãe do Mario, com aquela bolsa da Mulberry. Pra vir buscar o filho na escola!

Pauline é uma das suas amigas mais descontraídas. Jen trabalhou no divórcio dela, há três anos, separando-a sem dificuldade de Eric, o marido traidor. Pauline apareceu no escritório de Jen para uma primeira reunião levando umas imagens de capturas de tela que comprovavam a infidelidade de Eric. Jen a conhecia da escola, mas nunca tinha conversado com ela. Preparou um chá para Pauline, examinou, com muito profissionalismo, as mensagens incriminadoras que Eric enviara para a amante e disse que ia pegar o caso.

"Desculpa ter que te mostrar isso", Pauline disse para Jen em sua sala, guardando o celular no bolso e dando um gole no chá.

"É... é bom ter... hum... provas", comentou Jen. E, sem querer — e apesar do terninho engomado e do ambiente corporativo —, sentiu a expressão em seu rosto vacilar. "Por mais... hum... explícitas que sejam."

Pauline sustentou o olhar dela só por um segundo.

"Como você faz? Manda uma foto de pica na petição que vai pro tribunal?", perguntou, e as duas caíram na gargalhada, bem ali na sala de Jen.

Mais tarde, Pauline confessou com sinceridade: "Foi a primeira vez que eu ri desde que descobri aquelas fotos."

E, simples assim, da tragédia e do humor nasceu uma amizade, como acontece de vez em quando. Jen tinha ficado tão feliz quando Connor e Todd também se tornaram amigos. Até agora.

— Bom, você tem a mim agora, mas sem banho — diz Jen.

Pauline sorri e arrasta o All Star no chão.

— Não está trabalhando hoje?

Todd aparece ao longe, caminhando com Connor, um dos poucos alunos mais altos que ele. Mais forte também, um garoto corpulento.

— Não.

— E como está a vida? Como vai aquele seu marido enigmático?

— Escuta — diz Jen, deixando a conversa fiada de lado.

— Ih, lá vem… — devolve Pauline. — Não gosto desse *escuta* dito com essa voz de advogada.

— Não é nada de mais — diz ela tranquilamente. — Eu acho que o Todd está… não sei… enrolado com alguma coisa…

— Com o quê? — pergunta Pauline, soando séria de repente.

Mesmo com todo o seu humor, ela é uma mãe formidável no que importa. Tolera os cigarros e os palavrões, pensa Jen, mas não mais que isso. Olha ela aqui: vindo conferir se Connor não matou aula.

— Não sei… É só que… O Todd tem andado meio estranho. E eu fiquei pensando… será que isso está acontecendo com o Connor também?

Pauline inclina a cabeça para trás só um pouquinho.

— Entendi.

— Pois é.

Mais responsáveis começam a se aproximar do portão. Crianças de 11 e 15 anos cumprimentam os pais, e Jen fica se perguntando como só fez isso umas poucas vezes, optando por valorar evidências no escritório, avaliar estagiários, organizar documentos. Ganhar dinheiro. Ela se pergunta, agora, de que serviu aquilo tudo.

— Ele parece bem… — comenta Pauline lentamente, e Jen sente-se de repente tão grata à amiga, que entendeu as entrelinhas da sua pergunta e optou por não se ofender. — Mas pode deixar que eu vou ver se descubro alguma coisa — acrescenta ela pouco antes de Connor e Todd chegarem.

— E aí? — Connor cumprimenta Jen.

Ele tem uma tatuagem que parece um colar, ou quem sabe as contas de um terço, sumindo por baixo da gola da camisa de malha. Tatuagens são uma escolha muito pessoal, Jen diz a si mesma. Deixa de ser esnobe.

Connor tira o maço de cigarros do bolso, e Jen fica aliviada ao ver Pauline reagindo com ares de reprovação. Ele aciona o isqueiro ainda encarando Jen. A chama ilumina seu rosto por um breve instante. Ele dá uma piscadinha tão discreta para Jen que passaria despercebida se ela não estivesse prestando atenção.

A noite não está sendo fácil. Todd saiu assim que pisou em casa.

"Vou pra casa da Clio", dissera ele. Todd tinha ficado irritado com a aparição dela na escola e estava chateado com Kelly também. "Será que vocês dois não podem arrumar o que fazer?", perguntara ao se deparar com o pai e a mãe em casa às quatro da tarde.

Depois que ele saiu, Jen procurou Clio no Facebook. Ela é uns dois anos mais velha que Todd, mas ainda está estudando. Alguma faculdade de artes da região. Seus posts são cuidadosamente elaborados. Fotos dela como se fosse uma modelo, uma quantidade estranhamente grande de memes políticos, muitos buquês de flores. Coisas bem adolescentes e inofensivas. Jen decide que vai visitá-la em breve. Conversar com ela.

Arruma a casa, pensando no que Pauline pode descobrir. Que perda de tempo essa limpeza, ela reconhece enquanto esfrega a bancada da cozinha e coloca a louça na máquina. Quando acordar ontem, nada disso terá sido feito, mas não é exatamente essa a sensação que a gente tem com o trabalho doméstico?

Vinte minutos depois, Pauline liga.

— Conversei com o Connor — diz ela. Pauline sempre fala sem preâmbulos, indo direto ao ponto. — E também dei uma sondada.

— Conta tudo. — Ela fecha a cortina da porta que dá para o jardim, sentindo os braços arrepiarem.

— Dei uma olhada no celular do Connor. Nada de suspeito. Só umas fotos desagradáveis. Puxou ao pai.

— Caramba.

— O que está acontecendo com o Todd?

— Parece que ele conheceu uns homens mais velhos… um tio e um amigo da namorada nova dele. A casa deles tem um clima estranhíssimo. E eles têm uma empresa chamada Corte & Costura Ltda. Acabaram de abrir, não tem prestação de contas, nada. Acho que é só fachada. Bem estranho dois homens abrirem uma empresa de costura, não acha?

— Verdade. E… é só isso?

Jen suspira. Óbvio que não, mas o restante não é crível. Um submundo sombrio que termina num assassinato que ela tem que desvendar. Ela se afasta da porta do jardim, assombrada.

E é então que se dá conta. De uma hora para outra. A reportagem que viu no jornal ontem, o acidente de trânsito. Vai acontecer esta noite, e vai estar no noticiário de amanhã. Isso ela pode usar. Pode usar para convencer a pessoa com quem ela mais precisa se abrir. Se conseguir convencer Kelly, talvez isso quebre o ciclo, quebre o loop temporal, e ela acorde amanhã.

— Eu vou te atualizando — diz ela para Pauline. — Não precisa se preocupar. Não… não deve ser nada — acrescenta ela, se perguntando por que sempre tem a necessidade de fazer isso. De ser descontraída, de não preocupar as pessoas, de ser *boa*.

— Espero que não — responde Pauline.

Kelly aparece na cozinha bem mais tarde, depois das dez da noite.

— O que foi? — pergunta ele, observando a expressão dela com curiosidade. — O que está acontecendo?

— Você pode vir comigo a um lugar? — pergunta ela.

— Agora? — devolve ele. Ele a observa por um instante. — Você foi pra malucolândia? — pergunta, com um sorrisinho irônico.

Depois que eles se conheceram e viajaram pelo Reino Unido de motorhome, foram morar no interior do condado de Lancashire, só os três, numa casinha branca com telhado de ardósia cinza, no sopé de um vale que, no inverno, ficava encoberto pela neblina como se fosse um chapéu de algodão-doce. Era a casa preferida de Jen. Kelly inventou o termo naquela época, quando ela costumava entrar em casa e descrever para ele o dia inteirinho dela no trabalho. Ela nunca precisou de mais ninguém.

— Com certeza.

— Vamos, então. Vamos dar uma volta.

Seus olhos se encontram, e Jen se pergunta sobre o que ela está prestes a desencadear, se o futuro vai ser diferente agora. Será que, juntos, eles vão piorar as coisas, será que, enquanto está de pé aqui nesta cozinha, completamente imóvel, existe algum futuro alternativo em curso no qual é Todd que é assassinado, no qual ele foge, no qual ataca mais de uma pessoa?

Jen abre a porta da casa. Está animada. Animada por poder apresentar para ele provas reais e tangíveis.

A brisa noturna é fria e úmida, como na primeira noite. Tem o cheiro do orvalho do outono.

— Eu tenho uma coisa pra te contar, e sei como você vai reagir, porque já te contei antes — começa ela.

A mão de Kelly está quente junto da dela. A rua está molhada da chuva. Jen está ficando melhor nessa explicação.

— É sobre trabalho?

Kelly está acostumado com Jen fazendo perguntas sobre o trabalho e teorizando com ele, embora ele não faça mais do que ouvir. Na semana passada ela perguntou para ele do Sr. Mahoney, que queria dar a pensão inteira dele para a ex-mulher só para não ter que entrar na briga. Kelly deu de ombros e disse que, para algumas pessoas, evitar problemas é algo que não tem preço.

— Não.

E ali, na escuridão, ela conta tudo a ele, todos os detalhes. De novo. Conta da primeira vez, e depois do dia anterior, e do dia anterior àquele. Ele ouve tudo, os olhos fixos nela, do jeito que sempre faz.

Depois que ela termina, ele permanece sem falar nada por alguns instantes. Fica só ali, recostado na placa de trânsito, perto de onde o acidente está prestes a acontecer, parecendo perdido em pensamentos. Por fim, Kelly parece chegar a uma conclusão e pergunta:

— Você acreditaria nisso se fosse eu?

— Não.

Ele deixa escapar uma gargalhada.

— Certo.

— Eu juro — diz ela —, por tudo que a gente mais preza, pela nossa história, que eu estou falando a verdade. O Todd vai matar uma pessoa no sábado, tarde da noite. E eu estou voltando no tempo para evitar que isso aconteça.

Kelly fica em silêncio por um minuto. Começa a chuviscar de novo. Ele afasta o cabelo da testa quando fica molhado.

— Por que a gente tá aqui?

— Para eu te dar uma prova disso. Daqui a pouco vai passar um carro aqui — diz ela, apontando para a rua escura e vazia. — Ele vai perder o controle e capotar de lado. Deu no jornal ontem à noite. O seu amanhã. O motorista escapa sem nem um arranhão. É um Audi preto. Ele capota ali. Não vai chegar perto da gente.

Kelly esfrega o queixo com a mão.

— Certo — repete com desdém, confuso.

Eles ficam recostados, lado a lado, na placa de trânsito.

Bem quando ela começa a achar que o carro não vem mais, ele aparece. Jen ouve primeiro. Um ruído de aceleração bem ao longe.

— Tá chegando.

Kelly olha para ela. A chuva aumentou. O cabelo dele começa a pingar.

O carro faz a curva. Um Audi preto, em alta velocidade, fora de controle. Um motorista obviamente imprudente, ou bêbado, ou os dois. Passa por eles com o motor estourando igual a um tiro de revólver. Kelly observa, os olhos fixos no carro. Uma expressão inescrutável no rosto.

Com uma das mãos, Kelly cobre a cabeça com o capuz do casaco para se proteger da chuva, bem na hora que o carro capota. Um ruído metálico e uma derrapagem. A buzina toca.

E então, nada. Um instante de silêncio enquanto a fumaça sobe do carro, e de repente o motorista aparece, os olhos arregalados. Deve ter uns 50 anos e vem caminhando lentamente na direção deles.

— Você teve sorte de escapar dessa — comenta Jen.

Kelly está olhando para ela de novo. Parece irradiar descrença, mas também uma estranha sensação de pânico.

— Pois é — responde o homem. Ele apalpa a perna, como se mal pudesse acreditar que está bem.

Kelly balança a cabeça.

— Não tô entendendo.

— Vai aparecer um vizinho oferecendo ajuda — narra Jen.

Kelly espera, em silêncio, um dos pés apoiado no poste da placa de trânsito, os braços cruzados. Uma porta se abre de supetão.

— Já chamei uma ambulância — anuncia uma voz algumas casas adiante.

— Agora você acredita em mim? — pergunta ela a Kelly.

— Não consigo pensar em nenhuma outra explicação — responde ele depois de alguns segundos. — Mas isso é... isso é *loucura.*

— Eu sei disso. É claro que eu sei. — Ela se põe diante dele e o encara. — Mas eu juro. Eu juro, eu juro, eu *juro* que é verdade.

Kelly faz um sinal, apontando para a rua, e eles começam a andar, mas não na direção de casa. Os dois andam a esmo, juntos, na chuva. Jen acha que ele talvez esteja acreditando nela. De verdade. E isso com certeza vai mudar alguma coisa, não vai? Se o pai de Todd acreditar nisso. Quem sabe Kelly não vai acordar com ela e vai ser o dia de ontem para ele também? É um tiro no escuro, mas tem que tentar.

— Isso não faz o menor sentido — diz ele. Kelly fita a luz da rua enquanto andam. — Você não tinha como saber daquele carro. Tinha? — Ele está tentando encontrar uma explicação.

— Não. Quer dizer... não tinha como mesmo.

— Eu não entendo... — Sua respiração se condensa numa névoa no ar diante de si. — Não consigo imaginar...

— Eu sei.

Eles viram à esquerda, depois entram num beco, passam por seu restaurante indiano preferido e então começam a fazer um contorno lento de volta para casa.

Por fim, ele pega a mão dela.

— Se for verdade, isso deve ser horrível — diz.

Esse *se*. Que maravilha ouvir isso. É um pequeno passo, uma pequena concessão de marido para mulher.

— É horrível — devolve ela, emocionada.

Ao pensar nos últimos dias de pânico e alienação, seus olhos ficam marejados e uma lágrima desce por sua bochecha. Ela olha para os pés deles enquanto caminham pelas ruas em perfeita sincronia. Kelly deve estar observando Jen, porque ele para e enxuga a lágrima com o polegar.

— Eu vou tentar — diz ele baixinho para ela. — Vou tentar acreditar.

Quando eles entram em casa, ele puxa uma banqueta da bancada da cozinha e se senta com as pernas abertas, os cotovelos na bancada, os olhos fixos nela, as sobrancelhas arqueadas.

— Você tem alguma teoria? Sobre esse tal... Joseph? — pergunta Kelly.

Henrique VIII sobe na ilha da cozinha, e Jen puxa o gato para junto de si, o pelo tão macio, o corpo gordo e submisso, e o segura com as mãos como se estivesse segurando uma tigela. Está tão feliz de estar aqui. Com Kelly. No mesmo lugar no universo, se abrindo com ele.

— Hum... não. Mas na noite em que Todd o esfaqueou, foi como se ele tivesse visto esse Joseph e então... entrado em pânico. E foi aí que ele o atacou.

— Então ele tem medo do cara.

— Tem! — concorda Jen. — É exatamente isso. — Ela olha para o marido. — Você acredita em mim?

— Vai ver eu só não quero te contrariar — devolve ele, descontraído, mas ela acha que não.

— Olha... eu anotei isto aqui — diz ela, ficando de pé e pegando o bloquinho. Kelly se junta a ela no banco estofado da cozinha. — É meio... quer dizer, é quase nada.

Kelly lê as anotações e então ri, uma risadinha mínima.

— Ai, meu Deus. É quase nada *mesmo.*

— Para, ou eu não vou te falar o número da loteria — devolve Jen, e é tão bom, mas tão bom poder rir de tudo isso. E tão bom estar de volta a esta dinâmica descontraída entre eles.

— Ah, é... tá bem. Escuta. Vamos anotar todos os motivos possíveis para ele ter feito isso. Até os mais malucos.

— Legítima defesa, perda de controle, conspiração — diz Jen. — Ele está trabalhando... sei lá, de matador de aluguel.

— A gente não tá num filme do James Bond.

— Tá bem, então descarta essa.

Kelly ri e traça uma linha por cima de *matador de aluguel.*

— Alienígenas?

— Para — reclama Jen por entre risos.

Eles seguem fazendo listas noite adentro. Todos os amigos do filho, os conhecidos com quem ela poderia conversar.

No banco mal iluminado, Jen deixa o corpo pesar. Ela se aconchega junto a Kelly, que a abraça imediatamente.

— Quando é que você... sei lá. Volta no tempo?

— Quando eu durmo.

— Então vamos ficar acordados.

— Já tentei fazer isso uma vez.

Ela fica ali, ouvindo a respiração dele desacelerar. Pode sentir a sua diminuindo também. Mas, hoje, está feliz de voltar no tempo. Está feliz de ter tido essa noite com ele.

— O que você faria? — pergunta ela, virando-se para ele.

Kelly pressiona os lábios, uma expressão no rosto que Jen não consegue decifrar.

— Tem certeza de que quer saber?

— Claro que tenho — devolve ela, mas, por um instante, se pergunta se quer mesmo.

Kelly pode ter um senso de humor meio macabro, mas, às vezes, ele mesmo é meio macabro, lá no fundo. Se Jen fosse traduzir a atitude deles em palavras, diria que ela espera o melhor das pessoas, e Kelly, o pior.

— Eu o mataria — responde ele baixinho.

— O Joseph? — pergunta ela, boquiaberta.

— É. — Ele desvia o olhar de onde quer que estivesse focado e se vira para ela. — É, eu mesmo o mataria, esse tal de Joseph, se pudesse.

— Para o Todd não ter que fazer isso — completa ela, quase num sussurro.

— É isso aí.

Ela estremece, arrepiada com a resposta direta, com a acidez que seu marido às vezes expressa.

— Mas você seria capaz disso?

Kelly dá de ombros, fitando o jardim escuro lá fora. Ele não tem a intenção de responder a isso, Jen percebe.

— Então, amanhã — murmura ele, puxando-a para junto de si novamente. — Amanhã vai ser ontem pra você e amanhã pra mim?

— É isso aí — responde ela, triste, mas pensando que talvez não seja esse o caso, que o fato de ter contado para ele tenha de alguma forma revertido o destino. Kelly está quieto; está pegando no sono. As piscadelas de Jen se tornam mais demoradas.

Aqui estão eles, juntos nesta noite, mesmo que amanhã talvez estejam separados, feito dois passageiros em dois trens indo em sentidos opostos.

Dia Menos Quatro, 09:00

Quatro dias para trás.

E o pior: o bloco de anotações está em branco.

Jen dá um grito de frustração na cozinha. É lógico que está em branco. É lógico, porra. Porque ela ainda não escreveu nada. Porque ela está no passado.

Kelly aparece na cozinha, mordendo uma maçã.

— Cacete — exclama ele —, que maçã mais azeda. Aqui… dá uma mordida. Igual a chupar limão!

Ele oferece a maçã a ela, com o braço esticado, os olhos felizes, cheios de rugas de expressão.

— Você se lembra da nossa caminhada ontem à noite? — pergunta ela, desesperada.

— Hein? — devolve ele, com a boca cheia. — O quê?

Está na cara que ele não se lembra. Contar não mudou nada. Há apenas doze horas eles ficaram juntos aqui no banco estofado e fizeram um plano. O acidente de carro, a certeza estampada no rosto dele quando olhou para ela. Tudo se foi, relegado não ao passado, mas ao futuro.

— Deixa pra lá.

— Tá tudo bem contigo? Você tá com uma cara péssima — comenta ele.

— Ah, a vida de casados. Tão romântica.

Mas, no fundo, sua mente está a mil. Se o bloco está em branco, então — obviamente — as ligações telefônicas que ela fez para Andy Vettese e os e-mails que mandou para ele também não existiram, ainda. Ela verifica a caixa de e-mails enviados: nada. Mas é lógico! Não é de admirar o fato de ele não ter respondido. É tão difícil se acostumar a uma vida vivida ao contrário. Mesmo quando acha que está entendendo, na verdade, não está. Se atrapalha toda.

Ela precisa sair de casa, fugir deste Kelly que não sabe nada sobre o amanhã, nem sobre o dia seguinte, nem sobre tudo o que acontece depois. Precisa fugir dos blocos de anotação que se apagam e das facas nas mochilas da escola, e da cena do crime esperando lá fora, em silêncio.

Precisa ir para o trabalho. Voltar para Rakesh e para Andy Vettese também.

Dez da manhã. Um cafezinho com açúcar, a mesa da sua sala e Rakesh. Ao longo dos anos, Rakesh já esteve de pé ali diante dela milhares de vezes, em geral ele aparece de manhã cedo e reclama que não quer começar a trabalhar. Essa é a base da amizade deles: reclamar da vida.

— Você pode entrar em contato com o Andy pra mim? — Jen pergunta a ele.

Ela acaba de contar a Rakesh, mais uma vez, o que está acontecendo. Explicou tudo a ele de forma meio apressada, parecendo inverossímil e aleatória. Já explicou tudo isso tantas vezes que está cansada da sua tragédia, como alguém que já presenciou tanta morte e destruição que ficou imune.

Ainda assim, como da outra vez, Rakesh parece acreditar que ela realmente acha que isso está acontecendo. Passivamente, sério, talvez fechando algum diagnóstico na cabeça, mas sem dizer nada.

— Não consigo entrar em contato, e preciso muito falar com ele — diz ela, com toda a sinceridade, mas também urgência. Precisa falar com Andy *hoje*: ele é tudo o que ela tem.

Rakesh mantém as mãos unidas apenas pelas pontas dos dedos, um gesto que faz com frequência.

— Eu tenho certeza de que nunca te falei do Andy — comenta ele com um sorrisinho.

— Você vai falar... daqui a alguns dias.

— Certo — responde ele, fitando-a com firmeza, os olhos castanhos fixos nos dela.

Está com um colete de lã roxo. No bolso da calça, dá para notar o contorno retangular de um maço de cigarros. Certas coisas não mudam.

Jen não pode deixar de sorrir para ele.

— Liga pra ele, por favor. Ele trabalha perto daqui, não é? Na Universidade John Moores? Eu posso dar um pulo lá... qualquer coisa.

— E o que eu vou ganhar com isso? — Rakesh se recosta no batente da porta.

— Ah, você vai barganhar comigo?

— Sempre.

— Eu preencho o seu formulário de custas processuais do caso do Blakemore.

— Nossa, fechado — devolve ele na mesma hora. — Você é tão bobinha. Eu teria feito por uma batata.

— E eu também vou ficar com o maço de cigarros, pra ver se você toma jeito de novo. — Ela aponta para o bolso dele. Rakesh pisca e tira o maço do bolso.

— Uau. Tá legal. Entendi. — Ele se afasta pelo corredor. — Vou ligar pra ele agora. — E levanta a mão, num gesto de despedida. — Já te falo.

— Obrigada, muito obrigada — responde Jen, embora ache que ele não pode mais ouvi-la. Ela pousa os cotovelos na mesa em que trabalhou durante os últimos vinte anos, sentindo-se momentaneamente aliviada de ter encontrado um perito.

A luz do sol aquece suas costas. Tinha se esquecido dessa sensação de calor. Aqueles poucos dias de outubro que pareceram, por um breve período, a volta do verão.

Andy disse que vai estar no centro de Liverpool dali a duas horas. Jen — como a idiota que é — preenche o formulário de Rakesh para ele.

Jen e Andy combinaram de se encontrar num café do qual ela gosta. É um lugar despretensioso, barato, e o café é bom e forte. Ela acha o clima retrô bem interessante: o chá custa uns poucos centavos, e não várias libras, há sanduíche de presunto no cardápio e bancos de vinil rasgados.

No caminho até o café, desviando das pessoas que estão indo às compras e dos artistas de rua desafinados, todas as suas falhas na criação de Todd inundam a sua mente. O modo como dava leite demais para ele dormir mais, virando a mamadeira enquanto via televisão no meio do dia, entediada, sem fazer contato visual com o filho. A vez em que gritou de frustração porque ele não dormia. A rapidez com que voltou a trabalhar porque o pai dela a pressionara; e o fato de ter colocado Todd tão novo na creche, novo demais. Foi ela que plantou essa semente? Ela foi uma mãe de merda, ou só humana? Não sabe dizer.

Andy já está no café, a uma mesa de fórmica: Jen o reconhece na mesma hora pela foto do LinkedIn. Tem mais ou menos a mesma idade que Rakesh e o cabelo grisalho e revolto. Está com uma camisa de malha com os dizeres *Franny & Zooey*. É um livro do J. D. Salinger, não é?

— Obrigada por encontrar comigo — diz Jen depressa, sentando-se diante dele. Ele já pediu dois cafezinhos. Na mesa há uma jarrinha de metal com leite, e ele aponta para ela, sem dizer uma palavra. Nenhum dos dois bota leite no café.

— É um prazer — responde Andy, mas não é o que a sua voz transmite.

Ele parece cansado, da mesma forma que ela se sente quando se vê obrigada a oferecer consultoria jurídica de graça no meio de uma festa. Dá para entender.

— Isso deve ser... bom, isso deve ser algo meio inusitado — diz ela, colocando açúcar no café.

— Pois é — comenta ele, recostando-se na cadeira e dando de ombros de leve. Ele tem um sotaque americano discreto. — É verdade. — Ele entrelaça os dedos, apoia a cabeça e fica olhando para ela. — Mas o Rakesh é um grande amigo.

— Não vou tomar muito do seu tempo — promete ela, embora não seja verdade. Quer que ele fique ali com ela o dia inteiro: de preferência, até ontem.

Andy levanta as sobrancelhas e fica em silêncio.

Ele dá um gole no café e o pousa de volta na mesa, fitando-a com os calmos olhos castanho-claros. Então gesticula, o tipo de sinal que você faria ao convidar alguém a entrar por uma porta.

— Pode falar — diz secamente.

Jen começa a se abrir. Ela conta tudo. Todos os pormenores. Fala depressa, gesticulando, quantidades insanas de detalhes. Todas as minúcias. A abóbora, o marido pelado, Corte & Costura Ltda., a faca, como ela tentou ficar acordada, o carro capotando, Clio. Tudo.

Em silêncio, uma garçonete com um bule na mão serve mais café para eles, e Andy agradece, mas só com os olhos e um pequeno sorriso. Ele não interrompe Jen uma vez sequer.

— Acho que é isso — conclui ela.

O vapor sobe até as luzes fluorescentes no teto. O lugar está quase completamente vazio hoje (seja lá que dia é esse), no meio da manhã, num dia de semana. Jen sente-se tão cansada de repente que, com outra pessoa temporariamente no controle da situação, acha que seria capaz de dormir ali mesmo naquela mesa. Ela se pergunta o que aconteceria se o fizesse.

— Não preciso perguntar se você acredita no que está me contando — diz Andy depois do que parece ser um momento de reflexão.

O tom relativamente passivo-agressivo com o qual ele diz *se você acredita* perturba Jen. É o linguajar de médicos, adversários no tribunal, parentes hostis, consultores de perda de peso...

— Eu acredito — responde ela. — Se isso te serve de consolo.

Ela esfrega os olhos por um minuto, tentando pensar em alguma coisa. Anda. Você é uma pessoa inteligente. Não é tão difícil assim. É o mesmo tempo de sempre, só que andando para trás.

— Daqui a dois dias você vai ganhar um prêmio — diz ela, pensando na notícia que leu sobre ele quando não obteve resposta ao e-mail que enviou. — Por seu trabalho com buracos negros.

Quando ela abre os olhos, Andy está imóvel, com o café a meio caminho da boca, o copo de isopor formando uma elipse por causa da pressão de seus dedos. Ele está boquiaberto, os olhos fixos nela.

— O Prêmio Penny Jameson?

— Acho que é... Eu vi quando pesquisei você no Google.

— Eu vou ganhar?

Jen sente uma pontada de triunfo dentro de si. Pronto.

— Vai.

— Esse prêmio é sigiloso. Eu até sei que estou na lista de pré-selecionados. Mas ninguém mais sabe. Isso não é... — Ele pega o celular e digita em silêncio por um segundo, depois o pousa na mesa, com a tela para baixo. — Essa não é uma informação aberta ao público.

— Fico feliz que não seja.

— Certo, Jen — continua ele. — Você conseguiu a minha atenção.

— Ótimo.

— Que interessante. — Andy chupa o lábio inferior para dentro da boca. Ele tamborila os dedos nas costas do celular.

— Então, isso é cientificamente possível? — pergunta ela.

Ele abre bem as mãos, então segura o copo novamente.

— Ninguém sabe — responde ele. — A ciência é muito mais uma arte do que você poderia imaginar. O que você está descrevendo viola a lei da relatividade geral de Einstein, mas quem é capaz de afirmar que é o teorema que controla a nossa vida? Ninguém provou que é *im*possível viajar no tempo — diz ele. — Se você conseguir ultrapassar a velocidade da luz...

— Eu sei, eu sei, uma força gravitacional mil vezes o meu peso corporal, né?

— Exatamente.

— Mas... eu não senti nada assim. Posso perguntar uma coisa? Você acha que eu também andei para a frente no tempo? Então, em algum lugar, estou vivendo uma vida em que o Todd foi preso?

— Você acha que pode ter mais de uma de você?

— Talvez.

— Espera um pouco. — Ele pega a faca da cesta de talheres ao lado deles. — Você pode usar isso?

— Usar isso?

— Só um cortezinho mínimo. — Ele deixa o resto implícito.

Jen engole em seco.

— Ah. Certo. — Ela pega a faca e faz, com toda a sinceridade, o corte superficial mais patético do mundo na lateral do dedo. Praticamente um arranhão.

— Mais fundo — insiste ele.

Jen enfia a faca mais fundo na ferida. Uma gota de sangue escapa.

— Certo — diz ela, limpando com um guardanapo. — Certo? — Ela fita o corte de um centímetro de comprimento.

— Se o corte não estiver aí amanhã… Eu diria que você está acordando todos os dias no seu corpo de ontem. Você passa da segunda-feira para o domingo, e então para o sábado.

— Em vez de viajando no tempo?

— É. Me diz uma coisa. — Ele se debruça para a frente. — Você sentiu algum tipo de… compressão quando isso aconteceu? Ou só o *déjà-vu*?

— Só o *déjà-vu*.

— Que curioso. O pânico que você sentiu pelo seu filho… você acha que isso pode ter causado esse sentimento?

— Não sei — diz Jen baixinho, quase como se estivesse falando consigo mesma. — É uma loucura. É tudo tão louco. Eu ainda não telefonei para você. Eu vou ligar… mais para o fim da semana. Vou deixar um monte de mensagens.

— Me parece — comenta Andy, terminando o café — que, na verdade, você já entendeu as regras do universo no qual se encontra sem querer.

— Não é essa a sensação que eu tenho — diz ela, e ele abre um sorriso breve.

— Teoricamente, é possível que você tenha de alguma forma criado uma força tal que ficou presa numa curva fechada do tipo tempo.

— Teoricamente. Certo. Então… como eu faço para… sair dessa curva?

— Colocando a física de lado um pouco, a resposta óbvia seria que você vai voltar ao começo de tudo, certo? Voltar ao que acabou levando o Todd a cometer o crime?

— E aí, o quê? Se você tivesse que dar um chute? — Ela ergue a mão num gesto pacífico. — Sem pressão. Pode só dar um palpite. O que você acha que iria acontecer?

Andy morde o lábio inferior, fitando a mesa, então volta a olhar para ela.

— Você impediria que o crime acontecesse.

— Nossa, tomara que sim — diz Jen, com os olhos marejados de lágrimas.

— Você me permite fazer uma pergunta que pode soar meio espirituosa? — diz Andy. O ar ao redor deles parece ficar mais silencioso quando ele pousa os olhos nos dela. — Por que *você* acha que isso está acontecendo com você?

Jen hesita, prestes a dizer — de um jeito espirituoso também — que não sabe: e que foi por isso que o forçou a se encontrar com ela. Mas algo a impede de dizer isso.

Pensa nos loops temporais, no efeito borboleta, num detalhe mínimo.

— Eu fico me perguntando se tem alguma coisa que eu sei, e que só eu sei, que é capaz de deter o assassinato — diz ela. — No fundo do meu inconsciente.

— Conhecimento — concorda Andy. — Não é uma questão de viagem no tempo, ciência nem matemática. Não seria esse simplesmente um caso de… você ter o conhecimento, e o amor, para impedir um crime?

Jen pensa na faca que encontrou na mochila de Todd, e na Eshe Road North.

— Tipo, em todos os dias que vivi de novo até agora eu aprendi alguma coisa agindo de forma diferente… seguindo alguém, ou testemunhando uma coisa que eu não tinha visto da primeira vez. Só de prestar mais atenção nas pequenas coisas.

Andy brinca com a xícara vazia na mesa, os lábios comprimidos, ainda pensando, os olhos concentrados na janela atrás de Jen.

— Sendo assim, faria sentido dizer que todos os dias aos quais você retorna são de alguma forma significativos para o crime?

— É, talvez.

— Então, à medida que você for voltando... pode ser que você pule um dia. Pode ser que pule uma semana.

— Pode ser. Então eu deveria estar procurando pistas em cada um desses dias?

— É, provavelmente — diz ele.

— Estava na esperança de que você talvez... sabe como é... me desse uma solução. Um jeito de sair. Sei lá, duas dinamites e um código, ou algo assim.

— Dinamite — repete Andy com uma gargalhada.

Ele fica de pé e oferece a mão para um aperto de despedida. Ela fecha os olhos ao apertá-la, só por um segundo. É de verdade. A mão dele é de verdade. *Ela* é de verdade.

— Até a próxima — diz ela, abrindo os olhos.

— Até — devolve ele.

Jen sai do café depois dele, perdida em pensamentos, tentando entender o que tudo aquilo significa. Ela liga para Todd, para saber onde ele está. Saber se está fazendo alguma coisa que ela perdeu da primeira vez que viveu este dia, sentindo um vigor renovado por tentar entender como mudar as coisas, como salvá-lo.

— Tudo bem? — diz ele ao atender.

Não há barulho nenhum onde ele está. Presa num corredor de vento no centro de Liverpool, Jen protege o corpo do vendaval.

— Só queria saber onde você está — diz ela.

— Na internet — responde ele, e Jen sorri. Seu filho, tão querido.

— Na internet... em casa? — pergunta ela.

— Tenho um tempo livre agora na escola. Então vim pra casa, tô na nossa rede privada, na minha cama, em Crosby, Merseyside, Reino Unido — responde ele, o riso permeando a voz.

Ela fita o céu e pensa: *Bom, veremos*. Ela poderá até ver agosto antes de novembro. Mas vai chegar à raiz do problema, seja ele qual for.

A lua está visível no céu, uma lua do meio-dia, pairando acima dos dois, quaisquer que sejam as versões deles. Ela, no passado. E Todd, passando por mudanças que o levarão a matar alguém dali a quatro dias.

— Tô indo pra casa — diz ela.

— E onde *você* tá?

— No universo — responde ela, e Todd ri, um som tão perfeito para ela que parece música.

Jen está de volta à Eshe Road North, torcendo para encontrar Clio. Presume que ela não more com o tio, mas talvez ele possa dizer onde ela mora.

Jen acha que Clio detém a chave do problema. Até onde sabe, faz uns dois meses que Todd a conheceu, mas pode-se acrescentar algumas semanas de segredo adolescente a isso. Não pode ser coincidência o fato de ter sido aí que tudo começou, junto com a amizade dele com Connor. Esse *tudo* sendo uma mudança amorfa e difícil de descrever. O mau humor, os segredos, a estranha palidez que ele exibe às vezes.

E aqui está ela, batendo à porta. Quase imediatamente, uma forma feminina surge atrás do vidro fosco. O coração de Jen salta no peito.

A porta se abre, e Jen se pega admirando a beleza de Clio. Aquela franja curta e chique, os olhos próximos um do outro. Está com o cabelo embaraçado, despenteado, mas isso fica bem nela, e não como a louca que Jen pareceria se tentasse adotar o mesmo visual.

— Oi — cumprimenta Jen.

Clio olha para trás, por cima do ombro, um gesto rápido e automático, mas Jen repara e fica se perguntando o que aquilo significa.

— Eu sou a mãe do Todd — explica ela, lembrando, após um instante de hesitação, que embora já tenha conhecido Clio, Clio ainda não a conheceu.

— Ah — diz Clio, o rosto bonito demonstrando surpresa.

— Eu queria saber... — começa Jen. Ela olha para baixo. Clio deu um pequeno passo para trás. Não para convidar Jen a entrar, mas como se estivesse prestes a fechar a porta. Jen lembra da expressão franca e curiosa da primeira vez que a viu, quando estava com aquela calça jeans rasgada, no fim do corredor. A expressão facial de Clio agora, sem Todd por perto, é completamente diferente. — Eu queria saber se a gente pode bater um papo? — Ela aponta para Clio. — Não tem nada a ver com... nada a ver com você, sério. Eu estou tranquila com você... com o namoro de vocês. Será que eu posso entrar... só um pouquinho? Você mora aqui? — gagueja ela.

— Olha... Não dá... — diz Clio.

Jen avalia o hall à volta dela. O casaco de Clio está pendurado em cima da porta do armário que Ezra fechou. Sobre o casaco há uma bolsa da Chanel que Jen calcula ser verdadeira. Uma bolsa dessas custa umas cinco mil libras, não custa? Como ela conseguiu pagar por isso? A menos que seja falsa?

— Não é nada grave — insiste Jen, os olhos ainda fixos na bolsa.

Clio está franzindo a testa. Ela começa a mexer a boca numa espécie de pedido delicado de desculpa.

— Eu não... — diz, torcendo as mãos unidas. Ela dá outro passo atrás. — Foi mal, de verdade. Eu... eu realmente não posso...

— Não pode o quê? — pergunta Jen, totalmente confusa.

— Não posso falar disso com você.

— Falar de quê? — pergunta Jen, lembrando de repente que Kelly achava que os dois tinham terminado. — Vocês não brigaram, brigaram?

Há uma ligeira alteração nas feições de Clio, mas Jen não é capaz de definir o quê. Alguma ficha parece ter caído para a menina, mas Jen não faz ideia do que seja.

— Me explica, por favor — pede ela pateticamente.

— Nós terminamos, mas voltamos ontem. É... complicado.

— Complicado como?

Clio se esquiva de Jen, passando os braços por cima da barriga, se curvando sobre si mesma, como alguém frágil ou que está passando mal.

— Desculpa — diz ela, quase num sussurro, dando mais um passo atrás. — Até mais… tá? — Ela fecha a porta, deixando Jen ali, sozinha.

Ela ouve o clique baixo da tranca da porta e, pelo vidro fosco, vê Clio se afastando.

Jen se vira para ir embora. Ao fazê-lo, uma viatura da polícia passa na rua. Bem devagar, muito devagar. É a velocidade que faz Jen notar o veículo. As janelas estão fechadas, o motorista está olhando para a frente, o carona — que Jen sabe com toda certeza que é o policial bonito que vai prender Todd — está olhando diretamente para ela. Enquanto Jen anda até seu carro, derrotada pela reação de Clio, desnorteada com o mistério que tem diante de si, a viatura faz a volta e retorna no sentido contrário.

Jen dirige, pensando no que Andy falou. No inconsciente dela, no que ela sabe, no que pode ter visto e descartado como insignificante, e no que está aqui para fazer. Não tem mais alternativa, ela pensa enquanto dirige. Tem que perguntar ao filho.

— Queria conversar uma coisa contigo — diz Jen, descontraída, caminhando com Todd até a lojinha da esquina.

Ele vai comprar um Snickers. Da outra vez ela comprou uma garrafa de vinho, mas hoje não está no clima. Os dois fazem isso com frequência. Todd por causa do apetite adolescente insaciável e… bom, o mesmo vale para Jen, na verdade.

Vai ter um homem de chapéu fedora na loja, e o chapéu é o trunfo de Jen. Imprevisível, vívido, verdadeiro. Está feliz por ter lembrado disso. Pode usar para convencer Todd e aí — na pior das hipóteses — descobrir o que *ele* faria na situação dela. Seu filho intelectual.

— Manda ver — diz Todd, descontraído.

Eles pegam uma rua lateral. O ar da noite tem o cheiro do jantar das outras casas, algo que Jen acha infinitamente nostálgico, pois a faz lembrar das férias de infância com os pais, nos campings para trailers e motorhomes. Ela nunca vai se esquecer das luzes alaranjadas das outras casas sobre rodas estáticas a distância, do barulho dos talheres, da fumaça dos churrascos. Nossa, que saudade ela sente do pai. Da mãe também, acha, embora mal se lembre dela.

— O que você faria se pudesse viajar no tempo? Iria pro futuro, ou pro passado? — pergunta Jen, e ele a encara, surpreso.

— Por quê? — Como sempre, antes que ela possa responder, ele continua: — Pro passado — diz, sua respiração soprando anéis de fumaça no ar noturno.

— Por quê?

— Eu ia contar umas coisas pro meu eu do passado. — Ele sorri consigo mesmo para a calçada. Jen ri baixinho. Essa geração Z é indecifrável. — Aí — continua ele —, ia mandar um e-mail para mim mesmo. Do meu eu do passado para o meu eu do futuro. Deixava programado. Tem uns sites em que dá pra fazer isso.

— Mandar um e-mail para você mesmo?

— É. Sabe como é. Descobrir que ações estão disparando na bolsa. Aí voltar no tempo, programar um e-mail, de mim para mim mesmo, dizendo: comprar ações da Apple em setembro de 2006, ou sei lá.

Ia mandar um e-mail para mim mesmo.

Taí uma coisa para tentar. Um e-mail, programado para chegar à uma da manhã do dia em que acontece, na noite de 29 para 30 de outubro. Ela vai escrever um e-mail com instruções: Vai lá fora, impede um assassinato. Sem dúvida, se tivesse aviso prévio, poderia deter Todd fisicamente?

— Você é tão inteligente.

— Ora, muito obrigado.

— Você deve estar querendo saber o motivo da pergunta — comenta ela.

— Na verdade, não — devolve ele, animado.

Ela começa a explicar que está voltando no tempo, sem falar do crime por enquanto.

Durante todo o caminho, Jen vai falando e, de tempos em tempos, olha para Todd. Se tivesse que prever a sua reação, diria que ele ainda precisa de convencimento. Ela o conhece. *Conhece* seu filho. Ele — em muitos sentidos, ainda um menino — acredita piamente em loops temporais, em viagem no tempo, em ciência, filosofia, *matemática cool* e em coisas excepcionais acontecendo na vida dele, que, em sua mente jovem, ainda acredita ser extraordinária.

Todd fica em silêncio por alguns segundos, olhando para o pé enquanto eles caminham no frio, uma careta no rosto. Ele arqueia uma sobrancelha para ela.

— Você tá falando sério? — pergunta.

— Tô. Sem brincadeira.

— Você viu o futuro?

— Vi.

— Tá bem, mãe. O que acontece então? — pergunta ele, descontraído, e Jen sabe que ele acha que ela está brincando. — Meteoro, a próxima pandemia, qual vai ser?

Jen não fala nada, perguntando-se quão honesta deve ser.

Ele olha para ela, observando a expressão em seu rosto.

— Você não tá falando sério.

— Estou, de verdade. Você vai comprar um Snickers. Vai ter um cara dentro da loja com um chapéu fedora.

— Tá bem… — Ele assente, uma única vez. — Um loop temporal. Um chapéu fedora. Vamos ver.

Jen sorri para ele, pensando que era de esperar que ele iria isolar o elemento do futuro que não pode controlar, o que pertence a outra pessoa: o chapéu. Exatamente o que achou que ele faria. Todd é uma pessoa muito mais fácil de convencer do que Kelly.

— Você sabe por quê? — pergunta ele.

— Daqui a quatro dias, uma coisa vai acontecer. Uma coisa que eu acho que preciso evitar que aconteça.

— Que coisa?

— Hum… não é nada bom, Todd. Daqui a quatro dias, você vai matar uma pessoa — diz ela.

Desta vez, é como se tivesse acendido uma fogueira. Uma pequena faísca, e então um fogaréu. Todd levanta a cabeça e a encara. Jen se sente tão quente, como se estivesse mesmo diante de uma fogueira. E se, ao contar para ele, ela *fizer* aquilo acontecer? Saber que se é capaz de matar pode mudar uma pessoa para pior?

Não. Ela decidiu fazer isso e precisa seguir em frente. Ele aguenta, o seu filho. Ele gosta de fatos. Ele gosta que as pessoas sejam diretas com ele.

Ele leva mais de um minuto para voltar a falar.

— Quem? — pergunta, como da última vez.

— Para mim, era um estranho. Você parecia conhecer o homem.

Ele não reage. Eles chegam à loja iluminada, ao lado de um restaurante chinês, e ficam do lado de fora. Por fim, ele ergue os olhos para ela. Jen fica surpresa ao perceber que estão molhados. Só uma camada fininha. Pode não ser nada. Pode ser só a iluminação da loja, o ar frio.

— Eu nunca mataria ninguém — diz ele, sem fazer contato visual. Ela abre os braços.

— Mas você vai matar. O nome dele é Joseph Jones.

Agora, os olhos dela também estão molhados. Todd avalia o rosto dela, ergue o indicador e entra na loja. Ele tem razão, claro, não mataria ninguém, exceto se não tivesse escolha. Ela o *conhece*: ele tentaria amenizar o problema, faria uma confissão falsa até. Todd faria uma porção de coisas antes de matar. Essa talvez seja a informação mais útil que Jen já descobriu.

Instantes depois ele sai da loja, e sua linguagem corporal mudou completamente. É uma coisa ínfima. Como se alguém tivesse apertado "pause" nos movimentos dele e então reiniciado seu corpo. Um leve gaguejar.

— Fedora — diz ele. Uma pausa. — Positivo e operante.

— Então você acredita em mim agora?

— Aposto que você viu o cara do chapéu subindo a rua.

— Eu não vi... Todd você sabe que eu não vi.

— Eu jamais mataria uma pessoa. Nunca, de jeito nenhum, nunca.

Ele ergue os olhos para o céu, e Jen poderia garantir, com o máximo de certeza possível, que viu um lampejo de decepção, mas também de compreensão, nas feições do filho. Como alguém que ficou sabendo de alguma coisa. Como quem descobriu o final, embora ainda no começo da história. A reação dele a pega de surpresa. O desafio não é a viagem no tempo: é a maternidade.

Ele se afasta dela. Jen o conhece. Ele se fechou no instante em que ela contou os detalhes.

— Por que você terminou com a Clio?

— Não é da sua conta. E a gente já voltou.

Jen suspira. Eles caminham num silêncio sepulcral.

Kelly abre a porta antes que Jen consiga pegar a chave. Todd passa por ele sem falar nada e sobe para o quarto. Curiosamente, ele não conta a Kelly o que Jen acabou de lhe dizer. Ela tem certeza de que em circunstâncias normais os dois aproveitariam a oportunidade para zoar dela.

Kelly está preparando uma torta. Ela se senta diante da bancada da cozinha enquanto ele coloca o recheio na travessa com a massa e abre o forno. O calor e o vapor do forno são tão fortes que ele praticamente some bem diante dos olhos dela.

Naquela noite, Jen pesquisa no Google como programar um e-mail e, esperançosa, manda a mensagem para o éter. Ao pegar no sono, torce para funcionar. Ela reza para que uma futura Jen, em algum lugar, evite o crime e encerre o loop temporal.

Dia Menos Oito, 08:00

O e-mail não funcionou. O corte que ela fez com a faca sumiu.

E, pela primeira vez, Jen voltou mais de um dia. Ela voltou quatro dias. Hoje é dia 21. Ela se senta na cama e pensa em Andy. Parece que ele tinha razão.

Ou então o processo está acelerando e, daqui a pouco, ela vai voltar vários anos de cada vez e deixar de existir completamente.

Não. Não pensa assim. Foco no Todd.

E, como se alguém tivesse lhe dado uma deixa, ela o ouve fechando a porta do quarto.

— Aonde você vai? — grita para ele.

Ela o ouve subindo as escadas até o último andar, onde fica o quarto de Jen e Kelly, e então aparece com um sorriso enorme no rosto. Ele parece um emoji feliz, como ele mesmo diria.

— Meu pai tá me obrigando a correr com ele — diz. — Reza por mim.

— Vou colocar você nas minhas orações — responde Jen e fica ouvindo os dois saírem de casa. É bom vê-lo assim. De bochechas coradas e feliz.

Em poucos minutos, ainda de roupão, ela está de volta ao quarto de Todd. Revirando as gavetas da mesa dele de novo, e as da mesinha de cabeceira, e debaixo do colchão. Debaixo da cama.

Enquanto vasculha o quarto, recita para si mesma o que sabe.

— Todd conhece Clio no fim do verão. Kelly falou: *Ele ainda está com a Clio? Achei que ele tinha dito que não estava mais*, poucos dias antes do crime. Todd confirmou um pouco antes disso que eles tinham terminado, mas que depois voltaram.

Pratos, copos, resmas e resmas de material escolar on-line impresso em casa. Atrás do armário, ela encontra uma folha de papel sobre astrofísica.

— A Clio tem medo de falar comigo — acrescenta, achando que pode ser um detalhe significativo. — E mais... aquela viatura esquisita da polícia, rondando a casa.

Finalmente, finalmente, finalmente, depois de vinte minutos, ela encontra algo que parece muito mais concreto do que ficar ouvindo as próprias divagações.

Está em cima do armário, bem lá atrás, mas não coberto de poeira, então não é velho.

A tal *coisa* é um pacote pequeno e cinzento atado com um elástico. Jen desce da cadeira de escritório de Todd e segura o pacote nas mãos. É droga, acha ela, deve ser droga. Com as mãos trêmulas, ela solta o elástico e abre o plástico-bolha.

Não é droga.

O pacote contém três itens.

Um distintivo da Polícia de Merseyside. Não o documento de identificação completo, só a carteira de couro com o escudo de Merseyside. Na carteira está bordado um número e um nome: Ryan Hiles, 2648.

Jen corre os dedos pelas letras. São frias contra a sua pele. Ela ergue a carteira sob a luz. Como um adolescente foi arrumar um distintivo policial? Ela não persegue esse pensamento pelo beco em que ele quer se embrenhar, embora seja óbvio que não pode ser coisa boa.

Em seguida, um papel A4 dobrado em quatro partes iguais, com orelhas nos cantos e uma foto impressa de um bebê de uns quatro meses de idade. Acima dele, ou dela, em letras vermelhas grandes, as palavras: *CRIANÇA DESAPARECIDA*. E um buraco de alfinete no canto.

Jen pisca, assustada. Desaparecida. Uma criança desaparecida? Distintivos policiais? Em que mundo sombrio Todd mergulhou?

O último item parece ser um celular pré-pago. Está desligado. Jen aperta o botão de ligar com o dedo trêmulo e observa o aparelho ganhar vida, a tela verde neon. Não tem senha. É um aparelho antigo, com tampa flip, e não um smartphone. Está na cara que não era para ter sido descoberto. Ela olha a lista de contatos. Tem três nomes: Joseph Jones, Ezra Michaels e alguém de nome Nicola Williams.

Jen olha a lista de mensagens, atenta a qualquer barulho que possa indicar que Todd e Kelly estão chegando.

Horários de encontros com Joseph e Ezra. Às onze da noite aqui, às nove da manhã ali.

Mas com Nicola é diferente:

Celular pré-pago 15/10: Gostei da conversa.

Te vejo no dia 16?

Nicola W 15/10: Por mim, tá certo.

Celular pré-pago 15/10: Você pode me ajudar amanhã?

Nicola W 15/10: Posso.

Celular pré-pago 17/10: Me liga.

Nicola W 17/10: Já tá encaminhado,
mas a gente se vê hoje à noite.

Nicola W 17/10: Bom te ver. Fico feliz em ajudar, mas você precisa fazer alguma coisa. Dado o que aconteceu.

Celular pré-pago 17/10: Tá. Entendido.

Nicola W 17/10: Volta pro esquema.

Celular pré-pago 17/10: Com ou sem o bebê.

Nicola W 18/10: Tudo combinado.
Quando tivermos o suficiente, é só entrar em ação.

Jen fica olhando para aquilo. Uma mina de ouro. Mensagens de verdade, datadas, combinando alguma coisa. Jen deve conseguir descobrir o quê. Ela pode seguir o filho nesses dias, se inserir no processo.

Vira os demais itens, procurando mais alguma coisa, mas não há nada.

Ela se senta na cadeira de escritório de Todd. Catástrofes se aglomeram em sua mente. Policiais mortos. Crianças mortas. Sequestros. Resgates. Será que ele é uma espécie de soldado raso, um lacaio enviado para cumprir as ordens de uma gangue?

Sobe na cadeira e coloca o pacote de volta, exatamente onde estava, então fica sentada no quarto revirado do filho. Seus joelhos tremem. Ela os observa, tiritando de leve, pensando que é tudo culpa dela. Só pode ser.

Nicola Williams. Por que o nome lhe é familiar?

Ela procura Joseph, Clio, Ezra e Nicola no Facebook. Estão todos lá, menos Nicola, e os três são amigos entre si. O perfil de Joseph é novo, mas ele parece um homem perfeitamente comum. Interessado em corridas de cavalos e com opiniões sobre o Brexit. O de Ezra é mais antigo, com fotos de perfil de uns dez anos atrás, mas, tirando isso, não é aberto.

Ela arruma o quarto, então faz a cama, alisando o travesseiro, mas sente um volume ali, como se tivesse alguma coisa embaixo. Não chegou a olhar o travesseiro. Só olhou debaixo do colchão, como nos filmes. Ela verifica o volume, torcendo para descobrir mais informações, mas só encontra o Urso Cientista, na verdade. O bichinho de pelúcia que Todd tem desde os 2 anos de idade, o que tem um bico de Bunsen azul fofinho e um tubo de ensaio nas mãos. Todd ainda deve dormir com ele. Ali, no quarto do filho, seu coração se parte por ele ao lembrar da noite do norovírus, ela limpando a boca dele com um pano umedecido, e daquela outra noite, a do assassinato. Seu filho, meio menino, meio homem.

O saguão da delegacia de Crosby está do mesmo jeito que na primeira noite, com aspecto de coisa velha e cheirando a café e a comida de cafeteria. Jen chega às seis da tarde procurando Ryan Hiles. Parece a atitude mais lógica a tomar. Todd e Kelly acham que ela foi ao supermercado.

Alguém a manda esperar, e ela se senta numa das cadeiras de metal e fica olhando para a porta branca à esquerda do balcão da recepção. No fim de um corredor comprido atrás da porta, ela vê um policial magro e alto falando ao telefone, rindo de alguma coisa e andando de um lado para o outro.

A recepcionista é loira. Está com os lábios rachados, com a linha entre a pele do rosto e a boca indefinida e com uma aparência de queimada, de quando as pessoas têm o hábito de lamber os lábios.

A porta automática da rua se abre, mas ninguém entra.

A recepcionista ignora a porta. Está digitando depressa, sem desviar os olhos da tela do computador.

Lá fora já está escurecendo; para qualquer outra pessoa, parece um dia normal de outubro, às seis da tarde. Uma fumaça de lenha queimando entra com a brisa, quando a porta automática com defeito abre e fecha mais uma vez para ninguém. Jen cruza as mãos no colo e pensa na vida normal. A continuidade de um dia após o outro. Ela fita a porta que desliza para se abrir, hesitando e então fechando-se, e tenta não imaginar se Todd está seguindo em frente, em algum lugar no futuro, sem ela. Encarando a vida na prisão. Nem o melhor advogado seria capaz de tirá-lo de lá.

— Posso anotar seu nome? — pergunta a recepcionista. Ela parece satisfeita em conduzir a conversa do outro lado do saguão.

— Alison — diz Jen, pois ainda não está pronta para revelar sua identidade sem saber onde está Ryan Hiles e por que Todd está com o distintivo dele. A última coisa que quer fazer é piorar as coisas para o filho no futuro. — Alison Bland — inventa.

— Certo. E o que a senhora…

— Estou procurando um policial. Eu tenho o nome e o número de matrícula dele.

— Por que a senhora quer falar com ele? — A recepcionista digita um número no telefone fixo em sua mesa.

Jen não diz que está com o distintivo — não quer entregar provas, associar as impressões digitais de Todd a algo hediondo. A *outra coisa* hedionda.

— Só quero falar com ele.

— Sinto muito, não podemos receber civis dando nomes de agentes e pedindo para falar com eles — diz a recepcionista.

— Não é… não é nada grave. Só quero falar com ele.

— Não posso fazer isso. Você precisa dar queixa de algum crime?

— Bem… — diz Jen.

Ela estava prestes a dizer "não", mas hesita. Talvez a polícia possa ajudar. Só porque o crime ainda não aconteceu, não significa que crime nenhum tenha acontecido. Tem a faca… comprar uma faca é crime. É um risco, ele pode ainda não ter comprado a faca, mas é um risco que está disposta a correr. Se Todd for investigado por um delito menor, talvez isso detenha o crime maior, não?

Algo desperta dentro de Jen. Só precisa provocar uma mudança. Apagar um palito de fósforo numa fileira de outros palitos. Manter de pé um peça de dominó que, se não fosse por ela, cairia. E então, quem sabe, ela vai acordar e vai ser amanhã.

— Preciso — responde ela, para a nítida surpresa da recepcionista. — É, quero dar queixa de um crime.

Vinte e cinco minutos depois, Jen está numa sala de reuniões com um policial. Um cara novo, os olhos azul-claros como os de um lobo. Toda vez que ele a fita nos olhos, Jen fica impressionada com o diferencial deles, uma borda azul-escura com uma piscina de um azul bem clarinho no meio e uma pupila minúscula. A cor tem algo que faz seu olhar parecer vago. O policial está recém-barbeado e com uma farda um pouco grande demais para ele.

— Certo, me conta — pede ele. Há dois copos brancos de plástico com água diante deles. A sala cheira a toner de impressora e a café velho. Um cenário tão mundano para a reação que Jen espera desencadear. — Vou tomar notas — acrescenta ele.

Não é o que ela queria. Um policial novo que anota tudo meticulosamente e não responde às suas perguntas. Jen quer alguém rebelde. Alguém que diga coisas em off, um viúvo com problema de alcoolismo: alguém que possa ajudá-la.

— Eu tenho certeza de que meu filho está envolvido em alguma coisa — diz ela apenas. Deixa de lado o pseudônimo que forneceu na recepção, na esperança de que ele não toque no assunto, e vai direto ao ponto. — O nome dele é Todd Brotherhood.

E é aí que acontece. Reconhecimento: Jen tem certeza absoluta. Um reconhecimento passa pelas feições dele como um fantasma.

— Por que você acha que ele pode estar envolvido em alguma coisa?

Ela conta ao policial da empresa de corte e costura, dos encontros do filho com Joseph Jones e da faca. Sua esperança é que, se Todd já tiver se armado, eles vão encontrar a arma, prendê-lo e impedir o crime.

A caneta do policial para de se mover brevemente quando ela menciona a faca. Ele ergue os olhos gelados para ela, da cor de uma chama fraca de gás, então baixa o rosto novamente. Jen sente a mudança no ar. Ela acendeu o rastilho. A borboleta bateu as asas.

— Certo... onde está a faca? Como você sabe que ele comprou?

— Eu não sei dizer agora, mas eu vi uma vez na mochila dele — responde ela, sem mencionar que isso aconteceu no futuro.

— Ele já saiu de casa com ela?

— Imagino que sim.

— Então... — diz o policial, levantando a caneta. — Tá certo. Parece que precisamos conversar com seu filho.

— Hoje? — pergunta Jen.

O policial termina de escrever e olha para ela. Ele então fita o relógio na parede.

— Vamos fazer umas perguntas pro Todd.

Ali, na sala de reuniões quente da delegacia de polícia, ela estremece. E se essa ação que acabou de realizar tiver alguma consequência não intencional? Quem sabe o Joseph Jones *devesse* mesmo morrer, se tiver alguma relação com algo terrível, e ela só precisasse ajudar o Todd a se safar? Como ela vai saber a verdade?

— Certo... bom, eu posso buscar ele pra você — oferece ela, imaginando o que ele deve estar achando disso. Como a sugestão deve lhe parecer estranha. Mesmo agora, neste caos, Jen ainda tem medo de ser julgada como mãe.

— Basta dar o seu endereço — responde o policial.

Ele se levanta e estende a mão na direção da porta. Uma dispensa imediata. *Prende ele, por favor, prende ele, pra ele não fazer mais nada*, pensa Jen.

— Não tem nada que você possa fazer hoje? — insiste ela. Precisa que ele seja detido esta noite, antes que ela durma, para ter uma chance de evitar o crime. Não existe amanhã, pelo menos não para ela.

O policial faz uma pausa e fita os pés, mantendo a mão estendida.

— Vou ver o que eu posso fazer. Sabe… em geral, quando um garoto novo anda com faca é coisa de gangue.

— Eu sei — sussurra Jen.

— Vamos conversar com seu filho, mas, para tirar um menino dessa, você tem que descobrir a motivação dele.

— Estou tentando — diz ela. Então para ali, na porta da sala de reuniões, e decide perguntar. — Sumiu algum bebê nesta região? Recentemente?

— Hein? — pergunta o policial. — Se sumiu algum bebê?

— É. Há pouco tempo.

— Não posso discutir outros casos — responde ele, sem revelar nada.

Ela vai embora e, ao passar pela porta de vidro gravada com finas linhas quadriculadas e pisar lá fora, sente o cheiro. Não era o que estava esperando: cheiro de chuva. Chuva na calçada. O verão está voltando. Aquele cheiro, aquele cheiro intangível — grama sendo cortada, cerefólio, a terra quente e dura — sempre a faz lembrar da casa deles no vale, a casinha branca de um andar só. Como foram felizes lá, longe da cidade. Antes.

No caminho de casa, ela pensa em Ryan Hiles e no bebê desaparecido. Ainda é capaz de visualizar a foto do cartaz. O bebê tem alguma coisa que ela acha que reconhece. Uma familiaridade instintiva, como se pudesse ser um parente distante, alguém que ela conhece agora, já adulto… alguém que talvez já tenha encontrado, mas não consegue pensar em quem. Jen nunca foi muito boa com nenéns.

Ela ficou grávida de Todd por acidente, apenas oito meses depois de ter conhecido Kelly. Foi um susto, mas ele costumava brincar que, naquele ano, eles fizeram o equivalente a uma década de sexo, o que é verdade. O motorhome pequeno e as roupas deles espalhadas pelo chão são as únicas memórias que ela tem da época. O quadril dele encostado no dela, a ironia com que ele falou, uma noite, que todo mundo via o veículo balançando. O fato de que ela não estava nem aí.

Eles tinham vinte e poucos anos. Ela tomava pílula, e eles usavam camisinha, na maioria das vezes. Foi algo na impossibilidade daquela gravidez que a fez seguir adiante com ela. Isso, e uma única frase que Kelly falou: "Tomara que tenha os seus olhos." Na mesma hora, como milhões de mulheres antes, Jen pensou: *Tomara que tenha os seus*. O esperma encontrara o óvulo, e os pensamentos de um encontraram os do outro, e ela se sentiu imediatamente pronta. Como se tivesse amadurecido no intervalo de dois minutos de um teste de gravidez, olhando para uma geração futura em vez de para si mesma.

Mas ela não estava pronta, nem um pouco.

Ninguém avisara para ela que parir era que nem ser atropelada por um caminhão. Em determinado momento ela teve certeza de que ia morrer, e aquela convicção meio que nunca a abandonou, mesmo quando já estava bem. Não conseguia acreditar que as mulheres passavam por aquilo. Que escolhiam fazer aquilo de novo e de novo. Não podia crer que existisse dor como aquela.

Iniciara a sua jornada na maternidade a partir da dor, mas também do medo: de ser julgada pelas enfermeiras que a visitaram em casa depois do parto, pelos médicos e pelas outras mães.

Todd não foi o que alguém chamaria de *bebê difícil*. Sempre dormiu bem. Mas até um bebê fácil é difícil, e Jen — já uma adepta da autocensura — mergulhou em algo que, sob outras circunstâncias, poderia ser descrito como tortura. E, no entanto, descrever daquele jeito era tabu. Ela o fitou uma noite e pensou: *Como posso saber se te amo?*

Jen entende que foi suscetível a *querer tudo*. Uma mulher com uma carreira que suga tudo de você ao máximo. Com um pai reprimido. Vulnerável ao julgamento dos outros, a inferir significados complexos a partir de coisas simples que as pessoas dizem. Aquela veia de inadequação dentro de si, que a fazia dizer sim para eventos banais de networking e a aceitar mais casos do que poderia dar conta realisticamente, a levou — na maternidade — ao sofrimento.

Queria dormir no mesmo quarto que Todd, para ele ouvir sua respiração, queria amamentar, queria, queria, queria fazer tudo perfeito, e talvez isso fosse uma compensação pelo que ela deveria ter sentido mas não sentiu.

Tentou falar sobre isso com uma enfermeira que a visitou, mas ela ficou meio desconfortável e perguntou se Jen queria se matar. "Não", respondeu Jen, apática. Não queria se matar. Queria não ter dito nada. Tinha ido ao trabalho para ver o pai e ficou perambulando pelo escritório feito um zumbi. Seu pai a abraçou bem apertado no saguão, mas não falou nada. Não foi capaz de dizer nada: que ela estava fazendo um bom trabalho, perguntar se ela precisava de ajuda. Um homem típico da sua geração, mas doeu mesmo assim.

Como em todos os desastres, aquela sensação acabou esmorecendo, e o amor floresceu, forte e bonito, quando Todd começou a fazer coisas: a sentar, a falar, a esfregar biscoito recheado pela cara toda. E, até recentemente, ele havia escapado do mau humor adolescente em que seus amigos haviam afundado. Continuava cheio de trocadilhos, de gargalhadas, de fatos interessantes, só para ela. No início, o amor que ela sentia por ele fora eclipsado pela dificuldade dos primeiros dias, e já não era mais tão difícil. Só isso. Uma explicação simples e ao mesmo tempo tão complexa.

Jen, no entanto, ficara temerosa demais para ter mais filhos. Ela fita a rua diante de si agora e pensa que acha que o bebê do cartaz é uma menina. Sente uma pontinha de remorso por não ter tido outro filho. Um irmão para Todd, alguém com quem ele pudesse se abrir, que pudesse ajudá-lo agora, mais do que ela.

Não pode deixar isso acontecer. Não pode deixar o assassinato se desenrolar. Não pode deixá-lo perder tudo. Seu bebê fácil que, sem saber, testemunhou a mãe chorando tantas vezes; ela não pode suportar que esse seja o fim dele. Não pode suportar que ele seja mau. Por favor, por favor, por favor, faça com que ele — e ela — sejam bons.

Dia Menos Oito, 19:30

— Tá pronta? — pergunta Kelly, quando Jen chega em casa. Ele está de pé na cozinha, de tênis e casaco impermeável, e um sorriso no rosto. Ele não percebe os olhos inchados dela.

— Pronta pra quê?

— Pra reunião de pais e professores, esqueceu? — devolve ele. Henrique VIII está caminhando por entre as suas pernas.

A reunião de pais e professores.

Deve ser isso. Deve ser por isso que ela voltou mais de um dia. Como Andy falou. Deve ser uma oportunidade. Lembra-se de que estava morrendo de medo da reunião, mas, agora, está empolgada. Beleza, vou descobrir o que é, agora resolvo esse quebra-cabeça, e o pesadelo vai *acabar*.

— Ah, é — responde ela, animada. — Tinha esquecido.

— Quem me dera — devolve ele. — Vamos faltar?

Kelly também odeia esse tipo coisa, mas por motivos diferentes, os dele relacionados ao "Sistema". Na última reunião, ela tirou uma selfie dos dois no carro e queria postar no Facebook, mas ele não deixou.

Ele abre a porta para ela.

— Como foi o trabalho hoje?

Jen baixa os olhos para a calça jeans e a camisa de malha.

— É... tive uma reunião com um cliente antigo, segundo divórcio — inventa ela com agilidade, como se tivesse muitos casos repetidos. Kelly não parece se importar o suficiente para perguntar mais detalhes.

O salão da escola está arrumado com mesas espaçadas tão milimetricamente que parece coisa de militar. Em cada mesa há um professor e duas cadeiras de plástico vazias na frente. Jen pensa em Todd, sozinho em casa, jogando Xbox, alheio à prisão que o aguarda por posse de uma faca que talvez nem tenha ainda.

Da primeira vez que viveu esta noite, os comentários de todos os professores foram positivos, para alívio dela. O Sr. Adams, professor de física, descreveu Todd como *uma maravilha*. Jen lembra que estava distraída com o trabalho, pensando no que iria fazer com o divórcio de Gina e em como convencê-la a deixar o futuro ex-marido ter acesso aos filhos, mas aquela palavrinha penetrara a membrana do trabalho e a fizera sorrir, enquanto Kelly respondia, com ironia: "Igualzinho aos pais."

Jen está diante do mesmo homem agora. O salão está bem iluminado, o piso brilhando.

Jen e Kelly escolheram matricular o filho naquela escola, *uma boa escola pública*. Não queriam que Todd fosse para uma escola particular, ser enquadrado na norma. Optaram por aquela, a Escola Secundária de Burleigh, um lugar cheio de professores bem-intencionados, mas com salas de aula horríveis e antiquadas, e banheiros grotescos. Às vezes, hoje em especial, Jen queria ter escolhido outra escola, uma que oferecesse café Nespresso e cadeiras confortáveis no dia da reunião com os professores. Mas, como Kelly disse uma vez: "Ele vai acabar apanhando da vida depois se passar pela educação básica cantando o hino num coro cheio de mauricinhos."

— Pois é, inteligente, engajado — o Sr. Adams está comentando.

Jen está cem por cento atenta a tudo o que ele diz. Ele é um sujeito carismático, orelhas grandes, cabelo branco, rosto amável. Está resfriado, tem um cheiro adocicado; o cheiro de quem coloca óleo de eucalipto no lenço. Da outra vez ela não percebeu isso. Não *importa*, mas, ainda assim, ela não percebeu. Isso e mais o quê?

— Mais alguma coisa que a gente deveria saber?

O Sr. Adams a fita, surpreso.

— Tipo o quê?

— Ele está… sei lá, andando com alguém diferente, se dedicando menos, fazendo qualquer coisa fora do comum?

— Acho que falta um pouco de bom senso no laboratório.

Kelly ri baixinho, o primeiro barulho que fez desde que chegaram ali, seu marido introvertido. Ele pega a mão de Jen e brinca com a aliança dela. Depois da reunião com o Sr. Adams, ele vai seguir até a mesa onde estão servindo chá e café, vai pegar dois chás para eles, mas deixar um cair no chão. O absurdo de saber uma coisa dessas.

— Ah, mas as mentes mais brilhantes são assim — diz o Sr. Adams. — Sinceramente, ele é uma maravilha.

O coração de Jen se ilumina pela segunda vez. É sempre bom ouvir que seus filhos são bons. Sobretudo agora.

Eles se levantam da cadeira e andam até a mesa no fundo do salão. Jen se pega pensando se deveria tirar o chá da mão de Kelly antes que ele o derrube. Ela fica observando as mãos dele.

— Essas coisas são uma palhaçada — reclama Kelly baixinho enquanto se atrapalha com os saquinhos de chá. — É tão distópico. Como se você estivesse dentro de um sistema de avaliação lunático.

— Eu sei — comenta Jen, passando o leite para ele botar no chá. — Todo mundo te julgando.

Kelly abre um sorriso torto para ela. *A que horas a gente pode ir embora?*

— A que horas a gente pode ir embora?

— Daqui a pouco — promete ela. — Você acha que ele é uma boa pessoa? — pergunta ela. — Responde com sinceridade.

— Hein?

— Você acha que a gente já saiu da zona de perigo? Tipo… adolescentes sem rumo…

— Não me diga que o Todd está sem rumo! — exclama uma voz por trás do ombro de Jen.

Ela se vira e encontra Pauline com um vestido roxo brilhante e uma nuvem de perfume.

— Quem é que sabe? — comenta Jen, com um suspiro.

Ela tinha esquecido dessa interação. Tinha esquecido completamente que elas se encontraram ali.

Kelly vai em direção ao banheiro. Pauline arregala os olhos.

— Seu marido me odeia? — pergunta. — Ele sempre dá um jeito de sumir.

— Ele odeia o mundo.

Pauline ri.

— E como está o Todd?

— Não sei — responde Jen para Pauline. — Acho que estamos prestes a nos deparar com alguma rebelião.

— O professor do Connor falou que ele não está entregando mais nenhum dever de casa — comenta Pauline.

— Nenhum? — pergunta Jen, pensando: *Isso é relevante?*

Essa pequena informação, tão pequena que Pauline obviamente vai se esquecer de comentar dali a alguns dias, quando Jen perguntar para ela.

— Vai saber. Meninos adolescentes. Eles mesmos se governam — diz Pauline. — Theo é o único com a ficha limpa. Certo... tá na hora de conversar com o professor de geografia. Reza por mim.

Jen toca o ombro da amiga enquanto ela se afasta. Kelly reaparece, retoma o preparo do chá. Quando vai entregar a Jen, o copo vai direto ao chão, uma erupção de líquido bege, com saquinho e tudo mais. Jen fica olhando para a poça.

Na sequência, eles conversam com o Sr. Sampson, o orientador de Todd. Cabelo escuro repartido de lado e uma expressão de quem está preocupado em agradar.

— Tudo em ordem — diz ele, sendo bem claro e direto.

De repente ela pensa, horrorizada, no que o Sr. Sampson vai dizer no futuro. No dia seguinte ao crime, e no outro dia. No Dia Mais Um. No Dia Mais Dois. Cada um deles uma reação equivalente e oposta ao Dia Menos Um, ao Dia Menos Dois. "Bom garoto, não podia imaginar que seria capaz disso", ele vai dizer, triste. Jen pode até ver. "Devia estar infeliz de alguma forma."

— Você não notou nada? — pergunta ela ao Sr. Sampson agora.

— Talvez ele esteja ligeiramente mais retraído?

— Ah, é? Ele não anda... ele não anda envolvido em nada, anda? — pergunta ela. — Qualquer coisa... Sei lá... tem horas que eu me pergunto se ele não está saindo um pouco dos eixos.

Kelly se volta surpreso para ela, mas Jen não está preocupada com ele. O Sr. Sampson hesita um pouco.

— Não — diz ele, mas a resposta contém uma reticência invisível que evapora no ar depois que ele termina de falar. Ele dá um gole em seu café e se retrai ao engolir. — Não — repete, com mais firmeza agora, mas não chega a fitar Jen nos olhos.

Ryan

É o quinto dia de Ryan no trabalho, sexta-feira, e, há cinco minutos, tudo mudou. Ele chegou à delegacia, e um cara, um tal de Leo, disse que ele não iria trabalhar atendendo às chamadas hoje. Ele levou Ryan até uma sala de reuniões grande, no fundo do prédio, mais parecida com uma sala de diretoria, e Ryan ficou observando, curioso, enquanto ele trancava a porta.

Leo deve ter uns quarenta e muitos anos, é magro, mas tem as bochechas murchas e entradas na testa. Fala de um jeito conciso aparentando cansaço, como se estivesse sempre falando com gente burra. Um pouco como Bradford, mas não à custa de Ryan. Pelo menos não ainda. Ao contrário de Bradford, que agora Ryan sabe que tem a reputação de amargurado, Leo é considerado por todos um gênio excêntrico. Em muitos aspectos, algo muito pior, mas muito mais interessante também.

Jamie, que deve ter uns trinta anos, acaba de se juntar a eles. Esses homens não estão só à paisana, suas roupas demonstram desleixo: Jamie está de calça de moletom, camisa de malha manchada e boné preto. Leo parece pronto para treinar um time de futebol da escola.

A essa altura, Ryan não se sente nem um pouco à vontade sentado diante desses homens, com uma mesa gigante entre eles.

— Desculpa, isso aqui é...? — ele começa a perguntar.

— Já vamos explicar — interrompe Leo. Ele tem um sotaque de Londres e um anel grosso no mindinho da mão esquerda, que fica reverberando toda vez que bate na mesa. — De onde você falou que era, Ryan?

— De Manchester… — responde Ryan, se perguntando se está prestes a ser demitido. — Posso perguntar…

Ao seu lado, Jamie tira o boné e esfrega o cabelo. Ele pousa o boné na mesa sobre o equipamento de gravação. Ryan acompanha o movimento deliberado com os olhos.

— Ficar atendendo chamadas de emergência é uma chatice, não é? — pergunta Leo.

— É.

— Escuta. O que você acha de fazer uma coisa mais interessante? A gente chama de pesquisa.

— Pesquisa?

— Estamos precisando de informações sobre uma gangue de crime organizado que opera em Liverpool.

Dia Menos Nove, 15:00

Faz sentido para Jen que seja o Dia Menos Nove.

Ela voltou à escola. Aqui está ela, no dia anterior à reunião de pais e professores, para ver se, numa conversa em particular, consegue ter um vislumbre do que estava por trás da hesitação do Sr. Sampson na noite anterior. As pessoas sempre se abrem mais em particular.

— Acho que ele comentou alguma coisa sobre uma briga — confessa o Sr. Sampson para Jen.

O Sr. Sampson é o professor de geografia. Atrás dele há uma parede que parece ser uma homenagem aos lugares do mundo de que ele mais gosta — o deserto branco no Egito, uma caverna de cristais no México. Está recostado na mesa, de frente para Jen.

— Quando? E com quem? — pergunta ela.

Jen olha para a sala de aula que deve receber Todd todo dia de manhã, mas que ela mesma nunca tinha visto, nunca teve tempo para isso por causa do trabalho. Carpete verde. Mesas brancas para dois alunos. Cadeiras de plástico azul. Ela descobriu que sua mãe tinha morrido dentro de uma sala de aula como esta. Seu diretor a chamou para conversar. Ficou vários dias sem voltar para a escola. Seu pai mal tocou no assunto. "Não dá para mudar o que aconteceu", disse ele uma vez. Reprimido, infeliz às vezes, um típico advogado. Jen estava tão determinada a lidar com o filho de outra forma. Ser mais aberta, honesta, humana, mas talvez tenha estragado tudo tanto quanto o pai. Não foi isso que Philip Larkin falou?

O celular dela toca na bolsa, que está na cadeira. O Sr. Sampson desvia o olhar para a bolsa. Jen dá uma olhada no telefone.

— Trabalho — explica, recusando a chamada. Ele volta a tocar na mesma hora.

— Pode atender — diz ele, apontando para o aparelho.

Jen atende, relutante. Ela não está aqui para atender ligações de trabalho.

— Tem uma pessoa aqui pra te ver — avisa Shaz, a secretária de Jen.

O Sr. Sampson se ocupa com algo em sua mesa.

— Vou chegar mais tarde hoje — diz Jen.

— É a Gina. O que eu digo para ela?

Jen pisca. Gina. A cliente que não quer que o marido veja os filhos. Algo lhe vem à memória, um pequeno detalhe da vida de Gina.

— Hum... — murmura ela para ganhar tempo, tentando pensar.

É isso: da última vez que Jen viu Gina, ela se virou para Jen, na porta da sua sala, e falou: "Eu deveria ter previsto isso. É literalmente o que faço para ganhar a vida. Sou detetive particular. Estou pagando meus pecados." Jen assentiu lentamente, por consideração.

Não pode ser coincidência que Jen tenha voltado para o dia de hoje, o dia em que Gina aparece na sala dela. Talvez não tenha nada a ver com o Sr. Sampson.

— Eu já vou — avisa ela. — Pede para ela me esperar. — Ela desliga e se volta para o Sr. Sampson. — Desculpa, desculpa — diz, apressada. — Quando foi essa briga?

— Há uma semana, mais ou menos? Ele disse que teve um desentendimento doméstico. Foi só isso...

— Com quem?

— Não falou. Ele estava falando com outra pessoa... eu ouvi por acaso.

— Com quem ele estava falando?

— Com o Connor.

Os mesmos nomes. Sempre os mesmos nomes. Connor, Ezra, Clio, o próprio Joseph.

— Acho que ele também falou alguma coisa de um bebê...

— O quê?

— Não sei por quê… acabei de lembrar. Teve alguma coisa sobre um bebê.

— Certo. Teria sido bom saber disso antes — comenta Jen, uma das primeiras vezes que falou para alguém exatamente o que estava pensando, para alguém fora do círculo familiar e dos colegas de trabalho. Que sensação libertadora. O próximo passo é mandar os clientes se foderem.

— Certo… — diz o Sr. Sampson, meio desconfortável.

Ela olha pela janela. Há uma neblina no ar, mas não chega a ser muito espessa. O verão ainda parece logo ali. Ela observa a névoa baixa se mover como uma maré para a frente e para trás sobre os campos de futebol.

Ela dá de ombros com delicadeza, mas também impotência, sem dizer uma palavra, o tipo de silêncio inexorável que Kelly é capaz de transmitir. É tão terapêutico não ter que lidar com as consequências das próprias ações. Esta reunião não tem contexto, é como estar num sonho, ou como conversar com um bêbado que não vai se lembrar de nada depois.

— Amanhã eu converso com ele — diz o Sr. Sampson, e Jen torce para que isso ajude em algum ponto no futuro.

A neblina vira um chuvisco, que vira chuva enquanto Jen segue até o carro. Ela procura, distraída, por Todd e o vê imediatamente. Enquanto o observa, Connor chega. Está atrasado. Ela fica ali, com uma das mãos na porta do carro, olhando, torcendo para ver alguma coisa.

Mas nada acontece. Ele tranca o carro e fuma um cigarro a caminho do prédio. Hoje a tatuagem está escondida por um moletom de gola redonda. Na porta, ele se vira na direção de Jen e ergue a mão para cumprimentá-la. Ela acena também, mas fica surpresa: não sabia que ele a tinha visto.

O distintivo da polícia, o cartaz do bebê desaparecido e o celular não estavam no armário de Todd quando Jen chegou em casa agora há pouco. Ela procurou e procurou por eles, mas tinham sumido.

Primeiro, presumiu que ainda não estivessem com ele, mas as mensagens no celular iam até o dia 15 de outubro. Ainda assim, não os encontrou em lugar nenhum, então não tem nada para mostrar a Gina, e agora está mais de uma hora atrasada para se encontrar com ela.

Gina está sentada numa poltrona no canto da sala de Jen, com uma capa de chuva bege e uma expressão séria.

— Mil perdões… mil perdões — diz Jen. — Estou no meio de um drama de família.

Ela baixa o guarda-chuva, deixando gotas no tapete.

— Tudo bem, não tem problema — responde Gina, educada.

Jen não gosta de cruzar a fronteira entre trabalho e amizade com os clientes, mas, nas últimas semanas, é o que tem feito com Gina. Elas chegaram até a trocar algumas mensagens de texto pelo celular. Não tem problema porque, afinal de contas, Jen é a dona do escritório, mas agora ela está se perguntando se tudo isso não aconteceu por um motivo.

Tenta se lembrar do que disse nesta reunião da última vez.

— Posso perguntar uma coisa? — Jen começa, tirando o casaco e ligando o computador, tentando voltar ao modo conselheira profissional. — Qual é o seu plano se você conseguir impedir que seu ex-marido mantenha contato com os filhos?

— Ele voltaria para mim, não voltaria? — pergunta Gina. — Para poder ver os filhos.

Jen morde o lábio.

— Mas… Gina. Não é assim que funciona.

Gina olha ao redor da sala com pânico nos olhos.

— Eu sei que estou agindo feito uma louca. — Ela abaixa a cabeça. — Você me ajudou a enxergar isso.

Jen sente um nó involuntário na garganta. Nossa, como compreende essa sensação agora. Esse desespero, essa negação. Esse desejo de exercer algum tipo de controle insano, de alguma forma.

— É para isso que eu estou aqui — diz Jen com sinceridade. — Mas… sabe… O melhor é seguir em frente, não é?

— Ai, meu Deus, estou ficando toda ansiosa de novo — exclama Gina, abanando os olhos.

— O motivo pelo qual estou fazendo isso de graça — continua Jen com delicadeza — é porque não planejo avançar com isso, na verdade.

— Certo — devolve Gina. Ela cruza e descruza as pernas na poltrona. Suas roupas estão amarrotadas. — Eu sei. Eu sei. Eu percebi isso quando a gente estava... — ela enxuga os olhos — ... quando a gente estava falando da merda do *Love Island*. Eu pensei... essas meninas nunca implorariam por nada. Que triste, aprender lições de vida com a merda de um programa de televisão...

— É um programa muito educativo — comenta Jen com ironia.

Gina olha para baixo.

— Eu só preciso... não sei. Só preciso de um tempo. Tá bem?

— Certo... Tudo bem — diz Jen. — Tudo bem. — A reunião foi melhor do que da última vez.

— Topa me distrair com o seu drama familiar? — pergunta Gina baixinho.

— Quem sabe... — devolve Jen, com um sorriso torto. Ela fita Gina, que se ajeita na poltrona.

— Fala — pede Gina.

Jen hesita. Além de antiético, isso pode ser perigoso. E, no entanto... tão útil. Aqui está ela, neste dia, nesta reunião. Tem que ser por um motivo.

Já tinha decidido perguntar a Gina sobre o cartaz, o distintivo e as mensagens no celular pré-pago. *Com ou sem o bebê.* O que significa isso? Jen não deveria saber qual é o trabalho de Gina — ela ainda não contou —, mas ignora o detalhe, e Gina não parece notar.

Jen explica como Todd tem andado estranho, e que ela achou o pacote com o distintivo da polícia e o cartaz.

— E você não está com eles aqui? — pergunta Gina. Seus olhos, agora atentos, estão cravados nela.

— Não. Desculpa. Estavam com meu filho, mas parece que não estão mais. — Jen lambe os lábios. — Eu tenho certeza de que ele está envolvido em alguma coisa pesada. Preciso de alguém que consiga descobrir o que é.

Gina a fita nos olhos e pisca uma única vez. Seu celular começa a tocar, mas ela ignora.

— Certo. Eu.

— É.

— Então, só para deixar tudo bem claro, você quer que eu descubra o que puder sobre o policial, Ryan, e sobre o bebê desaparecido? E Nicola Williams?

— Isso — responde Jen, maravilhada com a postura corporal ereta de Gina. Como ficamos diferentes no trabalho, diferentes da forma como nos sentimos por dentro.

— Deixa comigo — diz ela, e Jen seria capaz de lhe dar um beijo. Até que enfim. Uma ajuda. Gina fita Jen nos olhos. — E obrigada. Por... sabe como é. *Love Island.*

— Que isso — responde Jen, os olhos marejados de lágrimas.

— Você precisa dessas informações para ontem?

— O ideal seria hoje mesmo — diz Jen. — Será que dá? Eu pago o que você precisar para descobrir até hoje à noite.

Gina a dispensa com um gesto da mão.

— Como é que você fala... *pro bono*?

— É — responde Jen. — *Pro bono.* Para o bem do público. — Afinal de contas, impedir um assassinato não é exatamente isso?

Jen fica no escritório, usando as muitas ferramentas ao seu dispor para coletar informações.

Manda um e-mail para a arquivista da empresa, pedindo para encontrar detalhes sobre qualquer bebê que tenha desaparecido recentemente em Liverpool. Recebe alguns casos: batalhas judiciais, pessoas que mentiram sobre os filhos terem sido sequestrados, uma mulher cujo bebê foi roubado na porta de um supermercado e depois devolvido num consultório médico.

Jen repassa todos meticulosamente. Nenhum deles se parece com o bebê da foto. Há algo de elementar na sensação de reconhecimento que tem do bebê, há algo familiar. Deve ser um instinto maternal.

Em seguida, pesquisa Nicola Williams, mas o nome é tão comum, e ela não tem mais nenhuma informação para ajudar. Deveria ter anotado o número. Decorado.

Nicola. Nicola Williams.

Espera. Na primeira noite. Na delegacia. Nicola Williams não foi o nome que ela ouviu na noite em que o Todd foi preso? O nome da outra pessoa que tinha sido esfaqueada duas noites antes?

Jen afunda a cabeça nas mãos, sentada à mesa de trabalho. Foi Nicola Williams? Ela acha que sim, mas não pode andar para a frente... só para trás. E agora não adianta pesquisar no Google: ainda não aconteceu.

Digamos que *foi* Nicola que foi atacada... o pensamento faz Jen estremecer. Onde estava Todd? O que ele estava fazendo no Dia Menos Dois? Tem alguma relação com isso? Ela não lembra. Está tudo embaralhado.

Ela não sabe. Simplesmente não *sabe*.

Jen sai do trabalho e dirige sem rumo. A chuva aumentou. Não quer voltar para casa. Não quer voltar para a cena do crime, não quer sentar em casa sem conseguir resolver nada. Ela dirige lentamente em direção ao litoral. Sabe que é loucura ir à praia com chuva, mas Jen está se sentindo meio louca. Quer só ficar ali e sentir a chuva, cada gota fria de água em sua pele. Quer se lembrar de que ainda está aqui, ainda viva, só que não do jeito como está acostumada.

Estaciona na praia de Crosby. Está deserta. A chuva escorre em filetes pelo caminho que vai dar no mar, já com alguns centímetros de profundidade. Em poucos segundos, o cabelo de Jen está grudado na cabeça. O ar cheira a salmoura fria. O vento lança a areia grossa em seu rosto.

Ela passa por um mendigo sentado junto a um terminal para pagar o estacionamento. Ele está absolutamente encharcado, e Jen se sente tão culpada que lhe dá uma nota molhada de cinco libras.

A praia está com uma exposição de Antony Gormley. *Outro lugar*. Várias estátuas de bronze mirando o mar. Jen se aproxima das estátuas, o barulho da chuva tão alto quanto o de um trem. É a única pessoa na praia.

Seus pés afundam na areia clara, que se comprime como se fosse neve.

Fica de pé ao lado de uma das figuras de metal e mira o horizonte borrado e chuvoso, passando o tempo com uma estátua em vez de com outra pessoa. Ah, se pudesse. Se ao menos pudesse decifrar isso com alguém. Ela tem certeza de que seria capaz de desvendar o que está acontecendo com muito mais facilidade se não estivesse sempre sozinha. O corpo da estátua está gelado contra a palma da sua mão, sua boca, muda. Juntas, elas fitam as estátuas de metal, cada uma num tempo diferente, num lugar diferente, sozinha, olhando para o mar em busca de respostas.

Mais tarde naquela noite, Jen volta a Eshe Road North, na esperança de testemunhar alguma coisa. Crimes e coisas ruins só acontecem à noite, então não custa nada vigiar a casa.

Ainda não teve notícias de Gina.

Às dez e quinze, Ezra sai de casa e entra no carro, usando alguma espécie de uniforme — calça verde-escura, jaqueta verde, colete fosforescente.

Jen o segue, mantendo uma boa distância, o farol aceso, uma motorista como outra qualquer, uma simples coincidência. Eles dirigem assim por um tempo, seguindo por uma rua de mão dupla e atravessando um cruzamento escalonado.

Ela o segue até o porto de Birkenhead. Ezra salta do carro e pega uma prancheta de outro homem, então bota um crachá no pescoço com uma das mãos enquanto procura um cigarro com a outra. Ele assume a posição de quem vai controlar a entrada e a saída de veículos e fica ali, fumando.

Os ombros de Jen murcham de decepção. Então ele só trabalha ali.

Ela deixa o motor ligado e fica observando um Tesla se aproximar. O vento está forte, carregando folhas pelo ar. E o porto está bem movimentado, com carros entrando e saindo, mas o Tesla faz algo diferente: pisca o farol, depois some lentamente por uma rua lateral. Ezra o segue a pé. Ela engrena o carro e continua atrás deles. Então estaciona na frente de uma casa qualquer, na esperança de passar por moradora, e apaga o farol.

Um garoto — da idade de Todd, só que mais baixo e loiro — salta do Tesla com um pacote comprido debaixo do braço. Ezra o cumprimenta com um aperto de mão, e, juntos, eles se agacham na frente do Tesla. Jen leva alguns minutos para entender o que estão fazendo: estão trocando a placa do carro.

O garoto vai embora, e Ezra dirige o Tesla de volta pela entrada do estacionamento e o deixa pronto para ser embarcado num navio.

Então Ezra é um funcionário corrupto do porto. Pega carros roubados, troca a placa e manda para serem vendidos em algum lugar, sem dúvida ganhando um dinheiro por fora. Ela presume que o menino loiro seja um soldado raso na organização, que recebe uma ninharia para roubar carros na porta da casa das pessoas com a promessa de subir de posto na gangue. E se Todd também estiver trabalhando para Ezra e Joseph? Alguma coisa dá errado, e Joseph acaba morto. Jen não quer acreditar, mas não significa que não seja verdade.

Jen espera um minuto antes de ir embora. Ela ultrapassa o menino, que vai caminhando pela rua, e o observa cuidadosamente. Ele mantém os olhos fixos à frente. Não deve ter mais que 16 anos, um adolescente, um bebê, cheio de energia, sem ideia do dano que está causando à mãe, esperando por ele na janela de casa.

É quase meia-noite, e Gina mandou fotos de doze bebês que desapareceram na Inglaterra no último ano. Nenhum deles perto de Merseyside. E nenhum que se pareça com o bebê do cartaz. Alguns têm o cabelo mais claro, os olhos maiores, mas é difícil saber ao certo que são diferentes. Jen é tomada de repente pela ideia aterrorizante de que o bebê talvez ainda não tenha desaparecido.

Ela repassa as mensagens de Gina. Estava distraída no porto e não tinha visto quando chegaram.

Gina: Nada sobre a Nicola. O nome é comum demais. Mas descobri uma coisa sobre o Ryan — ele morreu.

O pânico assalta o corpo de Jen como se ela tivesse sido mergulhada em óleo quente. Ela liga para Gina na mesma hora, mas ninguém atende. Liga de novo e de novo e de novo. Mas Gina não atende; acabou. Vão ter que começar de novo do zero amanhã, amanhã, amanhã, ontem.

Dia Menos Doze, 08:00

Doze dias para trás, e Jen abre os olhos exatamente na data em que Nicola Williams mandou uma mensagem no pré-pago de Todd, dizendo: *Já tá encaminhado, mas a gente se vê hoje à noite.* Com isso, Jen está decidida a seguir Todd hoje, a não o perder de vista. Que se danem os detetives particulares. Esse é o melhor jeito. Não dá para recomeçar tudo com Gina. É muito frustrante voltar à estaca zero toda vez que dorme.

Ela o segue até a escola e pretende ficar esperando do lado de fora, o dia inteiro, no estacionamento. O tempo que for preciso. Não tem nada melhor para fazer. A única exigência do dia é que Todd não tenha a menor chance de encontrar Nicola sozinho.

Enquanto espera, manda alguns e-mails de trabalho, os olhos grudados no carro de Todd e no portão da escola. Ela pesquisa por bebês desaparecidos na região e vasculha os registros de testamentos, procurando por Ryan, mas não encontra nada.

Por volta das onze da manhã começa a chover, umas gotas enormes que caem como moedas e escorrem pelo para-brisa. Ela observa o estacionamento virar uma correnteza turbulenta. Tinha se esquecido disso. Choveu muito em meados de outubro.

Jen fica olhando para a chuva no para-brisa e pensa no clima, em seu filho e nos efeitos em cascata que uma única gota de chuva pode produzir.

Pensa nas implicações das mudanças que fizer hoje. Gostaria de entender.

Talvez consiga entender. Só precisa de uma explicação monótona primeiro.

Liga para o trabalho de Andy e fica surpresa quando ele atende de primeira.

— Você não me conhece — começa ela, hesitante.

— Não, está na cara que não — responde ele, impassível.

Ela explica a sua situação o mais resumidamente possível enquanto ele mantém um silêncio confuso e crítico do outro lado.

— É mais ou menos isso — conclui ela.

Uma pausa.

— Certo — responde ele. — Eu recebo umas ligações assim às vezes, então não posso dizer que estou surpreso.

— Não. Geralmente é trote, né? — comenta Jen.

Ela já se deparou com isso também. Hoje pela manhã, leu um post no Reddit de alguém que afirmava ter voltado no tempo de 2031 para 2022. Não acreditou, apesar de ela mesma estar vivenciando isso. O cara não conseguia nem provar. Segundo ele, em 2031 vai haver uma guerra nuclear, o que não daria para refutar, no fim das contas.

— Pois é. Difícil saber em quem acreditar, não é? — concorda ele.

Ela não pode aceitar isso; não aceita que ninguém, nem um cara que é praticamente um desconhecido, ache que ela é louca ou carente ou mal-intencionada, alguém capaz de ligar para professores universitários e mentir para eles.

— É. Escuta... no fim do mês você vai ser selecionado para um prêmio e vai ganhar — afirma ela. — O Prêmio Penny Jameson. Isso não me ajuda em muita coisa hoje, mas... que seja. É isso. Você vai ganhar.

— Esse prêmio é...

— Sigiloso. Eu sei.

— Eu não fui informado ainda que fui selecionado. Só sei que tenho chance. Mas você não tem como saber disso.

— Pois é — responde Jen. — É tudo que tenho de prova.

— Gostei dessa prova — diz ele, sucinto. — Ela me satisfaz. — A clareza dos cientistas. — Acabei de pesquisar o prêmio no Google. Não tem nada na internet sobre ele.

— É o que você vai falar da próxima vez que a gente se encontrar.

Outra pausa enquanto Andy considera o que ela acaba de dizer.

— Onde? Onde a gente vai se encontrar? — Seu tom é obviamente mais caloroso.

— Num café no centro de Liverpool. Eu que sugeri o lugar. Você estava com uma camisa de malha com os dizeres *Franny & Zooey*.

— A minha camisa do J. D. Salinger — comenta ele, surpreso. — Me diz uma coisa, você está na frente da janela da minha sala?

— Não — responde Jen, com uma risada.

— Então deve ser muito irritante. Ter que passar por todas essas... Hum... perguntas de segurança toda vez que fala comigo.

— É, é sim — responde Jen com sinceridade.

— Como posso ajudar?

— Quando nos encontrarmos em Liverpool, daqui a uma semana, você vai falar do poder que meu inconsciente tem de me levar a dias específicos.

— Certo... — diz Andy, e, ali, dentro do carro, debaixo de chuva, Jen percebe que não é a expertise dele que importa, mas o fato de ter alguém solidário ouvindo com atenção do outro lado. O fato de ter um lugar seguro para expor seus pensamentos: não é disso que todo mundo precisa, afinal? Gina, o próprio Todd?

— Bem, é isso que está acontecendo. Estou voltando vários dias de uma vez agora. E acho que os dias em que acordo são importantes de alguma forma.

— Que bom. Ainda bem que você está começando a entender o que está acontecendo, dentro das limitações que tem — comenta ele. Jen ouve um barulho, a mão dele coçando a barba. — E aí... você tem mais alguma pergunta?

— Tenho. Eu queria perguntar... digamos que daqui a alguns dias, daqui a algumas semanas, eu descubra o que está acontecendo.

— Sim.

— Eu só queria saber mesmo até que ponto as coisas que já fiz vão "ficar", por assim dizer? Por exemplo, eu falei pro Todd, um dia desses, que ele vai matar uma pessoa no futuro. Mas agora voltei para antes de essa conversa acontecer. E aí... ela vai acontecer?

Andy faz uma pausa, e Jen fica feliz com isso. Precisa de alguém que pense as coisas. Alguém que não fale só para preencher silêncios, para dar palpites. Por fim, ele fala:

— É o efeito borboleta, né? Digamos que você ganhe na loteria no Dia Menos Dez, e continue a voltar no tempo, para o Dia Menos Onze, Dia Menos Doze, e por aí vai. Se, em algum momento, você resolver o crime e acordar no Dia Zero, você ainda vai ter ganhado na loteria no Dia Menos Dez?

— Exatamente, é isso que eu quero saber.

— Eu acho que não. Eu não acho que as coisas que você está fazendo vão ficar. Acho que você vai seguir adiante a partir do dia em que resolver a questão, e só as mudanças que fizer naquele dia vão permanecer. Elas vão apagar todo o resto. Mas isso é só o que eu acho.

Plim, plim, plim, faz a chuva. Jen fica olhando as gotas caindo e se espalhando em pequenos riachos. Ela abre a janela e estica a mão para fora do carro, só sentindo a chuva, chuva de verdade, a mesma que já sentiu antes na própria pele.

— E... digamos que eu não consiga resolver.

— Eu acho que você vai conseguir. Tenha fé, Jen. Há uma ordem nas coisas que às vezes a gente nem sabe.

Esse homem, esse homem gentil e inteligente do outro lado da linha, torna-se um guru para Jen. Um professor velho e sábio, um Gandalf, um Dumbledore.

— Mas... por exemplo... e se eu simplesmente voltar uns quarenta anos, para a inexistência, e for só isso? — pergunta ela.

Esse é talvez seu maior medo no momento. Ela engole em seco enquanto tem esse pensamento horrível e catastrófico. Ah, que maravilha seria ter um cérebro que não se tortura.

— Não é isso que todos estamos fazendo, mas no sentido contrário? — argumenta ele, o que não ajuda em nada na ansiedade de Jen.

— Você se importa se eu contar tudo que sei? Só pra… só pra ver se você consegue perceber alguma coisa? — pergunta ela.

— Pode falar. Estou até com um bloco de anotações. E estou prestes a ser premiado como uma das grandes mentes da física no Reino Unido, se sua premonição estiver certa.

— Ah, está sim — diz ela. — Certo… então…

E ela conta tudo. Conta do cartaz do bebê desaparecido, do policial morto, do celular pré-pago e das mensagens para Nicola Williams. Fala do funcionário no porto, e de como suspeita que seja coisa de crime organizado. Diz que Nicola Williams talvez tenha sido esfaqueada também. Cita todas as datas, todos os horários que sabe. Enquanto fala, ouve o som da tampa de uma caneta se abrindo. Provavelmente uma caneta-tinteiro, pelo tipo de barulho.

— E foi isso — diz ela, sem fôlego, após ter revelado tudo que sabe.

— Então, colocando em ordem cronológica… — começa ele.

— Ah, sim. O Todd conhece a Clio em agosto. O tio dela está tocando… sei lá… uma quadrilha.

— Certo, então… em outubro. — Ela o ouve passando as páginas do bloco. — Você falou que Todd parece ter pedido ajuda a uma pessoa chamada Nicola Williams. Talvez marcando um encontro que seria uma emboscada para ela… e então ela foi ferida?

— É. E, a essa altura, no dia 17 de outubro, o bebê provavelmente já está desaparecido, e o policial também já deve ter morrido, e já pegaram o distintivo dele.

Jen recosta no banco. O que antes parecia um oceano tempestuoso está agora tão claro que ela pode ver o leito rochoso lá no fundo.

— É isso.

— Então parece que Nicola é a peça que está faltando. Ela é a pessoa sobre quem você menos sabe. E uma pessoa que parece ligada diretamente ao Todd, e que também foi ferida duas noites antes do crime.

— Sim. Preciso encontrar Nicola — concorda Jen.

Às três e meia da tarde, Jen segue Todd até em casa e chega à porta dois minutos depois dele.

Ele se vira para ela, com o rosto talvez um tanto pálido, mas, tirando isso, parece entusiasmado, e diz:

— Você sabia que uma pulga consegue acelerar mais rápido que um foguete?

— Estou bem, obrigada, tive um dia mais ou menos — responde ela com sarcasmo.

— Tá bem, então olha só isso, mãe. — Ele coloca a mochila no chão e começa a revirar o conteúdo dela, com uma expressão tranquila e animada no rosto. Nem sinal de crime organizado, quadrilhas, violência, policiais mortos, nada. — Olha. — Ele entrega a ela um trabalho escolar, nota A*, e seus dedos se tocam de leve, como o toque de uma pena.

Jen fita o papel, um trabalho de biologia. Lembra vagamente disso. Da outra vez, à noite, ela lhe ofereceu um sucinto *muito bem*. Todd tirar A* é a regra, não a exceção. Desta vez, ela lê o trabalho direito.

— Que maravilha — diz, depois de alguns minutos. Todd pisca de surpresa, e esse piscar parte o coração dela só um pouquinho. Ela se esforçou tanto, mas olha só o espanto dele. — Quanto tempo você levou pra fazer? — pergunta ela.

— Ah, não foi tanto assim.

— Eu não teria conseguido escrever isso. Não sei nem o que é fotossíntese.

— É. — Uma risada descontraída. — É coisa de planta, mãe.

Ele está lendo o trabalho de novo, com um projeto de sorriso no rosto. É um garoto tão seguro de si. Numa coisa ao menos ela acertou. Com sorte, Todd nunca vai virar noites se questionando se é um bom pai, questionando a própria inteligência, ou a si mesmo.

— O que você vai fazer hoje à noite para comemorar? — pergunta ela.

Ele a fita.

— Nada.

— Você não tem planos? — pergunta ela de novo.

— Isso aqui é um tribunal? — devolve Todd, erguendo as mãos espalmadas.

— Você não vai se encontrar com ninguém? Com a Clio? Com o Connor?

— Ah, tá curiosa, é? Eu fiquei me perguntando quando você ia começar a querer saber da Clio.

— Pois hoje é o dia — devolve Jen, meio sem jeito.

Todd desvia dela e caminha em direção à cozinha.

— Nhé.

— Nhé?

— Não sei se vai vingar.

— Como assim? Ela era... vocês estavam namorando pra valer.

— Acabou. — Todd diz isso com a mandíbula tensa, os olhos fixos no celular.

Kelly aparece na cozinha. Ele acompanha Todd com o olhar. Parece estar perdido em pensamentos e não diz muita coisa.

— Vou trabalhar — comenta ele. Está vestindo o casaco.

— Tá — responde Jen, sem prestar atenção. — O que aconteceu com a Clio?

— Isso não é da sua conta — responde Todd, de maneira firme. Kelly remexe umas latas no armário, então solta um palavrão. — Essas Cocas são minhas — exclama Todd para ele.

— Até mais, então — devolve Kelly. — Vou comprar a minha própria Coca.

— *Adieu* — diz Todd para Kelly, de forma um tanto rude. — Acho que vou comemorar meu trabalho fritando o cérebro no Xbox — diz ele para Jen.

Então pega uma laranja da fruteira e arremessa para ela com uma gargalhada tão alta que ressoa em seu coração feito um bumbo de bateria. “Eu te amo, eu te amo, eu te amo”, pensa ela ao pegar a laranja.

— Isso aqui está fazendo fotossíntese agora? — pergunta ela, mostrando a laranja para ele.

— Não use palavras que você não sabe o que significam — devolve ele, se aproximando para bagunçar o cabelo dela.

Não importa o que você fez, pensa Jen, *eu nunca vou deixar de te amar.*

Ele passa a noite inteira em casa. À meia-noite, Jen verifica o quarto do filho e o encontra dormindo. Ela fica acordada até as quatro da manhã, só para ter certeza, então vai dormir. Não existe possibilidade de Todd ter encontrado Nicola Williams hoje. Absolutamente nenhuma.

Ryan

A melhor parte do treinamento que Ryan fez em Manchester foram as promessas do que estava por vir na interessante, longa e eclética carreira que teria pela frente. Negociação de reféns, treinamento de prevenção ao terrorismo, trabalho infiltrado... eram tantas as maneiras de crescer como policial. Eles assistiram a uma palestra de um agente que treinava pessoas de acordo com a lei do uso de força aceitável em casos de legítima defesa, e Ryan estava lá, na frente do auditório. O agente falou uma das frases mais interessantes que Ryan já ouvira na vida: "No fim das contas, existem dois tipos de policial: o que é capaz de matar quando precisa, e o que não é."

Ryan ficou com os cabelinhos do braço arrepiados. Em qual categoria ele se encaixava? Será que seria capaz, será que apertaria o gatilho se a situação exigisse?

E assim, hoje, com aquela palestra interessante na memória, Ryan se sente duplamente frustrado ao ouvir Jamie dizer que não só ele vai ser removido do atendimento às chamadas de emergência para fazer pesquisa, mas que também não tem mais sala sobrando para ele: puseram uma mesa na salinha da limpeza para você, tudo bem? Ryan não se importa de trabalhar na salinha da limpeza, mas fazendo *o quê*?

Ele olha à sua volta. Está congelando. Não tem aquecimento ali, e está frio lá fora. Piso de linóleo cinza. Várias prateleiras, uma mesa provisória com uma bandeja para documentos em cima. Um quadro de cortiça e um balde com esfregão encostado na parede. É isso. Tá, eles tiraram os outros produtos de limpeza.

Leo vai até lá, parecendo atormentado.

— Meu Deus, que lugar minúsculo! — exclama. — Não tem uma cela vazia?

Ele pega uma folha de papel da bandeja. É pautada de um lado, e ele vira o lado sem pauta para cima.

— Certo. Fecha a porta — diz para Jamie.

Finalmente Ryan vai ouvir uma explicação.

— Então… — começa ele.

— O que a gente sabe é o seguinte — interrompe Leo, daquele jeito dele. — Tem duas organizações criminosas operando nesta área, certo? Elas se sobrepõem, mas, em geral, uma rouba carro e a outra importa droga. O dinheiro das duas vai para o mesmo lugar. — Ele faz um ponto com uma caneta esferográfica no papel, depois desenha uma seta para cima. — A gente tem informação de inteligência do nome de três fornecedores, que ainda não foram presos. Mas ainda estamos procurando os que importam a droga, que ficam um nível acima desses.

Ryan faz que sim avidamente.

— Certo, entendido.

— Bom, prosseguindo — continua Leo. — A gangue tem dois braços: drogas e roubos. A droga entra, mas o mesmo trabalhador do porto que deixa entrar faz vista grossa pro que sai, que é o segundo braço: carro roubado. A gente acha que outros homens — ele desenha um retângulo separado das setas, arrastando a caneta no papel — estão roubando os carros. Eles pegam os veículos no meio da noite, levam pro porto, e, antes mesmo de os donos acordarem, o carro some, vai parar no Oriente Médio. Depois eles lavam o dinheiro. As duas operações não chegam a se cruzar.

— Obviamente — diz Ryan.

— Como assim... obviamente?

— Meu irmão…

— Ah, sim, o irmão — comenta Leo. — Conta mais desse irmão pra gente. — Ele se inclina para a frente, um brilho estranho no olhar.

— Eu falei dele pro RH e pro pessoal da triagem — explica Ryan, entrando em pânico.

Leo faz um gesto impaciente.

— Eu sei. Fui eu que aprovei. Não estou suspeitando de nada. É *útil* pra gente... seu irmão. Quem melhor para entender quem é quem dentro de uma gangue do que uma pessoa que testemunhou como essas pessoas trabalham?

— Entendi... — responde Ryan lentamente.

— Então... as operações dele também eram independentes?

— Eram, sempre. Por exemplo, um carro roubado nunca seria usado pra importar droga. Daria prisão na hora.

— Certo — diz Leo. — Certo. Você pode contar um pouco mais sobre ele? Era bem mais velho que você, né? Do mesmo pai? — Uma pergunta atrás da outra.

— Não dá bola pro Leo — diz James, seco. — Ele fica obcecado quando está empolgado.

— Responde, por favor — pede Leo.

— Tá — diz Ryan. — Bem mais velho que eu, sim. Ele se envolveu em alguma merda. Não sei o que era, a gente era bem... acho que a gente sentia muita raiva. Ele sempre... nós dois sempre... tivemos muita ambição. Mas a dele era mal direcionada. Ele precisava de dinheiro, então começou a vender droga.

— Que droga? Só pra ter uma noção... sabe. Do nível de envolvimento.

— Ele... hum, ele foi evoluindo do jeito mais clichê do mundo. Bagulho, pó e depois heroína.

— Ele levava heroína pra casa? — Leo observa Ryan atentamente.

— Às vezes.

— Você via?

— Ué, via — responde Ryan, piscando.

— Se você recebesse um pacote de heroína agora, como abriria?

— Que nem um bombom — diz Ryan, sem nem pensar.

— Isso! — exclama Leo. Ele dá um soco na mesa.

Leo assusta Ryan. Ele deve realmente ser um desses gênios malucos. Ou talvez seja só maluco.

— Eu ajudava muito. Heroína é um negócio que invade a sua vida, né? Eu tinha curiosidade. No fim — Ryan deixa escapar uma risada desesperada —, eu tava batizando o negócio com ele.

— Ótimo. É uma boa habilidade pra se ter.

Ryan fica em silêncio, bem confuso.

Leo se vira para Jamie.

— A gente tem um trabalho pra você, depois que terminar a sua pesquisa — diz Leo. Ele pega a caneca de chá e termina em três goles barulhentos. Então a pousa de volta na mesa. — Se você estiver interessado.

— Estou, bastante — responde Ryan, fitando Leo diretamente nos olhos.

— A gente precisa de alguém inteligente. Sabe por quê? Porque essa gangue no mínimo tem um nerd no meio. Não é verdade? Alguém desenrolando as coisas pra eles. Algum tipo de soldado raso.

— É.

— Então a gente precisa do nosso próprio nerd — continua Leo, dando um tapinha de leve no ombro de Ryan —, pra analisar as informações. E mais, a gente precisa de um nerd que saiba como essas merdas funcionam. Temos o nome de três contrabandistas, mas nenhum nome dos ladrões de carro. Precisamos de nomes, rostos, como eles se relacionam entre si. Uma árvore genealógica do crime. Topa fazer isso? — Ele aponta para o quadro de cortiça. — Então sua tarefa é assistir ao circuito interno de TV e observar quem traz os carros. Entendeu?

— Ah, entendi — responde Ryan. Ele percebe os próprios batimentos cardíacos. Uma batida forte, nítida e agitada no peito.

— Aí, quando a gente souber quem são eles e quais os movimentos deles, a gente pega os caras em flagrante. Sabe como é... o mais próximo possível de um flagrante preparado, mas dentro dos limites da lei — conclui Leo tranquilamente.

Até os braços e as pernas de Ryan parecem animados, como se ele pudesse se levantar e começar a fazer polichinelo. Finalmente uma coisa que importa de verdade. Uma coisa em que ele pode ser bom. Uma coisa com a qual poderia mudar o mundo.

Leo pega o quadro de cortiça e coloca na mesa. Ryan adora a dramaticidade do gesto. A intensidade e a competitividade da polícia. Aqui está ele: como se estivesse em casa. Leo prega a folha de papel no quadro e escreve um nome.

— Esse sujeito trabalha no porto. E está envolvido. Faz vista grossa e deixa os carros roubados entrarem. Temos a cara dele gravada em tudo que é vídeo de circuito interno. Só não o prendemos ainda porque queremos ver qual engrenagem ele é nessa máquina. Entendeu?

Ryan fita o papel pregado na cortiça: Ezra Michaels.

— Descobre quem entrega os carros para o Ezra. Tá legal? — acrescenta Leo.

— E aí… — diz Ryan, olhando para Leo, esperançoso. — Quando a gente souber um pouco mais sobre eles… quer dizer — ele aponta para as roupas desgrenhadas de Leo, para o boné de James —, eu sei qual é o departamento de vocês, né? Agentes infiltrados?

— É — responde Leo, sucinto, transmitindo algo que até então tinha ficado implícito. — Agentes infiltrados.

Dia Menos Treze, 19:00

Uma viatura da polícia seguiu Todd da escola até em casa hoje. Jen está convencida disso. Ela pensa na viatura que passou duas vezes em frente à casa da Clio.

Está de noite agora, e Todd e Kelly estão sentados de frente um para o outro. A luz da bancada da cozinha está acesa, e o céu lá fora parece iluminado com uma cor de estanho.

As árvores estão com mais folhas. O que há poucos dias era uma pilha de folhas secas no jardim agora parece um punhado de bandeiras vermelhas, de volta aos galhos das árvores.

— Boa noite, madame — Todd a cumprimenta. — Estamos falando do gato de Schrödinger.

Jen passou o dia no trabalho, fingindo ser normal. Teve uma primeira reunião com uma cliente nova que ela sabe que dali a algumas reuniões vai dizer que, no fim das contas, não quer deixar o marido. Jen anotou bem menos coisas dessa vez.

Todd está comendo comida chinesa para viagem direto da embalagem, igual a um americano, só que, em vez de uma embalagem cafona de papelão com palitinhos, é um pote de plástico. Seu filho querido.

Kelly arregala os olhos para Jen do outro lado da bancada.

— Não estamos coisa nenhuma — diz ele com uma risada. — *Você* estava falando. *Eu* estava comendo asinha de frango.

— Não sei se seu pai é o melhor público — comenta Jen e ouve a risada perfeita do marido, que é meio que uma exalação engraçada.

— E o que aconteceu com o projeto de Vênus e Marte? — pergunta Kelly.

Todd tira o celular do bolso e passa para Kelly. Da primeira vez que Jen viveu este dia, estava no trabalho. Não sabia nada desse projeto.

Kelly olha para o celular de Todd por alguns segundos, então exclama:

— Você tirou A! A de "ás da astrofísica".

— A de Alexander Kuzemsky — devolve Todd.

— Dá pra falar inglês? — reclama Jen.

— É um físico importante — explica Todd. — O projeto foi esse. — Ele passa o celular para ela.

— Parabéns — diz Jen com sinceridade.

Ela começa a ler o trabalho com interesse, em parte se perguntando se pode conter alguma ciência que poderia ajudá-la, mas Todd pega o celular de volta.

— Não precisa se dar o trabalho de ler, sério.

— Eu estou interessada!

— Você não se interessa normalmente — devolve ele.

Uma pedra de culpa pesa em seu estômago. Culpa materna, a coisa contra a qual vem lutando durante grande parte da vida, mas que nunca — nunca — vai embora. *Você não se interessa normalmente.*

— Tudo bem? — pergunta Kelly com uma risada. — Você está com cara de quem viu um fantasma.

Todd ri baixinho com o pote de plástico perto da boca enquanto Jen se serve de um pouco de comida.

Kelly se levanta da bancada, seu celular está tocando. Jen fica olhando fixamente para o hall de entrada, pensando em Todd.

— Como assim? — pergunta Jen a ele.

— Como assim que você normalmente não presta atenção nas minhas coisas.

— Nas suas coisas? — pergunta Jen, sentindo como se o mundo estivesse parando de repente. Todd não responde, apenas pega um frango empanado e enfia inteiro na boca. — Você acha que eu não presto atenção em você? — pergunta ela.

Ela é tomada por uma espécie de percepção nebulosa, como se estivesse encoberta por uma neblina: quando se está dentro dela, você não pode vê-la, mas pode senti-la.

Todd parece ponderar a questão, fitando a própria comida, o cenho franzido.

— Talvez — responde, por fim.

Todd a encara. Tem os olhos do pai, mas todo o resto é dela. O cabelo escuro e rebelde, a pele pálida. Um apetite voraz. Foi ela que fez. E olha só: ele acha que ela não presta atenção nele. Diz isso com a maior facilidade, como se fosse um simples fato da vida.

— Essas coisas não te interessam — acrescenta ele.

— Ah — sussurra ela.

— Eu gosto de física — continua ele. — Então não é engraçado que eu goste do Alexander Kuzemsky. Eu gosto dele de verdade.

Jen tem a estranha sensação de estar errada numa discussão. Tão completamente errada. Sua mente faz malabarismos. Isso aqui não tem nada a ver com planetas. Tem a ver com o relacionamento deles.

Todd, com seus fatos científicos divertidos e a cabeça nas nuvens. Jen, com sua incapacidade de entender o que ele está falando e com sua mania de reagir com sarcasmo. Ela sempre pensou neles assim. Ela e Kelly não conseguiam acreditar que tinham produzido uma criança tão cerebral, inteligente de um jeito completamente diferente deles, os dois tão práticos, e Todd tão... não prático. Mas ele não é um *produto*. Ele não é um objeto. Ele está aqui, bem na sua frente, dizendo a ela quem ele é. Ela deixou a própria insegurança sobre ser burra transformar a intelectualidade dele em algo trivial. Algo *risível*.

— Nossa. — Ela baixa a cabeça nas mãos. — Tá bem. Entendi. Desculpa. Não é... Desculpa, de verdade — diz, sem jeito.

— Tudo bem — responde ele.

— Tudo que você faz é interessante pra mim — continua ela, as lágrimas brotando com o fatalismo inconsequente de quem não vai estar aqui amanhã; uma declaração de leito de morte, uma ligação de um avião que está sendo sequestrado. Uma mulher que pode estabelecer uma conexão com o filho de novo e de novo e de novo, mas não importa, não vai durar. — Nunca amei ninguém tanto quanto eu te amo. Nem nunca vou amar — diz ela simplesmente, com os olhos cheios de lágrimas. — Eu fiz tudo errado se não demonstrei isso. Porque é tão verdadeiro... é a coisa mais verdadeira do mundo.

Ele pisca. Suas feições ondulam para um ar triste, como uma pedra arremessada num lago.

— Obrigado — diz ele. — É só... sabe como é...

— Eu sei — diz Jen. — Eu sei.

— Obrigado — repete ele.

— Não tem de quê — diz ela baixinho, assim que Kelly aparece.

— Comi todos os frangos, porque esse último também é meu — diz Todd rindo.

A piada é uma fachada, uma armadura para impedir que o outro integrante da família testemunhe o momento particular dos dois, mas Jen ri com ele mesmo assim, embora sua vontade seja de chorar.

— Era um cliente — comenta Kelly, sem que ninguém tenha perguntado.

Jen olha de novo para Todd. Ele coloca o último frango na boca e sorri para ela com os olhos. Ela estende a mão para mexer no cabelo dele, e ele se aproxima do seu toque feito um bichinho carente.

Todd joga o pote de plástico direto no lixo, sem lavar, algo de que em geral ela reclamaria, mas, desta vez, resolve não dizer nada.

— Hoje você vai fazer o quê? — pergunta Jen a ele.

— Sinuca. — Ele manda um beijo estalado com a ponta dos dedos para ela.

Jen assente depressa.

— Divirta-se. — Então acrescenta: — Vou sair também hoje. Vou a um bar com a Pauline.

— Ah, é? — pergunta Kelly, surpreso.

— É, eu te avisei. — Mentira. — Aonde você vai exatamente? — pergunta a Todd, torcendo para soar apenas curiosa.

— Crosby.

Ela sorri para ele. Porque a verdade é que, aonde quer que ele vá, ela vai estar lá também.

A entrada do bar temático de esportes de Crosby é uma porta preta comum na rua principal. Acima dela, um letreiro retrô de neon. E, acima do letreiro, uma bandeira da Inglaterra. É um prédio dos anos 1920, com janelas com fasquias, tijolos vermelhos e três chaminés no alto.

Jen para o carro num estacionamento nos fundos, que o bar compartilha com dois restaurantes e um hotel. Ao sair do carro, sente o cheiro de carne grelhada na brisa outonal escapando do exaustor de algum dos restaurantes. Nossa, acabou de comer comida chinesa, mas poderia muito bem comer um hambúrguer.

Ela tenta abrir a porta dos fundos do bar, embora seja uma saída de incêndio. Está emperrada, trancada. Vai até a frente e espia pela janela, com ambas as mãos emoldurando o rosto. Está escuro lá dentro. Não dá para ver nada. Poderia simplesmente ficar ali, pensa ela, com o vidro esfriando a testa. Está tão cansada. Cansada pra cacete. Podia só ficar ali e sumir. Virar parte do bar de sinuca, um enfeite. E não um ser humano vivo e torturado.

Uma luz se acende lá dentro, fraca, num tom avermelhado, iluminando o que está bem na sua frente: uma escada preta. Manchada, velha e, mais importante, vazia.

Ela abre a porta e sobe a escada o mais silenciosamente possível. Termina num corredor vazio, com duas portas fechadas de cada lado. O lugar perfeito para se sentar e ficar na escuta. O lugar perfeito para correr riscos.

Jen prende a respiração. Depois de alguns segundos, ouve o barulho de bolas de sinuca. Um taco batendo no chão.

Atrás de si há uma janela art déco comprida, que deixa entrar a luz dos postes de rua. O chão é pintado de preto, um piso velho e frágil de madeira, que range quando ela se mexe.

— Semana que vem, com certeza — diz Todd.

Um barulhinho. Ele deve ter dado uma tacada. Jen se aproxima da dobradiça da porta e espreita, torcendo para que ninguém veja um olho ali na escuridão.

— Talvez a gente possa ir no verão que vem — diz Clio. Só pode ser Clio, ela reconhece a voz melódica.

Todd se desloca de um lado para o outro dentro de seu campo de visão. Ele segura o taco de sinuca como se fosse um cajado, exatamente como o mago de seu jogo de computador preferido, apoiando o peso no taco e mantendo a outra mão na cintura. Jen sente o coração pulando no peito ao olhar para ele, seu filho. Ele está fazendo pose. Ela tem certeza disso.

Está com o cabelo penteado, os tênis muito brancos, andando devagar ao redor da mesa de sinuca, entrando e saindo de seu campo de visão. Está totalmente em modo "se achando".

— Se vocês ainda estiverem namorando — diz uma voz masculina. Jen tem certeza de que foi Joseph, embora não possa vê-lo.

— É claro que vamos estar — responde Todd. Está nervoso. Jen pode ouvir em sua voz, algo que só ela é capaz de detectar, como o tremor que se segue depois que você toca uma tecla de piano.

— Boa tacada — diz outra voz. Ezra, talvez.

— Espero não estar atrapalhando. — Agora foi uma voz feminina.

Jen se desloca para tentar ver. Chegou uma mulher por uma porta escura do outro lado da sala de sinuca. Deve ter a mesma idade que Jen, talvez um pouco mais velha. O cabelo grisalho está preso num rabo de cavalo arrumado. A roupa parece informal, calça de moletom e camisa de malha. Anda de um jeito ágil, cheia de energia, como uma atleta.

— Nicola — diz Joseph. — Que surpresa boa.

Nicola. Jen quase não consegue conter uma reação audível de espanto.

— Há quanto tempo.

— Pois é. — Joseph entra em seu campo de visão, apoiando-se no taco de sinuca. Nicola o segue. — Este é o Todd e esta aqui é a Clio. E você já conhece o Ezra. A Nicola trabalhava pra gente.

— Nicola Williams em pessoa — comenta Ezra.

Sentada ali naqueles degraus, Jen franze a testa ao ouvir aquela conversa. Todd está sendo *apresentado* a Nicola. Mas Todd já mandou uma mensagem para a Nicola. Não mandou? Ela repassa as datas das mensagens de celular. É, mandou. Mandou *sim*. Ele mandou uma mensagem para ela no dia 15, falando *Gostei da conversa*. Hoje é dia 16. Mas ele se encontra com ela no dia 17. Não se encontra?

Jen se move, tentando ao máximo não fazer barulho, forçando a vista, olhando atrás da mesa de sinuca verde e iluminada. Clio está sentada no sofá vermelho aveludado da parede oposta à porta. Pernas bronzeadas, franja curta, o pacote completo. Jen pisca, só observando, esperando a conversa fiada acabar.

— Posso jogar? — pergunta Nicola.

Ela pega o taco de Todd, que se senta. Parece uma noite perfeitamente normal. A namorada, a família dela. Mas o surgimento de Nicola desencadeou alguma coisa, talvez porque Jen saiba que Todd está mentindo, talvez não. Tem algo de sinistro nas profundezas ali, como um tubarão na água.

Jen se move de novo para ver Todd sentado no banco ao lado de Clio. Ele não está tão perto dela como na outra noite. Mas, ainda assim, está com ela. Então, o que… ele vai terminar com ela hoje?

Uma música começa a tocar. Um rap pesado com um baixo bem marcado que abafa a voz das pessoas. Jen percebe que está vindo de uma jukebox que ela não tinha notado até então, uma jukebox vermelha, de aparência retrô, com luzes brancas em volta da tela.

Ela permanece sentada a música inteira, torcendo para acabar, mas então outra música começa. Todd está conversando com Joseph, e Clio se levanta e se junta a eles, com Nicola, mas Jen não consegue ouvir nada. Só dá para ficar assistindo. Parece uma conversa informal, mas fica claro que Todd não está confortável. Ela percebe pelo jeito como ele dá a volta na mesa, pisando com cuidado, feito um leão se deslocando lentamente.

De repente, Jen se dá conta de que a música não está ali por acaso. É para abafar o som e evitar que outra pessoa ouça a conversa. Outra pessoa bisbilhotando, igual a ela — e mais outros, pensa, lembrando da polícia patrulhando a rua.

Depois de uma hora, Joseph veste um casaco. Todd limpa a mesa, encaçapando as bolas com facilidade. Enquanto Joseph sai com Nicola, Jen entra pela porta à esquerda, e descobre que é onde ficam os banheiros. Ela se vê sozinha, num banheiro retrô, tentando ouvir algum passo lá fora.

O banheiro tem um papel de parede vintage com estampa de conchas cor-de-rosa esmaecidas pelo passar do tempo. Entre as duas pias, também da cor rosa, há duas caixas de madeira com produtos de higiene pessoal e, pendurado na parede, um espelho dourado de corpo inteiro.

Ela se recosta na pia e pensa no que sabe:

O Todd conhece a Clio em agosto.

Neste momento eles ainda estão namorando, mas amanhã ele já terminou com ela. No entanto, cinco dias antes do crime eles estão juntos de novo.

Ontem, ele pediu algum tipo de ajuda a Nicola.

Hoje, a Nicola apareceu no bar de sinuca. Ele fingiu que não a conhecia. Ela obviamente conhece o tio da Clio, costumava *trabalhar para ele.*

Daqui a alguns dias um garoto loiro vai roubar um carro para o Ezra. Está na cara que a família da Clio é de criminosos. A bolsa da Chanel. E dali a mais alguns dias a Nicola vai ser ferida. E então o Todd vai se tornar um assassino.

Ela olha lá para fora, pensando nessa linha do tempo. A janela está aberta, deixando passar um fluxo constante do ar fresco da noite. Espera pelo menos dez minutos antes de pensar em sair, então ouve uma voz grave vinda lá de fora, e risos. Sem titubear, sobe na bancada das pias, o joelho doendo na superfície dura, e espreita a rua. É Todd. Está ao telefone. Caminhou até o carro dele, que está estacionado nos fundos. Ele apoia os cotovelos no teto do carro — é tão alto — enquanto conversa, animado.

Jen se esforça para ouvir. Está silencioso lá fora. Deve dar para ouvir. Ela estica a mão para apagar a luz e poder ficar sentada ali, de novo junto a uma janela, sem que ninguém a veja.

— Quase liguei pro seu celular secreto. Tô tentando me distanciar da Clio — diz ele. — Não se preocupa. Seu negócio sujo tá seguro comigo. — Seu tom é ácido como um limão.

Uma pausa. Jen prende a respiração.

— É… Quer dizer, quem sabe?… — acrescenta ele.

Ela não tem ideia de com quem ele está falando, não consegue imaginar. Não é um amigo. Não é alguém igual a ele.

Todd ri de novo, uma espécie de risada mordaz, amarga e sarcástica.

— *Não*. É exatamente isso que eu estava tentando dizer. Agora a gente chegou no fim da linha, né?

Ele inclina a cabeça para trás, olhando o céu. Dá para ver a lua, um holograma pálido no céu. A temperatura está caindo. Jen está com frio, ajoelhada ali na pia, ouvindo o filho, que parece pensar que eles estão "no fim da linha". O que ele quer dizer com essa expressão curiosamente adulta? É por isso que, em pouco menos de duas semanas, ele vai matar alguém?

Ele volta a olhar para baixo, como se estivesse observando uma bola cair lentamente, então se vira para a janela em que Jen está. Seus olhos se encontram, e ela não consegue desviar o olhar, mas ele afasta o seu depressa. Não é possível que a tenha visto. O vidro é fosco, a luz está apagada.

— É, tá bem — diz Todd.

Outra pausa.

— Pergunta pra Nicola. Te vejo em casa — diz Todd ao telefone.

O mundo inteiro parece parar só por um segundo. Te vejo em casa. Te vejo em casa. Te vejo em casa.

Só pode ser uma pessoa: o marido dela.

Dia Menos Treze,
20:40

Todd entra no carro, liga o motor e vai embora, deixando Jen sozinha no banheiro escuro, com os joelhos molhados pela água empoçada na bancada.

Te vejo em casa.

A pessoa do outro lado da linha é Kelly.

Pergunta pra Nicola.

É o Kelly que conhece a Nicola. E não o Todd. O Todd não estava fingindo quando foi apresentado a ela.

Quase liguei pro seu celular secreto.

O celular pré-pago é do Kelly. Foi o Kelly que mandou a mensagem para a Nicola.

— Você estava ao telefone com o Todd ainda agora — afirma Jen, no instante em que entra pela porta da frente.

Todd ainda não chegou. Talvez tenha se encontrado com a Clio de novo. E Jen não pode esperar. Que diferença faz? Ela não tem amanhã. Tem que perguntar para ele agora.

Kelly está com uma calça jeans desbotada e uma camisa de malha branca. Está sentado no sofá de veludo. Eles colocaram o sofá no recesso da janela em alcova na sala de estar. Ele encaixa certinho ali, sem um centímetro de folga sequer. Riram tanto enquanto tentavam empurrar o sofá. Kelly sugeriu que usassem lubrificante, e Jen não conseguia parar de rir.

Ela deixa a bolsa cair no piso de tábua de madeira. A casa está silenciosa, as luzes dos abajures estão na baixa intensidade.

Kelly precisa de um tempo para pensar, aparentemente. Esses três segundos partem a porra do coração de Jen.

— Eu sei que ele está envolvido em alguma coisa ruim... e você também sabe — afirma ela.

Kelly obviamente decide negar tudo.

— Ele está tendo problema com mulher. — Enquanto fala isso, essa mentira, seus olhos não demonstram nada. — Jen? — Ele estica a mão para ela.

— Eu ouvi vocês — diz ela.

— A gente estava falando da Clio.

— Quem é Nicola?

— O quê? Não conheço nenhuma Nicola.

— Kelly — insiste ela, o nome explodindo da sua boca. — Eu sei que você conhece aquelas pessoas. Quem é Joseph Jones?

— Não tenho a menor ideia — responde Kelly depressa, sem titubear. Ele ganha tempo, se levantando e acendendo a luz do teto, seu marido enigmático. Misterioso... ou seria mentiroso? — Desculpa... eu não sei do que você está falando — diz ele, virando-se para ela.

Ao fazê-lo, ela nota o brilho de suor junto ao cabelo dele, refletindo a luz só por um segundo.

— Eu sei que você está mentindo — diz ela para as costas dele, assim que ele se vira novamente. Agora está calçando o sapato e vestindo um casaco.

— Isso não está em discussão — diz ele.

Então abre a porta da frente e sai de casa, fechando-a com tanta força que o batente chega a tremer atrás de si.

Ryan

Ryan está à vontade. Finalmente é bom em alguma coisa.

Diante de si, como nos filmes, há um quadro de cortiça maior que ele pediu no almoxarifado há três dias. Tem um metro e vinte por noventa centímetros (ele ainda não tem autorização para pendurar). Está apoiado na parede, e Ryan está sentado de pernas cruzadas de frente para ele.

Faz dois meses que vem coletando informações. Começou trazendo uma televisão para sua salinha. Passou horas analisando as imagens do circuito interno de segurança do porto, os olhos chegando a pesar. Observou tudo atentamente, tomando nota de qualquer um que aparecesse mais de uma vez, qualquer um que falasse com Ezra, ou que desaparecesse na companhia dele. Ryan fez anotações em post-its e prendeu-as no quadro.

No fim do mês, ele tinha uma lista das pessoas que frequentavam regularmente o lugar.

"Você pode comparar esses rostos com os que temos no sistema?", perguntou a um analista que passou por ele numa sexta à noite. Apontou para a impressão que fez da imagem congelada dos rostos.

"Pode deixar", respondeu o analista, simples assim.

E agora sabe quem são: os soldados rasos dele.

A essa altura, a equipe dos agentes infiltrados também já tinha passado para ele o nome dos fornecedores das drogas. Um policial tinha conseguido se infiltrar na gangue. Ele apareceu como comprador. Com uma roupa desgrenhada, segundo descreveu Leo, pediu para comprar heroína. A transação foi adiante, observada pela equipe de Leo, e ele voltou com o nome do traficante, que agora está no quadro de Ryan.

Fez isso mais cinco vezes. Mais cinco compras de teste. Depois falou que tinha se mudado e que conhecia umas pessoas que também queriam comprar, que queriam provar uma amostra. O traficante o apresentou ao fornecedor, cujo nome também foi parar no quadro de Ryan.

— Ryan — diz Leo, entrando em sua salinha. — Você é um gênio.

É o melhor trabalho que Ryan já teve. O mais divertido. O mais gratificante. E o mais independente também. Ele sente uma onda de orgulho crescer dentro de si, por ele mesmo e por seu quadro de cortiça.

— Isso é só o começo — diz ele para Leo. — É só uma parte do cenário. O chefão tem umas dez operações em andamento.

Eles olham para o quadro em silêncio.

Leo fica sem dizer nada por um minuto, talvez mais. Um outro policial passa pela porta.

— Tem um segundo? — pergunta o policial para Leo, colocando a cabeça dentro da sala.

— Não — ruge Leo, fechando a porta. A vida é boa quando você está sob a luz de Leo, terrível quando está na sombra dele, assim como tantas pessoas em posição de comando. — No nosso último trabalho — diz Leo, pensativo, como se a interação anterior nem tivesse acontecido —, o chefão parecia um cara tão despretensioso. Tão normal. Totalmente normal. Não chamava atenção. Sabe como é, não tinha emprego formal… era autônomo. Ficava na faixa de isenção de imposto. Não viajava.

— Parece impossível — comenta Ryan.

— Certo. Enfim, dá uma olhada nisso, por favor — diz ele. — Estamos criando uma *lenda*. — Ele se senta na cadeira barulhenta enquanto Ryan vai soltando vários soldados rasos do quadro e movendo-os para o outro lado. — Talvez você devesse ganhar uma sala melhor — comenta ele com uma risada.

— Seria legal...

— Certo, então, lendas. Pronto pra aprender uma coisa?

— Pronto.

— Quando policiais passam a trabalhar infiltrados, eles entram num personagem que já foi criado por nós há muito tempo, entende?

— Sei.

— Se aparece alguém comprando droga, o traficante *sempre* vai suspeitar do Departamento de Investigação Sobre Entorpecentes. Então a gente cria uma lenda de antemão. Ele mora aqui, dirige o carro tal, trabalha ali, faz isso. A gente tem *história*, entende? E espalha isso por tudo que é canto... na internet, onde der. Aí o cara entra no personagem. Estamos trabalhando em um desses agora.

Ele esfrega o pescoço, então dá um gole no chá de Ryan, o que o chateia, mas Ryan não fala nada. Leo faz esse tipo de coisa quando está pensando. E Leo é genial quando está pensando, então todo mundo tolera.

— Leo — diz Jamie, abrindo a porta. Ele parece atormentado, com o cabelo em pé. — A gente está com um problema aqui.

— O que foi? — Leo está mexendo em um dos alfinetes de Ryan e o enfia de volta na cortiça. — Será que dá pra parar de interrom...

— Ontem à noite, dois soldados rasos roubaram um carro num dos bairros chiques de Wallasey — diz Jamie. — Alguém deu queixa...

— Tá...

— O boato é que eles acharam que era uma das casas vazias em que estavam de olho, mas não era...

Ryan vira a cabeça para olhar para Jamie.

— Tinha uma bebê no banco traseiro do carro. Eles levaram. O carro está indo para o porto... com a bebê dentro.

Dia Menos Vinte e Dois, 18:30

Jen está em seu santuário, o escritório. Quis estar ali, no trabalho, naquele ambiente calmo e organizado onde se sente totalmente no controle da situação, ou pelo menos pode fingir que se sente assim. A descoberta de que Kelly está envolvido continua voltando à sua mente. Ela se sente como se estivesse num barco, o chão sob seus pés instável, escorregadio. Kelly. O seu Kelly. O homem para quem ela pode contar qualquer coisa. Mas está na cara que a recíproca não é verdadeira. Como ele pode ter fingido que estava tentando organizar as ideias com ela naquela noite em que acreditou nela?

A rua lá embaixo está cheia de gente fazendo compras, aproveitando o último calor do verão. O início de outubro é muito diferente do fim do mês. Uma luz cálida lá fora. Folhas cor de mel. O último suspiro do verão. Ela abre a janela. Um frio muito discreto invade o ar: como uma única gota de corante que logo começa a se espalhar numa bacia de água.

Ela suspira e segue pelo corredor. Jen reformou o escritório depois que seu pai morreu na última primavera. O que antes era a sala dele — a plaquinha dizia *Sócio-Gerente,* de acordo com a vontade dele — faz parte agora do saguão, uma decisão que ela tomou para não ter que olhar para a antiga porta dele ou, pior, trabalhar naquela sala.

Seu pai foi um bom advogado. Incisivo, cauteloso, capaz de aceitar e enfrentar más notícias sem se enganar. Forte, ela o descreveria mais tarde pela perspectiva da dor da perda. Estoico também. Uma vez, perto de um fim de semana, ela descobrira que ele tinha passado duas noites no escritório para terminar um trabalho, e nunca falou nada.

Ela voltou muito mais no tempo do que previu. Jen acha que seu maior medo é ultrapassar o começo de tudo. Gostaria de poder perguntar ao pai o que fazer. Kenneth Charles Eagles. Ele atendia por KC. Se Jen e Kelly tivessem tido uma filha, teriam chamado de Kacie. KC. Ele teria gostado disso.

Ele morreu sozinho há dezoito meses. Um aneurisma em algum momento da noite. Estava sentado na poltrona de casa, com um pacote de amendoim e uma garrafa de cerveja pela metade ao lado. Nos primeiros dias, Jen precisava desviar a mente daqueles últimos momentos, como tentar guiar um navio com preferência por uma única rota. Agora consegue fazer isso melhor, estar aqui no lugar onde um dia ele esteve. No entanto, hoje, mais do que nunca, sente falta dele. Seu pai não teria a menor paciência para teorias de viagem no tempo — ela imagina que ficaria com medo de contar, preocupada com o que ele pensaria dela —, ainda assim, sente falta dele do jeito que as crianças sempre vão sentir falta de ter a mão dos pais para guiá-las da forma como eles conseguem afastar os problemas, mesmo que só provisoriamente.

Ela faz uma caneca de chá e sai da copa. Rakesh passa pela sala dela com outra advogada, Sara.

— O marido pediu pra gente reduzir a pensão pela metade, já que ela só usa moletom. Ele cortou toda a verba para roupas. E cabeleireiro e sutiãs. Ele pediu pra deixar registrado que ela só usa calcinha velha e cinza — diz Sara.

A risada de descrença de Rakesh parece um sino de igreja.

Jen abre um sorriso lento. Sempre se sentiu em casa ali, com os *workaholics* e o humor ácido deles.

Ela manda alguns e-mails, feliz em dar informações e distribuir conselhos. Coisas que seria capaz de fazer com os olhos vendados, coisas que faz há duas décadas.

Às sete da noite, o futuro ex-marido de uma das clientes de Jen envia mais de vinte e cinco caixas com a sua contabilidade. Jen as recebe de um portador cansado da DPD, com um bronzeado de camiseta. Da outra vez, ela havia ficado até mais tarde para começar a processar os documentos, indexar o conteúdo e organizar as caixas na sua sala. Rakesh tinha aparecido na porta e perguntado se ela estava construindo um forte.

Ele aparece agora, na mesma hora. Mas, desta vez, sem a menor vontade de arrumar caixas, e também não querendo voltar para casa, Jen pergunta se ele quer tomar alguma coisa.

— Quero sim — responde ele, mascando chiclete. — O que é isso aí? Você vai construir um forte?

Jen sorri. Quanto mais volta, mais difícil é se lembrar de cada dia. É bom, de um jeito engraçado, ouvir suas previsões se tornando realidade.

— Vou, na segunda-feira — responde ela. — Documentos enviados pela outra parte. A contabilidade do marido.

— O que ele faz, trabalha pra porra do Banco da Inglaterra?

— É a velha tática — diz Jen, arrastando uma caixa só o suficiente para abrir caminho até ele. — Mandar muitas caixas na esperança de que ninguém olhe nada.

— Pode deixar que na segunda-feira eu venho verificar se você não está enterrada viva. Tô precisando de vinho na veia — comenta Rakesh, pegando o casaco dela.

— Dia ruim?

— Mandei uma petição para a minha cliente hoje. Era só assinar... mais nada. Do lado do item quatro, de comportamentos inconvenientes, ela escreveu, de caneta, "também se masturbava o tempo todo dentro de uma meia". Como se fosse uma adição urgente. Agora eu tenho que mandar de novo para ela. Não posso apresentar isso no tribunal.

— É uma reclamação válida — comenta Jen. — Gostei do detalhe da meia.

— Não é você que vai ter que encontrar com ele na audiência.

— Cuidado para não usar o banheiro depois dele.

Eles saem, os casacos pendurados no braço, num outono que mal começou, e é tão bom estar ali de novo, no trabalho, onde as pessoas passam algumas das horas mais íntimas da vida. Faz mais de uma década que ela trabalha com Rakesh. Ela sabe que ele come batata quase todo dia no almoço e fica navegando no site do *Daily Mail* no intervalo das três da tarde. Sabe que, toda vez que o telefone dele toca, ele solta um palavrão silencioso e que, uma vez, ele suou tanto pela calça durante uma audiência particularmente complicada que deixou uma marca na cadeira.

E é muito bom, também, poder fugir da confusão da vida familiar. Abandonar o mistério, e cobiçar inocentemente uma taça de vinho com o velho amigo, conversar sobre os clientes brigando sobre quem fodeu outra pessoa primeiro, beber duas taças — não, três —, fumar no jardim dos fundos do bar e rir disso. É tão, tão bom fingir.

Jen bebeu vinho demais para dirigir, então vai a pé para casa. São nove e pouco da noite ainda. Ela caminha pela calçada, fitando a casa iluminada mais adiante e pensando no marido, para quem falou que ia ficar trabalhando até mais tarde.

Ela é uma advogada especializada em divórcio, pensa ela, melancolicamente, e, no entanto, não percebeu que ela mesma estava sendo traída. Não previu que isso pudesse acontecer. Nem de longe.

Tenta reorganizar os eventos, sabendo o que sabe agora. O vinho ajudou a relaxar a cabeça um pouco. Na noite fria, seus pensamentos parecem maleáveis e livres. Pela primeira vez, ela se sente uma pessoa de cabeça aberta, e não neurótica e de mente fechada.

O celular pré-pago é de Kelly. Então o cartaz do bebê desaparecido e o distintivo policial também devem ser dele. Mas por que estavam no quarto do Todd?

Ao se aproximar de casa, ouve vozes. Estão vindo de fora, de algum lugar ao ar livre. Estão altas demais para virem de dentro da casa. Ela para junto do carro de Kelly. O carro está quente. Ela pousa a mão no capô: acabou de ser desligado.

As vozes pertencem ao marido e ao filho dela, exatamente em quem estava pensando, e eles estão gritando, nervosos.

Estão no jardim nos fundos da casa. Jen corre em silêncio até o portão. Para ali, com o dedo no trinco gelado, totalmente sóbria de repente.

— Por que você me contou isso? — pergunta Todd.

Jen fica perturbada ao perceber que a voz dele está permeada de pânico e lágrimas.

— Porque eu tenho que te pedir uma coisa — responde Kelly. — Tá legal? Eu não teria dito se não fosse por isso.

— O quê?

— Você tem que terminar com a Clio.

— O quê?

— Você precisa terminar com ela — continua Kelly. — Eu posso pedir ajuda pra Nicola, mas você não pode continuar vendo a Clio. Considerando isso tudo.

Jen sente o estômago revirar. De repente, fica enjoada, e não tem nada a ver com a bebida.

— Isso vai despertar ainda mais suspeita — argumenta Todd. — Sem falar que vai partir a *merda* do meu coração.

Jen sente as pernas falhando. A dor, a dor, a dor na voz do seu bebê.

— Me desculpa — diz Kelly. — É sério, eu... me desculpa, me desculpa. Por favor, quantas vezes eu posso pedir perdão?

— É a coisa mais escrota que já me aconteceu na vida — diz Todd. Só que ele não diz essa frase: ela sai num grito. Um grito angustiado.

Um barulho seco, talvez um murro, numa mesa.

— Eu tentei! — diz Kelly.

Foram poucas as vezes que Jen testemunhou esse lado dele. Uma vez foi na delegacia, depois de Todd ser preso. Não é de admirar. Ele estava tentando evitar que algo acontecesse. E, obviamente, não conseguiu.

— Eu tentei tanto. Ou o Joseph já sabe ou está prestes a descobrir, Todd, e a gente tem que se distanciar dele. Sem que ele saiba o motivo.

— E que se foda quem é da sua família, né? — devolve Todd. — *Eu.* — Jen pensa em como Clio não quis discutir o fim da relação com ela e se pergunta se, de alguma forma, Todd contou para Clio algo dessa conversa. Algo que não deveria ter contado.

— É — diz Kelly baixinho, e a vontade de Jen é sair de onde está, sozinha e com frio naquele portão, e sacudir o marido. Foi uma pergunta retórica, ela diria. Todd não estava esperando uma resposta, seu idiota.

— Não existe nenhum indício de que ele sabe — argumenta Todd.

— No instante em que ele descobrir, ele vai vir aqui, e vai…

— Isso é só uma hipótese. Não acredito que você me envolveu nisso. Mentiras? Bebês sequestrados?

Jen fica imóvel, o corpo inteiro arrepiado. O bebê.

— É isso, ou coisa muito, muito pior — diz Kelly com um tom sombrio na voz.

— Isso, protege esse segredo a todo custo. Coloca seu filho e o primeiro amor da vida dele na cadeia! — exclama Todd.

Jen ouve a porta dos fundos batendo. E pés subindo a escada dentro de casa.

Ela permanece junto ao portão, tentando respirar.

De nada adianta perguntar a eles. Está na cara que vão mentir. E está na cara também que há um segredo que os dois compartilham e que vão fazer de tudo para preservar. Vão fazer qualquer coisa, menos contar para ela.

No ar frio da noite, três semanas antes de seu filho se tornar um assassino, Jen ouve o marido chorando no jardim de casa, seus soluços ficando mais baixos, como um animal ferido morrendo lentamente.

Dia Menos Quarenta e Sete, 08:30

Muita coisa pode acontecer em três semanas. É o maior salto para trás até agora.

São oito e meia da manhã do Dia Menos Quarenta e Sete. Quase sete semanas no passado.

Ao descer a escada, Jen para na janela da frente. A rua está completamente diferente. Aquele tom de sépia amarronzado do fim do verão, a grama ressecada pela falta de chuva. A brisa em seus braços é quente. Ela se pergunta o que Andy acharia disso.

Foi dormir na noite passada com Kelly. Ele fingiu muito bem que estava tudo normal. Jamais saberia que alguma coisa tinha acontecido se não tivesse entreouvido a conversa.

Kelly se deitou na cama deles, com as mãos atrás da cabeça, os cotovelos apontados para fora. Uma caricatura do marido descontraído.

— Tudo bem no trabalho? — perguntou.

— Um monte de documentos. O que você fez hoje?

— O de sempre — respondeu ele. — Tomei banho, jantei, uma noite emocionante.

Ela lembra que ele deu a mesma resposta da outra vez. Tinha achado que Kelly estava sendo sarcástico, mas havia uma espécie de fúria trêmula em suas palavras. Um homem que havia perdido o controle da situação.

Foi dormir ao seu lado, seu marido, o traidor, porque não sabia mais o que fazer. Ele a abraçou, como sempre fazia, com o corpo quente. Assim que ele pegou no sono, ela fitou a pele dos braços dele. A pele dele — assim como a dela — não parecia diferente, mas ele era feito de algo diferente do que ela havia imaginado.

E agora estava quarenta e sete dias no passado. Está se sentindo totalmente perdida de novo, como nos primeiros dias. Está de esmalte rosa nas unhas dos pés, o que lembra de ter feito em meados de agosto para aproveitar os últimos dias quentes em que poderia usar chinelo.

Está em meados de setembro. E o que ela sabe? Kelly acha que Joseph vai descobrir alguma coisa, então pediu para Todd parar de sair com Clio. Ele para, mas então eles voltam a namorar. Kelly pede ajuda a Nicola Williams. Nicola é ferida, então Joseph aparece, e Todd o mata.

Jen sabe mais do que antes, mas, de muitas maneiras, parece que sabe menos, de tão confusa que é a situação. A campainha toca, interrompendo seus pensamentos.

Verifica o dia de novo. Certo — é o primeiro dia de aula, o primeiro de Todd no último ano de escola. Ela tenta voltar à ação.

— Quem é? — pergunta ela.

— É a Clio! — responde Todd.

Jen se afasta da janela e volta para o quarto. Isso aconteceu da outra vez? Às oito e meia da manhã... ela já tinha saído. Roupa de trabalho, sapato, um típico dia de semana, café com leite na mão, os divórcios esperando por ela. Mas ali, no âmago da sua vida familiar, há um segredo. *No instante em que ele descobrir, vai vir aqui.* Foi o que Kelly falou.

— Deixa que eu atendo! — exclama Jen.

Mesmo estando com um short de grávida velho e esfarrapado (puta merda, não podia ter colocado nada melhorzinho pra dormir lá em setembro?) e uma camisa de malha fina através da qual com certeza deve dar para ver seus seios, ela vai atender àquela porta. Veste um roupão e desce a escada de dois em dois degraus.

— Oi — diz Clio.

E aqui está ela. A mulher por quem seu filho se apaixonou, com quem ele termina o namoro e com quem volta a namorar. A mulher de quem o pai dele o obrigou a se afastar. A mulher que obviamente está no centro de tudo.

Jen não sabe o que perguntar primeiro.

— Você é a Jen, não é? — diz Clio e estende a mão (muito educada) para cumprimentá-la. Seus dedos são compridos e estão queimados de sol, o aperto de mão é meio fraco, a pele seca, mas macia, ainda com textura de criança. Tirando isso, continua igualzinha em outubro. A franja, os olhos enormes, a parte branca do olho com um brilho saudável.

— Sim, é um prazer te conhecer — diz Jen.

— Minhas aulas só começam amanhã, mas prometi ao Todd que ia andar com ele — explica Clio.

— Isso é o bastante — diz Todd.

Está com a mochila nos ombros, exatamente como quando tinha 5, 8, 12 anos de idade. Também está queimado de sol. Parece muito mais saudável do que em outubro. Menos sobrecarregado. Jen não consegue parar de olhar para ele, pensando em suas lágrimas na noite anterior, na sua fúria. Uma discussão explosiva, e agora isto: um imenso salto para trás. O que significa isso?

Kelly aparece da cozinha, mas para ao ver Jen.

— Tá de folga no trabalho? — pergunta ele a ela. — Não quis te acordar…

— Acho que peguei algum vírus — responde ela, de improviso. — Desliguei o alarme. Minha garganta está me matando.

— Fica em casa. Fodam-se os advogados — diz Kelly.

— Um surpreendente exemplo de falta de ética profissional por parte do papai aqui — diz Todd, narrando a cena.

Kelly se volta para Todd.

— Enfia a cara no trabalho e, um dia, você também vai poder tirar uma folga — devolve ele.

Não é essa frase que faz Jen parar e desejar poder apertar um botão de pausa para assimilar o momento. É o olhar que se passa entre Kelly e Todd. Afeto puro. Não há nenhuma farpa ali. Seus olhos estão brilhando.

Qual foi a última vez que viu os dois interagirem assim? Não se lembra.

Todd estende a mão para empurrar o pai de lado, um empurrão de brincadeira. Jen observa os dois.

Durante toda a sua carreira, ela sempre procurou tanto pela ausência de coisas quanto pela presença delas. As provas muitas vezes estão no que as pessoas não dizem. No que elas omitem. O homem que frauda a própria contabilidade tentando esconder um lucro pessoal enorme em vinte e cinco caixas de documentos que espera que os advogados não se deem o trabalho de analisar.

Mas ela deixou de perceber algo em casa. A falta dessa interação descontraída. Uma pista em si mesma.

Foi por isso que voltou a este dia, pensa. Para observar o contraste. A discussão que ela ouviu do portão mudou algo para eles, criou uma ruptura. E aqui está ela, antes disso. E as coisas não parecem completamente diferentes?

— Enfim, prazer em te conhecer — diz Clio para Jen enquanto Todd a arrasta para fora de casa. — Muito bom te ver de novo — acrescenta ela, olhando para Kelly.

E é essa frase que faz Jen desviar os olhos de Clio para fitar Kelly. Seus olhos encontram os do marido assim que Todd fecha a porta atrás de si. Ela não ouve o barulho do carro dele: os dois devem ter ido a pé para aproveitar o dia de sol.

— Muito bom te ver *de novo*? — pergunta ela.

— Hein?

Ele deu as costas para ela e está indo até a cozinha. Ela segura o braço dele. É uma pergunta válida. É uma pergunta perfeitamente válida, pensa consigo: por que Clio diria aquilo para ele? Mas por que sente a necessidade de questioná-lo? Ela para. Porque seu marido pode ser evasivo às vezes, vem a resposta de algum lugar em seu âmago.

— Você já conhecia a Clio?

— Já, ela veio almoçar com o Todd outro dia.

— Ah, é?

— Só interagi com ela por uns cinco minutos. Acho que fiz todo um interrogatório — comenta ele, com um sorriso encantador. Dá para ver que está pensando rápido.

— Você não falou nada. Não chegou a comentar que já conhecia ela.

Kelly dá de ombros num gesto lacônico.

— Não achei que fosse importante.

— Mas você sabia que seria importante pra mim — continua ela. Raramente desafia o marido dessa forma. Ela sempre quis ser... sei lá. Descontraída. Uma pessoa fácil de conviver. — Você sabe que eu estava curiosa pra saber como ela é.

Quase acrescenta que sabe que ele conhece o amigo do tio dela. E que depois ele vai pedir ao Todd para terminar com ela, mas acaba guardando isso para si. Ele vai continuar mentindo.

— Ela é legal — diz ele.

Quanto mais ela o pressiona, mais ele se esquiva. Nunca tinha notado isso antes, essa agilidade dele nas respostas. Respondendo a uma pergunta diferente. Respondendo à pergunta original. Ele vai até a cozinha e abre uma lata de Coca-Cola. O barulho parece um tiro, o que a faz dar um pulo.

Jen pensa no que fazer, então se veste e calça um tênis.

— Vou comprar alguma coisa para a minha garganta — anuncia.

— Deixa que eu vou! — responde Kelly, sempre tão gentil. — Ah, espera... a gente não tem aquele negócio que...

— Pode deixar — diz ela, batendo a porta atrás de si antes que ele consiga impedi-la.

Vai de carro até a escola e para numa rua lateral, onde fica esperando Todd e Clio aparecerem. Cinco minutos depois, eles chegam, como em O *show de Truman*, de mãos dadas, os braços compridos sendo banhados pelo sol. Clio está com um macacão cáqui que faria Jen parecer uma zeladora gorda. Todd está de calça jeans skinny, sem meia, tênis e uma camisa de malha branca. Eles parecem saídos de um comercial saudável de vitaminas ou algo do gênero.

Jen vai oferecer a Clio uma carona de volta para casa e tentar fingir que não é uma louca por tê-los seguido até a escola.

Ela espera Clio se despedir de Todd. Mas, primeiro, claro, eles se beijam. Ela não devia ficar olhando, escondida num carro, mas não consegue desviar os olhos. Eles grudam os corpos, dos pés à boca, sem nenhuma parte afastada, como se alguém os tivesse colado. Ela os observa por um segundo, pensando em Kelly. Eles ainda se beijam assim, às vezes. Ele é bom nisso. Em manter a chama acesa entre eles, em manter o interesse dela. Ainda assim, não é a mesma coisa.

Quando enfim se separam, com Todd seguindo com um sorrisinho nos lábios e um caminhar mais confiante, Jen sai da rua lateral e encosta no meio-fio, junto de Clio.

— Estava de passagem — diz ela. — Quer uma carona?

Clio parece confusa.

— Você não tá indo pro trabalho? — pergunta.

Ela fica com um pé na calçada e o outro inclinado para fora do meio-fio, fitando Jen, meio indecisa. Meu Deus, Jen se sente como uma vilã, emboscando a namorada do filho, mas... cinco minutos no carro com ela, podendo perguntar qualquer coisa. É tentador demais para deixar passar.

— Não, não. Vim só trazer uma coisa pro Todd. Estou voltando pra casa agora.

— Ah, tá bem — diz Clio, feliz.

Jen fica satisfeita ao perceber que Clio não gosta de contrariar os outros, assim como ela mesma. Clio poderia muito bem ter traçado um limite ali, mas não o fez. Em vez disso, ela se senta no banco do carona. Ela cheira a pasta de dente (talvez do Todd, pensa Jen com malícia) e desodorante. Um cheiro saudável. As pernas do macacão estão enroladas, revelando tornozelos lisos, queimados de sol e finos. Jen olha para eles, sentindo uma pontada de saudade *daquele tempo*, seja lá quando foi isso; uma época desconhecida. Quando ela ia a pubs e beijava meninos, quando era magra (nunca foi). Quando tinha a vida inteira pela frente.

— Onde você mora? — pergunta Jen.

Não acrescenta mais nenhuma explicação sobre por que estava na escola. De certa forma, está se inspirando no marido, que mente tão bem que seus segredos ficam escondidos em plena vista. Na verdade, ele nunca explicou nada em excesso, nunca forneceu detalhes. Só uma total falta de detalhes. O melhor tipo de mentiroso. O mais inteligente.

— Na Appleby Road — diz Clio.

Uma rua atrás da Eshe Road North. Faz sentido.

— Ah, então você não mora na Eshe Road? — pergunta Jen, descontraída, dando seta e saindo com o carro.

— Não, não — responde Clio, mas ela parece surpresa por Jen ter achado que sabia seu endereço. É verdade: Jen nunca esteve lá. Nunca deveria ter aparecido por lá. — Moro com a minha mãe, na Appleby. — Clio não fornece mais detalhes, como da última vez.

Jen para o carro antes de entrar numa rotatória e dá uma olhada de relance em Clio. Seus olhos se encontram só por um segundo.

Clio desvia o rosto e pega o celular do bolso, ajeitando o quadril para conseguir tirar o telefone.

— O Kelly deve achar que eu moro na Eshe Road — comenta Clio com uma risada.

Jen tenta não demonstrar nenhuma reação.

— Por quê?

— Eu tô sempre lá, né? — Ela faz uma pausa. — O Kelly, o Ezra e o Joseph… eles se conhecem de muito tempo, né?

— Ah, é, é verdade — diz Jen. — Desculpa… então ele… foi o Kelly que te apresentou pro Todd, então?

— É, foi isso — diz ela. — Bom… quando eu fui com o Joe entregar uma coisa pro Kelly, foi o Todd que abriu a porta… e aí… ele nunca te contou isso?

— Sabe como é… o Kelly conhece tanta gente… — diz Jen, uma frase que é o exato oposto da verdade. — Que eu esqueci completamente.

Clio vira o rosto e olha pela janela do carona, alheia à importância da informação que acaba de divulgar.

Desnorteada, Jen passa o restante da viagem em silêncio. Ela deixa Clio na casa da mãe, que aparece na porta e acena para Jen. Ela não se parece nem um pouco com Clio. Clio deve ter puxado ao pai.

Duas horas depois, Jen está fazendo ioga pela primeira vez na vida, uma versão grotesca da postura do cachorro olhando para baixo, no carro de Kelly, a cabeça sob os bancos, a bunda apontando para a janela do vizinho — pelo menos é a impressão que dá.

Ela precisa encontrar o celular pré-pago de novo, aquele que ela agora acha que pertence a Kelly. Quer usar o telefone para ligar para Nicola.

Então é isso que está fazendo enquanto ele não volta da corrida.

Mas não tem nada no carro dele. Alguns copos descartáveis de café velhos, um macaco mecânico, uma garrafa fechada de Sprite. Curiosamente, fica feliz que ele não tenha escondido o celular ali, debaixo do banco ou com o estepe no porta-malas. Kelly não tem nada de clichê, e ela gosta disso, de ele não estar se comportando como todo homem desonesto que veio antes dele. É como se ela ainda o conhecesse, em meio a toda aquela confusão.

Ela balança a cabeça e volta para casa, onde continua a busca. Bolsas de ferramentas, o armário dos fundos, casacos velhos. Em todos os cantos.

Quando ele chega, ela interrompe a busca abruptamente e tenta arrumar um pouco da bagunça que fez. Enquanto ele toma banho, ela pega o celular normal dele e habilita o recurso Buscar meu iPhone, para poder acompanhar a localização dele. Vai ter de fazer isso todo dia de manhã, porque está voltando no tempo, mas não importa. Vai fazer o que for preciso.

Faltam cinco minutos para as oito da noite. Kelly e Jen ainda não jantaram. Jen está tentando ganhar tempo, esperando para confrontar Kelly sobre... bom, sobre tudo, na verdade. Está só pensando em como começar.

Todd está lá em cima jogando Xbox. Jen ouve os barulhos do jogo como se houvesse uma tempestade de relâmpagos e trovões na cabeça deles.

— Você às vezes tem medo de que ele esteja ficando meio... isolado? — pergunta ela. Está sentada numa das banquetas da cozinha, e Kelly está com os cotovelos apoiados na bancada, olhando para ela.

— Não, de jeito nenhum — diz ele. — Eu era igualzinho nessa idade.

— Você jogava no computador?

— Bom... você sabe, né? Odeio ter que te contar isso, mas ele deve estar num site pornô. — Kelly ergue as mãos espalmadas para ela.

É tão fácil. Como pode ser tão fácil interagir com ele assim, esse bom humor que eles compartilham? No primeiro encontro oficial deles, Kelly estava tão quieto, tão reservado, mas, no fim do dia, ele a tinha feito rir tanto que acabaram juntos na cama.

— Como assim... enquanto a guerra come solta no *Call of Duty*?

— Lógico. O fone de ouvido é para o pornô. O *Call of Duty* é só fachada. — Ele levanta e se vira para os armários da cozinha, abrindo e fechando as portas com indiferença. — Acabou a comida.

— Perdi a fome.

— Ah, para com isso. É perfeitamente *natural*, Jennifer.

— O quê? Ficar vendo mulher com peito falso fingir orgasmo?

— Me ensinou muita coisa. — Kelly se vira para ela, levantando uma das sobrancelhas, e, apesar de tudo, apesar de tudo, de absolutamente tudo, Jen sente um frio na barriga. Aquele olhar provocante, só para ela. Ele é um bom marido, ou assim ela achava. Não é exatamente ambicioso, parece um pouco insatisfeito às vezes, mas é interessante, complexo, sexy. Não foi isso que ela sempre quis?

— Eu bem que podia comer um curry indiano — continua ele, obviamente pensando em comida enquanto ela está desconstruindo o casamento deles na cabeça.

Ela ouve um celular vibrando. O tipo de barulho que normalmente não notaria, de tão comum que é em sua casa. Kelly leva a mão inconscientemente ao bolso da frente, mas, quando vira de costas para ela, Jen vê o iPhone dele no bolso traseiro. Ela o observa com atenção. Dois telefones. Os dois com ele. Ela jamais teria notado isso. Por que notaria? O pré-pago é pequeno feito uma pedrinha. A calça jeans dele é larga, de gancho baixo, sempre foi.

Jen ergue a cabeça para ele, analisando-o.

— Pode ser — diz.

O restaurante indiano onde eles costumam comprar comida para viagem fica a umas três ruas da casa deles. Eles adoram o lugar, embora seja caro (talvez por causa disso). É todo revestido de madeira, como uma cabana na floresta, e tem uma iluminação linda. Jen e Kelly dizem que nunca vão poder comer lá porque os garçons já os viram várias vezes buscando o pedido com roupa de casa (ou seja, de pijama).

— Eu compro — diz ele.

É, foi isso mesmo que aconteceu, não foi? Ele saiu e voltou cheio de sacolas com um cheiro maravilhoso de comida indiana. Ele demorou mais que o normal para voltar? Ela acha que não. Nossa, nem tudo é a porra de uma pista, é?

— Eu vou com você.

— Não. Deixa comigo. Fica aí e descansa. Assiste a um pornô — diz ele, por cima do ombro, saindo da cozinha.

Ela ouve a risada dele ao abrir a porta da frente. Como se nada de mais estivesse acontecendo.

Ou ele vai atender a uma ligação ou vai encontrar alguém. É a conclusão de Jen. Por isso, assim que ele sai, ela vai até a janela da frente para observá-lo. Deixa a luz apagada. Fica ali, invisível, só olhando Kelly andar.

Algumas casas mais adiante há alguém esperando por ele. Kelly levanta a mão para cumprimentá-lo. Jen se desloca para continuar observando, e gruda tanto na janela que sua respiração embaça o vidro. Estreita os olhos, tentando identificar quem é.

O sol acabou de se pôr. Jen está muito mais perto do verão do que estava no dia anterior. Por trás das casas escurecidas o céu ainda mantém um tom prateado. O que ajuda a iluminar os dois. Jen vê Kelly pousando a mão no ombro do homem. O tipo de gesto que um professor faria. Um orientador, um psicólogo.

Ou um velho amigo.

Num eco quase perfeito da noite em que tudo começou, os dois se viram de lado, e Jen vê que a pessoa que Kelly está cumprimentando é Joseph.

Eles caminham alguns metros pela rua, e então Joseph diz alguma coisa. Eles param, e Joseph entrega um pequeno pacote marrom para Kelly, do tamanho da palma da sua mão. Ele não abre nem verifica o conteúdo. Coloca no bolso da calça jeans, toca o ombro de Joseph mais uma vez e se afasta, erguendo a mão. Joseph volta, passando pela casa deles. Jen se esconde na lateral da janela, para não ser vista. Joseph ergue os olhos para as janelas da casa ao passar por ela.

Todd sai do quarto bem na hora que Jen está tentando entender o que acabou de acontecer: então, todo aquele papo sobre não ter comida em casa foi planejado, tão meticuloso quanto um arquiteto. Ele vinha esperando o telefone tocar, um sinal de que Joseph estava chegando. Que horror reviver a vida voltando ao passado. Ver coisas que você não viu na época. Se dar conta da importância terrível de eventos que você nem tinha ideia de que estavam acontecendo a sua volta. Descobrir as mentiras que seu marido contou. Jen teria jurado de pés juntos que Kelly era a pessoa mais honesta do mundo. Mas os bons mentirosos não parecem sempre honestos?

— Alguma chance de ter comida nesta casa, ou será que vou ter que ligar pro serviço social? — pergunta Todd, se aproximando dela.

— Você sabe quem é aquela pessoa? — pergunta Jen, apontando para a rua. Isso sem dúvida é melhor do que perguntar para Kelly. Todd não está tão envolvido com Joseph quanto ela imaginava, e está a quase dois meses de matá-lo. Então talvez não minta para ela.

Todd estreita os olhos.

— É o carro do amigo do tio da Clio.

— Como é que o seu pai o conhece? Eles estavam conversando.

Todd se afasta ligeiramente dela, mal chega a dar um passo. Jen está encarando o filho. Algo relevante passou pela cabeça dele, mas ela não sabe dizer o quê.

— Eles se conhecem? — pergunta de novo. Os dois voltam a olhar para a rua. Está escurecendo. Seu marido acaba de realizar algum tipo de transação bem ali, tão na cara. Jen tem noção das implicações disso, da briga entre Kelly e Todd ainda por vir. Ela está juntando informações. Talvez um fim esteja próximo. — Eu preciso saber — insiste ela.

— Olha... Eu... eu não quero criar problemas conjugais aqui.

— Todd, isso aqui não é um programa humorístico — devolve Jen.

— Por incrível que pareça, tô sabendo. É, o papai conhece o tio da Clio e o amigo dele. Ele me pediu pra não te contar. — Ele arrasta o pé descalço no carpete.

— Hein? Por quê?

— O papai falou que ele é um dos amigos antigos dele e que você achava todos irritantes. E que você não ia gostar de saber que ele tinha entrado em contato com eles de novo.

— Ele pediu pra você mentir pra mim?

— Você acha os amigos dele irritantes?

— Eu nem sei quem eles são.

Jen está totalmente perdida. Dali a algumas semanas, Kelly vai dizer ao Todd que ele não pode continuar vendo a Clio, nem se envolver com nenhum deles. E, no entanto, olha só para isso. Pacotes sendo passados de mão em mão, sob a luz de postes de rua; negociações feitas em celulares pré-pagos.

Kelly está envolvido em alguma coisa com Joseph. Clio e Todd começaram a namorar e atrapalharam. Então Kelly... Kelly achou que a relação não ia durar, e que até lá ele poderia ir enrolando, mas, quando ficou claro que não era esse o caso, mandou Todd terminar com ela. E por quê?

Esse *porquê* é a peça que falta ao quebra-cabeça. E Jen tem absoluta certeza de que, hoje, Todd não sabe o porquê. Só Kelly sabe.

Todd ergue as mãos espalmadas para ela.

— Isso é tudo que eu sei.

— Você acha que o Joseph é sinônimo de encrenca? — pergunta Jen, com curiosidade, enquanto seu cérebro explode em dúvidas.

— Acho que ele pode ser meio trambiqueiro. Não sei. Ele parece envolvido em todo tipo de falcatrua.

— Como assim?

Todd fecha a boca.

— Sei lá. Ele não trabalha, mas tem dinheiro. Eu realmente *não sei*.

— A Clio sabe de alguma coisa?

— Não.

— Vou perguntar pro seu pai.

Jen pega um casaco, calça um tênis e sai na noite amena e enevoada, os últimos suspiros do verão. Acha bom fazer isso longe do Todd. Está na cara que ele já sabe demais.

Ela se apressa pela rua em direção ao restaurante indiano, sentindo-se culpada por ter interrogado o filho, culpada caso o tenha deixado preocupado, sentindo-se de alguma forma cúmplice da própria dor. Ele é só a porra de um garoto. Claro que mentiria para não perder a linda namorada.

Jen alterna entre andar e correr, os passos ressoando ao seu redor. O ar está denso, um pôr do sol monocromático, acinzentado pelas nuvens. Uma ou outra folha de setembro já caiu das árvores. Marrons, em formato de trevo, como nos desenhos das crianças. Muitas mais irão cair, e ela não vai ver nenhuma delas.

Jen vira a esquina do restaurante e para ao ver Kelly. Ele está de costas para ela, encostado numa placa de rua, com as pernas cruzadas na frente. Está ao telefone. O celular pré-pago que ela encontrou no quarto de Todd em outubro. Agora se dá conta de que aquilo foi depois da briga dos dois, então… por que o celular foi parar no quarto do Todd? Será que o Todd o tomou do pai?

— Tá feito — diz ele. — Então agora você vai ter que colaborar comigo também.

Jen fica esperando sem dizer uma palavra. Ela dá alguns passos silenciosos para trás, escondida pela esquina, mas ainda conseguindo ouvir.

— Eu te entrego. É uma chave reserva, é na Mandolin Avenue, não é longe. Agora eu tenho que ir. Tenho que manter as aparências em casa.

A última frase mata Jen mais do que a primeira.

Ela fica ali, boquiaberta, a mão pousada num muro, enquanto seu mundo inteiro gira a sua volta. Está prestes a correr na direção dele, atacá-lo de surpresa, gritar, quando ele diz:

— Valeu. Obrigado, Nic.

Enquanto seu marido mentiroso sai do restaurante trazendo a comida, ela tenta se recompor. Precisa pensar. Quer garantir que vai obter o máximo de informações possível, em vez de confrontá-lo.

Ele diminui o passo ao vê-la.

— E aí? — O sorriso de Kelly é tranquilo, mas cauteloso. Ele não é bobo. Sabe que ela sabe de alguma coisa.

— O que está acontecendo?

Ele entende Jen na mesma hora e sabe que esse tipo de pergunta é prenúncio de encrenca.

— A ligação? A Nic? Não... — diz ele, fazendo uma suposição. — Você não está achando que...

— Me mostra o que você tem nos bolsos.

Ele olha para a rua, então de novo para o restaurante. Em seguida, fita os pés. Morde o lábio e, por fim, coloca a sacola com a comida no chão e faz o que ela pediu. Ela anda até ele.

Dois celulares e o pacote marrom contendo a chave caem nas mãos de Jen.

Ela não fala nada, fica só esperando uma explicação.

— Eu... o celular é da minha cliente, Nicola. E a chave é do carro dela.

— Para de mentir! — exclama Jen. Suas palavras ecoam ao redor da rua, voltando distorcidas. O rosto de Kelly murcha de espanto.

— Você está mentindo pra mim — continua ela, com um soluço que não consegue segurar. Apesar de tudo, a interação acabou descambando para a briga de família que ela queria evitar. Jen não consegue não ser emocional com ele.

Ele passa a mão pelo cabelo e vira de lado. Está com raiva.

— Celular pré-pago e transações ilegais, Kelly.

Ele não diz nada, apenas morde o lábio e olha para ela.

— Tá... tudo bem. O pacote. Não é do carro de uma cliente.

— De quem é então?

Ele cala a boca de novo. Kelly costuma prolongar seus silêncios, escolhendo não dizer nada quando outras pessoas falariam alguma coisa. Os outros sempre falam primeiro. Mas, desta vez, Jen também espera, se limitando a fitá-lo na rua escura e silenciosa.

Ele corre os olhos pelo rosto dela. Está tentando avaliar o quanto ela sabe. Está tentando decidir o que fazer.

— O carro é roubado, mas... não é o que você está pensando — diz ele, por fim.

— E é o quê, então?

— Não posso dizer.

— Por quê?

Ele fica em silêncio mais uma vez, fitando os pés, obviamente pensando.

— Anda. Responde ou... a gente vai ter problemas, Kelly. — Ela levanta a mão espalmada para ele. — Eu não tô de brincadeira.

— Eu sei muito bem que você não tá de brincadeira — devolve ele, contendo-se. — Eu também não.

— Então me explica que merda é essa que tá acontecendo, ou eu vou embora.

— Eu... — Ele anda de um lado para o outro, de novo um círculo inútil que só parece servir para descarregar a raiva. — Jen... eu... — Seu rosto está vermelho. Ela o está irritando, sabe disso. Seu marido pode ser um cara calmo, mas até ele tem um limite. Basta ver como se comportou na delegacia na noite em que tudo começou.

— Só me fala para quem é essa chave. Me fala quem era o cara com quem você estava falando agora há pouco.

— É… Eu te falaria, se pudesse.

— Você não quer me contar em que rolo você se meteu. Não é isso? Fica aí, só com essa merda de "não tenho nada a declarar", Kell.

— Se fosse tão simples assim.

— Eu não posso ficar na minha enquanto um monte de merda ilegal acontece na porta da minha casa.

— Eu sei, eu sei.

— Bebês desaparecidos. Carros roubados.

— Bebês desaparecidos? — pergunta Kelly. Ele pisca, então fixa os olhos nela, a expressão mudando da irritação para o pânico.

— O bebê que está desaparecido.

Ele faz uma pausa, ofegante, então olha de novo para ela.

— Se eu te disser uma coisa… você confia em mim?

Jen abre bem os braços ali na calçada.

— É lógico que sim.

Kelly se aproxima e a segura pelos ombros, com urgência.

— Para de investigar esse bebê.

Nada poderia tê-la deixado mais perplexa do que esse pedido.

— O quê?

— O que quer que você tenha descoberto. Para.

— Quem é Joseph Jones?

— Também *não vai* atrás do Joseph Jones — ordena ele, mordaz feito uma cobra.

Eles ficam em silêncio por alguns segundos, Jen ainda nos braços dele.

— Kelly… Eu… você está me pedindo para…

— Só… para. Eu não sei o que você está fazendo, mas para.

Jen odeia o tom de voz dele. Aquilo provoca uma emoção antiga nela. Seu corpo quer correr, ela quer fugir: medo.

— Por quê? — sussurra.

Kelly enfim chega ao seu limite.

— Você está correndo perigo, Jen — diz ele.

Ela se afasta dele, assustada. Está com a pele dos ombros toda arrepiada. Ela começa a tremer, sentindo-se tão sozinha. Em quem pode confiar?

Kelly olha para ela. Por trás da tristeza, ela vê em suas feições uma emoção que nunca viu antes, que não é capaz de identificar.

Ela diz a ele que, já que não vai explicar mais nada, que não volte para casa com ela, e ele obedece. Ele vai embora. Ela não sabe para onde ele vai, quase não se importa. A sacola com comida para viagem fica no chão, a lateral marrom balançando de leve com a brisa. Ela pega e leva para casa, para Todd. Hoje, não está com a menor fome.

Ryan

Ryan está fazendo hora antes do briefing de emergência da sargento Joanne Zamo.

Leo, Jamie e Ryan estão em pé junto da parede do fundo da sala de reuniões.

— Só pra você saber — anuncia Jamie pouco antes de Zamo começar a falar. — GCO é Grupo de Crime Organizado.

— Valeu — diz Ryan. — Essa eu sabia.

— Certo — começa Zamo. Ela está de terninho, sapato preto baixo e um café numa das mãos. Ela apoia o peso do corpo numa das pernas, obviamente refletindo, olhando para o chão, mas provavelmente para nenhum ponto em especial, a cabeça abaixada. — O pessoal da polícia investigativa passou umas informações pra gente. Todo mundo pronto?

A sala é tomada por uma adrenalina de um jeito que não costuma acontecer. Um policial cujo nome Ryan não sabe está arrumando um quadro e prendendo vários itens nele. Tem mais dois ao telefone, falando cada vez mais alto.

— Certo — continua Zamo. — O pessoal nos contou que o GCO tinha como alvo uma casa vazia. Mas viram um BMW de bobeira na frente da casa do lado, com a chave na ignição e o motor ligado. Então levaram o carro. — Ela pressiona os lábios, fazendo duas covinhas aparecerem junto da boca. — O que eles não sabiam é que o carro era de uma jovem mãe que ia sair nele para tentar fazer a neném dormir. Ela já tinha prendido a filha na cadeirinha, mas voltou correndo em casa para pegar o celular…

Algo se revira no peito de Ryan. Ele vê a cena todinha. O pânico. O horror. A mulher vendo o carro ir embora. Correndo atrás dele. Ligando para a polícia…

— Já tem cinco horas que o crime aconteceu. O carro não foi avistado, mas estamos de olho no porto, que era o destino dele.

Ryan pensa na criança, na mão de criminosos. Ou num navio, em águas internacionais, no banco traseiro de um carro, sozinha.

— Tem uma equipe acompanhando a análise das câmeras do sistema de reconhecimento automático de placas, mas eles já devem ter trocado a placa. Mandamos parar todas as balsas. Vamos encontrar essa bebê, vamos encontrar Eve.

Leo lança um olhar para Ryan que ele não consegue interpretar. Ryan presume que seja trabalho dele, agora, ir lá e retirar os nomes do quadro de cortiça, e então eles vão mandar mais detetives para vigiar todas aquelas pessoas, para ver se encontram o carro e a bebê.

Ryan fita o cartaz da criança desaparecida preso ao quadro da sala de reuniões. Ele o toca com a ponta do dedo. O papel é fino e liso.

A criança é linda. Ryan sempre quis ter filhos. Dois, um menino e uma menina. Ele sabe que é a coisa mais antiquada do mundo, mas sempre quis isso. Dois filhos e uma mulher que o faça rir. Construir o próprio núcleo familiar de novo, dos destroços da sua infância. Se aqueles que você deixou para trás não fazem nem sombra, crie outras pessoas na sua frente.

Ela tem quatro meses de idade. Tem os olhos mais lindos, feito um leãozinho cheio de energia. E é trabalho dele encontrá-la.

— Certo, Ryan — diz Leo uma hora depois. — Foi mal pela demora. Estava pedindo autorização para mais trabalho infiltrado. — Ele dá um gole no café.

Ryan queria muito um café. Está tão cansado. Tem a sensação de que o fato de estar gostando tanto do café da delegacia vai fazer com que comece a tomar café em copo de plástico em casa também.

— Pra onde eles vão levar a bebê? — pergunta Leo a Ryan. — Na sua opinião.

— Pro lugar mais fácil. Não devem estar nem aí para o que vai acontecer com ela. Com a bebê.

— Certo… então… para o porto?

— Eles vão terminar o trabalho, seja qual for. Essa é a prioridade deles. Talvez abandonem a bebê em algum lugar no meio do caminho. Eles não vão pegar estrada grande nem rodovia nenhuma por causa das câmeras do sistema de reconhecimento de placas. Vão pegar alguma estradinha rural. Pelo menos é o que o meu irmão faria — diz Ryan, sentindo como se as palavras fossem uma traição. Seu irmão mais velho. Ele sempre protegera Ryan, por assim dizer, mas olha só para ele agora. — "A federal tá sempre de olho", ele dizia.

— Você é um trunfo — comenta Leo. — Por causa do seu irmão. Sabia?

Ryan dá de ombros, envergonhado.

— Quer dizer…

— Não precisa de modéstia — diz Leo. Ele se levanta da cadeira. — Minha questão é a seguinte: você sabe dessas coisas *e*, no entanto, está aqui. Você cresceu lá… — ele aponta para fora com a mão esquerda — …e você chegou aqui.

— Obrigado — diz Ryan com a voz grave. — É só que… de certa forma, Kelly me ensinou muita coisa. Acho que os melhores criminosos sempre fazem isso.

Dia Menos Sessenta, 08:00

— Bom dia, linda — diz Kelly. Ele aparece no quarto só de cueca. Jen leva um susto.

Seria capaz de gritar. Da última vez que esteve com ele, ela o deixou no meio da rua. Uma discussão. Uma esquina escura e sombria, traições, crimes. E aqui está ela — treze dias antes disso —, acordando sonolenta com ele a cumprimentando com uma expressão tão calorosa no rosto quanto o sol de agosto lá fora.

— Bom dia — murmura ela, porque não sabe o que fazer.

Carros roubados, bebês desaparecidos, policiais mortos, não vai atrás do Joseph Jones, para de investigar esse bebê. Os gritos angustiados do filho no jardim da casa deles.

E agora, isso. Kelly, aqui, sem camisa, sorrindo para ela.

Ele, que não deixa passar nada, para de se vestir, com a calça jeans no meio das coxas, e pergunta para ela:

— O que foi?

— Não, nada. Preciso ir cedo pro trabalho. Hoje é dia do rodízio de estagiários — diz ela, um fato do qual nem se lembrava até dizer em voz alta.

O poder do inconsciente. Ela soube de cara, depois de vinte anos trabalhando como advogada, no instante em que viu a data, que era o dia do rodízio de estagiários.

E o que mais ela sabe?

Todd aparece no quarto deles também e… minha nossa. Os detalhes que você nem percebe quando mora com uma pessoa em fase de crescimento. Ele parece uns dois centímetros mais baixo do que em outubro. Menos musculoso também, no tórax. Ele pega um vidro de perfume da cômoda de Jen e cheira. Kelly veste uma camisa de malha.

— Você está com uma aparência de doida — comenta Todd, impassível, para Jen. — Coitado do estagiário.

Jen dá um tapa nele, mas só de brincadeira. Poderia ficar ali para sempre com ele. E com o marido também, admite, envergonhada. Por ela, parava tudo naquele exato instante. Todd cheirando aquele vidro de perfume. Kelly com a cabeça saindo pela gola da camisa de malha. E andaria em volta deles como se fossem estátuas. Amando--os, simplesmente amando-os, sem nunca avançar para a escuridão e para as mentiras que os esperam, ficando ali, em sua feliz ignorância.

Enquanto toma o café da manhã, Jen verifica o celular de Kelly, habilitando o recurso de rastreamento de novo, disfarçadamente, quando ele sai de perto.

No decorrer da carreira, alguns advogados têm momentos de genialidade. Em geral a prática do direito é um tanto monótona: preencher formulários, orçar custos, tentar concluir casos com o mínimo de dano possível, mas às vezes acontecem uns arroubos de genialidade também, e Jen está tendo o dela hoje. Acontece que o fato de hoje ser o dia do rodízio de estagiários *é* sim importante. Porque ali, na sala de Jen, tem uma estagiária nova que não sabe o nome do marido dela.

E o Buscar meu iPhone indica que Kelly não está limpando uma chaminé nas redondezas, mas sim que está no Grosvenor Hotel, no centro de Liverpool.

Jen estava tentando espionar sozinha. Mas agora pode mandar uma estagiária fazer isso por ela.

A estagiária trabalhando com Jen hoje se chama Natalia. É a típica aspirante a advogada: organizada, animada demais, arrumada — tanto no trabalho quanto na aparência. O cabelo está puxado para trás e preso por um elástico com tanta perfeição que Jen para um instante, na sala iluminada pelo sol, para admirar o penteado. Literalmente um rabo de cavalo.

Jen sabe que a vida de Natalia vai implodir no início de outubro. Ela vai chegar em casa e descobrir que o namorado arrumou as coisas e foi embora. Ele não vai conversar com ela sobre isso, vai simplesmente dar um perdido nela. Depois de vários dias de choro e baixa produtividade, ela vai contar a Jen.

— Tenho uma tarefa para você — anuncia Jen.

Seu tom provavelmente parece íntimo demais. Mas já tem oito semanas que ela trabalha com Natalia, já até dividiu uma pizza de pepperoni da Domino's com ela, enquanto a estagiária chorava e dizia o quanto odiava o Simon. E se o tom a surpreende, Natalia disfarça bem.

Jen abre uma foto do marido no computador. Surpreendentemente, tem poucas fotos dele.

— Certo, isso pode parecer meio inusitado — avisa Jen.

— Sem problema. Faço qualquer coisa — devolve Natalia, animada.

— Este homem está no Grosvenor Hotel neste exato minuto — explica ela, apontando para a tela do computador. — Provavelmente com alguém. A gente precisa descobrir sobre o que eles estão conversando.

Natalia pisca. Até as suas pálpebras são perfeitas. Jen sabe que é uma coisa estranha de se notar, mas elas são. Lisas e pintadas com uma cor ligeiramente mais clara que a pele dela, o suficiente para fazê-la parecer alerta e acordada.

— Nossa, tudo bem. Então, tipo, vigiar um cônjuge traidor? — pergunta Natalia.

— É — responde Jen, descontraída. — Isso aí. — Ela reforça a mentira. — O tribunal vai pegar muito mais leve com a esposa se provarmos que houve adultério. — Isso é a absoluta verdade em termos estritamente legais, embora Jen nunca tenha ido tão longe para conseguir provas.

— Ótimo. — Natalia pega um bloquinho e uma caneta e se levanta para sair.

— Se tiver dificuldade em encontrar o homem, me liga — diz Jen.

Depois que Natalia sai, Jen praticamente não consegue trabalhar, o que não deve fazer a menor diferença, pensa ela. Em vez disso, se ocupa preenchendo planilhas e arquivando documentos enquanto espera.

Natalia aparece à uma da tarde, duas horas depois de sair. Está com um bloquinho azul e uma caneta rollerball com a logo do escritório, que o pai de Jen desenhou anos atrás. O cabelo continua totalmente imaculado.

— Comprei uma Coca-Cola, espero que não seja um problema — diz Natalia.

Jen sente uma pontada de culpa. Minha nossa, foi uma tarefa sórdida para dar a uma estagiária no primeiro dia de trabalho, e ela nem explicou nada sobre as despesas.

— Ai, meu Deus, claro que não — exclama Jen. Ela tira uma nota de dez libras da bolsa e entrega a Natalia.

— Não era melhor eu cadastrar isso... no sistema?

— Eu sou o sistema — diz Jen, sucinta. — Não se preocupa.

— Certo — responde Natalia, e Jen de repente começa a se sentir como uma psicopata, mandando uma estagiária nova em folha espionar o marido. O comportamento desesperado típico de uma pessoa desequilibrada, de alguém que está abusando do poder. Ela afasta os pensamentos. É por um bem maior. — Certo — repete Natalia. — Ele... O Kelly... encontrou com uma mulher. Ele a chamou de Nic. Mas eu não acho que eles estejam tendo um caso.

Nicola Williams. De novo e de novo e de novo. Mesmo conhecendo o rosto dela, Jen ainda não conseguiu encontrá-la na internet.

— Ah, não?

— Não foi o que pareceu. Era uma reunião de negócios.

Jen engole em seco.

— Certo — diz ela. — Me conta tudo.

— Eles pareciam estar retomando algum tipo de acordo antigo? Não sei dizer bem o quê. Talvez voltar a trabalhar para alguém chamado Joe… não sei. O Kelly não quer fazer isso. A Nic quer que ele faça, ela parece achar que… é como se ele estivesse devendo alguma coisa a ela. Pareceu tudo muito sério. Sei lá…

— Certo. E o Joe não estava lá?

— Não… eles ficavam dizendo que ele estava no xadrez. Mas eu não entendi nada, será que ele joga xadrez? — Natalia para de falar, com a caneta sobrevoando o bloquinho, repassando páginas e páginas de notas imaculadas. Puta merda, pensa Jen, a Natalia estudou na Universidade de Oxford, e no Marlborough College antes disso. Mesmo assim. *No xadrez*. Ela não sabe o que significa isso. Essas crianças. Quanta ingenuidade. — Acho que foi isso. Eles falaram muito do trabalho que iam fazer para o Joe, mas não mencionaram nada específico — encerra Natalia.

No xadrez.

Jen levanta o indicador e digita *Joseph Jones preso* no Google. As informações sobre ele estavam ali o tempo todo, escondidas em meio a nomes comuns. Tem uma semana que foi liberado do presídio de Altcourse, onde ficou preso durante vinte anos, depois de um dos mais importantes julgamentos da região.

Posse de drogas pesadas para tráfico, conspiração para roubo, conspiração para produção de moeda falsa, lesão corporal dolosa. Os crimes vão se acumulando. Drogas, lavagem de dinheiro, furto, roubo de carros, assalto a casas, violência. São tantos os crimes quanto eram as gotículas de neblina lá fora na noite em que Todd o matou. Jen lê cada um dos itens enquanto Natalia permanece ali, em silêncio. Aos poucos, ela vai ficando anestesiada para os crimes, para o que isso pode significar a respeito do seu marido e do seu filho.

— Obrigada — diz baixinho para Natalia depois de um segundo. — Excelente trabalho.

— Pena que ele não está traindo a mulher — comenta Natalia. — Se isso pudesse ajudar em alguma coisa. Ele chegou até a falar que ama muito a mulher.

Jen desvia o rosto do computador, e de Natalia também, e olha para a janela, para a rua, com os olhos marejados de lágrimas.

— Falou, é? — sussurra ela.

— É. Só falou que amava a mulher. Sem o menor contexto, no meio de toda a conversa sobre o Joe.

Jen assente, voltando-se para Natalia mais uma vez, perguntando-se o que aconteceria se ela revelasse algumas coisas, sabendo, como sabe, o que espera por Natalia no futuro.

Mas saber o que vai acontecer no futuro é pior do que não saber. Não é?

Dia Menos Sessenta e Cinco, 17:05

Jen tem encontrado consolo em ir para o trabalho nos dias de semana. Em desempenhar — gradativamente — as tarefas que a aguardam no dia em questão, sejam quais forem. Em setembro estava realizando investigações financeiras com Natalia para um julgamento. E em agosto estava elaborando um documento com orientações sobre proteção infantil — algo ligeiramente fora da sua alçada, mas ainda assim aprazível; porém, a cada dia que passa, mais coisas se apagam da sua memória. Neste momento, ela está trabalhando com uma estagiária chamada Chance, que vai embora em setembro para trabalhar em um escritório rival, e Jen faz de tudo para não pensar nisso agora.

Às três e cinco da tarde, o telefone fixo da sua sala toca.

— Sou eu — diz Valerie, a recepcionista. — Tem alguém aqui na recepção querendo te ver. Eu sei, eu sei, sei que você está sobrecarregada.

Jen pisca.

— Estou?

Ela não se sente nem um pouco sobrecarregada. O documento sobre proteção infantil já está na metade, e tem uma caneca de chá bem quente na sua mesa. Está doida para voltar para casa e ver Todd, que está assando biscoitos e mandando foto de todos os sabores para ela. Lembra como estavam gostosos, então está ainda mais animada. Um pequeno porto seguro nesta porcaria de mundo andando para trás.

— O Rakesh falou que ontem e hoje você estaria trabalhando numa orientação sobre proteção infantil... Eu sei...

— É — responde Jen baixinho.

Ela lembra de ele ter dito isso. Jen levou tanto tempo para terminar o documento que chegou a ser vergonhoso. Semanas. O cliente cobrou duas vezes, na segunda perguntou se escrever uma nota simples era coisa complicada demais para ela. É tão difícil ter tempo para fazer trabalhos mais longos quando se é advogado. Telefonemas, e-mails, compromissos inesperados e horripilantes na agenda do Outlook. No fim, ela teve que recusar todas as ligações para conseguir terminar. Trancou até a porta do escritório! Nossa, quanto drama.

— Quem é? — pergunta ela. — Quem está aí na recepção?

— Ele falou que se chama Sr. Jones...

Jen sente a boca ficar seca. Ela lambe os lábios. Olha só isso. Olha só o que ela perdeu.

É dia 25 de agosto. E Joseph Jones saiu da prisão e está procurando por *ela*.

Assim que a vê, Joseph se vira para ela no carpete claro do saguão. Atrás do balcão da recepção há um letreiro com a palavra EAGLES, tudo em maiúsculas. As luzes — que têm temporizador — se apagaram, exceto por uma única, que ilumina apenas ele.

— Tô procurando o Kelly — anuncia ele.

Jen faz uma pausa, diminuindo o passo enquanto anda até ele.

— Kelly Brotherhood? — pergunta ela.

Quando seus olhos encontram os dela, algo parece irromper em suas feições, mas Jen não sabe definir bem o quê. Ele é mais velho do que ela achou naquela primeira noite e na noite em que o viu na Eshe Road North. Deve ter mais de cinquenta anos. Tem os dedos tatuados. O olhar duro e determinado. Uma linguagem corporal de quem está em alerta, como um gato prestes a atacar. Ágil.

— É. — Ele ergue ambas as mãos. — Sou um velho amigo dele.

A frase provoca em Jen uma sensação física de arrepio na espinha. Joseph passou vinte anos preso. Então deve conhecer Kelly de *antes* disso.

— Que tipo de amigo? — Jen não resiste e pergunta. Mas, por dentro, está pensando que Joseph também *a* conhece. Ele sabia que deveria procurar Kelly no escritório de advocacia dela.

Joseph sorri para ela, mas é um sorriso rápido demais para ser genuíno.

— Um amigo importante.

— Estou surpresa por você ter vindo procurar o Kelly aqui — comenta ela.

— Andei fora um tempo. Não importa. Queria recomeçar uma coisa.

Ele se afasta dela. Está com uma camisa de malha branca de material fino e barato, e, por baixo, Jen pode ver uma tatuagem cobrindo as costas inteiras: as asas de um anjo ocupando as omoplatas.

— Recomeçar o quê? — pergunta ela, mas ele a ignora e vai embora, deixando a porta se fechar lentamente atrás de si.

Jen pousa as mãos no balcão da recepção, tentando respirar, tentando pensar. Joseph foi solto há pouquíssimos dias. E, olha só: ele foi até ali quase que imediatamente. Neste dia isolado desta estranha segunda chance na vida, fica óbvio para Jen que a saída de Joseph Jones da prisão desencadeou alguma coisa. Em algum lugar no futuro, num tempo que ela não pode alcançar agora, por mais que tente. Algo que envolve quase todo mundo que ela conhece. Todd, Kelly e agora ela também, claro: pois por que mais ele apareceria na Eagles? Um elenco abominável de *dramatis personae*. Uma lista de traições.

Dia Menos Cento e Cinco, 08:55

Um sábado em meados de julho. O tempo está perfeito lá fora, um céu tão azul que parece uma bola de Natal de vidro. Faltam cinco minutos para as nove da manhã, e Jen está estacionando o carro em frente ao presídio de Altcourse.

Assim que descobriu que dia era, e depois de se dar conta de que Joseph ainda estaria preso, inventou uma desculpa para Kelly e Todd, que estavam vendo um programa de culinária na BBC e zombando dele — ela falou que ia tomar o café da manhã com um cliente —, e saiu de casa. Ficou arrasada que ninguém tenha ficado surpreso. Jen passou a vida inteira fazendo coisas para os outros: encontrando clientes exigentes quando queria poder ir assistir às aulas de natação de Todd. Assistindo às aulas de natação de Todd quando queria estar deitada lendo um livro. O hábito materno de uma vida, sentir-se culpada independentemente da sua escolha.

Todd ainda não conheceu Clio, nem ficou amigo de Connor. Então o quê? Eram todas pistas falsas, agora que ela voltou para antes delas no tempo?

O presídio de Altcourse parece uma propriedade industrial, uma espécie estranha de vila. Jen só esteve ali uma vez, durante seu estágio. Tirando aquilo, nunca exerceu direito penal. O pai achava a questão da reincidência por parte dos criminosos tão desagradável que eles nunca se embrenharam nessa área. Jen também acha ligeiramente desagradável ganhar dinheiro com divórcio, mas, fazer o quê. Todo mundo tem que pagar o aluguel, e separações são mais comuns que crimes.

Jen adentra o saguão do presídio pensando na sorte de Joseph estar preso, e de o horário de visitas ser ilimitado e livre nos fins de semana, embora seja limitado e bem definido nos dias úteis — qualquer pessoa, mesmo sem autorização, pode aparecer e pedir para ver qualquer preso num sábado. Hoje.

É como se ela soubesse disso.

Lá fora está chovendo, uma chuva de verão; a imprensa está chamando de Tempestade Richard. Toda vez que alguém surge na recepção, traz consigo um cheiro de grama molhada. Os sapatos dos visitantes deixam marcas de água pelo chão, e, de tempos em tempos, um faxineiro exausto limpa o piso com um esfregão e uma das mãos no quadril, espalhando mais e mais avisos amarelos triangulares de PISO ESCORREGADIO.

A recepção é moderna, como um hospital particular. Uma mesa larga e comprida domina o ambiente. Sentado à mesa, um homem clicando num mouse recebe telefonemas num tom de voz educado.

Atrás da recepção há um quadro branco com horários. Por uma porta com os dizeres CANTINA (SETOR 2), Jen ouve uma discussão acalorada.

— Você falou que eu podia pedir sabor bacon defumado, e não sal e vinagre — exclama um homem.

— Eu sei… mas Liam…

— Tava muito claro! — grita o homem.

Jen estremece. O poder de um saquinho de batata chips.

Por um segundo, só por um segundo, sua vontade é abrir o verbo, ali na recepção mesmo. Gritar e berrar. Cometer um crime. *Se entregar.* Dizer que está viajando no tempo e ser sedada em algum lugar, com as refeições prontas e o sabor da sua batata chips sendo o máximo que é capaz de controlar.

— Pode fazer a requisição aqui — diz o recepcionista de repente. Ele se levanta e entrega um formulário para Jen, que o preenche.

— Ele aceitou receber você — diz o recepcionista depois de dois telefonemas e vários minutos de espera. — A sala de visitas é por ali. — Ele aponta lá para dentro, na direção de uma porta dupla, para as entranhas do prédio, e entrega a Jen um crachá temporário sem cordão para pendurar no pescoço nem clipe para prender na roupa.

Ela empurra o painel frio de metal da porta dupla e entra num corredor monitorado por dois carcereiros. O lugar cheira a desinfetante e suor. O piso é de vinil com rodapé de borracha. Há muitas fechaduras em uma série de portas.

Ela é recebida por um carcereiro com um crachá com a identificação LLOYD. Embaixo do nome, alguém escreveu *Grossman!* Ele aponta para a bolsa dela, então a revista, enfiando a mão com habilidade como se fosse um médico realizando algum exame invasivo grotesco, depois a coloca numa máquina de raio-X, como as de aeroporto. Em seguida pede, com gestos, para ela abrir bem os braços e, assim que ela o faz, ele a apalpa, evitando contato visual.

— O celular fica aqui — diz ele, e Jen coloca o celular dentro de um dos pequenos compartimentos com fechadura de um grande armário azul que ele indica.

Os dois chegam a mais uma porta dupla, que ele abre com uma chave digital. Em seguida passam sob um aquecedor no alto da porta, que aquece momentaneamente o topo da sua cabeça e os ombros, e então estão dentro.

A sala de visitas parece antiga, grande e quadrada, com um carpete azul e vermelho desbotado típico de prédio público, cadeiras pretas de plástico, mesas pequenas. A parede oposta à porta é tomada por janelas que vão do chão ao teto. Gotas enormes de chuva atingem o vidro e o telhado, sacudindo as claraboias. A sala já está cheia.

Distinguir presos e visitantes não é tão fácil quanto Jen imaginou que seria. Parece uma sala de reuniões movimentada como outra qualquer. Há um casal sentado a uma mesa, um de cada lado, as mãos não exatamente se tocando no meio. Definitivamente não se tocando, mas o mais próximas possível dentro do limite das regras. Em outra mesa, uma criança estica a mão para o pai, os dedos se movendo como uma estrela piscando ao longe, mas a mãe a contém, puxando-a de volta para junto de si.

Jen pensa no próprio pai. Ela se despediu dele no necrotério. Tinha chegado tarde demais. A imagem do pai deitado ali por seis horas, morto, sozinho, ficou com ela. No necrotério, depois de um tempo, o calor da mão dela aqueceu a dele, e ela baixou a testa para encostar na mão dele, se iludindo, mas não adiantou.

Jen reconhece Joseph Jones de imediato. Ele está sentado sozinho a uma mesa bem no centro da sala. As orelhas de elfo, o cabelo escuro. O cavanhaque. A pele realmente exibe a palidez de prisioneiro sobre a qual leu uma vez. Não é só a falta do efeito dos raios solares; é algo mais. O tom de pele de quem está gripado, que não dormiu direito, que está de luto.

Ela já esteve na casa deste homem. Ela o viu morrer. E agora, aqui está ela, prestes a descobrir quem ele é, afinal.

— Oi — diz ela, a voz trêmula, ao sentar-se diante dele.

Todos aqueles crimes. Roubo. Contrabando. Lesão corporal. Seus braços e pernas começam a formigar. A cadeira cede com o peso dela. É daquelas de plástico, que se fecham para serem empilhadas junto à parede.

— A mulher do Kelly — comenta Joseph.

Ele puxa as mangas do casaco de moletom azul-marinho sobre as mãos, ganhando tempo. Então ele sabe quem ela é, embora ainda não tenham sido apresentados.

Jen vê que ele tem um dente de ouro, bem lá no fundo. Ele crava os olhos nela.

— Jen — conclui Joseph, estendendo bem o *N* com a língua junto dos dentes da frente.

Ela fica cem por cento inexpressiva e cem por cento calma. A ansiedade frenética do mistério, da expectativa, dissipou-se. O fusível queimou, e agora ela não sente nada. A sala fica estática ao redor deles como uma fotografia desbotada. Silenciosa e fora de foco. Algo está prestes a acontecer; ela sabe disso.

— Eu… — diz ela.

— Jen, o amor da vida do Kelly.

Ela não fala nada, para se recompor, mas em vez disso pensa em como tem sido destemida. Revistando os pertences dos outros, seguindo pessoas, se escondendo e espionando. Mas olha só aonde foi que isso a levou. A uma prisão, lidando com criminosos, carros de polícia fazendo vigilância, um bebê desaparecido. Sua pele arde de medo, como se mil olhos de tigre a estivessem observando: ela é uma presa.

— Como você conhece o Kelly? — pergunta ela, engolindo em seco.

— A gente se conhece há muito tempo.

Joseph não fala mais nada. Ele cruza os tornozelos debaixo da mesa, com as pernas esticadas, os pés debaixo da cadeira dela. O gesto é propositadamente invasivo. A vontade de Jen é chegar para trás, mas ela não se afasta.

Fica escuro lá fora, com nuvens cor de chumbo, como se alguém tivesse desligado um interruptor. Joseph a flagra olhando pela janela.

— Tempestade Richard — diz ele, apontando com o polegar para trás de si. — Vai ser das grandes.

— Vai? — pergunta ela baixinho.

— Ah, vai. Os assassinos aqui adoram uma tempestade. — Ele gesticula amplamente a sua volta. — Ficam todos animados.

Que estranha essa necessidade que ele tem de se diferenciar dos outros prisioneiros, Jen se pega pensando. Ela não deixa de notar isso.

— Me conta como vocês se conheceram há muito tempo — insiste ela.

Joseph se debruça na mesa, na direção dela.

— Ah, você vai descobrir quando eu sair daqui. Eu tô querendo retomar tudo — diz ele, a mesma coisa que falou no saguão do escritório de advocacia.

Ele faz outro gesto, esfregando o polegar no indicador, um sinal para dinheiro ou talvez só um tique. Jen não sabe dizer, talvez tenha imaginado o leve movimento. Durou menos de um segundo. Tirando isso, o restante do corpo dele continua estranha e absolutamente imóvel.

— Quando vocês se conheceram?

— Eu acho que o Kelly é o homem certo pra responder essa — comenta Joseph. — Você não acha?

Joseph esfrega uma das tatuagens da mão sem mover a cabeça, apenas olhando para Jen. O vento lá fora fica mais forte. Um saco plástico voa como um balão.

— Jen — diz Joseph, repetindo o nome dela. Como alguém que a provoca. — Jen.

— O quê?

— Antes de eu sair daqui, tenho uma pergunta pra você.

— Tá…

— A pergunta é a seguinte: Jen… como é que você não sabia? — Joseph inclina a cabeça de lado feito um passarinho. Ele é louco, Jen pensa. É completamente maluco esse homem que sabe quem ela é. — Até eu achava que você sabia.

Um relâmpago ilumina o céu lá fora, um flash que dura uma fração de segundo. Se você piscasse, não o veria.

— Sabia o quê?

Jen fica olhando e olhando para Joseph enquanto a sala de visitas parece se afunilar ao redor deles. Um trovão ressoa no céu, e ele se aproxima dela, convidando-a com um gesto a fazer o mesmo, a mão esquerda aberta na mesa feito um besouro de barriga para cima, os dedos gesticulando em direção ao corpo dele. Ela se aproxima, relutante.

— Me pergunta o que a gente fazia.

— O quê?

— Roubo. Contrabando. Lesão corporal. É isso que a gente fazia. A lista dos crimes de Joseph.

Jen pisca, levando a cabeça para trás.

— Mas você está aqui, e ele não?

— Ah — murmura Joseph. — Bem-vinda à gangue.

O medo, a ficha caindo e o horror varrem a mente de Jen feito os ventos fortes lá fora. É isso o que ela sabe? Em algum lugar profundo e escuro dentro de si?

Kelly.

Um homem caseiro.

Sem muitos amigos.

Que fica na dele.

Reservado.

Com uma personalidade às vezes sombria.

Que não viaja.

Que não gosta de festas.

Que não trabalha de carteira assinada. Que vive fora do radar.

Que fica longe dos amigos dela nas reuniões de pais e professores.

Que sempre parece ter dinheiro.

Aquela veia cáustica. O sarcasmo, o humor tão ácido quanto um limão e que impede o aprofundamento das relações. Não é a história mais velha do mundo? Humor e piadas como mecanismo de defesa.

A forma como às vezes ele não dá o braço a torcer, sem perder tempo com explicações. Ele só se recusa, se recusa terminantemente. Não aceitou voltar para Liverpool. Nem trabalhar para um empregador. Não viaja. Não pega avião.

Joseph fecha a cara.

— Olha, eu não sou de caguetar ninguém — diz ele. — Não sou dedo-duro. Pergunta pro seu marido. — Ele fica de pé, dando fim à conversa.

Jen, sem se importar com quem está olhando, deixa as lágrimas escorrerem, enquanto fita o espaço vazio que ele deixou. Sentada ali, tentando se recompor, ela sente o toque mais sutil e discreto em seu ombro e dá um pulo. Joseph está com a boca bem ao lado da sua orelha.

— Tenho certeza de que você vai descobrir tudo — murmura ele, e então é escoltado para fora da sala.

Jen começa a tremer, como se houvesse uma corrente de ar gelado entrando na sala, mas não tem: é a respiração dele, que ela ainda consegue sentir em seu ouvido, em sua mente, enquanto a tempestade desaba lá fora.

Dia Menos Cento e Quarenta e Quatro, 18:30

— Cara, foi uma doideira — exclama Todd para Jen, animado, tropeçando nas próprias palavras. Jen está sentada no sofá de dois lugares da janela em alcova, pensando no marido envolvido com o crime organizado. — Não caiu nada de destilação fracionada. A gente revisou à beça, achou que ia ser a questão mais importante, e aí, nada! — Ele brinca com a coleira de Henrique VIII enquanto o gato parece muito satisfeito deitado no colo dele no sofá da sala. — As coisas nunca acontecem do jeito que a gente imagina, né? — Ele se ajeita, incapaz de ficar parado, e o gato pula no chão. Há três velas acesas no parapeito da janela.

Jen assente, sorrindo para o filho.

A primeira coisa que notou pela manhã foi que o celular dela estava diferente. O aparelho pareceu desajeitado em sua mão. Mais robusto, maior que o telefone fino que comprou no início de julho. Merda, merda, merda, pensou. Sabia que tinha voltado mais ainda antes mesmo de verificar que dia era.

Junho. Quando olhou pela janela do quarto, viu que a roseira no jardim da casa da frente estava lotada, ramos enormes de flores perfumadas, amontoadas, prestes a cair. Como podia ser junho? *Onde* isso ia acabar? No nada? No nascimento, na morte? E — um pensamento ainda mais sombrio — agora é tarde demais para Jen matar Joseph, como Kelly sugeriu lá atrás. Ele está preso.

A primeira coisa que Jen se perguntou enquanto vestia roupas diferentes, roupas que vai jogar fora dali a alguns meses, foi: quem é Kelly para Joseph? E, então: como os eventos devem ter se desenrolado? Joseph sai da cadeia, vai até o escritório de advocacia para procurar o *velho amigo* Kelly, Todd se envolve com Clio, não gosta quando descobre o que Joseph e Kelly estão fazendo e mata Joseph? Seria plausível, mas improvável, concluiu. Parece um motivo fraco para assassinar alguém. E deixa muita coisa sem explicação: Ryan Hiles, o bebê desaparecido, Nicola Williams, as conversas secretas entre Kelly e Todd. A coisa que Joseph sabe a respeito de Kelly.

Ela olha para Todd, sentado sob a luz do abajur com a calça cheia de pelo de gato.

— Aposto que você se saiu muito bem — diz, a voz embargada.

— Olha, até que eu gostei! O Jed falou que eu devo ser maluco. — Está eufórico. Pelo alívio, por causa das endorfinas que sucedem uma situação de estresse e por alguma outra coisa também, talvez. Algo que falta a ele no outono. Uma certa leveza. — Quer dizer, será que eu sou sádico?... O que foi? — pergunta, parando e olhando para ela do outro lado da sala.

— Você não é sádico — responde, mas até ela consegue ouvir a tristeza em sua voz.

Tem saudade disso. Dessa normalidade, dias não fragmentados, sem tudo andar para trás. Nem sabe por que acordou no dia de hoje, 7 de junho. Todd ainda não conheceu Clio. Joseph está preso. Então, qual é o motivo? Ela apoia o rosto na palma da mão.

— Será que vou tirar A? — comenta Todd, pensativo. — Talvez só um B.

Ele vai tirar A.

Há pouco tempo, Todd chegou em casa falando animado que tinha feito *bolinhas pula-pula de polímero*. "De quê?", Kelly perguntou no dia. Todd hesitou um pouco, então tirou uma do bolso. "Trouxe uma pra você", disse ele, empolgado, confiante o suficiente para furtar aquilo da escola.

Eles não ligaram, acharam engraçado. Todd se interessava muito por química. E daí se não tinha autorização para levar aquilo para casa? Talvez tenha sido esse tipo de atitude que fez com que Todd saísse da linha. Jen nunca se preocupou muito com que tipo de mãe seria, mas talvez tenha sido permissiva demais, dando mais valor às brincadeiras do que à disciplina. Achou equivocadamente que, com aquele intelecto, ele jamais se rebelaria. Mas todas as crianças se rebelam, mesmo as boas: elas só fazem isso de jeitos diferentes.

Jen olha o filho bonito e pensa em tudo que o Todd do futuro vai perder. Faculdade, casamento, alguma pós-graduação com outros gênios. Em vez disso, o que tem pela frente? Prisão preventiva, julgamento, cadeia. Vai estar livre aos 35 anos. Sabendo, para sempre, que tirou uma vida por alguma razão equivocada.

— Você vai fazer o pedido ou quer que eu faça? — pergunta Todd, mostrando o aplicativo da Domino's no celular dele.

Eles devem ter combinado de pedir pizza.

— É... vamos só esperar o seu pai.

Henrique VIII se aproxima e pula no colo dela. O gato também está mais magro, pensa ela, triste.

Todd faz uma careta de perplexidade exagerada, feito um personagem de desenho animado.

— Tá *bem*... — diz ele. — Papai tá viajando, mas tudo bem. Faz isso mesmo, Jen.

— Ah, é? — pergunta ela depressa. — Correndo o risco de ser chamada de velha — acrescenta, um sorriso falso estampado na cara —, para onde ele foi mesmo?

— É Pentecostes.

— Ah — responde Jen se dando conta do que isso significa. Todo ano, no fim de semana de Pentecostes, Kelly viaja para acampar com os amigos da época da escola. Um combinado que eles têm há muito tempo. Ela nunca chegou a conhecê-los, algo sobre o qual sempre se perguntou, mas que Kelly explicou com facilidade. "Ah, eles não são daqui, a gente só se vê nesse fim de semana. Sinceramente, você ia morrer de tédio." — Pizza para dois então — diz ela para Todd, mas, na verdade, está pensando: É isso. Foi por isso que voltei ao dia de hoje. Dentre todos os que viriam antes.

Graças a Deus. Graças a Deus que ela ligou o Busque meu iPhone no celular de Kelly hoje de manhã, como tem feito todos os dias. Quando verificou mais cedo, ele estava em Liverpool, mas ela vai olhar de novo.

— Deixa eu pensar — diz ela, pegando o celular como quem vai pedir pizza, mas verificando o Busque meu iPhone, na verdade. Kelly acampa no Lake District. No lago Windermere. Todo ano no mesmo lugar.

Mas olha aqui. O ponto azul dele. Não está no Lake District. Está numa casa em Salford, perto de Manchester.

Jen fita o filho, que está olhando para o próprio celular com cara de concentração.

— Todd — diz ela, já estremecendo por dentro. Seu menino, depois de uma prova, querendo comer uma pizza com a mãe; ele merece coisa melhor. Ele olha para ela, surpreso. — Você vai ficar muito chateado se eu tiver que dar um pulo no trabalho? É rapidinho… Depois a gente come a pizza.

Todd arregala os olhos de surpresa, mas então a dispensa com um gesto de mão.

— Tranquilo — diz ele. — Não esquenta. Vou submergir meu corpo em H_2O. Ou o que os meros mortais chamam de banho de banheira.

Jen ri baixinho, então esfrega os olhos enquanto se levanta e sai da sala. Está fazendo a coisa certa? Negligenciando Todd ainda mais, e não menos, em busca de respostas? Mas ela precisa saber a verdade.

Decide não ir com o próprio carro para chegar incógnita.

— Não vou demorar muito — grita ela para Todd.

Ouve o barulho da banheira enchendo, não escuta a resposta dele. Hesita ao pé da escada, dividida, totalmente dividida entre seus deveres. Mas, quando o aplicativo do Uber vibra para dizer que o motorista está a um minuto dali, acaba decidindo que está fazendo aquilo por ele. É tudo para salvá-lo, aquele menino maravilhoso.

— Acrescenta bacon na minha — grita Todd.

— Pode deixar.

Espera o carro do aplicativo na rua.

Aquele é o auge do verão. Os jardins dos vizinhos estão cheios de gerânios, ervilhas-de-cheiro e rosas. Parece uma loja de perfumes.

O ar está leve. Está chuviscando, uma garoa quente, mas Jen não se importa. É como se estivesse numa sauna a vapor.

Ela se abaixa para arrancar uma pétala de uma peônia no canteiro que ladeia a entrada da garagem, a única e mínima faixa de terra que se dão o trabalho de cultivar. A pétala, que um dia já foi branca, tem agora um tom escuro de marrom nas beiradas, como um jornal velho, mas ainda tem um cheiro forte e delicioso de baunilha.

Ela fita a casa deles, com uma luz acesa na janela fosca do banheiro, e pensa no filho e na pizza dele. Um dia ele vai entender.

Quando o Uber encosta, ela pensa de repente no quanto confiava no marido. Confiava muito nele. Acampar com pessoas que ela nem conhecia. Jamais imaginou, jamais imaginou.

Puxa a maçaneta de plástico frio do Uber e é recebida por Eri, um homem de meia-idade, barba e boné. O carro tem um cheiro artificial de purificador de ar adocicado e de chiclete.

Ela entrega a ele um maço de notas de vinte que pegou na gaveta de emergência na cozinha, o papel tão macio quanto as pétalas de peônia.

— Estou seguindo uma pessoa — diz.

— Ah. — Eri fita as notas, então acaba aceitando.

— Vou pagar o valor do aplicativo também. A gente tem que ficar de olho nisso. — Ela mostra o celular. — Se o ponto azul se mover, talvez a gente precise... mudar a rota.

— Tá legal — responde Eri. — Que nem nos filmes — acrescenta, encontrando seus olhos no retrovisor.

— Aham. — Jen se recosta no banco, descansando a cabeça na janela fria, observando a rua lá fora. Um mulher, num táxi preto inglês, seguindo o marido. O clichê mais antigo do mundo, só que no Uber. — Que nem nos filmes — repete ela.

O *Call of Duty tá te esperando*, chega a mensagem de Todd.

Meu Deus, pensa Jen enquanto as luzes de Merseyside passam feito estrelas coloridas, não é engraçado como a gente esquece fases inteiras da vida? A fase do PS5, *Call of Duty*. Os dois controles que eles tinham que colocar para carregar toda hora de tanto que jogavam. Ficaram tão viciados. Quando não estavam jogando, atiravam um no outro pelos cantos da casa. "Aqui é Black Ops", Todd dizia para ela, entrando na cozinha com um walkie-talkie imaginário.

Enquanto avançam pela rodovia com as placas azuis iluminadas passando por cima de suas cabeças como se estivessem voando, Jen se pergunta se foi irresponsável por ter deixado o filho jogar esse jogo, ignorando os avisos sobre jogos violentos. Achava que aquilo não iria acontecer com eles. Foi tolerante demais. Deve ter sido. Criada por um advogado, quis ensinar o filho a relaxar e se divertir — mas será que foi longe demais?

A bolinha indicando o celular de Kelly está no fim de uma estradinha logo depois da saída da rodovia para a cidade de Salford. Eri segue dirigindo diligentemente.

Enquanto Jen se pergunta se isso foi ou não uma boa ideia, ele comenta:

— Você não parece muito feliz.

— Não. Eu não estou feliz.

Eri desliga o rádio. O carro está quente e parece um casulo iluminado.

— Você tá seguindo seu marido?

— Como foi que você adivinhou?

Eri a fita pelo retrovisor, então pega outro chiclete. Oferece um para ela, que declina.

— Normalmente é o marido — comenta ele.

Jen fecha a boca, exercendo seu direito de permanecer calada. Em geral ela embarca na conversa, tentando deixar o motorista à vontade com a sua intromissão, mas hoje não o faz.

Eles saem numa rotatória, pegam a segunda saída e seguem por uma estrada rural. A pista não tem iluminação nem asfalto. Só lama. À medida que avançam pela estrada, Jen sente os pelos do braço se arrepiando. Os cheiros do campo no verão entram pelo ar-condicionado do carro. Feno. Chuva no chão quente depois de um longo período de seca.

— Acho que eu deveria ganhar um papel no cinema — comenta Eri, satisfeito. — Seguidor de maridos.

— É.

Eles entram no que parece ser uma estrada particular, um fio de cabelo sem nome de rua no Google Maps.

— Vou até o final? — pergunta Eri.

Ele tira o boné. Seu cabelo deve ter sido cheio um dia, mas agora está ralo, os fios finos se enrolando como os de um bebê depois do banho.

Ela não responde, e Eri para o carro. Eles estão a uns cem metros da bolinha de Kelly. Jen deveria saltar, mas ela hesita. Quer aproveitar esses últimos momentos antes… antes de alguma coisa.

Com o farol de Eri agora apagado, os olhos de Jen se ajustam à escuridão. A pista de carros faz uma curva para a esquerda, e então para a direita. O céu parece uma madrepérola brilhante, quase no solstício de verão. As árvores estão cheias, frondosas, as folhas de uma se encontrando com as da outra.

Um farol ilumina o céu feito um laser.

— Ele está dirigindo — diz Eri, então dá uma ré depressa e volta para a estrada principal.

Jen olha para o telefone e vê o ponto azul se movendo.

Kelly passa por eles e segue em frente, não parecendo notá-los.

— É pra seguir? — pergunta Eri.

— Não. Vamos… Quero ver onde ele estava, o que tem no fim dessa estradinha.

Eri segue até o final sem dizer uma palavra. A estrada faz uma curva para um lado, depois para o outro, encobrindo o que há no fim. Jen imagina que vão encontrar um salão de festas, um castelo, uma mansão antiga, mas o que surge diante deles é um conjunto habitacional pequeno e deteriorado. São sete casas ao todo, ao redor de um acesso para veículos feito de pedrinhas. Eri para o carro. As casas são feitas de pedra antiga. Quatro estão com as janelas acesas; as outras estão apagadas.

Uma delas está mais descuidada que as outras. Telhas faltando. Uma porta de madeira antiquada e com uma aparência frágil, quase podre. Uma das janelas do andar de cima está coberta com tábuas de madeira, com uma pichação cor-de-rosa com a palavra *QAnon*. Eri fica em silêncio enquanto Jen avalia a casa. É ela. Tem certeza. É a única que não tem um carro na porta.

— Eu não tenho a menor ideia de que lugar é esse — diz ela.

— Parece esquisito.

O cérebro de Jen está fervilhando. Um lugar para fazer negociações. Um esconderijo. Um lugar para batizar droga. Para matar gente. Para esconder crianças desaparecidas, policiais mortos... pode ser qualquer coisa. E nenhuma delas é boa.

— Ele disse que ia acampar — sussurra ela para Eri em vez de dizer o que está pensando.

— Pode ser verdade. Parece um lugar bem remoto — acrescenta ele com uma risada.

— No Lake District.

— Ah.

— Você pode esperar aqui? — pergunta ela, abrindo a porta. — Preciso dar uma olhada.

— Lógico — responde ele, mas com uma expressão de cautela no rosto.

Seu amigo provisório, o motorista do Uber, a pessoa a quem confessou mais coisas. Ela olha de relance para ele enquanto caminha. Ele está iluminado pela luz interna, como um globo de neve na escuridão.

Jen anda com cuidado pelas pedrinhas cinzentas. Do lado de fora, o ar é como o das férias. Um cheiro de verão, o som de grilos.

E, de repente, ela deseja estar de volta lá na janela da frente de casa, com aquela abóbora, vendo Todd matar um homem. Ia só deixar acontecer. E aceitar. Ele cumpriria sua pena. Depois teria uma vida. Pela primeira vez, sua vontade é tapar de novo a ferida que descobriu. Parar de ir mais a fundo. Seguir em frente.

Ela vai até a casa pela escuridão e tenta abrir a porta da frente, mas está trancada. A casa fica um pouco mais distante das outras. Não existe nenhuma cerca, jardim na frente ou nos fundos dessas casas, nem qualquer outro tipo de delimitação de terreno. O vizinho do lado cuidou do gramado dele seguindo uma linha reta arbitrária. Depois disso, começa o matagal da tal casa — urtigas, ervas daninhas e dois pés enormes de tremoços cor-de-rosa que balançam com a brisa.

Jen abre a tampa do buraco para cartas na porta da frente. Parece uma que eles tinham quando ela era criança. A tampa é dura e fria sob seus dedos, e ela se lembra do pai e do dia que ele morreu, e como ela não conseguiu chegar a tempo.

Pelo buraco de cartas ela vê um hall de entrada antiquado. Um piso de azulejos de cerâmica irregulares. Ela presume que Kelly tenha pegado as cartas que estavam no chão e as empilhado na mesa do hall, mais adiante.

A plaquinha na parede junto à porta da frente diz *Sândalo*. A casa ao lado chama-se *Louro*. É uma casa pequena, com apenas dois cômodos ocupando toda a sua profundidade. Jen dá a volta por fora da casa. Nos fundos há duas portas antigas de correr, com o vidro manchado de musgo.

Lá dentro, numa sala com um carpete azul-petróleo, há uma mesa de madeira escura de jantar, igual a uma casa de bonecas. Não tem cadeiras. Há uma cozinha vazia à esquerda, nada nas bancadas, nem uma chaleira elétrica. Ela leva as mãos ao rosto e encosta no vidro, espiando lá dentro, e seus dedos ficam sujos de verde. A casa parece descuidada, mas não abandonada, talvez tenha sido esvaziada recentemente.

Ela termina de contornar o imóvel. A sala de estar tem janelas de fasquias, com painéis de vidro liso alternados com um vidro circular fosco e marrom. A sala de estar está preservada, como um museu ou um set de filmagem. No centro há um conjunto cor-de-rosa de sofá e duas poltronas com os braços cobertos pelo que um dia foi uma renda branca. Na mesinha de centro vazia há um controle remoto na diagonal. Uma estante cheia, mas nada que ela consiga distinguir. Duas taças de champanhe empoeiradas na prateleira do alto. Está prestes a parar de olhar quando percebe algo bem no meio do seu campo de visão: é obviamente o veludo preto da parte de trás de um porta-retratos duplo, bem ali, no parapeito da janela repleta de moscas mortas com as patas para cima. Por causa do vidro distorcido, quase não o viu. Ela se desloca na janela para ver melhor.

O ar parece parar e se suavizar quando a imagem entra em foco, as moléculas do universo sendo depositadas à sua volta. A busca não foi em vão. Ela não está louca.

Ali está.

É uma foto de Kelly — é ele, sem dúvida —, aquele sorrisinho contido. Está muito mais novo, com uns vinte anos, talvez, de pé junto a outra pessoa. Um homem de cabeça raspada. Eles estão abraçados. A moldura está coberta de poeira e a uns trinta centímetros de distância, mas dá para ver que eles se parecem. Os olhos. E algo intangível também. Daquele jeito que as famílias às vezes carregam semelhanças que não são óbvias. A estrutura óssea, o formato da testa, o porte: a forma como parecem conter no corpo um potencial, como atletas na linha de largada antes da corrida.

Então, quem é essa pessoa? Esse desconhecido que se parece com seu marido? Kelly disse que não tem parentes vivos: outra coisa em que ela sempre acreditou. Ela fica pensando enquanto observa os dois na foto. Uma coisa é mentir sobre um conhecido que está preso. Mas mentir sobre a família, sobre de onde você veio, é outra coisa bem diferente.

E por que seu marido teria uma foto dele ali se esta casa é usada de alguma forma como cenário de coisas ilícitas? Ele não faria isso. É claro que não. Ele não é burro.

Ela volta até o Uber. Ele tem os olhos de Kelly. Tem os olhos de Todd. É só o que consegue pensar. Três pares de olhos azuis. Seu marido, seu filho e outra pessoa. Alguém que ela não conhece, que não será capaz de procurar. Mesmo que invada a casa e pegue a fotografia para si, amanhã já não vai mais estar com ela.

Eri está jogando alguma coisa no celular, segurando-o na horizontal, apertando na tela, enquanto uma musiquinha toca.

— Desculpa — diz ele, bloqueando a tela. Jen se senta na frente, no banco do carona. — O que… — arrisca ele, no tom de voz de quem acha que precisa perguntar.

— Não sei. Tá vazia.

Ela abre o aplicativo do Busque meu iPhone de novo. Kelly agora parece estar indo para o Lake District, para onde disse que estava indo. Mas tendo antes passado aqui, nesta casa abandonada.

— Quem é o dono?

— Só um minuto — diz ela.

Por três libras, é possível descobrir no Registro de Imóveis o dono de qualquer propriedade. Ela baixa o título e lê o registro. O proprietário é o Ducado de Lancaster. Ou seja, é da Coroa. Imóveis não reivindicados por nenhum herdeiro passam a ser propriedade da Coroa. Essa é a primeira coisa que qualquer advogado imobiliário aprende. Jen baixa o celular aceso no colo e fita a casa.

— Se importa se eu fumar? — pergunta Eri, abrindo a janela.

— Não.

Ele acende o isqueiro, duas labaredas, e o carro se ilumina brevemente. Eri fica fumando, e ela pensando. O cigarro dele tem um cheiro de passado: noites de verão na porta de um bar; esperando um trem na estação; no porto, à noite.

— É melhor a gente ir — diz Jen.

— Você vai confrontar seu marido? — pergunta Eri, as maçãs do rosto se afinando enquanto ele suga o cigarro.

— Não. Ele só vai mentir.

Eles viajam em silêncio, Jen pensando nos dois homens da foto. Seu marido e outra pessoa. Alguém que se parece com ele. O que significa tudo isso?

Quando chega em casa, encontra duas caixas de pizza na bancada. Uma vazia e outra cheia. Todd comeu a dele sem ela. Ele mesmo deve ter pedido a pizza, sozinho.

Ryan

Ryan está fazendo flexão de braço numa sala de estar com o chão sujo. Chumaços de poeira ficam grudando na palma das suas mãos. Está fazendo exercício por dois motivos: um, porque não pode mais ir à academia, e dois, porque não consegue, não consegue, não consegue de jeito nenhum tirar a bebê desaparecida da cabeça.

Além da academia, Ryan não pode fazer mais nada do que costumava fazer. Não pode visitar a família. Não pode sair com os amigos. Não pode nem voltar ao antigo *domicílio*...

Foi tudo tão rápido.

Ele se mudou para aquela quitinete em Wallasey na noite anterior. Agora vai morar ali, comer ali, dormir ali. São dois cômodos: um banheiro e todo o restante num espaço só. Bem econômico, pensa ele. Um sofá que vira cama. Uma fileira de armários de cozinha na parede do outro lado. Uma televisão, um telefone fixo. De que mais ele poderia precisar? Não se importa. É emocionante. E, melhor ainda, é provisório.

Chegou ali à uma da madrugada, tomando o cuidado de não ser seguido, e entrou no apartamento com a chave que recebera na delegacia. Ao tirar a mochila do ombro e pousá-la no carpete sujo, deu um suspiro e pensou: *Cheguei*.

Leo finalmente disse com todas as letras, na salinha dele, outro dia: "Queremos que você se infiltre nesse grupo, Ry, agora", anunciou Leo. "Hoje." Ele manteve contato visual, sem desviar os olhos ou piscar por nem um milésimo de segundo, nada. "A lenda que criamos é... bem. É você." Ryan concordou, engolindo em seco.

Ficou tudo às claras. Bem ali. O quadro de cortiça. O quadro de cortiça foi sua porta de entrada. Todas as perguntas sobre sua história, seu irmão, o que ele sabia…

Era o que queria, tentou dizer a si mesmo. Queria uma carreira interessante. Mas — uau — agente infiltrado. Interceptar uma *gangue*. De repente, ele queria detalhes sobre a taxa de mortalidade de policiais infiltrados. As probabilidades. Que chances ele tinha.

"Sabe, você não fala que nem um policial", disse Leo. E então acrescentou: "Era isso que nós queríamos."

Ryan assentiu, sem saber se deveria rir ou chorar.

Meu Deus, então era um candidato a agente infiltrado porque não tinha nada de policial? Tinha até se enrolado com o alfabeto internacional. Ryan mordeu o lábio. Uma tristeza se abateu sobre ele, como se tivesse engolido uma bebida quente e melancólica.

"Quer dizer, um policial diria: *Cavaleiro, onde posso obter cocaína de qualidade, por obséquio?* Enquanto você ia dizer: *Tem coca da boa, parceiro?*" Ryan soltou uma gargalhada. "Você entendeu. Exagerei só pra fazer graça. Mas você é muito bom em conseguir informações. Aquele quadro de cortiça. Ficou demais", acrescentou Leo, animado. E Ryan agradeceu.

Agora Ryan vai ser apresentado ao GCO por uma colega que já está infiltrada, o contato deles lá dentro.

O celular dele toca.

— Tudo certo? — pergunta Leo.

— É, acho que sim.

Ele fita o espaço frio lá fora. Já está no finzinho do inverno agora. As árvores foram reduzidas a algo como bonecos feitos de palitinhos. Um céu branco e desolador, sem o menor traço de cor. Um clima medíocre, não dá vontade de fazer nada; sem sol, sem chuva, nada.

— Lembra, três conselhos pra você.

— Ahn? — Ryan volta-se para a sala de estar novamente.

— Um: nunca saia do personagem, mesmo se você achar que alguém te descobriu. É melhor as pessoas suspeitarem que você é policial do que você confirmar isso.

Ele leva uns quarenta minutos para trocar a placa e corta a palma da mão com a beirada da placa nova. Mas consegue terminar. Mais um crime cometido.

Ryan dirige até o porto, onde fica esperando, como instruído, até que Ezra esteja sozinho, então se aproxima dele, salta do carro e lhe entrega as chaves.

— Maravilha — diz Ezra.

Bem ali, naquele porto frio, Ryan fraqueja por dentro. *E se, e se, e se,* é tudo o que consegue pensar. E se Ezra se der conta de quem ele é. Ryan pode não estar correndo o risco de ser preso, mas definitivamente está correndo um puta risco de ser morto.

— Beleza — diz Ryan.

Sua mão está tremendo quando estica o braço para dar um tapinha no ombro de Ezra. Disfarça, balança a mandíbula, um sintoma comum de quem está sob efeito de cocaína. Deixa o Ezra pensar que é isso, que ele está drogado, igual aos amigos do seu irmão.

Ryan olha para além de Ezra, para os navios de carga, os guindastes coloridos em contraste com o céu noturno.

Ezra fita os seus olhos. Algo parece se passar entre os dois, mas Ryan não sabe o quê. Seus joelhos começam a fraquejar, e ele disfarça pulando de um pé para o outro.

— Primeira vez? — pergunta Ezra, com cuidado.

— É. Primeira de muitas.

Ryan balança nos calcanhares. Eles vão matá-lo. Não importa a proteção policial, a casa segura onde vai se esconder se o disfarce for descoberto: essa gente vai matar Ryan se o pegar. Para de pensar nisso. Para.

— Fizemos quarenta esta semana — diz Ezra.

— Quarenta carros?

— Aham.

Uau. Ryan solta o ar pela boca. A coisa é maior do que ele imaginava.

— Você machucou a mão? — pergunta Ezra.

— É, nada grave — diz Ryan. — Foi só a placa.

— Fiz a mesma coisa consertando uma coisa lá em casa! — comenta Ezra, mostrando a própria mão.

— Rá — diz Ryan, com a mente girando.

— Passa um antisséptico — comenta Ezra casualmente, como se eles fossem dois garotos, e não integrantes de uma quadrilha de crime organizado.

Antisséptico é o caralho.

Dia Menos Quinhentos e Trinta e Um, 08:40

É maio, mas maio do ano anterior. Isso não está certo, a quantidade de tempo que ela voltou. Tem que falar com Andy. Perguntar o que fazer. Para parar. Para desacelerar.

Jen desce a escada e, só pela luz e pelo barulho da casa — Kelly cozinhando, Todd tagarelando —, já sabe que é fim de semana. Ela para no penúltimo degrau e fica ouvindo a conversa descontraída do marido e do filho.

— Você quis dizer *indiferente* — diz Todd. — *Desinteressado* está mais para imparcial.

— Ah, muito obrigado, Dicionário Oxford — exclama Kelly. — Mas eu estava querendo dizer imparcial mesmo.

— Mentira! — devolve Todd, e os dois desatam a gargalhar.

Jen aparece na cozinha.

— Bom dia, linda — diz Kelly, descontraído.

Ele vira uma panqueca no ar. Parece uma cena tão normal. Mas... aquela foto. Ele tem algum parente por aí, sobre o qual nunca falou com ela.

Olhar para ele dói, é como olhar para um eclipse. Jen percebe que está semicerrando os olhos.

— O que foi? — pergunta ele.

Seu olhar se volta para Todd. É uma criança, um garoto, um adolescente. Os pés e as mãos enormes, as orelhas grandes, dentes meio separados e que ainda não se assentaram direito. Quatro espinhas. Nem um vestígio de pelo no rosto. Baixo.

Ela vai até onde Kelly está virando as panquecas.

— Então você estava dizendo que é *imparcial* ao meu jogo de computador? — pergunta Todd a Kelly.

O cabelo preto de Kelly reflete a luz do sol enquanto ele coloca mais massa de panqueca na frigideira.

— É, foi isso que eu quis dizer.

— Rá, duvido.

— Tá bem, tá bem — diz Kelly, levantando uma das mãos. — Obrigado pela aula. Eu quis dizer *indiferente*. Seu merda.

Todd dá uma risadinha infantil para o pai.

— Pensa só... Você poderia ter dois de mim se tivesse tido outro filho. Um duplo pé no saco — comenta Todd.

— É — responde Kelly, e algo antigo e sonhador perpassa por suas feições só por um instante. Ele sempre quis ter outro filho.

— Você é mais que suficiente — diz Jen a Todd.

— Ei, somos todos filhos únicos — comenta Todd, pegando uma banana e descascando. — Nunca tinha pensado nisso antes.

Jen observa Kelly com cuidado. É essa conversa? É para isso que ela está aqui?

Ele não diz nada, ocupando-se na cozinha.

— Verdade — comenta ele, como quem não quer nada, depois de um ou dois segundos.

Jen olha para o jardim. Maio. Maio de 2021. Não acredita. Os raios do sol da manhã se afunilam, como uma luz divina. A velha casinha que usam como depósito ainda está lá fora, a que tinham antes de trocar pela menor e azul. Jen se pergunta se alguém mais poderia distinguir entre dois maios só de olhar para como a luz ilumina a grama.

— Certo, eu preciso de um banho — diz ela.

Jen sobe até o último andar, se senta bem no meio da cama de casal e usa um telefone que teve há muito tempo para procurar pelo número de Andy no Google e ligar para ele.

— Andy Vettese.

Jen explica a história de sempre um tanto apressada. As datas, as conversas que eles já tiveram. Andy a acompanha do jeito dele, com um silêncio um tanto misantrópico, mas que a Jen parece ávido. Ela conta do Prêmio Penny Jameson no futuro dele. Ele diz que estava sendo indicado.

Ele parece acreditar nela.

— Tá bem, Jen. Fala. O que você quer perguntar?

— É só que… eu voltei *dezoito meses* — diz ela, tentando trazer a atenção dele de volta à questão.

— Os dias em que você acorda têm alguma coisa em comum?

— Às vezes… eu sempre aprendo alguma coisa. Mas… — Ela segura o celular com o ombro e esfrega as mãos nas pernas. Está morrendo de frio. Está com um esmalte bem velho, um tom de damasco que ela adorava mas que não gosta mais. — Tem tantas coisas que já deveriam ter funcionado para impedir o crime, mas não funcionaram.

— Talvez não seja uma questão de impedir o crime.

— Ahn?

— Você disse que ele é mau, não foi? Esse Joseph? Talvez não seja uma questão de impedir que ele seja assassinado.

— Prossiga.

— Se você impede o crime, parece que tem um outro problema.

— Ahn?

— Talvez não seja uma questão de impedir, mas de entender. Aí você pode defender seu filho. Compreende? Se você souber o *porquê,* vai poder usar isso num tribunal.

As orelhas de Jen tremem quando ele termina de falar. Pode ser, pode ser. Afinal de contas, ela é advogada.

— É. Por exemplo, se foi legítima defesa, ou provocação.

— Justamente.

Jen queria poder voltar ao Dia Zero, só uma vez, para ver tudo de novo sabendo o que sabe agora.

— Não sei se te falei isso no futuro, mas eu sempre digo aos meus aspirantes a viajantes no tempo a mesma coisa: se você procurar por mim no passado, diz que sabe que o nome do meu amigo imaginário na escola era George. Ninguém sabe disso. Quer dizer… tirando os outros viajantes para quem já contei. Até agora ninguém voltou para me dizer.

— Pode deixar — diz Jen, comovida pela revelação. Uma dica, um atalho.

Ela agradece e se despede.

— Disponha — responde ele. — Até ontem.

Jen abre um sorriso fraco, desliga e fica pensando no dia de hoje. É tudo o que tem, afinal.

Hoje. Maio de 2021.

Maio de 2021. Algo espreita em sua consciência, como uma névoa fina no horizonte.

A lembrança a atinge como às vezes acontece com alguns pensamentos. Sem aviso. Ela verifica o celular. É isso. É isso mesmo. Hoje é dia 16 de maio.

É então que se dá conta.

Um golpe tão certeiro, tão violento que a faz perder momentaneamente o equilíbrio: hoje é o dia que o pai dela vai morrer.

Jen finge resistir ao desejo de fazer isso. Não está voltando no tempo para ver o pai, para corrigir um dos grandes erros da sua vida, diz a si mesma enquanto escova o cabelo. Não está fazendo isso para se despedir dele. Está aqui para salvar o filho.

Mas, durante a manhã inteira ela pensa naquela despedida no necrotério, só ela e o corpo morto dele, a mão fria e seca junto à sua, a alma dele em outro lugar.

Fica vendo Todd jogar *Crash Team Races Nitro-Fueled* — o jogo atual deles —, mas não consegue parar de mexer com os dedos, e de cruzar e descruzar as pernas. Por fim, Todd pergunta:

— O que *foi*?

E ela se afasta, deixando-o sozinho.

De pé no hall de entrada de casa, Jen pega o celular e dá uma busca em Kelly no Google. Não encontra nada, nenhum rastro digital. Coloca o sobrenome dele num site de árvores genealógicas, mas isso gera centenas de resultados em todo o Reino Unido. Acha uma foto de Kelly e faz uma busca reversa de imagens, mas nada aparece.

Sobe a escada. Kelly está fazendo as contas dele.

— A Microsoft está me maltratando — ele diz a ela.

Caneca de chá num porta-copos. Sorrisinho no rosto. Quando ela se aproxima, ele gira o computador só o suficiente para ela não conseguir ver. Mas, desta vez, ela vê. Não deve ter reparado da outra vez.

Talvez ele tenha outra fonte de renda em algum lugar. Drogas, policiais mortos, crime. Ele tem mais dinheiro do que um pintor/decorador deveria ter? Na verdade, não. Não muito, acha ela. Nada que ela tenha reparado — e ela teria reparado, não? Uma memória surge do nada. Kelly doando dinheiro para caridade há uns dois anos. Uma quantia enorme, várias centenas de libras. Ele não tinha contado para ela e, quando ela perguntou, ele explicou que era uma doação anônima graças a um trabalho bom que tinha aparecido. Jen ficou incomodada daquele jeito inexplicável que você fica quando seu marido mente para você, mesmo sendo sobre uma coisa boa. Não era uma mentira grande, mas, ainda assim, era uma mentira.

— Ei, uma pergunta estranha — diz ela, descontraída. — Mas você tem algum parente vivo? Sei lá, um primo, de terceiro grau que seja...

Kelly franze a testa.

— Não. Meus pais eram filhos únicos — responde depressa.

— Nem um parente distante, de uma geração anterior, quem sabe?

— Não... Por quê?

— Eu me dei conta de que nunca tinha perguntado sobre a sua família mais distante. E eu estou com uma... uma memória esquisita de ter visto uma foto antiga sua. Você estava com um homem que tinha os seus olhos. Ele era maior que você. Os mesmos olhos. Cabelo mais claro.

Kelly parece ter uma reação de corpo inteiro à frase, e ele a disfarça levantando-se abruptamente.

— Não faço ideia — diz. — Acho que não... e eu tenho alguma foto antiga? Você sabe como eu sou. Insensível.

Jen assente, observando-o e pensando em como isso é mentira. Ele não é nem um pouco insensível.

— Devo ter inventado — diz ela.

Eram só os olhos. Talvez seja um velho amigo no porta-retratos.

Jen fita aquelas íris azuis e, de repente, sente-se mais sozinha do que nunca na vida. Ela deveria estar com 43 anos, mas, aqui, está com 42. Deveria estar no outono, mas está numa primavera dezoito meses antes disso. E o marido não é quem diz ser, não importa em que tempo ela esteja.

E seu pai está vivo.

Seu pai, que a ama incondicionalmente, ainda que do jeito dele. Embora Jen ache que precisa avaliar a forma como está criando o próprio filho para conseguir salvá-lo, agora quer se voltar para a pessoa que a criou.

— Vou visitar meu pai — diz.

A frase vem do nada. Não consegue resistir. Precisa sentir a mão quente dele na sua. Precisa vê-lo servir a cerveja e os amendoins ao lado dos quais vai morrer. Não vai demorar. Vai só... vai só dizer a ele que o ama. E depois sair.

— Ah, legal — diz Kelly. — Divirta-se — diz ele enquanto ela desce a escada depressa. — Fala pro seu pai que eu mandei um abraço.

Kelly e o pai dela sempre tiveram uma relação cordial, mas nunca foram muito íntimos. Jen achou que talvez Kelly pudesse procurar uma figura paterna, adotar o dela de bom grado, mas, na verdade, ele fez o oposto e sempre manteve Ken a uma certa distância, do jeito que faz com a maioria das pessoas.

Ela liga para o pai do carro, e parte de seu cérebro ainda acha que ele não vai atender.

Mas ele atende, lógico. E é isso, acima de quase qualquer outra coisa, que prova a Jen que tudo está mesmo acontecendo. De verdade.

— Que surpresa boa — diz ele.

E lá está o pai, do outro lado da linha. De volta do mundo dos mortos. Aquela voz aristocrática, contida, mas suavizada pela idade. Jen a recebe como um animal cativo que sente uma brisa depois de muito, muito tempo.

— Tá ocupado hoje? Pensei em dar um pulo aí — diz Jen, a voz embargada.

— Maravilha. Já estou botando a chaleira no fogo.

Ela fecha os olhos ao ouvir uma frase que já ouviu centenas de milhares de vezes, mas não nos últimos dezoito longos meses.

— Certo — diz ela.

— Ótimo.

Ele parece feliz. Está sozinho, velho e morrendo também, embora ainda não saiba disso.

Tudo que Jen sabe diz a ela que não deveria estar ali. Qualquer porra de filme concordaria. Ela só deveria mudar coisas que podem evitar o crime, não é isso? Não se empolgar demais, não ser tão egoísta a ponto de tentar alterar outras coisas também. Brincar de Deus.

Mas não consegue resistir.

Seu pai mora numa casa vitoriana daquelas que exibem dois janelões na frente, um de cada lado da porta, e que tem três andares, incluindo o sótão revertido. Os janelões são de vidro duplo e a moldura é de madeira escura. Uma casa antiquada, mas charmosa. Como o dono.

Ela o fita, maravilhada, enquanto ele dá um passo atrás, convidando-a a entrar. Aquele braço. Encorpado, com sangue correndo nas veias, conectado ao corpo vivo do pai.

— O que foi? — pergunta ele com uma expressão confusa no rosto.

— Ah, nada — diz ela. — É só… estou tendo um dia estranho, só isso.

Depois que ficou viúvo, ele permaneceu na casa onde morava com a mãe dela. Ele insistiu, e ela não tinha ninguém para ajudar a convencê-lo a se mudar. A sina do filho único. Ele falou que não ia ter problema com a escada, que ia continuar limpando a calha do telhado ele mesmo. E, no fim das contas, não foi nem a calha nem a escada o que o matou.

— Estranho como?

— Nada de mais — diz Jen, balançando a cabeça e seguindo-o por um corredor que, agora que ela é adulta, parece menor.

Toda vez que volta ali, Jen tem uma sensação muito específica. Uma espécie de nostalgia remota, coberta por uma fina película de poeira, como se ela pudesse agarrar o passado caso se esforçasse o bastante. E agora ali está ela, bem ali, na primavera do ano anterior ao que seu filho se torna um assassino, no dia em que o pai morre, mas a sensação não é essa.

— Tem certeza? — pergunta ele.

Ele olha para trás por um instante enquanto entram na antiga sala de estar. Carpete verde-claro, muito bem aspirado, mas ainda assim escurecido nas beiradas. Ela nunca tinha notado aquilo antes. Talvez tenha herdado do pai seu desdém com o cuidado com a casa.

Um tapete cinza e redondo, com formas geométricas. Enfeites que ele tem há décadas, em várias prateleiras de madeira escura acima de lareiras e aquecedores.

Ele acende a luz da cozinha, embora ainda estejam na metade do dia. Uma lâmpada tubular que emite um zumbido.

— Saiu o acordo de conciliação do caso *Morris vs. Morris*? — pergunta ele, levantando as sobrancelhas.

— Hum… — hesita ela. É lógico que não lembra mais.

— Jen! Você falou que ia sair hoje!

Ela inclina a cabeça, olhando para ele. Isso. Tinha se esquecido disso. No fim das contas, todas as irritações familiares não são engolidas pelo luto? Naquela época, esse tipo de conversa a teria irritado, mas hoje isso não acontece. Está só feliz de estar ali, em campo, e não banida pela morte.

— Desculpa... estou cansada.

— Você tem quatro dias até eles mudarem de ideia — insiste ele.

De repente, em retrospecto, consegue ver exatamente de onde vieram algumas inseguranças suas: dali. Em sua vida adulta, afastou-se de pessoas como o seu pai, fez amizade com tipos misantropos, como Rakesh e Pauline. Casou-se com Kelly. Com eles, ela pode ser quem é de verdade.

— Eu sei... vai dar tudo certo. Vamos fechar o acordo na segunda — diz ela.

— O que a cliente achou da proposta?

— Ah, não me lembro. — Ela faz um gesto displicente com a mão, querendo encerrar a conversa.

Não era um mar de rosas, era, trabalhar com ele? Às vezes era difícil assim. Seu pai, motivado, dedicado, atento aos detalhes. Jen, motivada também, porém mais a ajudar as pessoas do que qualquer outra coisa.

Ela se lembra vividamente de participar de uma reunião importante para um acordo de conciliação com o pai, que bufava alto toda vez que ela não tinha um ou outro formulário. Ela ficou mandando um monte de mensagens para Pauline com *Meu pai é um babaca*, e a amiga respondia com emojis. Ela quase ri agora, de tão triste. Como somos crianças diante de nossos pais.

— Desculpa... não estou dormindo bem ultimamente — diz ela, fitando-o nos olhos. — Na segunda vou estar melhor. Prometo.

— Você parece... sei lá. Sim... está como estava quando o Todd era bem pequeno, e você não conseguia descansar nunca.

Jen abre um meio sorriso.

— Eu me lembro daquele tempo.

— Quando a gente tem neném, dá pra dormir em qualquer canto, de tão cansado que fica — comenta ele, saudoso. E, como se alguém tivesse levantado um prisma diante de uma fonte de luz, ele exibe a sua outra face. Seu pai sempre tinha sido competitivo, reprimido, mas, no fim da vida, amolecera um pouco, passara a se permitir sentir, a revelar uma versão mais afável de si mesmo; um avô melhor do que o pai que foi. Eles tiveram tão pouco tempo juntos. — Quando você era pequena, uma vez dormi esperando o sinal abrir.

— Não sabia disso — comenta ela.

Jen tem uma sensação estranha nas costas, como se alguém tivesse aberto uma janela em algum lugar, deixando o ar frio entrar. O que ela está fazendo ali? Não deveria estar fazendo isso. Descobrindo coisas que nunca vai poder esquecer.

— Eu nunca te contei — explica ele. — A gente não quer que o filho se sinta como um fardo. — Ele pronuncia a segunda frase com evidente dificuldade, mordendo o lábio ao terminar de falar e olhando para ela.

Eles estão de pé na sala de jantar, entre a sala de estar e a cozinha. A luz lá fora está linda, iluminando um feixe de poeira diante da porta do jardim.

— Não, eu sou igual com o Todd.

— Ter um bebê não é fácil. Ninguém te diz isso. — Seu pai dá de ombros, aparentemente satisfeito por estar vivendo o que considera ser um dia normal com a filha.

— Eu estava no carro com você?

— Não. Não! — exclama ele, com uma risada. — Eu estava indo pro trabalho. Nossa, foi... foi uma loucura, aquele começo. Tinha dias em que a minha vontade era ligar para as autoridades e dizer: *Vocês têm noção de como é difícil ter um recém-nascido?*

— Eu achava que era a mamãe que fazia tudo.

Ele fica sério e faz que não com a cabeça.

— Sinto lhe informar, mas a pequena Jen dominava a casa inteira com aqueles berros.

Ela pisca, observando-o andar até a cozinha, onde ele ferve no fogão a água da chaleira, meticulosamente, como sempre fez. Cheia até a borda — dane-se o planeta —, a tampa recolocada com cuidado pela mão trêmula. Fazia muito tempo que não via aquela chaleira. Tem um ano que eles venderam a casa. Ela não guardou quase nada.

A cozinha tem um cheiro de passado. De tanino e almíscar, um cheiro de motorhome.

— Por que a falta de sono? — pergunta ele.

— Uma briga com o Kelly — responde ela, o que não deixa de ser verdade. Jen faz um gesto com a mão, os olhos se enchendo de lágrimas. Ainda está pensando no sinal de trânsito. Meu Deus, as coisas que a gente faz pelos filhos.

Seu pai não diz nada, apenas permite que ela fale, ali, de pé no piso velho de azulejo. Ela encontra os olhos dele, iguaizinhos aos dela. Todd não tem nada desses olhos, esses olhos castanhos. Todd tem os olhos do Kelly. É esse o tipo de coisa que você precisa aceitar quando tem filhos com alguém.

— O que aconteceu? — pergunta ele. Não é algo que diria vinte anos atrás.

A chaleira começa a borbulhar, tremendo de leve na boca do fogão. Seu pai mantém os olhos fixos nela, ignorando a chaleira como se fosse apenas um tremor distante.

— Ah, foi só uma briga normal de casal — responde ela, a voz embargada.

O que mais iria dizer? Contar a história toda, do Dia Zero até aqui, o Dia Menos Quinhentos... ou por aí?

Ele se recosta na bancada de frente para ela. É a mesma cozinha de sempre. No estilo dos anos 1980, fórmica bege, carvalho falso. Tem algo de reconfortante nas coisas antigas. Armários com taças de cristal que ele não usa mais. Uma bandeja de plástico florido que, toda noite, recebe uma refeição pronta para um.

— Kelly andou mentindo pra mim — diz ela.

— Sobre o quê?

— Ele está envolvido em algo escuso. Acho que sempre esteve.

Seu pai espera um pouco, então emite mais um barulho do que uma palavra:

— Hum... — Ele leva a mão à boca. A pele tem sinais de velhice. Jen fica aliviada de ver aquelas manchas, de ainda estarem ali, num presente relativo. — Como assim?

— Não sei. Acho que ele está se encontrando com um criminoso — diz ela.

Os olhos de seu pai se escurecem.

— O Kelly é uma pessoa boa — afirma ele com firmeza.

— Eu sei. Mas vocês nunca... sabe...

— O quê?

— Não sei... acho que vocês nunca... gostaram de verdade um do outro?

— Ele é bom pra você — diz ele, se esquivando da pergunta.

Jen dá uma risada triste.

— Eu sei.

Ela pensa na casa e no porta-retratos de novo. Não consegue descobrir o que significa, nem pensar em como poderia descobrir. É um mistério indecifrável.

— Lembra do dia em que ele apareceu no escritório?

— Com certeza — responde Jen na mesma hora, mas aquilo é tudo o que quer dizer sobre isso.

O mês de março pertence a ela e a Kelly, mesmo que agora a memória tenha sido maculada. Significa tanto para os dois que ele o tatuou na pele poucos meses depois. Ele não avisou para ela que ia fazer a tatuagem. Desapareceu no meio do dia e chegou em casa sem dizer nada. Foi só quando ela tirou a roupa dele que viu; o legado deles.

— Lembra que a gente pegava qualquer trabalho que aparecesse naquela época? — pergunta ela.

O pai tinha aberto o escritório havia pouco tempo quando aceitou Jen como estagiária — uma receita para o desastre. Ele tinha começado a carreira num dos grandes escritórios de advocacia de Londres, mas queria tocar o próprio negócio, então voltou para Liverpool com a cabeça cheia de ambição, fusões e aquisições. Depois que a mãe dela morreu — de câncer, nos anos 1990 —, ele fundou a Eagles. Jen nunca entendeu por que ele não chamou o escritório de Legal Eagles.

Naquela época, eles aceitavam todo tipo de caso, se desdobrando até os limites de sua expertise para não atrasar o aluguel. Faziam procurações, compra e venda de imóveis e ação de indenização por dano moral.

— Redigindo testamentos com o manual debaixo da mesa apoiado nas coxas — comenta ele com uma risada.

Jen lhe oferece um sorriso triste.

— Lembra das escrituras de casas de férias compartilhadas que a gente fazia? — acrescenta ela, feliz com a lembrança.

— Do quê? — devolve o pai, mas tem algo de estranho em seu tom de voz. Algo de performático, como se houvesse alguém observando.

— É... lembra que a gente lidava com propriedade compartilhada e tinha que manter uma lista maluca de quem estava na casa de férias e quando?

— A gente fazia isso?

— Claro que fazia! — exclama Jen, confusa por um momento. Seu pai tem uma capacidade fenomenal de lembrar o passado. Ela deve ter se confundido, sua memória deve tê-la traído.

— Acho que não. Mas que época boa, né? — comenta ele. — Comendo pizza no escritório...

Jen assente.

— Foi boa mesmo — concorda ela, embora seja mentira.

— E aí de repente as coisas começaram a dar certo, lembra?

— É.

Ela lembra da primavera em que conheceu Kelly. O escritório estava finalmente ganhando algum dinheiro. Eles venceram alguns casos importantes. Contrataram uma secretária, e Patricia, para a contabilidade. E olha só o escritório agora. Cem funcionários.

— Você fica pro jantar? — pergunta ele, servindo duas canecas de chá.

Ela hesita, olhando para ele. São quatro da tarde. Ele tem entre três e nove horas de vida. Seus olhos se encontram.

Ela pega a caneca de chá quente sem dizer uma palavra e dá um gole, para ganhar tempo. Sabe que não deveria fazer isso. Não deveria mudar outras coisas. Deveria se ater ao que tinha de estar fazendo. E não jogar na loteria. Não matar Hitler. Não desviar o foco.

Mas sua boca se abre para responder por conta própria.

— Seria ótimo — diz bem baixinho, na esperança de que o universo talvez não a ouça se falar só para ele, sem testemunhas, uma conversa particular de filha para pai. Não quer mais ficar sozinha, só por um tempo, não quer mais ter que desvendar pistas incompreensíveis, sem nunca andar para a frente, só para trás, para trás, para trás, um tabuleiro do jogo de cobras e escadas, mas só com cobras. — O que a gente vai comer? — acrescenta.

Seu pai dá de ombros, animado.

— Qualquer coisa — diz ele. — Ter outra pessoa faz as coisas ficarem mais oficiais, né? Mesmo que seja só para comer pão com manteiga.

Jen sabe exatamente o que ele quer dizer.

São sete horas e cinco minutos. Jen e o pai colocaram no forno uma torta de peixe que ele congelou "só Deus sabe quando". Ela tinha que ir embora, tinha que ir embora, não para de pensar, a mente racional implorando, em pânico, mas ele está de pantufas, com as pernas cruzadas no tornozelo e ligou no programa de futebol de domingo, e já está quase na hora dele, e ela não pode ir embora agora, não pode deixá-lo sozinho.

— Acho que vou botar um pão de alho no forno também — diz o pai dela. — Tô comendo pelo país inteiro ultimamente. Sabia que a sua mãe odiava alho? Dizia que comeu demais quando estava grávida.

— Ah, é? — comenta Jen, ficando de pé. — Deixa que eu boto.

— Nossa, como eu odeio esse programa. Quanta futilidade. — Ele começa a mudar de canal.

— Vamos ver *Law & Order,* pra poder criticar — sugere Jen, olhando por cima do ombro.

— Aí eu gostei — responde o pai dela, entrando no menu da Sky. — Pega uma cerveja pra mim também — pede ele. — E uns amendoins, enquanto a gente espera a comida.

Jen sente os cabelos da nuca se arrepiarem, um por um, feito pequenas sentinelas.

— Pode deixar — diz.

Ela entra na cozinha silenciosa. Coloca o pão de alho no forno. A lâmpada do forno ilumina seus pés com meias.

A cerveja está na porta da geladeira.

— Pega alguma coisa pra você — diz ele.

Jen encontra o amendoim no armário, que parece ter de tudo — suco de laranja, dois abacates, passas cobertas de chocolate, chá, biscoito de chocolate com hortelã —, e leva para o pai.

— Não sabia que a mamãe comia alho quando estava grávida.

— Ah, é, aos montes. Comia até cru, às vezes. Ela enfiava dentes inteiros no frango assado e depois comia um por um — comenta o pai.

Jen consegue imaginar. Uma mulher que ela também perdeu cedo demais, comendo dentes de alho na bancada da cozinha, com os dedos gordurosos, e Jen na barriga. E Todd dentro de Jen. Um projeto de Todd, pelo menos.

— Ela dizia que exagerou. — Ele pega a cerveja e o amendoim da mão dela com uma das mãos, num movimento hábil. Está tão saudável… — A gente sempre falava que, se tivesse outro filho, ela não ia comer os pratos preferidos na gravidez para não enjoar depois.

Ele se inclina para a frente e acende a lareira. Ele não foi encontrado com a lareira acesa, e um pão de alho e uma torta de peixe no forno. Isso tudo são mudanças que Jen fez. A lareira acende com facilidade, e a chama bruxuleia da esquerda para a direita, como palavras surgindo numa página datilografada. A sala é invadida na mesma hora pelo cheiro suave e quente do gás.

Jen se senta junto do fogo num banquinho com o assento que a mãe bordou e que o pai guardou, sem aperitivo nem bebida, apenas observando-o. Esperando.

O que você diz para alguém quando sabe que serão suas últimas palavras para essa pessoa? Você só… você não… você não vai embora, vai? A ansiedade a envolve como o fogo que o pai acabou de acender, aquecendo-a. Ela jamais iria embora. Como poderia deixar o pai sozinho?

E se isso pudesse deter o crime? De alguma forma?

— Mas vocês não tiveram outro filho — comenta, em vez de encerrar a conversa, em vez de ir embora, em vez de arrumar um jeito de se despedir, agora e para sempre.

— Nunca era a hora certa, e aí ficou tarde demais — responde ele simplesmente. Ele abre a garrafa de cerveja com um barulhinho. — O mundo do direito… exige tanto da gente, né? Você dá um pouquinho… Eu sempre achei que o Kelly tinha a cabeça no lugar, de não deixar o trabalho interferir na vida pessoal.

— Quem sabe o que se passa na cabeça do Kelly — diz Jen, contrariada, e o pai parece envergonhado.

— Ele tem a cabeça no lugar — insiste ele baixinho.

Jen é tomada por uma sensação estranha, uma espécie de presságio. Quase como… tipo, se o pai soubesse que vai morrer, talvez lhe contasse alguma coisa. Uma chave. Uma peça do quebra-cabeça. Uma revelação de leito de morte que ela poderia usar. Uma face do prisma que continua na escuridão.

Eles ficam em silêncio, o único som vem da lareira a gás, uma espécie de rugido distante, como chuva lá fora. As chamas emitem tanto calor que o ar acima delas brilha. Jen poderia ficar ali para sempre, na pitoresca e antiga sala de estar do pai, com um pão de alho no forno.

É aí que acontece. Jen observa as feições do pai se alterando como se cobertas por uma nuvem de tempestade. Amendoim e cerveja ao lado, do jeito que descreveram para ela. O suor é o primeiro sinal, gotas leitosas pela testa, como se ele tivesse saído na garoa.

— Ai, uau — exclama ele, enchendo as bochechas de ar. — Jen?

Jen sente uma onda de pânico. Não achou que seria assim. Achou que seria repentino.

Ele leva a mão à barriga com uma careta de dor, os olhos fixos nela.

— Jen… não estou me sentindo bem — diz com a voz ansiosa, igual ao Todd quando era menino e caiu, e olhou para ela primeiro, para saber como estava se sentindo; seu espelho materno. E agora aqui está ela, no fim da vida do pai, numa inversão de papéis.

— Papai — exclama ela, uma palavra que não diz há décadas.

— Jen… por favor, liga para a emergência — pede ele.

Seus olhos castanhos, iguais aos dela, a fitam com uma súplica. Ela pega o celular. Não tem dúvida. Não tem a menor dúvida. Ela tem só a ilusão da escolha.

Dia Menos Setecentos e Oitenta e Três, 08:00

Jen está em setembro do ano anterior. Ela se orienta, pensando na última noite, no pai, no jeito como ele olhou para ela da cama do hospital. Quente e vivo. E agora ela voltou ainda mais, e ele está vivo de novo, mas não porque ela o salvou. Ela se pergunta se, de alguma forma, quando voltar ao futuro, ainda o terá salvado, se ele vai estar lá, vivo.

No canto do quarto há uma pilha de presentes embrulhados em papel branco com listras azuis. Ah. Deve ser o aniversário do Todd, 16 anos. O que poderia estar escondido no aniversário dele capaz de explicar por que ele comete um crime? Pensa no que Andy falou, que talvez não se trate de impedir o crime, mas de defender o filho.

Fita os presentes embrulhados na véspera, em algum lugar do passado; num ontem ao qual ela pode nunca chegar. Os presentes são jogos de PlayStation e um Apple Watch. Caro demais, mas ela queria muito dar o relógio para ele, mal podia esperar para ver seu rosto. Eles vão sair para jantar, nada muito chique, vão só ao Wagamama. Está frio. O outono chegou mais cedo naquele ano, quase da noite para o dia.

De quatro no chão, ela começa a organizar os presentes de Todd. Estes dois macios são meias. O retângulo é o Apple Watch… ela coloca os outros no piso de tábua de madeira e fica olhando para eles, confusa. Aquele pequeno e arredondado parece um brilho labial. Mas não deve ser. Não tem a menor ideia. Não lembra mais.

Seja como for, torce para que ele goste.

Ela junta tudo nos braços e desce a escada para bater à porta dele.

— Eu, hein? Pode entrar! — exclama ele, confuso.

Ih, é verdade. Lógico. Jen só começou a bater à porta dele no ano passado. No ano que vem. Ah, que seja.

— Feliz aniversário! — diz ela, empurrando a maçaneta para baixo com os presentes nas mãos.

— Espera, espera, espera por mim — pede Kelly, subindo a escada com duas canecas de café e um suco numa bandeja. Na janela da frente da casa, atrás dele, o céu tem um tom de azul outonal perfeito.

Quando Jen entra no quarto do filho, ele está de pijama verde-claro, sentado na cama, descabelado igual ao pai. Jen para junto da porta e olha para ele. Dezesseis anos. Uma criança, na verdade, não mais que isso. Tão perfeitamente inocente que dói o coração olhar para ele.

Mesmo sendo seu aniversário, Todd tem que ir para a escola e, enquanto ele se arruma para sair, Jen vê que tem um julgamento hoje; um julgamento completo é um evento raro no calendário de qualquer advogado de divórcio. É o caso *Addenbrokes vs. Addenbrokes*, que faz um ano que tomou conta da vida dela. Os dois estavam casados havia mais de quarenta anos e ainda riam das piadas um do outro, mas a esposa não conseguia superar a infidelidade do cliente de Jen. Andrew se arrependia tanto que doía. Se ele estivesse na situação de Jen, seria a primeira e única coisa que mudaria no passado.

Ela desce a escada, com a casa vazia novamente, pensando que não pode ir ao julgamento. Não importa. Ela não vai acordar amanhã mesmo. Quais as chances de isso acontecer?

Assim que pensa isso, seu celular toca. Andrew.

— Você está vindo? — pergunta ele.

Ela sente o peito formigar. Segundo a teoria de Andy, não é exatamente como se ela estivesse vivendo sem consequências, mas sim que não está testemunhando diretamente os efeitos de suas ações. Pelo menos não hoje.

— Eu... — começa ela. Não consegue fazer isso com ele.

— É... é hoje, não é? — pergunta ele.

E não é porque ela pode ser demitida, em algum momento no futuro, se faltar hoje. Não é porque já sabe o resultado (Andrew vai perder). É porque sabe que ele está com o coração partido, e porque ele parece tão vazio e triste, como todos os seus clientes, como ela. E assim, como já fez milhares de vezes com milhares de clientes, Jen diz que vai chegar em dez minutos.

O tribunal de Liverpool tem cara de prédio municipal, mas não deixa de ser imponente. Jen quase nunca vai ali — como a maioria dos advogados, tenta mediar uma conciliação sempre que pode, antes que as coisas azedem e seja necessário arcar com custas judiciais. Mas Andrew e a esposa não aceitaram. O principal motivo de discussão era um fundo de pensão bastante significativo, com vencimento no ano seguinte. Jen se lembra de ter ficado surpresa que Andrew fizesse questão do fundo, mas muitas das pessoas que traíram ou foram traídas são irracionais. Essa foi a lição mais importante que aprendeu na carreira.

— Escuta — diz ela a Andrew, depois de cumprimentar o advogado que vai conduzir a audiência (ainda bem que tem alguém que se lembra do caso para fazer isso). — A gente vai perder hoje.

Em geral, ela nunca falaria uma coisa dessas. Tão direta, tão pessimista. Mas é verdade: é lógico que ela sabe disso.

— Se eu fosse o juiz, daria ganho de causa para a sua esposa — acrescenta ela.

— Ah, maravilha, bom saber agora que você está do meu lado — comenta Andrew com acidez.

Ele tem quase 65 anos, mas continua jovial, joga squash três vezes por semana, tênis nas outras noites. Sem dúvida está solitário, não viu a outra mulher depois do que aconteceu e fez uma confissão completa para a esposa. Jen às vezes se pergunta se teria perdoado Andrew caso estivesse no lugar de Dorothy. Provavelmente, mas para Jen é fácil falar, já que acompanhou de perto a dor e o arrependimento dele, sua incapacidade de funcionar, a forma como deixou todas as fotos de Dorothy espalhadas pela casa.

Ela conduz Andrew até uma das salas de reuniões do corredor do tribunal. Está fria e empoeirada, como se não fosse usada há pelo menos algumas semanas. As luzes se acendem com um zumbido.

— Eu acho que você deveria oferecer alguma coisa — ela sugere a Andrew.

Depois de argumentar de forma insistente e calculista que ele vai gastar mais nos honorários dos advogados do que está tentando economizar, Jen consegue convencê-lo a oferecer 75% do fundo de pensão. Jen leva a oferta para a sala de reuniões em que a esposa dele está sentada. Ela acha que vai funcionar.

Dorothy está com seus advogados. É uma mulher pequena, de boa postura e maquiagem ainda melhor, tem um físico que sugere uma espécie de força esguia, o tipo de senhora de 65 anos que caminha quinze quilômetros num fim de semana prolongado.

— Setenta e cinco por cento do fundo de pensão — diz Jen ao advogado dela, um homem chamado Jacob, que estudou com Jen na faculdade.

Na época, ele almoçava a mesma coisa todo dia (nuggets de frango com batata frita), e tirou só 4,9 na prova de direito de família. Jen não ia querer ser representada por ele, e se dá conta de que a maioria das profissões provavelmente está repleta de gente assim.

Jacob se vira para Dorothy com um questionamento no olhar. Está claro que eles combinaram um limite mínimo aceitável, porque Dorothy assente com a cabeça, mantendo as mãos entrelaçadas. Dorothy assina o acordo que Jen redigiu cuidadosamente, muito feliz em ter tornado o dia mais fácil para todo mundo. Não são nem dez da manhã ainda e, ao levar o documento de volta para a sala de reuniões onde Andrew está, ela vê que, junto da assinatura, Dorothy deixou um recadinho. Andrew olha aquilo, o papel tremulando com as mãos dele enquanto o segura. Jen tenta não demonstrar que também está lendo, mas ela o faz. O recado diz apenas: "Obrigada, um beijo."

No caminho de volta para o escritório, Jen se pergunta se isso vai, de alguma forma, ajudar no futuro, tanto para ela quanto para eles. Essa pequena mudança que ela fez. Provavelmente não... como poderia, se quando acordar de novo não vai ter feito nada?

Assim que chega a sua mesa, seu celular apita com uma mensagem de Kelly. *Como está o julgamento? Bj.* Ela lê, mas não responde. Então chega uma foto. *Tomando café sozinho,* diz a legenda, e, na imagem, um copo do Starbucks na mão dele, com a tatuagem do pulso à mostra. O fundo está fora de foco, mas ela reconhece. É um cantinho da casa, a casa abandonada que ele visitou no fim de semana de Pentecostes. É o mesmo cascalho na entrada e os tijolos da parede. Ele está lá de novo, neste instante. Que descaramento: ele acha que ela não vai perceber; ele acha que ela nunca esteve lá.

Então aqui está ela. No escritório enquanto recebe esta mensagem, em vez de no tribunal. Deve ser por algum um motivo.

Ela acaba indo até a sala de Rakesh sem os sapatos, só de meia-calça, como já fez milhares de vezes. Ele parece mais novo, ainda cheirando a cigarro.

Ela dita o endereço da casa para ele.

— Esta casa, Sândalo, virou *bona vacantia* — diz. Uma propriedade que passou para a Coroa. — Tem algum jeito de descobrir quem era o dono antes?

— Uh, *bona vacantia,* agora você está me testando — devolve ele com um leve sorriso. Seus dentes estão mais brancos. — Acho que dá para procurar o histórico de escrituras com *bona vacantia*... espera — diz Rakesh, clicando depressa com o mouse.

Jen fica feliz de estar ali, com ele, em seu escritório no passado. Ele sempre foi muito melhor que ela em teoria jurídica. Ela deveria ter perguntado isso há muito tempo.

— Parece que estão tentando descobrir para quem passar a propriedade, porque o beneficiário morreu — diz Rakesh. — Hiles. H-I-L-E-S.

Jen sente uma explosão no peito. Hiles. Ryan Hiles. Só pode ser. O policial. O policial morto. Já morto, mesmo agora, tão antes no tempo. O que isso significa? Ela tenta desesperadamente encontrar a conexão entre Todd, um policial morto e o assassinato de Joseph Jones. Talvez Joseph tenha matado o policial, e Todd tenha vingado a morte dele. Talvez essa seja a sua defesa: ter feito justiça com as próprias mãos. Parece tudo uma grande loucura, até mesmo aos olhos de Jen. Ela está tão longe no passado.

— Mas... Eu procurei há pouco tempo e não encontrei. A morte dele não consta do registro geral de certidões.

Rakesh digita depressa, os olhos fitando a tela.

— Não, é verdade. Mas ele com certeza morreu. O registro de propriedades diz que tem uma certidão de óbito.

— Quando ele morreu? — pergunta ela, com teorias malucas se formando na cabeça.

— Aqui não diz. Dá pra comprar a certidão de óbito por três libras... quer que eu compre? Em que arquivo eu boto?

— Não precisa — responde Jen, cansada. — Vai demorar muito.

— Leva só dois dias.

— Sério mesmo, não precisa.

Ela deixa a sala de Rakesh e passa pela do pai. Ele está ao telefone, com a porta entreaberta. Ela coloca a cabeça para dentro, e ele levanta a mão, dispensando-a com um gesto. Está com uma camisa social branca e um colete cinza, não parece um homem que tem apenas seis meses de vida. Da última vez que o viu, ele estava no hospital. Ela não consegue parar de olhar para ele agora, saudável e queimado de sol. Então o ouve dizer ao telefone:

— Sinto muito, nosso registro de contabilidade vai só até 2005. Tivemos uma enchente.

Nossa, é verdade. A enchente de 2005. Jen estava de licença-maternidade, não pôde nem ajudar. Seus olhos se enchem de lágrimas. Ela se demora com os dedos na moldura da porta só um segundo a mais, e ele acena com impaciência para ela, o que é um gesto *tão* típico dele que a faz soltar uma risada chorosa e meio feliz e meio triste.

Todd está comendo edamame com sal temperado com alho e pimenta. Ele abre as vagens com habilidade, levando os grãos à boca e falando de boca cheia. Kelly está recostado na cadeira, só ouvindo.

— O negócio é o seguinte — diz Todd, engolindo um dos grãos —, o Trump na verdade é só louco... e não só republicano.

O coração de Jen parece cheio e leve ao mesmo tempo, um emaranhado de algodão-doce cor-de-rosa no peito. Ela fita o filho. Sabe o homem que ele vai se tornar, pelo menos até o assassinato, pode ver as sementes dele bem ali. Ele vai aprender muito mais sobre política americana nos dois anos que sucedem este aniversário, ultrapassando completamente o conhecimento dela. Eles vão assistir a *The West Wing* juntos no ano que vem. Ele vai parar o episódio para explicar o processo eleitoral para ela; e ela, para explicar os desdobramentos amorosos para ele. Tinha esquecido completamente disso também. O passado desaparece no horizonte feito neblina, mas aqui está ela, capaz de vivê-lo novamente, de passar por ele.

— É lógico que ele vai ser reeleito — diz Todd, enfiando outro grão na boca. — É o negócio das *fake news*, né? Qualquer coisa negativa sobre o Trump agora é *fake news*. De certa forma, ele é um gênio. — Ele baixa a mão para mexer no cadarço (verde fosforescente). Era isso que estava na caixinha redonda. Jen ficou tão surpresa quanto ele mesmo.

— Ele não é um gênio. É um filho da mãe — devolve Kelly, desinteressado. — Mas eu concordo, ele vai ser reeleito.

Jen contém o sorriso.

— Aposto cem libras que ele vai perder — diz ela. — E que quem vai ganhar é o Biden.

— O *Biden*? Joe Biden? — exclama Todd, piscando. — Aquele velho?

— Isso aí. Negócio fechado? — pergunta Jen.

Todd ri. O cabelo cobre o seu rosto.

— Beleza, negócio fechado — diz ele.

— E aí — diz ela para o filho. — Vai pedir o que na hora de apagar a velinha?

Ele baixa a cabeça nas mãos e olha para ela por entre os dedos. Ela se lembra de quando costumava cortar as unhas dele na fase de neném. Ele tinha medo do cortador de unha. Ela fazia as dela primeiro, para mostrar que não doía, mesmo quando não precisava cortar as unhas.

— Nada de bolo, nem de parabéns — diz ele, corando, mas está feliz por dentro, ela sabe, como se a emoção dele também fosse dela.

Eles, mãe e filho, são como um zíper se abrindo lentamente à medida que os anos passam. E aqui estão eles, mais próximos do que em 2022.

— Só se você me falar qual é o seu desejo — diz ela.

— Desejo de aniversário não se conta pra ninguém — devolve ele automaticamente. Nossa, a pele dele. Ele não tem pelo nenhum. Suas emoções ainda estão à flor da pele, aquele rubor, aquele sorriso envergonhado e feliz, a superstição sobre desejos. Ele ainda não aprendeu a enterrar tudo isso, a ser tão homem. — O que foi? — pergunta ele, olhando curioso para ela.

— É só que... você parece tão velho — responde ela, dizendo exatamente o oposto do que está pensando.

Todd a dispensa com um gesto da mão, mas parece satisfeito. Os olhos de Jen se enchem de lágrimas.

— Ai, sai pra lá com esse aguaceiro — diz ele, descontraído.

— Que esquisito este restaurante aqui — diz Kelly, sempre um diplomata evasivo. Jen olha para os olhos dele. Aquele azul intenso. Tão diferente. Mas talvez a pessoa na foto... talvez ele não tivesse exatamente os mesmos olhos. Quem sabe Jen não se enganou. Kelly se recosta na cadeira e abre bem as mãos. — Parece um... sei lá. Um refeitório de escola. Por que as mesas têm que ficar tão perto umas das outras?

O prato principal chega. Frango Katsu para Jen, a única coisa de que ela gosta no cardápio.

— Queria que você pudesse me dizer o seu desejo — diz ela a Todd.

— Se você me prometer que ele vai virar realidade — devolve Todd, espetando um wonton com um palitinho.

Ele insistiu em comer de palitinho, ela se lembra agora. Na outra vez em que viveu este dia, Jen havia rido dele. Mas dessa vez ela não o faz, lembrando o que ele falou sobre ciência na outra noite, na mesa da cozinha. As coisas que importam para ele.

— Eu prometo — diz ela.

— Eu só... só quero que as coisas corram bem — diz Todd simplesmente. — Nas provas. Continuar enfiando a cara. Para virar alguma coisa.

— Virar o quê? — pergunta ela baixinho, mantendo os olhos nos dele sob a iluminação forte do restaurante.

Ele parece pálido. O ar tem cheiro de alho frito, e na mesma hora Jen lembra do pai e do pão de alho no forno.

Ele dá de ombros, uma criança banhada pelo brilho do interesse dos pais, contente em ser observada pensando, sonhando, desejando.

— Alguma coisa com ciência — diz ele. — Com certeza, alguma coisa com ciência. Quero poder ajudar a Terra no futuro, sabe? Quero mudar o mundo.

— Eu sei — concorda Jen baixinho. Como ela pôde ter rido disso um dia?

— Acho louvável — comenta Kelly. — Você é irado.

— Não quero ser *irado* — devolve Todd.

— Quis dizer no sentido de *você tem raiva*.

— Lógico — diz Todd, bufando, e Kelly dá uma risada descontraída.

Ele ergue o olhar, distraído por algo atrás deles, e sua expressão muda completamente.

— Ih, foi mal, tenho que atender isso — diz Kelly, ficando de pé. Ele leva o celular à orelha, e sua camisa de malha sobe, expondo a cintura magra. Kelly vai até o outro lado do restaurante, onde eles não podem ouvi-lo. Ela olha para o telefone em sua mão, para o rosto dele enquanto fala com o aparelho colado na orelha. Tem certeza de que o telefone não tocou, a tela não acendeu.

Ela olha para trás.

Nicola Williams está sentada duas fileiras atrás deles. Jen está certa de que é ela, embora esteja bem diferente, o cabelo solto, uma camisa chique. Está rindo e dividindo uma tigela de yakisoba com um homem.

Ela sente um calor subindo e descendo pelas costas. É isso. É *isso*. Kelly saiu. Ele saiu no meio do jantar de aniversário. Algo urgente no trabalho, ele tinha dito. Seu olhar pousa no marido novamente enquanto ele se aproxima da mesa depois de um telefonema que durou apenas dez segundos.

— Trabalho — diz. Está curvado, sem olhar direito para eles. E, certamente, sem olhar para Nicola também. — Foi mal... um cliente voltou mais cedo, quer discutir um projeto... você se importa se eu...?

— Não, não... — diz Todd, sempre razoável, sempre gentil, até matar alguém. Ele faz um gesto com a mão, de repente parecendo um homem de novo, na fronteira entre a infância e a vida adulta. — Claro que não. Vai. Eu como o seu.

— É o aniversário dele! — exclama Jen, tentando ganhar tempo.

— Eu não ligo, mãe.

— Lembra de mim quando você ganhar o Nobel — diz Kelly a Todd, levantando a mão para se despedir dos dois.

Jen fica de pé. Tem que fazer alguma coisa.

— Nicola — diz, bem alto. Nicola não olha para ela, não faz nada, continua dando yakisoba na boca do homem. — Nicola? — pergunta Jen de novo, olhando para a mesa dela. Kelly parou de andar e está dando meia-volta devagar, observando Jen.

Nicola faz uma cara de espanto e nega com a cabeça.

— Você conhece o meu marido? — pergunta Jen, apontando para Kelly.

Nicola e Kelly se olham, mas nada se passa entre eles. Nenhum reconhecimento. Ou eles são muito bons em mentir, ou ainda não se conheceram, ou essa mulher não é Nicola. Jen se aproxima dela. Meu Deus, não é. Ela só viu Nicola por trás da porta do clube de sinuca. E agora, olhando para a mulher, não parece ser ela. É muito mais arrumada, tem o cabelo diferente, a maquiagem e as roupas são muito mais caprichadas.

— Desculpa... me desculpa. Pensei que fosse outra pessoa — diz Jen, envergonhada.

Kelly volta até a mesa deles.

— O que foi isso? — pergunta ele em voz baixa, com as mãos espalmadas na mesa. Tem algo de exageradamente agressivo no gesto. Uma irritação ameaçadora.

— Desculpa… achei que vocês se conheciam — diz Jen, embora nunca tenha encontrado um amigo de Kelly sequer.

— Não… — devolve ele, esperando que ela se explique.

Ela fica em silêncio, e ele vai embora. Jen deve ter se enganado. Ele não deve ter ido embora por causa de Nicola.

— Você tá triste que ele foi embora? — pergunta ela a Todd.

Todd dá de ombros, mas não é de desdém. Ele realmente não parece se importar.

— Não — responde ele.

— Que bom.

— Geralmente é você que vai embora — acrescenta ele, como quem não quer nada.

Jen ergue a cabeça, surpresa. Talvez não esteja aqui para observar o comportamento de Kelly. Ela fita o filho com atenção. Ele está olhando para a mesa. Ela pensa no que Andy falou sobre o inconsciente. Sobre como as pistas nem sempre são a coisa óbvia.

A conversa que eles tiveram sobre o projeto de ciências de Todd lhe vem à mente. O que foi que ele falou? *Você normalmente não presta atenção nas minhas coisas.* Ela pensa nas caixas de pizza da outra noite, uma vazia e a outra cheia. Como ela o abandonou. Como talvez tudo isso seja mais profundo, muito, muito mais profundo do que crime organizado, maridos mentirosos, assassinatos. Talvez Kelly seja uma pista falsa. Ela está aqui, no aniversário de Todd, quando tantas vezes esteve ausente. O que faz alguém cometer um crime? Talvez tenha a ver com a forma como ela o criou. Afinal, toda ação que uma criança realiza não começa com a mãe?

Jen e Todd ficam mais duas horas à mesa, obviamente irritando os garçons, que continuam perguntando se eles querem mais alguma coisa. Lá fora, o sol já se pôs e o céu está com uma cor forte de ameixa. Todd comeu duas sobremesas, pediu uma seguida da outra.

— Tirando no seu aniversário, quando é que você pode comer duas sobremesas seguidas? — exclamou ele, esperançoso, e Jen deixou.

— Você está crescendo — diz ela, voltando perfeitamente ao papel de mãe de criança mais nova.

É algo inato, segundo sempre lhe disseram. Estava dentro dela. É só que ela nunca achou que estivesse. Levou tanto tempo para se adaptar. O parto foi tão complicado, os primeiros anos, tão difíceis, tão intensos, que Jen se sentia como se estivesse num furacão, sempre com alguma coisa por fazer. Os clichês eram todos verdadeiros: canecas de chá pela metade espalhadas pela casa, amigos esquecidos, carreira negligenciada.

Jen enterrou fundo. A vergonha de não se apaixonar pelo bebê que invadiu sua vida feito uma granada. Conviveu com ela, aquela inadequação, se habituou a ela. Mas então, anos depois, continuava sentindo vergonha; mas sentia amor também.

Ela se lembra de ficar esperando Todd um dia na saída da sua salinha de aula, quando ele tinha uns cinco ou seis anos, se sentindo como se tivesse acabado de beber uma taça de champanhe. Inebriada de alegria... só de vê-lo, aquele menininho.

O amor, o amor verdadeiro, deveria ter suplantado a vergonha, mas ser mãe envolve tanto julgamento que isso nunca aconteceu. É tão fácil sentir vergonha, no portão da escola, no médico, na merda dos fóruns na internet. Ela não consegue se desvencilhar da vergonha. Nem deveria. *Você normalmente não presta atenção nas minhas coisas.*

— Vamos? — diz ele agora. Ele aponta o polegar na direção da porta do restaurante, chamando-a para sair.

— Sinto muito pelo seu pai — diz ela.

Ele fecha a cara, como uma nuvem entrando na frente do sol.

— Não... tudo bem — diz, genuinamente perplexo, mas sem se levantar.

— E desculpa por eu não ser... sei lá. A mãe dos seus sonhos.

— Ai, mãe, por favor. — Todd dá um peteleco na mesa, um gesto de descaso.

Aos 16 anos, ele já sabe se esquivar.

— Digamos que… — ela para, sem saber como explicar.

— O quê? — pergunta Todd, baixando a guarda.

— Eu sonhei que… — diz ela. Um sonho é o jeito mais fácil de explicar essa confusão. — Eu sonhei que estava no futuro.

— Tá — responde ele, mas sem o sarcasmo de sempre.

Ele parece curioso, preocupado talvez. Ele brinca com o garfo da sobremesa de chocolate.

— Você quer um chá?

Ele dá de ombros.

— Pode ser.

Eles fazem o pedido para uma garçonete irritada, que traz o chá depressa, com o saquinho ainda boiando na bebida. Todd cutuca o dele com um palito de madeira.

— No sonho — continua ela cuidadosamente —, você estava mais velho, e a gente tinha se distanciado.

— Certo — diz Todd, esticando a mão por cima da mesa na direção dela, do jeito que costumava ser, assim, assim, bem assim, como quando ainda era meio criança.

— Você cometia um crime — explica ela. — E eu me peguei pensando…

— Eu jamais faria uma coisa dessas! — exclama ele, o corpo se sacudindo violentamente enquanto ri daquele jeito caótico dos adolescentes.

— Eu sei. Mas… às vezes as coisas mudam. Então eu meio que fiquei com vontade de perguntar… se você queria mudar alguma coisa… entre a gente?

— Não… — responde ele meio inseguro, fazendo aquela careta que sempre faz.

A primeira vez foi quando comeu morango aos oito meses de idade. Em algum lugar lá no fundo, Jen sabia que a expressão tinha sido herdada dela. Ela não sabia que fazia aquilo até ver o filho fazendo. *É a minha cara!*, pensou, maravilhada. Já tinha visto a expressão em fotos tiradas sem aviso, mas só a reconheceu de verdade quando ele a fez; um reflexo dela mesma.

As luzes do restaurante, ligadas em algum tipo de sensor, começam a diminuir, deixando só o banco deles, no meio do salão, iluminado, como se estivessem numa peça de teatro. Estão só os dois, no subsolo de um shopping center, no aniversário dele. Suas ações futuras devem começar ali: com ela, a mãe dele.

— Não?

— Você é humana. — Ele diz aquilo com tanta simplicidade que algo dentro do corpo de Jen parece se revolver, exatamente como quando ele ainda estava para nascer, seu bebê, dentro dela, enrolado feito um barrilzinho, quente, seguro e feliz. — Eu não ia querer que você mudasse, mãe — diz ele.

Todd coloca as mãos sobre a mesa, fazendo sinal para sair. A conversa acabou. E, olhando para ele com atenção, Jen acha que acabou não porque ele quer encerrar a discussão, mas porque ele não acha que uma discussão significativa sequer tenha ocorrido.

No caminho até o carro, Jen quase conta para ele. Que não foi um sonho. Que foi de verdade, que o futuro é assim, e que ela está fazendo de tudo para salvá-lo, seu bebê, daquele destino sombrio, daquele crime, daquela faca, daquele sangue, daquela acusação de assassinato. Mas ele não acreditaria nela. Ninguém acreditaria. Basta olhar para ele. Com as bochechas coradas no frio, uma manchinha de chocolate junto da boca, igualzinho a quando era criança e ela dava todo tipo de comida para ele, mas sobretudo a que ele mais gostava: biscoito de chocolate recheado. Eles comiam tanto biscoito recheado.

Ela quase torce para poder voltar àquela época, talvez até antes daquilo. Talvez a questão não seja só o Kelly, mas sobre como o Todd reage a seja lá o que o pai fez.

— É muito doido pensar que eu conseguia carregar você, e agora olha só — comenta ela, olhando para ele.

— Aposto que *eu* conseguiria carregar *você* agora.

— Aposto que sim.

Ele segue com o braço apoiado nos ombros dela, e Jen com o braço na cintura dele. Enquanto andam até o carro, Jen pensa que esta talvez seja a última vez que se abraçam. Tem certeza de que, a partir dessa idade, Todd para com essa prática. Fica descolado demais para abraçar a mãe. Da primeira vez que caminhou com ele no seu aniversário, ali, naquela noite, não sabia disso. Não sabia que poderia ser a última vez.

Tem uma voz lá embaixo. Jen está quase pegando no sono, mas — obviamente — ainda não dormiu. Ela anda em silêncio até a janela da frente e vai descendo a escada, descendo, descendo pela casa. Kelly está no escritório, junto do hall de entrada, e Jen para e fica ouvindo.

Está falando ao telefone.

— É, tá bem — diz ele. — Assim que você conseguir falar com o Joe, amanhã de manhã, diz que eu liguei, tá legal?

Joe.

Mas ele não pode estar falando com ninguém na prisão. Ele não parece estar falando com nenhuma instituição. E está tarde demais. Deve ser algum conhecido em comum.

— É, pois é — continua ele. — Não quero que ele fique pensando que eu não me importo. — Ele diz isso com muito cuidado, escolhendo lentamente as palavras, como um guitarrista amador tocando as cordas. — Não quero arruinar uma parceria de negócios de vinte anos.

Jen se senta no primeiro degrau da escada. Vinte anos.

As duas palavras são duplamente significativas. Uma traição, mas também um prenúncio de quão longe ela pode ter que ir.

Dia Menos Mil e Noventa e Cinco, 06:55

Jen tem um iPhone XR, percebe. O aparelho parece um tijolo grande e retangular na sua mão. Ela olha para o celular em cima do edredom em choque. Ela trocou de aparelho — lembra tão bem disso —, porque o bluetooth do carro parou de funcionar e ela não conseguia se comunicar com os clientes mais carentes no caminho de casa até o trabalho.

Verifica a data. Dia 13 de outubro de 2019. Uma quarta-feira. Três anos antes. Quase *exatamente* três anos antes.

No andar de baixo, prepara uma caneca de chá, com a casa ainda silenciosa e vazia. Todd ainda não se levantou. Kelly não está aqui, embora seja bem cedo.

O carvalho no jardim dos fundos está em seu máximo esplendor outonal. Três cogumelos se insinuam junto à raiz da árvore. Ela abre a porta. O chão está com aquele cheiro de umidade da manhã, com o inverno acelerando seus motores pouco a pouco.

Ela dá um gole no chá, os pés descalços no pátio dos fundos, pensando se algum dia vai ver novembro de 2022 chegar. O vapor da caneca sobe, obscurecendo sua visão.

Jen está com raiva e agora focada no que tem que descobrir sobre o marido ou o filho.

Para Kelly, a paternidade foi algo natural. Tudo com Kelly é natural, ele nunca fica atormentado com pensamentos excessivos, ressentimento nem culpa. Ele amava o bebê que eles tinham feito, e pronto. Jen assistiu a essa transformação com interesse. "Esse sorriso faz tudo valer a pena", comentou Kelly um dia, às quatro horas da madrugada, a lua ainda alta no céu, só as corujas e os bebês do mundo acordados.

Mas sacrifício é um conceito diferente para homens e mulheres. Vale a pena o quê, exatamente? O corpo de Kelly não mudou, o mamilo dele não rachou de um lado ao outro feito um prato quebrado. Jen agora concorda que *isso tudo vale a pena,* mas às vezes ela se pergunta se não é porque tem de volta algumas coisas que havia perdido. Noites de sono. Tempo.

É aí que pode estar o problema, pensa ela, se de alguma forma tiver provocado algo dentro de Todd, o que sem dúvida deve ter acontecido. Por nunca ter sido uma mãe confiante, Jen sabe, lá no fundo, que algo deve ter acontecido. Talvez nos primeiros anos de vida de Todd. Quando Todd tinha 4 anos, ela esqueceu de buscá-lo na creche, achou que Kelly tinha ido. Todd estava esperando do lado de fora com uma funcionária da creche, o prédio já trancado. Ela estremece ao pensar nisso agora, de pé ali no orvalho do outono. Será que é o tipo de coisa que levaria Todd a pensar, muito, muito mais tarde na vida, que ele tinha de resolver seja lá qual fosse a confusão em que o pai se meteu? De novo, talvez a questão não seja Kelly, mas a reação de Todd a algo que Kelly fez.

— Espero que você esteja pronta — grita Todd lá de cima, a voz falhando, ainda meio infantil. — É hoje, finalmente.

Jen sente a ansiedade queimando no estômago. Não tem a menor ideia de que dia é hoje nem de como o filho vai estar. Ele vai estar com 15 anos. Meu Deus.

Ele aparece, e há um estranho na cozinha de Jen. Um fantasma. O passado, sua história. Todd é uma criança, parece não ter mais que 10 anos. Ele amadureceu mais tarde. Tinha esquecido disso. Toda a preocupação que ela tivera com isso sumira no éter no momento em que ele começou a se desenvolver. Na maternidade, tudo parece infinito, até que acaba. Ele teve um estirão em algum ponto antes de completar 16 anos, como se tivesse crescido durante o sono. Hormônios, dor de crescimento, voz grossa, braços finos e compridos antes de ganharem músculo. Mas aqui está ele, antes de tudo isso. Seu pequeno Todd.

— É hoje — diz ela, a mente girando feito um carrossel.

Outubro, outubro, outubro. Não tem a menor ideia. Não é o aniversário dele. Não é uma data importante. Mas está na cara que é. Para ele.

— Vai se vestir então — diz ele. Depois acrescenta depressa: — Também vou me arrumar. — Jen sabe que não pode perguntar aonde eles vão: não pode deixar transparecer que esqueceu.

Ele se vira para ela como sempre fazia. No hall de entrada, Jen apoia o braço em seus ombros magros, sentindo uma onda de esperança ardendo na coluna, como se alguém tivesse acendido um fósforo. É isso. Deve ser isso. Tudo isso está fazendo com que ela tenha momentos significativos com o filho.

Ficar com Todd no restaurante naquela noite fria de outono no aniversário dele foi a coisa certa a fazer. Criança nenhuma corre o risco de ser amada demais. E Jen está de fato conseguindo o que sempre quis: uma segunda chance na maternidade.

— Que estilo de roupa você acha que eu deveria usar? — pergunta ela, na esperança de conseguir uma pista.

— Casual chique, óbvio — diz Todd, parecendo um ator mirim.

Ela sobe a escada atrás dele. Seu caminhar está diferente, um galope desajeitado de criança que ainda não está à vontade com o próprio corpo.

— Casual chique, tá bem — repete ela.

Todd a segue até o quarto dela para usar o banheiro da suíte. Ah, é, tinha isso, houve uma fase em que ele preferia esse, por motivo nenhum. Só o ritmo da vida familiar, do mesmo jeito que Henrique VIII encontra um lugar preferido para dormir, e então muda dali a alguns meses. Aos 15 anos, Todd não se importava muito com privacidade. Também só chegou à fase envergonhada da adolescência mais tarde. Ela se lembra de ficar incomodada com a porta do banheiro aberta, mas sem saber muito bem como tocar no assunto com ele. Logo, como muitas coisas, a situação se resolveu sozinha, e ele começou a usar o banheiro comum, com a porta bem trancada.

— Vou usar essa toalha — diz ele.

— Tá bem — responde Jen baixinho. — Sem problema.

Ela sai para o corredor na esperança de encontrar Kelly, mas não há o menor indício de que ele esteja em casa. Seu carro não está na porta. O tênis dele não está em lugar nenhum. É tão cedo ainda. Será que está no trabalho... ou...? Ele saiu antes de ela acordar, então Jen não teve como ligar o rastreador no celular dele.

Ela passa os dedos na parede pintada do quarto. Ainda tem um tom de creme, do jeito que era antes de eles pintarem de cinza, e depois puseram um carpete novo; ela vive a reforma ao contrário.

Não há nada em seu telefone dizendo o que vai acontecer hoje. Ela abre os e-mails, mas também não tem nada lá. Está prestes a descer e verificar se tem algum ingresso preso com ímã na geladeira, quando Todd fala:

— Se bem que — diz ele, a voz encoberta pelo chuveiro — o NEC é tão grande, acho que pode ser melhor ir de tênis, né?

Verdade. A feira de ciências no NEC, o centro nacional de exibições, em Birmigham. Um bom passeio. Comer doce na estrada, rir, tomar chocolate quente no caminho de volta. Jen tinha ficado entediada com a ciência, mas acha que escondeu bem. Só que não.

— Falando sério, isso é totalmente esperado — diz Todd, observando impassível um tubo de ensaio fumegando. Pé grande, cabelo comprido, um sorriso discreto. Está fingindo que não está se divertindo, mas está adorando. — O que eles achavam que ia acontecer com CO_2 sólido?

— Pra mim parece mágica — comenta Jen.

Todd dá de ombros. Eles cruzam o salão de carpete azul, olhando os estandes. O lugar está lotado, e o teto alto não ajuda a compensar a claustrofobia, o aquecimento artificial, a dicotomia entre as pessoas que querem estar lá, inevitavelmente acompanhadas por pessoas que não querem estar lá mas que fazem uma concessão pelas pessoas que amam.

A lombar de Jen está doendo, exatamente como quando viveu este dia pela primeira vez. Queria ir à loja, ao café, olhou demais para o telefone em vez de para as exposições de ciência e para o filho. Desta vez, ela está determinada a não olhar para mais nada.

— Aquela ali parece legal — diz Todd, apontando.

No canto do salão foi montada uma pequena tenda. Um homem com cara de funcionário do centro e de colete fosforescente coordena a exibição. Por entre as pessoas, andando devagar, parando para mexer em alguma coisa ou comprando uma lata de Coca-Cola numa das barraquinhas, Jen consegue ler o nome: A CIÊNCIA DO MUNDO À NOSSA VOLTA.

Todd vai na frente, e ela o segue. Ele vai até uma peça espacial, Jen segue para uma área chamada COISAS PARA BRINCAR.

— Se interessou por alguma coisa? — pergunta uma mulher de camisa de malha azul atrás de um balcão branco e brilhoso.

A mesa diante dela está cheia de aparelhos científicos. Algo parecido com uma bola de cristal, mas que tem o nome de radiômetro. Um pêndulo de Newton. Um relógio gigante com todos os fusos horários do mundo.

Jen está com calor, e as veias de suas mãos estão inchadas. Tem gente demais aqui, neste lugar todo branco. Ela se sente como Mike Teavee. Procura por Todd. Ele está com um fone de ouvido, os ombros sacudindo de rir. Está com uma sacola pendurada no ombro, com vários panfletos e brindes. Daqui a pouco vai pegar umas balas de hortelã de graça. Eles vão levar meses para comer aquelas balas.

— Não, obrigada — diz para a mulher, afastando-se dos estranhos brinquedos científicos.

Ela se vira, num círculo lento, olhando para os estandes. Pode muito bem aprender alguma coisa aqui, com certeza, com certeza.

E é então que o vê. Num estande movimentado chamado LUGAR ERRADO, HORA ERRADA. Andy. É o Andy, um Andy mais novo, mais ágil e — curiosamente — mais sorridente também. Está distribuindo uns papéis.

— Faz parte da minha pesquisa sobre memória — explica a uma mulher com os filhos gêmeos.

Jen pega um papel. Quando os olhos dele encontram os dela, não há nada. Nem um lampejo. Claro que não.

— Memória? — pergunta ela.

— É... especificamente, o armazenamento dela. Como, em pessoas com boa memória, esse armazenamento é muito organizado.

— Você estuda memória inconsciente? — pergunta ela. Não tinha ideia de que ele tinha começado assim. Ele nunca falou. Ela nunca perguntou. — Ou... — ela aponta para o letreiro da exposição — ...o tempo?

— É a mesma coisa, né? — devolve ele com um sorrisinho. — O passado é uma memória, né?

De repente, sozinha no meio da multidão, ali no passado, Jen se sente como se estivesse quase no fim. Sente, instintivamente, que é a última vez que vai ver Andy. O passado terrível está correndo na direção dela.

Ela olha para um de seus questionários, e então apoia os cotovelos no balcão diante de Andy.

— A gente já se conhece — diz ela.

Andy parece confuso.

— Desculpa... eu...?

— A gente se conheceu no futuro — explica ela.

Mas então ela pensa que isso provavelmente não é verdade. Andy parece acreditar que, no dia em que ela descobrir tudo, seja lá quando isso acontecer, a vida vai seguir a partir dali, apagando tudo, apagando todas essas coisas vividas ao contrário, que na verdade não passam de pesquisas sobre o passado, não é mesmo? Portanto, é mais verdadeiro dizer que eles nunca se conheceram. Que engraçado. Aqui, no NEC, anos atrás, suas verdades são as mesmas.

Ela levanta a mão espalmada para acalmá-lo.

— Eu sempre faço as mesmas perguntas para você, na esperança de que um dia você me dê uma resposta diferente.

Ele pisca para ela e, então, lentamente puxa o papel de volta de seus dedos. Ainda está olhando para ela. Sua barba está mais escura e mais cheia. Ele está mais magro. Sem aliança. Jen pensa em todas

— Não, fala!

— Você vai achar chato. Dá pra ver. Você fica com os olhos vidrados.

— Não vou nada — responde ela depressa. — Eu nunca acho nada do que você diz chato. Você explica tão bem as coisas.

Ele parece ganhar vida.

— Tá bem, então. O tempo é só um jeito de acharmos que somos pessoas independentes. Que nossas ações têm causa e efeito. É isso que nos faz achar que ele flui numa direção, como um rio.

— Mas não é isso que ele faz?

Todd dá de ombros, olhando para ela.

— Ninguém sabe — diz ele, e, na mesma hora, Jen sente muita pena da Jen do passado, e ainda mais do Todd do passado. Que ela tenha achado… que ela tenha decidido… que essa relação com o filho, essa relação intelectual, não era acessível para ela. Do jeito que as coisas estão, ela agora sabe mais sobre tempo não linear do que qualquer outra pessoa. — Que nem o viés de retrospectiva — continua ele, depois de comprar os donuts. — Todo mundo acha que sabia o que ia acontecer. Eles dizem: *Eu sabia desde o início!*, mas, na verdade, eles diriam isso não importando qual fosse o resultado. Porque nosso cérebro é bom demais em considerar todas as possibilidades. Nós sabíamos *qualquer coisa* que fosse acontecer.

Jen pensa nisso. Tenta processar aquele raciocínio. Todd seria capaz de resolver o próprio crime em cinco segundos. Ele é tão inteligente. E aqui está ele, ainda um garoto, a mente livre das convenções. Ele é a pessoa perfeita para ter essa conversa, de todas as pessoas no mundo. Quais as chances de isso acontecer?

Ela acaba decidindo dizer apenas:

— Você é tão inteligente, Toddy.

Eles passam por um estande médico, exames de diabetes, eletrocardiogramas, um estande sobre a importância de fazer um ecodoppler da aorta abdominal.

— Quer fazer um ecodoppler da sua aorta? — brinca ele, mas ela sabe que ele ouviu o que ela falou, sabe que ele aceitou o elogio.

E, como esperado, ele continua: — Quando eu descobrir algum composto químico novo, você vai dizer: *Eu sabia desde o início!*

— Provavelmente. — Jen ri.

Todd abre os donuts.

— Você quer um inteiro ou só uma mordida? — oferece.

E, por alguma razão, Jen se lembra deste exato momento, sem tirar nem pôr. Ela tinha dito que não. Que estava de dieta. E isso é verdade. E, meu Deus, ela está numa merda de uma calça jeans tamanho médio. Que *não é* o que vai usar em 2022.

— Uma mordida, por favor — pede ela, de pé, num corredor lotado do NEC, com o filho, que leva um pedaço açucarado em direção à sua boca.

As pessoas passam por eles irritadas, mas eles não se importam. Ela morde um pedaço das mãos dele, como um bicho, e ele ri, arregalando os olhos, um sorriso largo, parado no tempo, no olhar dela.

Ryan

É o terceiro carro que Ryan leva para Ezra em três semanas. É na calada da noite, entre três e quatro horas da madrugada. Ele está exausto. Nunca conseguiu dormir até mais tarde, então não tem dormido praticamente nada. Seus braços e pernas estão pesados, e ele está com frio, o corpo tremendo.

— Muito obrigado — diz Ezra.

Quando está prestes a sair, chega a sua colega, Angela.

— Ahá — comenta Ezra.

Angela sorri para Ryan. É um sorriso cuidadoso. Um que diz *te conheço, mas é só isso*. Ela está com uma calça de moletom, sem maquiagem, o cabelo preso num rabo de cavalo, as raízes grisalhas aparecendo.

— Tô com um Mercedes aí pra você — diz ela a Ezra. — Foi meio complicado, porque a chave tava fora de alcance, então tive que arrombar. Quebrei a janelinha de cima do banheiro com o martelo.

Ezra passa a mão na barba.

— Tá bem... tá bem. Mas os donos tavam viajando, né? — Ele pergunta isso como se fosse um gerente gente boa, e não um criminoso, então faz um tique ao lado do carro na sua prancheta. — Tá emplacado?

— Tá — responde Angela. — Sem alarme.

É uma noite fria. Já é março, mas o tempo continua gelado, um ar de pista de patinação. Os olhos de Ryan parecem cheios de areia. Pouco a pouco, está percebendo que — como a maioria dos trabalhos — a vida do agente infiltrado às vezes é entediante, às vezes é irritante, e é muito cansativa.

— Impressionante como a maioria das pessoas não liga o alarme quando sai de férias — comenta Ezra, mas o tom dele fica um tanto sombrio no fim da frase, quase irônico. Como se estivesse fazendo uma piada interna consigo mesmo.

Angela não é boba e muda de tática, mas Ryan quer pressionar, quer simplesmente perguntar: E como é que você sabe que eles estão de férias?

— Enfim… acho que esse vai ser um bom negócio — diz ela. — Tá novinho.

— O pessoal do Oriente Médio gosta de um Mercedes — comenta Ezra.

Não é um homem de muitas palavras. Ryan conhece bem o tipo. Kelly era assim também. Segura as cartas junto ao peito. Explicações críveis o suficiente para não incitar mais perguntas, sem revelar nada mais que o necessário. Na maioria das vezes você nem notava que ele estava se esquivando, e você saía sem resposta nenhuma, em geral rindo, até que se tocava: *Peraí*. Dá para aprender muito com ele.

— Já receberam as mensagens para amanhã? — pergunta Ezra.

Isso é outra coisa da vida do agente infiltrado: a fronteira entre vida profissional e vida pessoal acaba deixando de existir. Amanhã não era dia de trabalho para Ryan, mas, sério, o que ele pode dizer? "Foi mal… amanhã tô de folga?"

— Já.

— Vocês são gente boa, vocês dois — comenta Ezra.

Ryan acha graça porque, lá no fundo, a frase é absolutamente verdadeira, só que não do jeito que Ezra imagina.

— Tô adorando — diz Ryan. — Dinheiro mais fácil que eu já fiz na vida. Imagina ter um emprego normal em que você tem que dar metade do salário pra pagar imposto?

Ezra faz um barulho entre um grunhido e uma risada.

— Pois é, só batendo ponto. Previdência social. Nada de casa de férias em Marbella — diz ele.

Marbella. Mais informação. Podem tentar rastrear o dinheiro que ele usou para comprar esse imóvel.

— Pois é.

— Esses ricos babacas não precisam de dois carros — acrescenta Ezra. Ryan arrasta o pé no chão. No tempo que passou na polícia, aprendeu o poder do silêncio, e ele usa isso agora, pela primeira vez. Sabe que Ezra está prestes a dizer algo importante. — Mas aquela merda com a bebê foi uma trapalhada.

Ryan mantém o rosto impassível, embora seu corpo tenha começado a se agitar de expectativa.

— Se foi — comenta Angela de leve. — Foi alguma maçã podre, é?

— Rá. Maçã — zomba Ezra. — Você fala esquisito às vezes.

Ryan estremece por dentro, mas sem transparecer para Ezra, ou pelo menos é o que espera.

— Dois traíras — continua Ezra.

Traíras. Soldados rasos desleais. Tudo isso é informação que pode levar Ryan aos escalões superiores, ao chefão. E, mais importante — para Ryan, pelo menos —, à bebê. Se ele pudesse pegar a bebê e liberar a gangue, o faria. Não consegue dormir de tanto que pensa nela. Sozinha, assustada. Sabe Deus nas mãos de quem. Com saudade da mãe. Ele não pode, não pode pensar nisso.

Eles começam a andar na direção dos carros, para Ezra poder conferir. O pátio está repleto de cacos de vidro e pontas de cigarro. Ryan pensa de novo no risco que está correndo. No fato de ter consentido com esse risco. Ele se pergunta mais uma vez qual é a taxa de mortalidade de agentes infiltrados, com que frequência são desmascarados. Com que frequência passam do limite na busca por informações.

— Como que eles nem viram que tinha uma criança lá? — exclama Ryan.

Angela coça o nariz, um sinal combinado entre eles para indicar que é para ele se segurar, mas Ryan a ignora.

— Dois paspalhos, né? — comenta Ezra, ficando mais animado. — Acho que não estavam nem aí. — Ele ergue as mãos para o alto.

— E eu também não tô nem aí pra merda de bebê nenhum. Mas não quero os filhos da puta da divisão de crimes graves na nossa cola.

O nariz de Angela deve estar coçando muito mesmo, mas Ryan continua fazendo perguntas. Ele não consegue parar.

— Quer dizer então que a bebê foi parar num dos barcos?

Eles agora chegaram aos carros, e Ezra pousa uma das mãos no capô. Ele se vira para encarar Ryan de frente, uma rotação lenta e animalesca. Por fim, seus olhos se encontram, e Ryan vê tamanha frieza que acha que se fodeu.

Mas não.

— Você tá de brincadeira, né? — pergunta Ezra. — Claro que eu não deixei que eles colocassem a bebê naquele navio.

Ryan faz uma pausa, prendendo a respiração. Estão quase lá, prestes a descobrir alguma coisa. Quando vai fazer outra pergunta, Angela levanta a mão. Você jamais saberia o que significava aquilo, a menos que *soubesse.*

— É... quer dizer... mandou bem — diz Ryan.

Desta vez, o instinto dele concorda com Angela. Mas olha aonde o instinto dele o levou primeiro. Ryan pode avisar ao seu contato, que pode informar à equipe de investigação, que a bebê está no país. Que não foi parar no Oriente Médio. Graças a Deus.

Parar obviamente foi a escolha certa, porque Ezra acrescenta:

— Amanhã à noite eu vou me encontrar com o chefe.

— O chefão — comenta Ryan.

Ele está até falando diferente. Perdendo pouco a pouco o sotaque galês que herdou do pai. Que fácil seria perder-se para sempre nesta vida. Viver — literalmente — a vida de outra identidade por tanto tempo que você pode se tornar aquilo.

Ezra aponta para Ryan. Está tão frio que o queixo dele bate, o ar aquele pó de neve seco que parece giz.

— Você deveria vir comigo. — Então olha para Angela e usa o codinome dela: — Você também, Nicola.

Dia Menos Mil, Seiscentos e Setenta e Dois, 21:25

Todd está com 13 anos.

Um menino de menos de um metro e meio e 13 anos de idade. Ele cheira a biscoito e aventuras ao ar livre. Neste instante, está no banco traseiro do carro velho, que eles vão trocar por um modelo melhor dali a alguns anos, chutando o encosto do banco de Jen do jeito que fazia e que ela odiava, mas que agora sente saudade. Mais ou menos.

É primeiro de abril. Assim que acordou de manhã, o sol inundando o chão do hall de entrada com tons de amarelo, Jen se lembrou deste dia, deste fim de semana. É domingo de Páscoa.

Eles estão voltando agora de um passeio a uma quermesse, seguido de um jantar. Coisas simples, vida em família. Jen se esquecera de si mesma durante parte do dia, rindo das brincadeiras do filho, dos comentários rápidos do marido.

Foi um fim de semana perfeito da primeira vez. O clima estava bom. Eles passaram a maior parte do tempo ao ar livre, com amigos, fazendo churrasco, só com as pessoas mais chegadas. E, no domingo, exatamente naquela viagem de carro, Jen se lembra vividamente de Kelly olhando para ela e dizendo: *E amanhã é feriado, ainda temos um dia inteirinho.*

Ela se pergunta, curiosa, por que se lembra tão bem daquela frase exata. Alguns dias são mais vívidos que outros, mais memoráveis, ela supõe. Alguns dias, mesmo os importantes, como o seu casamento, ficam esmaecidos.

E aqui estão eles de novo. Jen se lembra de passar uma parte da viagem preocupada de ter chateado o pai no escritório, na quinta-feira à noite, por causa de uma audiência. Queria poder esticar um braço de volta ao passado e sacudir essa Jen. A vida é tão curta. Passa tão depressa. Um dia ele vai estar morto, ela diria a essa Jen, mas não pode. Jen *é* essa Jen hoje.

O carro está escuro e silencioso, o rádio baixo, o aquecedor no máximo, do jeito que ela gosta. Sua pele parece seca. Tinha esquecido que os dois haviam se queimado na primeira vez, e cometeram exatamente o mesmo erro de novo. Aquele sol enganador da primavera britânica, quando o ar está frio mas o sol, quente.

Faz uns cinco minutos que o sol se pôs. O céu acima da rodovia tem um tom claro de rosa.

Eles estavam discutindo o Brexit.

— Acho que agora eles têm que ir até o final — diz Todd, uma opinião que mais tarde vai reconsiderar. *Eles deveriam ter pesado melhor as coisas,* ele vai dizer quando começarem a se formar filas nos portos.

Foi um dia maravilhoso ao sol, e Jen não tem ideia de por que está ali. Em todos os outros dias foi capaz de encontrar alguma coisa, uma pista pequena, confusa, algo para mudar. Uma peça do quebra-cabeça. Mas este dia correu exatamente do mesmo jeito que da primeira vez.

Foda-se. Ela encosta a têmpora na janela do carona e fecha os olhos. Kelly está dirigindo. No presente, ele tem dirigido bem menos. Tinha se esquecido de como ele quase sempre dirigia. A mão esquerda pousada no joelho dela.

Vai só aproveitar o restante do dia. Talvez, se parar de tentar aprender com a experiência, algo aconteça.

— Posso ficar acordado quando a gente chegar em casa? — pergunta Todd do banco traseiro.

Jen abre os olhos e verifica as horas. São sete e meia da noite. Não tem ideia de a que horas Todd ia para a cama quando tinha 13 anos. Tudo isso virou um borrão que se misturou à vida adulta. Ela se vira para Kelly, com uma pergunta no olhar.

Ele dá de ombros.

— Pode, por que não? — diz ele.

— A gente pode jogar *Tomb Raider*?

— Lógico.

Todd ri, uma risada feliz. Kelly olha para Jen.

— Você gosta é da Lara Croft — diz ela para ele baixinho.

— Ah, é, você sabe que eu adoro um peito computadorizado.

— O quê? — pergunta Todd do banco traseiro.

Kelly ri para ela.

— Eu falei: E amanhã é feriado, ainda temos um dia inteirinho.

Jen sorri, na escuridão do carro, enquanto ele pega uma saída.

— Isso mesmo — diz ela baixinho.

Ela torce para que ele não note o tom de nostalgia e tristeza em sua voz. E outra coisa também. Essas gracinhas que ficam falando um para o outro… têm uma função extra. Elas de alguma forma os distraem das questões mais profundas. Às vezes Jen acha que Kelly está sempre tão ocupado rindo que nunca faz mais nada. Como demonstrar como se sente. Qual é o alicerce por baixo dessas brincadeiras? A família deles sempre foi tão descontraída, exatamente do jeito que ela queria depois da educação repressora que teve. Mas o humor não é um tipo diferente de repressão?

Uma luz surge no retrovisor, um feixe azul. Kelly crava os olhos nela, e eles se acendem, ficando mais claros por um segundo. É isso… Jen começa a lembrar de alguma coisa. O que foi? Teve um acidente ou… não, não… uma viatura pede para eles encostarem. Exatamente. Não vai dar em nada, ela sabe disso; eis a razão de ter se perdido tão facilmente no passado. Ela lembra de ter ficado em pânico na época. E agora, olha só: é que nem o Andy disse. Ela pode observar a cena.

Jen olha o velocímetro, mas Kelly está a menos de cinquenta por hora, na faixa de quem vai pegar uma saída. Ele nunca passa do limite de velocidade. Não paga imposto. Não viaja. Não vai a festas. Não conhece ninguém. Fica na dele quando eles saem para jantar com outras pessoas.

— Os meganhas! — exclama Todd, rindo no banco traseiro, ainda tão inocente.

Jen sente um desconforto nas costas, como se tivesse alguém de olho nela. Vira-se para Todd, que dali a quatro anos e meio é preso por assassinato e nem parece se importar, com os olhos cansados, mais velhos e fora de foco ao ser algemado. Ela estica o braço para apertar o joelho dele, que se encaixa perfeitamente na palma da mão dela.

A polícia apaga as luzes e acende de novo. Jen olha pelo espelho. O policial de colete preto no banco do motorista está apontando muito obviamente para o acostamento.

— Acho que é pra encostar, né? — diz ela a Kelly.

A viatura começa a dar seta. Luz azul com luz laranja.

— É, é o que eles querem — diz Kelly, mas a sua voz...

Jen fita o marido. Mandíbula cerrada. Olhos no retrovisor. Tirou a mão do joelho dela. O tom de voz: furioso. Não por causa de uma multa por excesso de velocidade, ou seja lá o que for, mas por outro motivo. Algo maior. Ela nunca teria notado da primeira vez: estava ansiosa também. Mas, agora que está calma, ela percebe. Aquela raiva que às vezes parece fervilhar sob a capa da sagacidade cáustica do marido.

Kelly gira o volante no fim da pista de saída. Ele vira à esquerda, entrando num posto de gasolina, e para no acostamento, com duas rodas na pista, duas na calçada, num ângulo que parece um tanto hostil, como um adolescente que não está a fim de colaborar.

Um policial aparece na janela do motorista. Ele tem a cabeça bem redonda, careca, brilhando sob as luzes fortes do posto. Existe algo de satisfatório em sua simetria, como uma bola de futebol. Ele tem uma corrente grande e grossa no pescoço, algo parecido com o que um cão de rinha usaria.

— Certo — anuncia ele quando Kelly abre a janela. O ar da primavera invade o carro. — Estamos só fazendo uns testes aleatórios de bafômetro no feriado. Aceita participar? — Ele abre um sorriso de quem está esperando uma resposta, mas não foi uma pergunta.

Kelly olha para o painel do carro, então para o para-brisa e, por fim, para o policial. Jen observa cada movimento dele.

— Tá bem — diz ele, saltando do carro. Enquanto ele sai, Jen o vê tirando a carteira do bolso traseiro da calça jeans e deixando-a a cair. Um movimento absolutamente fluido. A carteira cai e desliza no banco feito um besouro, escondida pela escuridão do carro. Menos para ela. — Então você vai me prender? — pergunta Kelly, com um tom que, para Jen, soa como impaciência.

O policial levanta o bafômetro, e Kelly assopra, parado ali, junto da estrada, com os carros passando, as mãos na cintura. Ele nunca bebe quando está dirigindo, nem uma cervejinha. Foi por isso que Jen não se preocupou. E era por isso que não se lembrava mais. Mas, olha só: ela está aqui. Deve ter uma razão para isso. Mais uma vez, tudo aponta para o seu marido.

— Por que testar as pessoas aleatoriamente? — pergunta Todd.

— Ah, porque tem uns idiotas que bebem no feriado e depois dirigem.

Ele entra no carro de novo e sobe o vidro da janela. Deve ter se sentado em cima da carteira. Não pode estar confortável, mas seu rosto não transmite nada. Nadica de nada.

Ele dá uma olhadela descontraída para Jen.

— Meu Deus, será que ele sabe que não trabalha para a polícia de Los Angeles? — comenta.

— Deu medo, ser parado pela polícia? — pergunta ela. — Eu ia ficar apavorada de ter feito alguma coisa errada.

— De jeito nenhum — responde Kelly, tranquilo.

No banco do carona, Jen morde o lábio, uma espectadora do próprio casamento. Qual foi a última vez que Kelly *admitiu* que alguma coisa o incomodou? Ele algum dia fez isso? De repente, sentada no carro, ela se sente quente. O que perturba o sono desse homem? O que o deixa com raiva? Do que ele vai se arrepender no leito de morte? De repente ela se dá conta, no banco do carona, ao lado do homem que prometeu amar para sempre, de que não sabe responder a nenhuma dessas perguntas.

Jen está de pijama, sentada de pernas cruzadas no sofá de veludo. Há um abajur velho aceso, eles vão se livrar dele em alguns anos. Hoje, Jen está feliz de estar ali, no passado, num ambiente confortável do qual nem sabia que tinha saudade.

Está com a carteira de Kelly nas mãos. É de couro marrom, gasta nas beiradas, como um livro cheio de orelhas. A carteira tem o cartão da conta conjunta. Só isso — nenhum cartão de crédito, nem de débito só dele. Três moedas de uma libra, o cadeado do armário da academia e a carteira de motorista.

Jen olha cada uma daquelas coisas espalhadas pelo colo. São totalmente normais. O que achou que iria encontrar. Além do mais, que item ilegal alguém poderia ter na carteira?

Olha de novo a carteira de motorista. O holograma... fica na dúvida. Ela se levanta do sofá para pegar a própria carteira e coloca as duas lado a lado. Os hologramas são iguais? Levanta as duas sob a luz. Não. Não são iguais, não. O dele é mais... mais chapado, de alguma forma.

Ela pesquisa no Google por *carteira de motorista falsa*.

"O melhor jeito de saber", diz um artigo, "é verificar o holograma. Não é possível reproduzir o holograma perfeitamente." O texto ilustra isso com duas imagens: uma carteira de motorista verdadeira e uma falsa.

O holograma falso é igualzinho ao de Kelly.

Não sabe como lidar com isso. Descobrir coisas, coisas e mais coisas que preferia poder esquecer. Ela desliga o abajur e fica sentada ali no escuro da sala de estar, no conforto do sofá antigo, com a carteira falsa do marido nas mãos.

Dia Menos Cinco Mil, Quatrocentos e Vinte e Seis, 07:00

Jen está numa cama diferente. Sabe disso do mesmo jeito que sabe que são umas sete da manhã, do mesmo jeito que sabe que alguém estava falando dela pouco antes de ela entrar num cômodo, ou que um carro está prestes a mudar de faixa na frente dela. É isso que chamam de microemoções? A habilidade dos seres humanos de detectar pequenas mudanças. Não dá para explicar. Você simplesmente sabe. Todd chamaria de viés de retrospectiva, pensa ela.

A luz está diferente. O primeiro sinal. A janela não tem blecaute. O quarto está iluminado por uma luz cinza e difusa, filtrada pelas cortinas.

Deve ser inverno. Tem um aquecedor ali perto; ela sente o cheiro de metal quente dele e sente o calor artificial mesclando-se ao ar frio sobre a cama.

O colchão também está diferente. Velho e cheio de calombos, de quando eles tinham menos dinheiro. Engraçado como você se acostuma a ter dinheiro. Parece fácil. Você acaba esquecendo como é viver sem, como é dormir num colchão de merda e economizar para poder pedir comida em casa.

Está sozinha. Deitada ali, na luz cinzenta, piscando e expirando lentamente, com medo de olhar.

Passa a mão pela lateral do corpo, por baixo do edredom. Sim. Ossos salientes no quadril. Está *bem* mais jovem.

Certo. Ela se prepara psicologicamente, e então sai da cama. O carpete. Já sabe de cara. O carpete a situa de imediato. Está em sua casa preferida. A casinha isolada no meio do vale. Sente um arrepio. Sozinha com um homem que usa uma carteira falsa.

Procura por um celular e pelo menos fica feliz de encontrar um esperando por ela. Inspira, olha a data. Quinze anos no passado. Está em 2007. Dia 21 de dezembro. Parece que vai vomitar. Que loucura. Que coisa mais absurda. Ela tem um filho de 3 anos. Está com 28. Um salto gigante, dos 13 aos 3?

De repente, fica muito irritada que isso esteja acontecendo com ela. Vai até a janela, com vontade de abrir e gritar para o ar do campo, de fazer alguma coisa, qualquer coisa, e... ah. Olha só. A sua vista preferida no mundo inteiro. Ainda na fase nômade, longe do mundo com Kelly, quando Todd ainda não precisava ir para a escola. Na casa no vale, uma casa que mais parece uma peça de hotel no Banco Imobiliário, onde nunca viam ninguém.

Talvez tenha sido isso? Talvez essa vida tenha sido prejudicial a ele. Muito isolamento. Ela encosta a cabeça na janela, em vez de gritar lá para fora. Como diabos vai saber? Não tem merda de pista nenhuma. Sua respiração irritada embaça o vidro. Me dá alguma coisa, pensa ela, olhando a neblina, que se dispersa, e Jen olha lá para fora. A beleza da paisagem austera, marrom-sépia no deserto do inverno. As colinas parecem velhas, andrajosas. Uma região interiorana verdadeiramente campestre e selvagem, com gramíneas longas, claras e praianas. Ela adorava este lugar, e agora está de volta.

Veste um roupão por cima do pijama de flanela que nem se lembrava que tinha. Dá para ouvir Todd e Kelly na sala de estar. Conversando, animados. Ainda não está pronta para vê-los.

Seu corpo se lembra da planta baixa da casa. Antes de ir até eles, vai primeiro ao banheiro. Precisa se ver primeiro. Saber o que esperar.

Ela olha para a pequena lâmpada horizontal acima do espelho. Pega a cordinha e puxa com força instintivamente. Sabe que a corda vai resistir, que está emperrada e que, um dia, vai arrebentar. Com um *plim*, seu rosto se ilumina.

É a Jen das fotos. A Jen do dia do seu casamento. Jen olhou muitas vezes para *essa* Jen, pensando com melancolia que não fazia ideia de como era bonita. Ela se concentrava no nariz largo, no cabelo revolto, mas, olha só: a pele limpa e viçosa. Maçãs do rosto. Juventude. Não dá pra simular isso. Quando está em repouso, seu rosto não tem uma única ruga. Ela toca a pele, que parece tão elástica quanto massa de pão, cheia de colágeno, e não o papel crepom que a espera aos 40 anos.

Jen olha para a porta. Ainda pode ouvi-los. Sabe que vai encontrá-los na sala, sob a meia-luz de dezembro.

— Jen? — chama Kelly.

— Oi — responde ela, e sua voz soa mais aguda e mais leve do que em 2022.

— Ele tá querendo você! — diz Kelly, num tom de voz atormentado do qual ela se lembra bem.

Eles ficaram tão arrebatados com a rotina de pais de criança pequena. A Jen de hoje mal se lembra por que era tão difícil, não consegue precisar os detalhes exatos. Só que foi difícil. A forma como sua panturrilha doía na cama à noite. As evidências que se acumulavam: o pão torrado ainda na torradeira, não comido, esquecido em meio ao caos. A roupa que só era estendida à meia-noite, já com um cheiro esquisito por ter passado muito tempo na máquina de lavar. Os estranhos improvisos para facilitar a vida: uma vez, eles colocaram a televisão dentro de um cercadinho para Todd não ficar desligando o tempo todo… coisas que eles sabiam que eram meio loucas, mas que faziam assim mesmo. Coisas que faziam só para conseguir dar conta.

— Tô aqui — responde ela, desligando a luz do banheiro e pisando no corredor.

Lá estão eles. Jen fita Todd, o Todd das suas lembranças. Seu filho, com 3 anos de idade, que acabou de chegar a um metro de altura, a cara de Jen, os olhos de Kelly, mãozinhas gordas esticadas na direção dela.

— Toddinho — diz ela, o apelido soando natural em seus lábios —, você já acordou!

— Ele tá acordado desde as cinco — diz Kelly, afastando o cabelo da testa.

Ele ergue as sobrancelhas para ela. Jen fica chocada com como a testa dele aumentou no presente. E chocada com outras coisas também. Ele tem um rosto de menino. Fica surpresa ao descobrir que o acha menos atraente aos 20 do que aos 40. Está mais gordo aqui. Eles comiam muita comida pronta, não faziam exercícios. Todo tempo livre que tinham era conquistado a duras penas, algo tão precioso que passavam esse tempo sentados, num silêncio satisfeito.

— Pode ir dormir, se quiser — oferece ela.

Jen caminha até o hall de entrada, em direção à porta da frente. O frio se infiltra por baixo dela, um vento gelado. Quer ver a vista direito. Suas mãos (tão jovens, sem nenhuma ruga) se lembram do macete de abrir o trinco e apertar a maçaneta ao mesmo tempo, ela abre a porta e — ah! — encontra o seu vale.

— Mas hoje é o seu dia de dormir até mais tarde — responde Kelly atrás dela. É isso mesmo. Eles alternavam religiosamente o dia de quem podia dormir até mais tarde.

— Não tem problema — devolve ela, dispensando-o com um gesto da mão, com a preocupação de quem só está ali por um dia; como uma babá, que pode devolver a criança depois.

Está tudo coberto de geada. Ela toca, distraída, a guirlanda na porta. Galochas do lado de fora, um pátio de pedra. Garrafas de leite — eles compravam leite de um leiteiro tradicional. E, mais adiante: o vale. Duas colinas se encontrando em um X. Polvilhado com a geada, como açúcar de confeiteiro. O cheiro ali fora é delicioso. Fumaça, pinheiro, geada, mentol, como se o próprio ar tivesse sido limpo.

Satisfeita, ela fecha a porta e se vira para Todd, que está andando em sua direção. Quando ele a alcança, ela se abaixa, e ele encosta o rosto em seu ombro num movimento tão perfeito quanto o de uma dança há muito esquecida. O corpo dela se lembra dele, do seu bebê, com todas as suas aparências. Aos 3, aos 15, aos 17 e como um criminoso. Ela ama todos eles.

— Volta pra cama — diz ela, olhando para Kelly.

Ele lhe oferece um meio sorriso gentil.

— Parece que fui cuspido de um canhão, e não que acabei de acordar — diz ele, bocejando e se espreguiçando.

Mas ele não vai embora. Como com quase tudo na paternidade, ele queria apoio, ser compreendido, e não que ela assumisse o controle. Ele se joga no sofá.

Jen olha para o filho. Para essa pessoa que, hoje, no dia mais curto do ano em 2007, ela precisa consertar para que, quando os relógios atrasarem uma hora em 2022, ele não mate ninguém.

A sala está repleta de brinquedos dos quais havia se esquecido. O caminhãozinho de sorvete amarelo. A garagem da Fisher Price, herdada dos pais dela. Uma árvore de Natal piscando no canto. Uma árvore artificial e velha que ainda deve estar no sótão deles em Crosby até hoje. A sala está escura, iluminada apenas pelas luzes de Natal.

— Então — diz Jen, afastando-se de Todd e olhando para ele, com seu macacão minúsculo. Todd a fita, mudo, com aquele olhar intenso que ele tinha. Olhos expressivos, nariz arrebitado, bochechas coradas, uma expressão muito grave no rosto. Ela segura um bloco de madeira, e, com muita seriedade, ele pega o bloco da mão dela, depois o deixa cair no chão. — Vamos fazer uma torre? — pergunta ela.

Todd estica a mão muito, muito lentamente.

— Tão tenso quanto numa negociação por reféns — comenta Kelly.

— Como é que se diz… criança não brinca, trabalha?

— Rá, é.

— Eu era obcecada por blocos de empilhar quando era criança.

— Ahn? — Kelly se recosta no sofá, passando as pernas por cima de um dos braços do sofá. Ele fecha os olhos. — Se tivesse que chutar, ia dizer que você era obcecada por… sei lá. Flashcards. Sabe como é. Sempre aprendendo.

— Na verdade, não — responde Jen. — Levei muito tempo para aprender a ler.

— Não acredito. Vocês, advogados prolixos... vocês são todos iguais — comenta ele com a voz arrastada, e Jen sorri, surpresa.

Kelly *era* mais azedo. Ele continua seco em 2022, mas este Kelly é o pacote completo, com um rancor no coração. Ela tinha esquecido completamente. O quanto ele costumava reclamar do trabalho, como bolava várias ideias de negócios para depois abandonar. Ele parecia querer ter sucesso, mas acabava amarelando.

— E o que eu tinha nos meus flashcards então? — pergunta ela.

— Definição de jurisprudência, para começar... com dois anos, você já tem que saber isso.

— É lógico. E o que *é* jurisprudência, Kelly, com... — hesita Jen. — Vinte e oito anos?

— Boa em inglês, nem tanto em matemática — devolve Kelly, sempre rápido. — Vinte e nove. Já esqueceu quantos anos eu tenho?

— Você sabe como eu sou.

Todd ri de repente, do nada, e bate palmas para Kelly.

— Isso, isso — diz ele para o filho.

— E você? — pergunta Jen, pensando em como se sentiu no carro com ele quando foram parados pela polícia, tentando alcançar aquela parte dele que talvez ela nunca tenha tocado.

— O que tem eu?

— Qual era o seu brinquedo preferido?

— Não me lembro. — Kelly se ajeita no sofá, ainda de olhos fechados.

— O que você queria ser quando crescesse?

Kelly se ergue num dos cotovelos e olha para ela com uma expressão sarcástica, as feições tomadas por uma indisponibilidade emocional. Como Jen não percebeu isso?

— Por quê?

— Só de curiosidade. Você nunca falou. E a gente está tão longe de onde você morava... sabe, acho que não conheço ninguém que te conhecia quando você era criança.

— Está todo mundo tão longe. Minha mãe sempre quis que eu fosse gerente — diz ele, mudando de assunto. — Não é engraçado?

— Gerente de quê? — Jen está empilhando os blocos na frente de Todd, que está com as mãos entrelaçadas de ansiedade, mas, na verdade, ela está pensando em como Kelly pode ser evasivo.

— Literalmente qualquer coisa. É o que ela queria. Depois que o nosso pai cagou… foi embora — ele se corrige, olhando para Todd —, tudo que ela queria pra gente era estabilidade. Por ela, um empreguinho sacal de escritório. Férias uma vez por ano. Um financiamento numa casinha em algum canto.

— E você fez exatamente o contrário — comenta Jen, mas, no fundo, está pensando: O *nosso pai*. O nosso pai. O homem da foto com os mesmos olhos de Kelly. Ela *sabia* que não tinha imaginado a semelhança. Ela pisca, chocada.

Ele evita o olhar dela.

— Pois é.

— Você falou *o nosso pai*?

— Não… meu pai.

— Você falou *nosso*.

— Falei não.

Jen suspira. Ele só vai ficar na defensiva se ela insistir. Vai ter que tentar outra coisa.

— Queria que ele tivesse conhecido a sua mãe — diz baixinho. — E a minha também.

— Ah, eu também.

— Quantos anos você tinha quando ela morreu mesmo? — arrisca-se Jen, perguntando-se por que isso parece perigoso, hesitante. É a merda do marido dela, pelo amor de Deus.

— Vinte.

— E a última vez que você viu o seu pai você tinha…

— Vai saber. Três? Cinco?

— Devia ser muito… ser filho único, e depois não ter mais os pais.

— É.

— Acha que ela teria gostado de mim… e do Todd?

— Lógico. Olha. Vou aceitar a sua oferta — diz ele. — A cama está me chamando. — Ele se abaixa e a beija na boca, a única coisa que não mudou de 2007 para cá, e vai para a cama, deixando Jen sozinha com Todd.

Algo faz Jen deixar Todd na sala com os blocos e seguir Kelly pelo corredor de carpete marrom descolorido.

Ela chega ao quarto deles, com o ouvido ainda atento ao Todd, e para junto da porta.

Kelly não está no quarto. Pelo menos não até onde pode ver. Ela abre a porta de leve à meia-luz e entra em silêncio. Nada.

Então aonde ele foi?

Ela atravessa o quarto. A lâmpada horizontal do banheiro está acesa. Será que esqueceu de apagar? De pé ali, pensando no que fazer, ela ouve uma coisa. Um som baixinho e angustiado, como alguém tentando segurar algo dentro de si.

Ele está lá dentro. Ela se aproxima da porta do banheiro e dá uma espiada. E lá está o marido de vinte anos dela, sentado na tampa da privada, a cabeça nas mãos, chorando de soluçar. A única vez que o viu chorando.

— Kelly? — pergunta ela.

Ele dá um pulo e limpa depressa os olhos com os punhos cerrados. As costas de suas mãos saem molhadas. Kelly se parece tanto com Todd quando chora. O lábio inferior tremendo e tudo. Jen sente o corpo inteiro ficando pesado e triste enquanto o observa tentando disfarçar.

— É um resfriado que está fazendo meus olhos lacrimejarem — diz Kelly.

Que mentira deslavada. Jen se pergunta quantas dessas ele já contou. E por quê.

Mas olha só para ele ali, pensa ela com tristeza. É a mesma cara. A mesma expressão que vai fazer para ela dali a quinze anos, quando o filho deles matar uma pessoa. O rosto de quem está com o coração partido.

— O que aconteceu?

— Não, nada, é sério, é só essa merda de resfriado. Tomara que passe antes do Natal.

— É por causa da sua mãe? — pergunta Jen baixinho.

— O Todd está bem... ele...

— Ele está na sala, está tudo bem. — Jen entra no banheiro apertado com Kelly. Ele fica onde está, sentado na privada, mas Jen para ao seu lado e pousa a mão em suas costas, trazendo-o para junto de si. Para sua surpresa, ele deixa e passa o braço em volta das pernas dela, encostando a cabeça em seu peito. — Não tem problema — diz ela para ele, com carinho, do jeito que falaria com Todd. — Tudo bem ficar triste.

— É só...

— Esse resfriado de Natal, eu sei — diz Jen, deixando que ele viva a sua mentira, seja ela qual for. Deixando que ele acredite naquilo.

Ela se lembra de algo que ele disse em 2022 sobre um casal que estava se separando. *Evitar sentir dor é algo que não tem preço para algumas pessoas.*

Kelly a solta depois de alguns minutos. Ele olha para Jen enquanto ela sai para verificar se Todd está bem e diz uma única frase para ela:

— Eu tenho saudade dela... da minha mãe. É só isso. — É como se doesse muito admitir aquilo; seu corpo convulsiona ao dizer aquelas palavras.

Jen assente depressa. E aí está. Algo que o marido — por algum motivo — nunca conseguiu mostrar a ela.

— Eu sei — diz ela. E é verdade, ela mesma também já perdeu a mãe. — Obrigada por me dizer.

Kelly lhe oferece um sorriso triste, o cabelo preto todo bagunçado. Está com os olhos especialmente azuis. E ali, no passado, algo se dá entre os dois. Algo mais substancial do que jamais compartilharam. Algo que Jen nem consegue identificar, mas que de alguma forma acende uma esperança dentro dela de que Kelly não seja o que parece ser. Por favor, que isso seja verdade.

Jen volta para Todd, na sala. É uma sala antiquada. Carpete verde desbotado, móveis de madeira escura. E tem um cheiro específico. Um cheiro reconfortante e caseiro: açúcar e canela, biscoitos, uma vela apagada. Jen imagina que, em algum lugar, uma versão alternativa dela estava fazendo biscoitos na véspera. Engraçado como essas coisas pareciam tão importantes na época. Ir ver as luzes de Natal, assar e montar uma casinha de biscoito. E... *puf*. Tudo fica para trás na história, causando só estresse, sem deixar nenhuma marca, como uma pegada na areia que o mar apaga rápido demais. Passou a vida inteira tão preocupada com como as coisas *pareciam ser*. Mantendo as aparências. Tendo tudo, a casa com a abóbora esculpida para todo mundo ver que eles tinham feito uma. E ainda assim. Para quê?

Todd brinca com os carrinhos por alguns minutos, depois vai para o outro lado da sala.

— Não, Toddy, isso não — diz ela quando ele corre para a lata de lixo.

Ele a ignora, pegando duas embalagens de papel-alumínio que parecem ser de KitKat. Jen se decepciona ao ficar irritada tão depressa, depois de passar só um dia com ele.

— Meu — exclama Todd. Ele a fita com os olhinhos magoados, do outro lado da sala. — Mais — acrescenta. E se vira para a lixeira de novo.

Está praticamente de cabeça para baixo, com a cabeça enfiada na lixeira, os pés quase saindo do chão.

— Desculpa, Todd, vem aqui — diz ela. — Vem com a mamãe.

Todd se vira no instante em que ouve a primeira sílaba sair de seus lábios, como uma flor que se volta para o sol, e olha para ela. E de repente, de uma hora para a outra, como uma luz que se acende, ela sabe. Sabe no fundo do seu coração, dentro de si.

Ela sabe pela forma como os olhos dele captam a luz azul do inverno no início da manhã.

Não é culpa dela.

Não é culpa dele.

Ela sabe que foi uma boa mãe. Sabe por causa dos olhos dele. Estão repletos de amor. Repletos de amor por ela. Ela murcha bem ali no sofá.

Ela fez o melhor que pôde. E, mesmo quando não fez, a culpa é uma evidência como qualquer outra: ela queria fazer o melhor por ele, por seu bebê.

O viés de retrospectiva a respeito do qual essa mesma pessoa aqui vai lhe ensinar dali a uma década: ela achava que sabia que aquilo ia acontecer, sentindo-se culpada. Achava que ele tinha matado por causa de um problema no relacionamento com ela. Mas não foi isso. Isso foi uma ilusão. E então é este o momento, o momento em que Jen percebe que isso não tem nada a ver. De alguma forma, não tem nada a ver com a infância de Todd.

— Vem aqui, Toddy — chama ela.

Na mesma hora ele solta as embalagens na lixeira e vai até ela, a sua mãe.

Ryan

Finalmente Ryan está prestes a conhecê-lo, o homem encarregado da operação. O chefão. Ele deve ter centenas de soldados rasos, de parceiros, várias operações. Os roubos de carro, as drogas, a bebê sequestrada — isso é só uma parcela mínima de tudo.

Ryan não sabe como as casas que ele assalta estão sempre vazias, e ainda não sabe onde a bebê Eve está, mas vem desvendando coisas: e olha só para ele. Aqui, andando no frio em direção a um armazém em Birkenhead, infiltrado até o topo.

Ezra mandou que Angela e Ryan o encontrassem ali às oito da noite. Depois que você conhece o chefão, recebe serviços melhores, mais importantes. E, o que é crucial, mais informações. Pela primeira vez, Ryan foi com uma escuta, na esperança de que o chefão não o reviste. Segundo Leo, isso não vai acontecer, ele diz que você só conhece o chefão quando passam a ter confiança em você. "Se ele fizer a menor menção de que vai te revistar", orientou Leo na véspera, ao telefone, "você age como se estivesse muito ofendido de ele estar duvidando de você." Ryan respondeu: "Deixa comigo." Não é exatamente uma coisa que ele diria. Às vezes, ele se sente como se estivesse se tornando a pessoa que finge ser. Mais sombrio, mais esquentado.

Ryan e Angela caminham em silêncio por mais alguns minutos, observando os carros sendo carregados e descarregados dos navios, as pessoas indo e vindo. À medida que se aproximam do armazém, a linguagem corporal deles muda. Angela se transforma em Nicola,

Ryan vê o momento em que isso acontece; seu caminhar ganha um certo gingado, seus gestos mudam.

Ryan não sabe dizer como a própria linguagem corporal muda, apenas que muda.

O armazém não tem nenhuma identificação. Está fechado, o lugar perfeito para esse tipo de negociação. Ryan está torcendo para que a acústica seja boa para a equipe que está na escuta, coletando provas incriminadoras.

Ryan bate duas vezes no portão verde de rolo fechado, conforme instruído, e fica esperando. Angela está tremendo. Ela não é tão segura de si quanto aparentava inicialmente. Ryan acha que está tão assustada quanto ele. Lógico que ele considerou o que isso poderia ser: uma armação. Eles podem ter sido descobertos. Podem estar fritos. De alguma forma, Ryan não se importa. E, quando acha que se importa, pensa nela, na bebê Eve, perdida e sozinha, não no mar, mas dá no mesmo.

— Entra — diz uma voz lá dentro.

Ryan e Angela contornam o prédio e encontram uma porta escorada aberta, de forma que a luz de segurança externa ilumina uma faixa do armazém.

O lugar está vazio, fileiras, fileiras e mais fileiras de estantes do chão ao teto, sem nada. No meio do enorme espaço vazio há um homem alto em pé, mais jovem do que Ryan imaginava. Ele não se mexe, fica só ali de braços cruzados, a roupa toda preta. Tem cabelo escuro e cavanhaque.

— Os dois mosqueteiros — diz. Ele joga uma guimba de cigarro no chão, e ela fica em brasa por alguns segundos junto a seus pés, antes de apagar. — Tenho um trabalho pra vocês... preciso que peguem uma lista de propriedades vazias. Vou mandar um endereço agora.

Quase que instantaneamente, o celular pré-pago de Ryan apita com uma mensagem de uma linha enviada por — finalmente! — um número de verdade. É um endereço de uma rua comercial em Liverpool.

É agora. Este homem, encarregado de todas essas operações, vai contar para eles como obtém a informação sobre qual carro roubar.

— Vocês vão receber mais instruções em breve — diz ele.

— Certo, obrigado, parceiro — diz Ryan, mudando a cadência de sua voz natural.

O homem inclina a cabeça para trás.

— De onde você é?

— De Manchester.

Ele faz um gesto de impaciência.

— Antes disso.

— Sempre morei em Manchester, mas meu pai é galês — explica ele.

É verdade; eles acharam melhor seguir com essa história do que tentar um sotaque novo.

— E você? — pergunta ele para Angela.

— Sou daqui mesmo — responde ela, com um sotaque perfeito de Liverpool, embora seja de Leigh.

Policiais infiltrados não costumam ser da região. O risco é grande de alguém os conhecer e arruinar o disfarce.

O homem atravessa o armazém e vai até eles, as botas pretas ressoando na areia e na sujeira do chão.

— Eu sou o Joseph — diz ele, estendendo a mão para Ryan e depois para Angela.

— Nicola — diz ela.

Joseph ergue as mãos.

— O aviso que eu sempre dou é o seguinte. Se você me passar a perna. Se me dedurar. Se for X-9. Se vacilar. Eu vou em cana e cumpro a minha pena. E quando eu sair… eu te acho e acabo com a tua raça. Tá legal?

— O mesmo vale pra você — devolve Ryan.

— Aperta aqui então — diz Joseph.

— Kelly — se apresenta Ryan, pegando a mão de Joseph. — Prazer em conhecer.

Kelly. O pseudônimo que Ryan teve de escolher para si mesmo.

"Um nome pelo qual você responderia se alguém te chamasse assim", aconselhara Leo. "Um nome que seja familiar. É o primeiro teste que eles fazem para verificar se você não é policial. Gritam seu nome num bar, pra ver se você vira a cabeça."

"Eu sempre respondia ao nome do meu irmão", dissera Ryan baixinho, pensando naquela noite, na noite em que o irmão foi longe demais, devendo dinheiro demais, favores demais. A noite em que o irmão se enforcou. Eles o encontraram tarde demais, cerca de meia hora após a morte, segundo o legista. Ele se matou no sótão. Não queria ser encontrado.

Dia Menos Seis Mil, Novecentos e Noventa e Oito, 08:00

Jen está numa casinha geminada de dois andares, dois quartos no segundo andar, sala e cozinha no primeiro. Ela e Kelly alugaram por um ano. Não tinham nenhuma relação afetiva com a casa. Jen mal se lembrava dela. Só agora, olhando para o teto manchado pela umidade, é que se recorda de ter morado ali.

Ainda não está grávida, então Todd ainda não nasceu. Portanto só resta uma pessoa sobre quem esse mistério pode ser.

— Lopez? — chama Kelly, da escada.

Sente uma emoção tomar seu corpo. Tinha esquecido que ele teve uma fase em que a chamava assim. Jen virou Jenny, que virou Jenny from the Block, por causa da música, e então Lopez.

— Kelly? — pergunta ela.

— Você já acordou!

— Acordei.

— Escuta — diz ele, daquele jeito autoritário e reservado dele. — Tenho uma coisa hoje.

— Que coisa?

— Uma conferência que vai durar o dia inteiro.

Uma dúvida se instaura na mente de Jen. Que tipo de pintor/decorador vai a uma conferência de última hora? Um em quem ela confiava, supõe Jen.

— Tá bem — diz ela, mas o piso sob seus pés não parece firme quando se levanta da cama, parece areia movediça. — Você vai passar o dia todo fora?

— Vou — responde Kelly, distraído.

— Tá.

— Parece que você viu um fantasma.

Os olhos de Kelly continuam os mesmos, mas é só isso. Está tão magro. Quase elegante.

— Estou bem — responde Jen baixinho, olhando para ele. — Não se preocupa... pode ir.

— Tem certeza?

— Absoluta.

Jen nem hesita em seguir Kelly. Estão bem perto do momento em que ela vai descobrir tudo, sabe disso.

Aqui está ela, no banco traseiro de um táxi. Era muito mais difícil chamar um táxi em um passado assim tão distante. Ela tem celular, mas é um tijolo velho cujos números se acendem com uma luz verde neon e que fazem um barulhinho quando ela os aperta. Mais parece um brinquedo de criança fazendo as vezes de celular de verdade.

— A gente pode parar aqui? — pergunta Jen.

Kelly estacionou o carro em local proibido, bem no centro de Liverpool. Pela placa, o carro é de 2001: Jen não tinha reparado no quanto os carros mudaram. Ele é meio quadrado, parece grande demais. Ela não consegue parar de olhar para o carro, nem para Kelly. Se sente como uma alienígena.

Kelly olha para a esquerda e para a direita enquanto estica as pernas compridas para fora do banco do motorista. Esse tipo de olhada parece habitual, um cacoete. Seus olhos azuis sobem e descem a rua.

Ela continua no táxi. Está praticamente invisível para Kelly ali, escondida no banco traseiro, atrás de uma janela suja.

— Daqui a pouco eu vou ter que sair daqui — diz o taxista.

— Só uns cinco minutinhos... cinco minutinhos, por favor, só preciso ver uma coisa — pede ela.

O taxista não responde, em vez disso abre um livro num gesto teatral. John Grisham, com orelhas nos cantos. Ele deixa o motor ligado. Ah, a época em que as pessoas liam para passar o tempo.

— Desculpa, não vai demorar muito — acrescenta ela, pensando em todas as coisas que poderia contar para esse homem sobre o futuro. O Brexit. A pandemia. Ninguém ia acreditar nela. É muito louco. Duas décadas inteiras espremidas entre eles, ali, num táxi.

Kelly vai até a traseira do carro. Ele examina o horizonte do mesmo jeito que às vezes ainda faz. Nunca tinha pensado muito nisso até ser obrigada a observar o marido assim. Ele passou gel no cabelo e penteou na frente com muito cuidado.

Outro motorista buzina para eles, apontando para o táxi ao passar. Ele abre a janela.

— Sai daí! — grita ele.

O taxista engata a primeira marcha.

— Só mais um segundo, por favor, por favor — pede ela.

Se saltar agora, Kelly vai vê-la, e vai tudo por água abaixo.

Kelly abre a mala com uma das mãos e tira alguma coisa. Algo grande e cor de vinho, parece algum tecido dobrado — uma cortina talvez? Jen encosta a testa na janela suja e semicerra os olhos. É uma capa de terno. Jen a reconhece de muitos anos atrás. Ele só usava terno muito raramente. Funerais e casamentos. Ficava pendurado num cabide no canto do armário.

— Quando quiser, meu bem — diz o taxista, mas Jen apenas assente.

Kelly entra numa rua lateral, andando num passo descontraído que Jen sabe ser falso. Ela vai perdê-lo de vista.

— Tenho que saltar — diz ela.

Ela começa a pegar a bolsa e a carteira, tentando não perder Kelly de vista. Ao contar o dinheiro, que pegou numa gaveta da cozinha — outra gaveta, outra cozinha, outras notas —, mais um carro buzina para eles.

— Espera aí — diz o taxista.

— Eu tenho que ir, preciso saltar — diz Jen, quase gritando.

— A gente está fechando uma faixa de ônibus.

— Eu tenho que saltar! — exclama Jen.

Com os carros buzinando, ela mexe na maçaneta, tentando abrir a porta do carro e se perguntando sobre o que aconteceria se ela simplesmente saísse sem pagar. É só um táxi. Um crimezinho de nada.

Ela joga notas demais na bandeja prateada, que na verdade é um cinzeiro — meu Deus, as pessoas fumavam em tudo que é canto! —, e salta.

Jen corre para a rua lateral. Kelly está quase no fim dela. Ele se destaca para ela na multidão da mesma forma que Todd, da mesma forma que o nome dela parece se sobressair em uma lista.

Kelly vira de repente e entra num pub chamado The Sundance. Continua carregando a capa com o terno por cima do braço, então ela decide arriscar e fica esperando na calçada ali perto.

Está de pé na porta de uma loja da Woolworths, com o letreiro vermelho e branco tão familiar para ela. A empresa vai falir dali a cinco anos. O que na verdade é um passado recente, mas não é assim que lhe parece. Lá dentro, o piso de vinil, o material de papelaria. Seria capaz de ficar ali para sempre, só olhando a vitrine, maravilhando-se com o passado, os Natais comprando jogos e balas, só olhando as mudanças que tomaram conta do mundo nos últimos vinte anos, as coisas perdidas e as ganhas. Ela leva a palma da mão até o vidro da vitrine, do mesmo jeito que fez bem no começo de tudo isso, e espera.

No reflexo atrás de si, ela vê Kelly saindo do pub. Está de terno agora, com a capa pendurada por cima do braço. O cabelo cheio de gel. Sapato preto brilhante.

Uma mulher parece surgir do nada, talvez de outro pub, talvez de um beco. Jen a observa se aproximando de Kelly. Ela aperta os olhos. É Nicola.

— Como é que foi? — pergunta Kelly a ela.

— É, tudo bem. Difícil... eles querem saber todos os métodos.

Kelly dá uma risada.

— A gente não pode falar disso.

— Eu sei. Foi o que eu falei. Mas o juiz não gostou muito. Olha... boa sorte. E me liga, tá? Se... no futuro. Você quiser voltar.

Nicola deixa Kelly ali, na rua, sem dizer mais nem uma palavra.

Jen olha para ele, agora invisível na multidão, pensando nas mensagens que ele vai mandar para Nicola dali a vinte anos, pedindo ajuda. E no fato de que ela pede algo em troca.

Jen segue Kelly a distância, grata por estar em Liverpool, e não em Crosby. Ela fica boba com a roupa das pessoas — calça jeans boca de sino, blusa camponesa expondo a pele para o sol de setembro, no fim do verão — e com os carros e as lojas antigas, o mundo sob um filtro vintage. Kelly caminha decidido, mas também parece ansioso, pensa Jen. Ele mantém a cabeça ereta, como um cervo sendo perseguido, ou um leão em caça, ela não sabe bem ao certo qual.

Ele desce uma rua de paralelepípedos, passa por lojas que sobreviveram aos últimos vinte anos, e outras que não — Debenhams, Blockbusters. Atravessa uma galeria iluminada por lâmpadas tubulares e várias joalherias, e sai do outro lado. Vira à esquerda, vira à direita. Sobe uma rua lateral com lixeiras industriais enfileiradas. Jen se afasta um pouco mais.

Quando chega a uma zona larga de pedestres com pavimentação cinza, Kelly diminui o passo. Está cercado por prédios altos. Ele se vira de frente para um deles, se aproxima, abre a porta e entra.

Jen não precisa de mapa, nem precisa ler as placas. Como advogada, conhece aquele prédio muito bem. Como poderia não conhecer? É o tribunal de Liverpool.

Os postes lá fora são antiquados, com lâmpadas esféricas e brancas, parecendo pérolas. O prédio está igualzinho em 2003. Uma grande caixa cúbica dos anos 1970, com revestimento marrom-escuro e janelas espelhadas. Um brasão em alto-relevo na fachada. Pela primeira vez, fica feliz com o sistema de justiça que não muda nunca, velho, decadente e bolorento.

Ela espera ali no sol por alguns minutos, então entra no prédio atrás de Kelly, abrindo a porta dupla de vidro do tribunal.

Vai direto para o quadro com a lista das audiências, feliz com o conhecimento jurídico que tem. São quatro folhas de papel afixadas a um quadro de cortiça no saguão por um alfinete que ainda deve estar sendo usado até hoje.

Sabe o que está procurando. Sabe o que vai ver.

As datas se encaixam. Ela não tinha percebido ao voltar no tempo. A notícia arquivada. A lista de crimes pelos quais ele é acusado.

E lá está. Foi só bater os olhos no papel.

R contra Joseph Jones. Sala 1.

Então isso é o que é viver ao contrário. Aconteceram coisas das quais Jen nem fazia ideia, passando por ela de forma inofensiva, feito um carro que avança pela rua.

Ela vai até a sala 1 e se senta na área reservada ao público. A sala tem cheiro de bule velho de chá, livro antigo, poeira e lustra-móveis. Está cheia; um julgamento importante a respeito do qual não ficou sabendo na época. E por que ficaria?

Não consegue ver Kelly. Não tem a menor ideia de que papel ele tem neste julgamento. Provavelmente amigo de Joseph Jones, presume ela, estremecendo; um cúmplice.

Os bancos do auditório são dispostos como bancos de igreja.

— Todos de pé — diz um funcionário.

Ele exibe um par de óculos de leitura na ponta do nariz e uma toga que arrasta pelo chão de carpete barato. Jen fica com vergonha da pompa e circunstância do sistema de justiça ao qual dedicou a vida. Ela se levanta, e o juiz entra. Ela baixa a cabeça instintivamente.

Algemado, o acusado é conduzido por um guarda com um brinco de argola delicado na orelha e colocado no banco dos réus.

Joseph Jones. Um Joseph jovem, aos 30 anos. Como é estranho olhar para ele e saber o dia em que — tal como as coisas estão — ele vai morrer, pensa Jen, olhando para aquelas orelhas de elfo muito particulares, o cavanhaque, os ombros mais estreitos, quase que de um menino. Ele podia ser o filho de alguém. Podia ser o Todd.

O juiz dirige-se ao tribunal.

— Hoje, mais cedo, terminamos de ouvir a segunda testemunha de acusação, a Testemunha A, e, agora, vamos chamar a terceira — anuncia ele simplesmente.

A audiência já está no meio. Jen reflete sobre isso. Então a "conferência" de última hora de Kelly deve ter sido uma convocação como testemunha. Num julgamento, nunca dá para saber que dia eles vão precisar de cada testemunha até a anterior terminar o seu depoimento.

— Obrigada, Vossa Excelência — diz uma advogada. Uma mulher com óculos de armação grossa e antiquada. A peruca de magistrado cobre a haste clara. Jen tinha esquecido que estava no passado até ver aqueles óculos do sistema público de saúde. Parece os que os jovens usam hoje em dia: engraçado como a moda funciona. — Ouvimos ontem o depoimento de Grace Elincourt, funcionária do HSBC, que confirmou que Joseph Jones depositava e sacava regularmente grandes somas de dinheiro em uma conta bancária corporativa. — Ela olha fixamente para o júri. — Ouvimos hoje mais cedo da Testemunha A que ele também instruía regularmente os seus soldados rasos a roubar carros. Para corroborar isso, o Estado agora chama a sua próxima testemunha e, para isso, temos de pedir novamente ao júri e ao público no auditório que se retirem temporariamente.

A mente de Jen está girando. Pedir a saída do público e do júri indica apenas umas poucas possibilidades: dúvidas acerca das provas apresentadas, questões de direito e procedimento, debates sobre admissibilidade.

E testemunhas anônimas.

Todos, menos os advogados, saem. Jen fica lá fora, observando pessoas que no mínimo têm tanto em jogo ali quanto ela, bebendo café de máquina, conversando. Do mesmo jeito que sempre fazem nos tribunais. Só que com menos celulares.

Ela dá um pulinho na rua, fica de pé nos degraus do prédio, querendo ter uma visão do mundo em 2003. Observa os carros, com cara de novos em folha, mas velhos, placa de 1995, 1996. Um advogado para ali perto e fica fumando, só pensando. Os prédios são os mesmos. O mesmo céu, o mesmo sol. Ela acabou de conhecer Kelly em março daquele ano; o namoro deles mal completou seis meses.

Vira-se num círculo lento. Não tinha como saber. Não tinha como saber. O mundo não sabe o quanto está mudando.

— O júri está de volta à sala 1 do tribunal — avisa um funcionário no saguão, e Jen entra, deixando seus olhos se demorarem no horizonte da cidade só mais um segundo. Está prestes a descobrir alguma coisa. Uma coisa que nunca mais vai poder esquecer.

No tribunal, seus olhos precisam de um segundo para se ajustar, por causa da claridade do sol de setembro, mas, após um momento, ela vê o que estava imaginando que veria: o banco das testemunhas está diferente. Está coberto por uma cortina preta.

— A Testemunha B — anuncia a advogada, a voz tão límpida e clara quanto uma fonte natural — é um policial infiltrado a serviço da corporação. Seu anonimato — diz ela ao júri — é para preservar a segurança dele e os métodos e acordos de trabalho dele e da polícia. Certo, agora, para a Testemunha B. Você não precisa dar o seu nome. Como gostaria de fazer o seu juramento?

Quem quer que esteja por trás daquela cortina não responde. A advogada espera, então se aproxima da cortina quando o silêncio se prolonga por tempo demais na sala. Jen prende a respiração. Não pode ser, não pode ser, não pode ser o marido dela.

Um segundo depois a advogada volta e se aproxima do juiz. Jen tenta escutar a discussão aos sussurros que se segue.

— Ele quer que a voz dele seja alterada. Ele tem sotaque. Fizemos um pedido formal — diz a advogada.

Jen não consegue ouvir tudo. Só algumas frases entrecortadas. Só entende porque é advogada.

— Mas, Vossa Excelência, para manter a transparência… — argumenta o outro advogado. O debate segue numa prosa murmurada, que Jen se esforça muito para ouvir.

— Num tribunal transparente é importante ser ouvido com sua voz como ela é — anuncia o juiz, depois de mais alguns minutos.

— Testemunha B, seu juramento, religioso ou secular? — pergunta a advogada.

Espera… essa testemunha é uma testemunha da acusação, e não da defesa. Então…

Jen ouve um suspiro. Um suspiro muito particular e muito irritado. E então uma única palavra:

— Secular.

Três sílabas. E lá está. O que talvez Jen já soubesse: Kelly é a Testemunha B.

Ela tinha entendido tudo errado. Kelly não está envolvido nos crimes. Ele vinha tentando evitar os crimes.

Dia Menos Seis Mil, Novecentos e Noventa e Oito, 11:00

— Eu trabalhei com ele, é... — diz a voz de Kelly — ... por vários meses no ano passado. — Ele está disfarçando o sotaque galês, suavizando feito madeira polida. Jen tem certeza absoluta de que só ela saberia quem ele é. As pistas verbais que você só pega depois de vinte anos de casados.

— E qual era a sua função?

As perguntas continuam, embora a mente de Jen ainda esteja tentando processar aquilo. O fato continua reverberando nela como ondas sísmicas após um terremoto. Ele é policial. Ele *era* policial?

Seus olhos se voltam para a janelinha no alto da sala do tribunal.

Ele nunca contou pra ela. Nunca contou pra ela, nunca contou pra ela, nunca contou pra ela. A vida dela é uma mentira.

Os pensamentos a cercam como uma multidão de repórteres fazendo perguntas. Como ele pode ter escondido isso dela? O *Kelly*? Seu marido feliz e confiável, o Kelly? Também não explica nada. Por que eles verão as repercussões dessa mentira vinte anos depois? Por que o Todd está envolvido?

Ele nunca contou pra ela. Nunca contou pra ela.

Jen baixa a cabeça nas mãos.

Mas, até aí, essa verdade não é mais palatável que a outra? Pode até ser, mas se ficar, o bicho pega; se correr, o bicho come.

— Fui designado para me infiltrar na gangue de crime organizado chefiada pelo réu — diz Kelly, impassível.

Meu Deus, que loucura. Isso tudo é uma loucura.

— E em que momento você foi enviado?

Kelly limpa a garganta.

— Depois que a bebê foi sequestrada.

— Vossa Excelência. — O advogado da defesa, um senhor de idade, interrompe na mesma hora, ficando de pé. — Por favor, vamos nos ater às perguntas.

— Depois que dois soldados rasos sequestraram uma bebê durante uma das operações da cadeia de produção do réu — explica Kelly, mordaz.

— Vossa Excelência... — repete o advogado.

— Testemunha B, pedimos encarecidamente que o senhor se atenha às perguntas. Este julgamento não é sobre um sequestro.

— A gente nunca achou os culpados — continua Kelly. — Mas o réu sabe quem são.

— Vossa Excelência...

— *Testemunha B* — exclama o juiz, obviamente exasperado.

— Tá bem. — Kelly cede.

Jen sabe que ele está com os dentes cerrados, chupando as bochechas. Ele faz uma pausa, e ela sabe, também, que deve estar passando a mão no cabelo. Mesmo sendo este Kelly, que, a esta altura, faz seis meses que ela ama. Este Kelly, que mentiu para ela desde o dia em que se conheceram. Um pintor/decorador desde que fez 16 anos. Que perdeu pai e mãe. Nunca fez faculdade, abandonou os estudos depois que terminou o ensino médio. Quanto disso é verdade? Como ele pode ser da polícia? *Por que ele não contou pra ela?*

Ela teria entendido. Não é como se fosse um crime ter sido policial infiltrado.

Ela se ajeita desconfortavelmente no banco, desejando poder interrogá-lo junto com os advogados.

— Eu fui instruído a descobrir a identidade do réu — diz Kelly. — E fiz isso começando no nível mais baixo da quadrilha. Por razões relacionadas ao meu anonimato, não posso explicar mais nada sobre a minha função.

— Que tipo de trabalho você fazia para o réu?

— Por razões relacionadas ao meu anonimato, não posso explicar mais nada sobre a minha função.

— O que você testemunhou o réu fazendo, pessoalmente?

— Por razões...

A advogada suspira, nitidamente irritada. Ela tira os óculos e os limpa na toga com um gesto teatral, colocando-os no rosto de novo em seguida. Jen não sabe dizer para quem ela fez essa cena.

— Eu posso te falar o que eu não fiz — diz Kelly, num tom de voz que Jen sabe que não promete nada de útil.

— Prossiga — pede a advogada.

— Eu nunca descobri quem eram as pessoas que o Joseph instruía a cometer os crimes. Instruções que resultaram no sequestro da bebê Eve.

— Certo. — O advogado da defesa fica de pé. O juiz chama os advogados, lançando um olhar na direção da cortina petulante. — O júri está dispensado — diz ele.

As pessoas voltam para o saguão e, dez minutos depois, um funcionário confirma que o caso foi adiado até o dia seguinte. Jen fica ali, de boca aberta.

— O quê? — pergunta ela.

— Vamos retomar amanhã — repete o funcionário, dispensando-a.

Jen fica no saguão, com as pessoas passando à sua volta feito um cardume de peixes.

Ela não tem um amanhã, pensa, desesperada. O amanhã não vai chegar para ela.

Kelly perde a cor quando vê Jen parada ao lado do carro dele.

Seu rosto murcha. Seus lábios ficam pálidos. Os olhos correm de um lado para o outro, e então ele sorri para ela. Tentando achar uma saída. Jen o observa, esse homem que vai virar seu marido, mentindo para ela. O terno já está amarrotado; o paletó, pendurado no braço. Ele parece doente, pálido e jovem, quase como uma criança, muito parecido com Todd.

— Eu assisti ao seu depoimento — diz ela simplesmente. — Eu estava no auditório.

Imediatamente, o corpo dela quer chorar e ser confortado por esse homem que ela amou por mais de metade da vida. O homem a quem ela sempre recorreu.

— Eu... — Ele olha para a rua principal, para o sol, então aponta para o carro.

— É só isso? — pergunta ela.

Enquanto ele considera quais verdades contar e quais esconder, Jen tenta repassar os eventos na cabeça de modo que eles andem para a frente, e não para trás, mas não consegue pensar, sua mente é um mar de fatos desconexos. Talvez acabe aqui, pensa ela. Ela poderia terminar com Kelly. Mas muitas perguntas continuariam sem resposta. De alguma forma, graças a Andy, talvez, ela sabe que ainda não é a hora.

Eles entram no carro. O ar lá fora está abafado, o banco do carro parece quente sob as coxas deles. Ele liga o motor e dirige, depressa, para fora de Liverpool. Ainda não falou nada.

— Kelly? — pede ela. Odeia ter que insistir. — Quer dizer...

Ela tenta lembrar que estão namorando só há seis meses. Que ele não conhece o futuro que vão construir juntos. Eles vão seguir felizes por vinte anos, quem sabe mais. Sabe-se lá como. Ele não tem ideia da importância daquilo com o que está brincando, do que está em jogo.

Kelly não diz nada. Pega um cruzamento com uma rua de mão única, verificando de relance o retrovisor.

— Você é um policial infiltrado.

Ele assente, uma única vez, baixando a cabeça.

— Sou.

— E... você estava trabalhando disfarçado quando me conheceu?

— Estava.

— O seu nome é Kelly?

Ele espera um segundo.

— Não. — Engole em seco, o pomo de adão subindo e descendo no pescoço.

— Como é que… como você pôde? — A mente de Jen está girando, girando, girando no espaço, na escuridão. Não consegue encadear uma única frase. — Você mentiu pra mim… — Jen diz devagar.

— Isso é confidencial.

Jen tem tantas perguntas que nem sabe por onde começar. Está tentando juntar duas coisas que simplesmente não se encaixam.

Kelly parece prestes a chorar. Os olhos vermelhos. Observando o horizonte. Ela o conhece. Sabe quando ele está infeliz.

— Meu nome verdadeiro é Ryan — diz ele baixinho. — Kelly era… alguém que eu conhecia.

Ryan. Está começando a fazer sentido.

— Como… — arrisca Jen, pensando em como se expressar corretamente. — Como você acha que vai conseguir… viver como se fosse Kelly?

Ele se ajeita, desconfortável.

— Eu… eu não sei.

— Vai matar o Ryan? Fingir que ele morreu?

Ele se vira para ela surpreso.

— Não, como assim? Sei lá… Não sei o que vou fazer.

Jen desvia o olhar e fita a janela. Uma resposta evasiva típica do Kelly. Ignorar o problema. E aí… ao voltar… tentar conter os danos. A casa abandonada, Sândalo, agora faz mais sentido para ela. Gina achou que Ryan Hiles tinha morrido porque a casa passou para a Coroa, tal como Rakesh descobriu. Mas não havia nenhum outro registro da morte de Ryan Hiles. Parece óbvio agora. Uma certidão de óbito falsa, comprada com o único propósito de apresentar ao Registro de Imóveis para garantir que a propriedade não passasse para ele e o tornasse rastreável, revelando o seu disfarce. Mas ele não fez mais que isso, não registrou a própria morte de nenhum outro jeito que pudesse atrair escrutínio, exigir mais documentos, mais coisas que não poderia apresentar: um corpo, por exemplo. Como colar Band-Aid numa ferida gigante.

A mãe dele deve ter morrido só recentemente. A casa não parecia ter sido abandonada havia muito tempo. Jen imagina que, ao encontrá-lo chorando no banheiro quando Todd tinha 3 anos, a mãe dele ainda devia estar viva, e ele estava com saudade dela.

Ele olha para ela.

— Eu saí da polícia — explica ele. — No ano passado. Continuei como Kelly porque…

— Por quê? — insiste ela.

— Porque te conheci.

— Mas você podia… você não podia ter me contado? Ou só escolhido outro nome?

— O Joseph Jones acha que sou um criminoso chamado Kelly — diz ele tão baixinho que ela precisa se esforçar para ouvir. — Se eu mudar alguma coisa, ou se eu contar para alguém… ele vai ficar sabendo que eu nunca fui o Kelly. Ia dar a maior bandeira de que eu estava infiltrado. Então eu… eu continuei.

— Você continuou sendo criminoso?

— É o que ele acha, mas não é verdade. Eu não estou fazendo nada. Resolvi que era melhor me esconder bem embaixo do nariz deles. Vai melhorar quando ele for preso — diz ele, triste, mas Jen sabe que não é verdade.

Toda sentença tem um fim, e, quando a de Joseph chegar ao fim, já vai ser tarde demais. Ryan já vai ter se tornado Kelly.

— O que a polícia faria se descobrisse?

— Provavelmente me prenderia, porque eu não estou mais agindo sob a responsabilidade deles. Por falsidade ideológica. Talvez me processasse também. Podem dizer que eu estava me passando por policial, me acusar de má conduta em cargo público.

Jen está com calor e em pânico. Isso é muito, muito maior do que ela imaginava. Ela fecha os olhos. Eles o prenderiam não só por falsidade ideológica, mas também pelos crimes que vai cometer em 2022 para manter o disfarce. Ele não tem imunidade nesses casos. Vai ser considerado um criminoso.

— Quando a gente foi viajar. Você não queria voltar. Queria ficar na casa de campo... no meio do nada. Era por causa dele?

— Era. Ele sabia... ele sabia que dois soldados rasos tinham denunciado ele. Uma mulher e um homem.

Nicola.

— Por que você não me contou? — pergunta ela.

Kelly desvia os olhos dela.

— Confidencial — diz ele em voz baixa.

— Mas... Quer dizer...

Ela não pode dizer o que tem vontade: confidencialidade vale entre duas pessoas que se amam? Por que ele achou que seria aceitável esconder isso dela para sempre? Porque ele ainda não viveu para sempre com ela.

— Você ia me contar algum dia? — pergunta ela.

— Claro que ia — responde Kelly. — Eu estou contando. — Jen se impressiona com a diferença de tempo verbal entre eles. Ela no passado. Ele no presente.

Mas é mentira. Jen viveu essa mentira.

A última peça do quebra-cabeça finalmente se encaixa agora, na ordem correta, como deveria ser. Jen avalia a imagem em sua mente.

— Posso perguntar... — começa ela, pensando no que Kelly acabou de falar sobre Joseph.

— Ahn?

— Quando Joseph sair da prisão, se ele descobrir que você foi o policial que o entregou, o que você acha que ele vai fazer?

— Ele não vai descobrir. A cortina... eu disfarcei o meu sotaque. Era tanta gente... trabalhando para ele. O tamanho do negócio...

— Mas, vamos dizer que... de alguma forma... ele descubra. E aí?

Kelly espera um instante e então fala.

— Ele me mataria.

Dia Menos Seis Mil, Novecentos e Noventa e Oito, 23:00

Está tarde. Jen está no banho. Mal pode esperar para dormir e acordar em outro lugar amanhã.

Seu estômago abriga o que parece ser uma poça fervente de confusão.

Um agente infiltrado. Um agente infiltrado. O termo, feio e grande, pulsa sob o esterno de Jen feito um batimento cardíaco. Então é por isso. Sem carteira assinada. Sem perfil nas redes sociais. Nada de festas.

Faz vinte anos que Kelly vive como outra pessoa.

Mas *por que* ele nunca contou para ela?

Ela acha que juntou as peças na ordem correta. Queria poder consultar Andy, mas ele nem deve ter terminado a graduação ainda. Nem ele pode ajudá-la agora.

Ela fita a janela de vidro fosco, recapitulando tudo.

Kelly se infiltrou na quadrilha. As provas que ele reuniu mandaram Joseph para a cadeia. Vinte anos depois, Joseph é solto e procura Kelly — no escritório de advocacia —, na tentativa de restabelecer a rede criminosa com as mesmas pessoas de antes. Se Kelly se recusasse a obedecer a Joseph, Joseph suspeitaria de que ele era o policial infiltrado. Se obedecesse, viraria um criminoso de verdade. Kelly não tinha saída. E, como Joseph cumpriu vinte anos de pena pelos crimes que cometeu junto com muitos dos soldados rasos, tinha todos eles na mão: poderia entregá-los caso não lhe obedecessem. Mas o domínio que exercia sobre Kelly era ainda maior, tão poderoso que ele nem imaginava: se denunciasse Kelly por seus crimes passados, a polícia viria atrás dele e descobriria que Kelly ainda estava vivendo sob sua identidade falsa. Na ilegalidade. Ou, pior, que agora estava cometendo delitos sem autorização da polícia.

E assim o pacote foi entregue, com a chave do carro roubado. Kelly se viu obrigado a colaborar. Todd estava lá quando eles se encontraram de novo, e Clio também, e os dois se apaixonaram. Kelly mandou Todd não contar para Jen sobre Joseph, e, um tempo depois, mandou Todd terminar com Clio. Ele deve ter confessado tudo naquela noite no jardim, contado para Todd quem ele realmente era. A coisa mais escrota que já aconteceu na vida do Todd, de acordo com suas próprias palavras. Ele deve ter mostrado ao Todd seu antigo distintivo, o cartaz. Jen agora consegue imaginar a conversa acontecendo no quarto de Todd. Todd escondendo dela o distintivo, o celular e o cartaz.

Kelly começou a trabalhar para Joseph de novo, mas, no instante em que achou que Joseph podia saber que ele era o policial que o tinha colocado na cadeia, entrou em contato com Nicola, pedindo ajuda, desesperadamente. No fim das contas, Nicola não era uma criminosa, mas alguém que vinha trabalhando infiltrada naquela época. Uma policial. Ele deve ter se sentido entre a cruz e a espada. Temendo pela própria vida, abrir o jogo para Nicola deve ter sido a opção menos pior.

Em troca do silêncio dela, e por causa do risco de Joseph descobrir os dois, ela pediu um favor a Kelly. Ela deve ter pedido para ele passar informações para a polícia a respeito dos crimes atuais de Joseph. Talvez tenha negociado proteção para Kelly, e foi por isso que Jen viu as viaturas da polícia circulando. Talvez tenha sido por isso que eles chegaram tão depressa naquela noite, muito antes da ambulância. Eles estavam esperando para intervir, mas chegaram tarde demais, tarde demais.

Nicola deve ter sido ferida *por Joseph* duas noites antes de Todd cometer o crime. A lesão corporal dolosa que Jen ouviu na delegacia. Joseph deve ter descoberto que ela era policial. Desde que saiu da prisão, devia estar observando todos os contatos dele em busca de indícios de quem não era quem dizia ser. Deve ter sido mais fácil deduzir que ela era policial, já que nunca foi embora. Foi por isso que Nicola pareceu ser outra pessoa no restaurante: ela não estava caracterizada para o seu papel de agente infiltrada.

E o desmascaramento de Nicola levaria Joseph a Kelly.

Então Joseph descobre tudo e vai atrás de Kelly no meio da noite no fim de outubro. Ele estava armado, não estava? E tentou pegar a arma no bolso, não tentou?

A polícia apareceu logo após o assassinato. Provavelmente já sabiam que algo estava para acontecer.

E aí traíram Kelly: prenderam Todd. Mesmo com Kelly tendo pedido ajuda a Nicola. Não é à toa que ele estava furioso na delegacia.

E o Todd? Bom, parece tão simples agora que Jen sabe. Ele quis proteger o pai. Quando ficou sabendo de Nicola, comprou uma faca. Na volta para casa, reconheceu Joseph, viu que ele estava armado e entrou em pânico. Então fez a única coisa que podia: protegeu o pai, a todo custo.

Ryan

Welbeck Street, 718.

Esse foi o endereço que Joseph deu para Ryan e Angela. Eles estão prontos para ir. Angela vai ficar de vigia do lado de fora, e Ryan vai entrar. E, mais tarde, o esquadrão vai prender Joseph, agora que Angela e Ryan podem identificá-lo. Ele confiou em Ryan e Angela e, como resultado, eles têm o suficiente para incriminá-lo. A mensagem de texto, o testemunho de Ryan e Angela... é o bastante para comprovar que ele estava chefiando uma quadrilha, o bastante para mantê-lo preso por décadas.

A única coisa que falta é a bebê. Que continua desaparecida.

À medida que se aproximam da casa, chega outra mensagem.

> Vai no endereço que eu te mandei na outra mensagem e diz que você tá lá pra oferecer seu trabalho como pintor/decorador. Quando chegar na sala do dono, fala que fui eu que te mandei. JJ.

Ryan olha para Angela.

— É isso — diz ele. — É assim que ele consegue os endereços das casas vazias. Esse escritório. Pegamos ele. Pegamos o filho da puta.

— Eu sei — comemora Angela, animada. — Eu sei.

Ryan e Angela andam pelas ruas chuvosas de março, Ryan pensando no irmão e no Velho Sandy também. Pensando em como ele meio que *mudou* o mundo. Só um pouquinho. Do seu jeito.

Ryan tenta afastar uma emoção ou outra que não sabe bem nomear. Eles chegam ao endereço. Nicola se afasta dele, perfeita em sua personagem, deixando Ryan entrar sozinho no prédio. Um escritório de advocacia, aparentemente. Parece bem-sucedido.

Há uma mulher na recepção. É bonita. Cabelo preto comprido, olhos grandes.

— Oi — diz ele. — Só queria saber se vocês estão precisando de algum serviço de pintura e decoração? — pergunta ele, com um sorriso largo e esperançoso no rosto.

— Como assim... refazer a decoração assim do nada? — pergunta ela, com uma risada.

Algo se revira em seu estômago ao ouvir aquela risada. Não esperava aquilo. Achou que ela também estaria envolvida. Achou que ela entenderia o código.

— Hum... é? — responde ele, na dúvida.

— Beleza, então a gente vai só arrastar os móveis para longe das paredes agora mesmo, que tal? Fazer o trabalho jurídico enquanto você pinta?

— Por mim, tudo bem — devolve ele, descontraído.

— Não estamos precisando agora, obrigada — diz ela. — Mas se algum dia quisermos fazer uma redecoração repentina, você é o nosso homem.

Ela o ignora, voltando a atenção para o computador.

— Posso só confirmar com o dono? — pergunta ele.

— Como você sabe que eu não sou a dona?

— Você é a dona?

— Não...

Eles sustentam o olhar um do outro por um segundo, depois desatam a gargalhar.

— Bom, prazer em te conhecer, "não dona" — diz ele.

— O prazer é meu, decorador espontâneo.

Ela sorri para ele, como se os dois já se conhecessem, e grita por cima do ombro.

— Pai? — chama. — Tem uma pessoa aqui querendo falar com você. Então fita Ryan assim que ele começa a andar em direção à sala do pai. — Meu nome é Jen.

— Kelly.

Dia Menos Sete Mil, Cento e Cinquenta e Sete, 11:00

Jen abre os olhos. Por favor, que seja 2022. Mas ela sabe que não é.

Ossos salientes no quadril. Um celular antigo. Uma cama muito, mas muito velha, meu Deus, é aquela cama baixa com a lateral de madeira. O ar foge de seus pulmões. Não acabou.

Ela se senta e esfrega os olhos. É. O apartamento dela, o primeiro apartamento dela. O que comprou assim que começou a trabalhar. Deu uma entrada de três mil libras no financiamento; um valor risível em 2022.

É um quarto e sala. Ela se levanta da cama, segue pelo corredor com carpete marrom desgastado e entra na sala. Ela fez uma decoração acolhedora: uma cortina de chita separando a sala da cozinha, almofadas roxas no parapeito largo da janela, para camuflar o mofo. Ela olha para a sala, maravilhada. Tinha se esquecido de quase tudo isso.

A luz da manhã entra pelas janelas sujas.

Verifica o celular, mas o aparelho não mostra a data. Liga a televisão, coloca no jornal e ativa o teletexto. Cacete, era assim que as pessoas faziam para descobrir a data? Hoje é dia 26 de março de 2003, e são onze horas da manhã.

Seis meses antes, o dia seguinte ao da primeira vez que viu Kelly. Hoje é o primeiro encontro oficial deles.

Ela olha para o celular, mas ele não serve para quase nada. Dá para mandar mensagens de texto, telefonar e jogar o jogo da cobrinha. Acessa o SMS. A última mensagem que Kelly mandou está bem ali, numa troca com um homem identificado em seus contatos como Pintor/Decorador Bonitão? O homem que ela não sabia que viraria seu marido. *Café Taco, 17:30? Depois do trabalho? Bj,* digitou ele, a caixa de texto quadrada e antiquada, a tela iluminada por uma luz verde neon de calculadora.

A resposta dela deve estar em outra caixa, as mensagens não estão encadeadas. Tempos arcaicos.

Ela vai até a caixa de enviados. *Beleza,* respondeu ela, uma tentativa de linguagem informal. Ela não se lembra de ter ficado obcecada com como responder, mas tem certeza de que ficou.

Está tarde. Ela costumava beber muito e dormir muito. Está de ressaca. Não se lembra do que fez na noite do dia em que conheceu Kelly, mas presume ter incluído álcool. Passa um dedo na bancada da cozinha — mármore falso — e avalia as suas posses: livros didáticos de direito, mas também muitos livros com mulheres de salto alto na capa. Velas dentro de potes de vidro e no gargalo de garrafas de vinho. Duas calças sociais emboladas no chão, calcinha e meias ainda dentro delas.

Toma um banho demorado, assombrada com a sujeira entre os azulejos. Engraçado como a gente se acostuma com as coisas. Tem certeza de que, quando morava ali, não ligava a mínima. Apenas suportava o mofo no parapeito da janela, o barulho constante lá fora, e o fato de seu dinheiro ser sempre contadinho.

Ao sair do banho, enrolada na toalha, vai até o computador de mesa. No vapor quente e perfumado do banho, pensou em uma coisa que quer verificar agora.

Ela aperta o botão redondinho na frente do computador e espera ele ligar, sentada ali com a água do banho pingando da ponta do nariz para o carpete.

Ela vê o monitor se acender e fica pensando. Na época em que era estagiária, tinha uma amiga chamada Alison. Jen se pergunta se foi por isso que o nome lhe veio à cabeça com tanta facilidade algumas semanas atrás. Alison trabalhava em outro escritório de advocacia. Elas costumavam se encontrar todo dia na hora do almoço e compravam um sanduíche ou uma salada numa lanchonete. Alison sempre reclamava do direito. Mais tarde, mudou de profissão e virou secretária, e Jen ficou onde estava, trabalhando com divórcios, e elas perderam o contato, como normalmente acontece com amizades que nascem de apenas um interesse comum.

É tão estranho estar ali de novo. Saber que pode ligar para Alison agora e retomar o contato. Como a vida é segmentada. Ela se divide tão facilmente em amizades e endereços e fases da vida que parecem intermináveis, mas que nunca, nunca duram. Vestir terninhos. Carregar uma bolsa de fraldas para todo canto. Se apaixonar.

Ela pisca enquanto o Windows XP carrega na frente dela. Deus do céu, parece uma coisa saída de um filme antigo de hacker. Ela demora um pouco para achar o ícone do Internet Explorer. A internet é discada, e ela ainda tem que se conectar. Por fim, entra no site do Ask Jeeves e digita: *Bebê desaparecido, Liverpool.*

E lá está. Eve Green. Levada no banco traseiro de um carro roubado há alguns meses. Foi por isso que a detetive particular não conseguiu achar: ela sumiu há vinte anos. Kelly estava envolvido na investigação da quadrilha que a sequestrou, mas eles nunca encontraram a bebê. Kelly guardou o cartaz. Deve ter mostrado a Todd quando contou a história para ele. O que confirma por que o celular pré-pago, o cartaz e o distintivo estavam no quarto de Todd. E Kelly conversou sobre isso com Nicola, sobre o fato de a bebê nunca ter sido encontrada.

Jen sente o estômago revirar. Uma bebê desaparecida, desaparecida durante vinte anos.

Ela olha pela janela para Liverpool, nebulosa sob o sol baixo de inverno, tentando entender. Seu pai está vivo. Sua melhor amiga é Alison. No futuro, ela vai se casar com Kelly, o homem com quem vai sair pela primeira vez hoje e ter um filho chamado Todd.

Ela pensa na bebê desaparecida, em Todd, em Kelly, uma quadrilha composta de pessoas más e pessoas infiltradas que às vezes são as duas coisas. E, mais do que isso: pensa em como parar tudo isso.

O quebra-cabeça ainda não está completo. Está na cara que ainda não acabou. Ela continua ali, num passado longínquo, ainda com coisas por fazer, resolver e entender.

Precisando de algum consolo, Jen vai até o espelho e deixa a toalha cair, incapaz de resistir à tentação de admirar o corpo dos seus 24 anos. Caramba, pensa ela, duas décadas atrasada. Que mulherão! Mas, como todo mundo, não sabia disso até ser tarde demais.

Às cinco e quarenta, elegantemente atrasado, Kelly aparece no café. Agora que o conhece há vinte anos, Jen sabe que ele está nervoso. Está de calça jeans e jaqueta jeans, uma clara e a outra escura, o máximo da descontração, do jeito que sempre foi, aquele cabelo virado para cima na frente. Mas ele tem um olhar inquieto, como o de um cervo, e enxuga a mão na calça jeans antes de entrar.

Ela se levanta para cumprimentá-lo. Está tão magra, o corpo tão leve, como se tivesse estado debaixo da água e acabado de emergir. Ela esbarra menos nas coisas. É como se tivesse... menos dela. E ela é tão flexível, tão cheia de energia, a ressaca se foi em poucos minutos, curada com café e luz solar.

Kelly se abaixa para beijar sua bochecha. Ele cheira a seiva de árvore. Aquele cheiro, aquele cheiro, aquele cheiro. Ela tinha esquecido. Uma loção pós-barba antiga, desodorante, sabão em pó — alguma coisa. Ela tinha se esquecido do cheiro dele e, de repente, está ali, em 2003, num café, com ele, com o homem por quem se apaixonou.

Ela olha para Kelly, seus olhos jovens encontrando os dele, e sente que precisa conter uma onda de lágrimas. *A gente vai dar certo,* ela sente vontade de dizer. *Uma vez. Num universo, seguimos juntos até 2022, ainda fazendo sexo, ainda saindo juntos. Temos um filho maravilhoso, engraçado e meio nerd chamado Todd.*

Mas, primeiro, você mente pra mim.

Kelly não diz nada ao cumprimentá-la. A cara dele. Ela entende, agora, a necessidade de ser reservado. Porque ele é um mentiroso.

Mas seus olhos sobem e descem pelo corpo dela e, independentemente de qualquer coisa, ela sente um frio na barriga.

— Quer um café?

— Com certeza.

Ela brinca com os pacotinhos de açúcar na mesa. Embalagens de adoçante cor-de-rosa. O cardápio tem café, chá, chá de hortelã e suco de laranja. Nada do macchiato de 2022. A janela da frente está decorada com pequenas lâmpadas coloridas, embora estejam no fim de março. Fora isso, é tudo bem mundano. Mesas de fórmica, piso de linóleo. Cheiro de fritura e cigarro, o barulho de uma caixa registradora se abrindo. As pessoas assinando recibos de cartão de crédito. O ano de 2003 não tem o charme de 2022. Nada ali, tirando as lâmpadas coloridas, está ali só porque é bonito. Não há quadros nas paredes, nem plantas penduradas. Só aquelas mesas e aquelas paredes vazias, e ele.

Kelly está na fila, o peso apoiado numa perna só, o corpo esguio, o rosto inescrutável, um enigma.

— Desculpa — diz ele, trazendo duas xícaras e pires antiquados.

Ele se senta diante dela e, em um movimento ousado, seu futuro marido esbarra o joelho no dela, como que por acidente, mas depois deixa o joelho ali. O efeito que isso provoca da segunda vez é exatamente o mesmo da primeira, embora ela saiba muito bem como é beijar aquele homem, amar aquele homem, transar, fazer um filho com ele. Sempre se sentiu atraída por Kelly.

— Então — diz ele, uma palavra tão carregada quanto uma arma. — Quem é a Jen?

Seu joelho parece quente junto ao dela, as mãos elegantes mexendo nos mesmos pacotinhos de açúcar com os quais ela estava brincando ainda agora. Ele sempre fez isso com ela. Não consegue pensar direito perto dele.

Ela fita a mesa. Ele é um policial disfarçado. O nome dele não é Kelly. Por que ele nunca, nunca contou isso pra ela, em vinte anos? Não consegue entender. A resposta deve estar lá fora, em algum lugar, do outro lado daquelas lâmpadas, mas ela ainda não conseguiu encontrar. Ela se pergunta se, quando o fizer, o loop temporal vai terminar. E, se não terminar, o que vai ter de fazer para interromper o processo.

— Não tenho muito o que contar — diz ela, ainda olhando a rua lá fora, olhando o mundo de 2003. Pensando, também, na verdade gritante que vem tentando ignorar: se Jen e Kelly não se apaixonarem, Todd não vai existir. — Quem é o Kelly? — devolve ela.

Jen pensa, do nada, em como ele comprou aquela abóbora para ela porque ela queria uma abóbora. A pia da cozinha que ele comprou para ela. A forma como vive pouco se fodendo para o mundo no futuro. Inspirador e perigoso ao mesmo tempo. Ele a excita. Eles funcionavam bem juntos. Eles *funcionam* bem juntos. Mas a base de tudo é isso: mentiras. Um penhasco em ruínas.

Ele olha para ela, abrindo um sorriso, e morde o lábio inferior.

— O Kelly é um cara muito do sem graça num encontro com uma mulher muito bonita.

— Só muito bonita.

— Estou tentando não dar muita bandeira.

— Não está dando muito certo.

Ele ergue as mãos espalmadas e ri.

— Verdade. Dei toda a bandeira que podia no escritório.

— A pintura então… era só um estratagema.

Algo sombrio transparece nas feições dele.

— Não… mas não estou nem aí mais para decorar o escritório de advocacia do seu pai.

— Como você começou a trabalhar com isso?

— Sabe como é, eu nunca quis me dobrar ao sistema — diz ele, e Jen se lembra dessa frase exata, do efeito que isso teve nela, uma pessoa dobrada ao sistema. Achou aquilo emocionante. Agora, está cansada disso, confusa. Não sabe onde o Ryan termina e onde o Kelly começa. Se as coisas pelas quais se apaixonou são dele mesmo. — Com que área do direito você trabalha?

— Sou estagiária… então, de tudo. Pau pra toda obra.

Kelly assente uma única vez.

— Tirando fotocópia?

— Fotocópia. Chá. Preenchendo formulário.

Outro gole de café, mais contato visual.

— Você gosta?

— Eu gosto das pessoas. Quero ajudar as pessoas.

Os olhos dele brilham com a resposta.

— Eu também — diz baixinho. Algo parece se passar entre eles. — Gostei disso — diz ele. — Você se envolve muito na administração do escritório ou...?

— Quase nada.

Jen se lembra de ter ficado lisonjeada com as perguntas, com a capacidade que ele tinha de ficar ali sentado, ouvindo, incomum entre homens jovens, mas desta vez não se sente assim.

Kelly cruza as pernas nos tornozelos, afastando o joelho do dela. Apesar de tudo, ela sente um frio com aquela ausência.

— Que bom — diz ele baixinho.

Ela olha para ele. O olhar desperta faíscas entre eles, como brasas numa chama que só eles conseguem enxergar.

— Nunca quis um trabalho grande, uma casa grande, nada disso — diz ele.

Ela olha para a mesa, sorrindo. É uma coisa tão típica dele, dizer aquilo, a postura, a autoconfiança, o atrevimento, ela se vê percebendo. E, durante grande parte do casamento, foram pobres, mas felizes.

— Me conta o caso mais interessante em que você já trabalhou — pede ele.

E ela se lembra disso também. Ela tinha contado de um divórcio ou outro. Ele ouvira por tanto tempo, genuinamente interessado. Foi o que lhe pareceu.

— Ah, eu não vou te entediar com isso.

— Tá bem... então me fala onde você quer estar daqui a dez anos.

Jen olha para ele, hipnotizada. *Com você,* pensa simplesmente. *O você de antes.*

Mas ele não sempre foi — meu Deus, o que ela está pensando? —, mas ele não sempre foi um bom marido para ela? Leal, confiável, sexy, engraçado, atencioso. Ele *foi*.

O joelho volta. Ele gira a perna de cima, roçando o joelho no dela. Jen sente um fogo se acender dentro de si, como um fósforo que se acende só de tocar a caixa.

A noite vai ficando cada vez mais escura lá fora, a chuva mais pesada, o café mais abafado, e eles seguem conversando sobre tudo. A imprensa. Mencionam brevemente a infância de Kelly — "filho único, meu pai e minha mãe morreram, sou só eu e o meu pincel" —, e onde Jen mora. Eles conversam sobre seus bichos preferidos — ele gosta de lontras —, e se são favoráveis à instituição do casamento.

Falam de política e religião, gato e cachorro, e sobre ele ser uma pessoa matinal e ela gostar da noite.

— As melhores coisas acontecem à noite — diz ela.

— A melhor coisa é uma xícara de café às seis da manhã. Sem discussão.

— Seis da manhã ainda é de madrugada.

— Então passa a noite acordada. Comigo.

Eles chegam bem perto um do outro, o mais perto que a mesa permite. Ela fala para ele que quer ter um gato gordo chamado Henrique VIII, e Kelly, que nem imagina que um dia vão ter um, ri tanto que balança a mesa.

— E depois dele qual vai ser? Henrique IX?

Eles falam sobre seus destinos de férias preferidos — Cornualha, para ele, odeia pegar avião — e qual seria a sua última refeição se estivessem no corredor da morte — ambos querem comida chinesa.

— Ah, bom — diz ele, lá pelas oito. — Acho que tive uma infância difícil. Quero que meus filhos tenham uma vida melhor.

— Filhos, é? — E lá está. Uma camada de Kelly que Jen sabe ser verdadeira.

— Ué... é? — responde ele. — Sei lá... tem alguma coisa no fato de cuidar da geração seguinte, não tem? Ensinar as coisas que os nossos pais não nos ensinaram...

— Ainda bem que a gente pulou a parte da conversa fiada.

— Eu gosto de conversa séria.

— Você apareceu ontem só... do nada? Para ver se, quem sabe, arrumava um trabalho? — pergunta ela, querendo entender a história completa de como eles se conheceram. Ele entrou para falar com o pai dela e saiu cinco minutos depois.

— Não. Sabe como é — diz ele, como quem quer alguma coisa dela, um ar de expectativa no rosto —, o seu pai e eu temos um conhecido em comum. Joseph Jones? Talvez você conheça.

Em algum lugar uma bomba explode, ou pelo menos é o que parece. O pai dela conhecia o filho da puta do Joseph Jones? Para Jen, é como se o mundo tivesse parado durante um piscar de olhos.

— Não, não conheço — responde ela quase num sussurro. — Papai trabalha com tanta gente.

E é como se ela tivesse estourado um balão. Os ombros de Kelly murcham, talvez de alívio. Ele estica a mão para a dela. Ela automaticamente o deixa pegar a sua. Mas sua mente está girando. Seu *pai* conhecia Joseph Jones? E... aí? O pai dela é... É o quê? Se Jen fosse um desenho animado, haveria uma explosão de pontos de interrogação em cima da sua cabeça.

Kelly toca piano com os dedos em seu pulso.

— Vamos sair daqui? — pergunta ele.

Eles saem do café e ficam do lado de fora, sob a chuva de março. As ruas estão empoçadas, os postes aparecem refletidos no chão, a calçada parece ouro molhado. Ele puxa Jen para junto de si, bem na entrada do café, a mão na base das costas, os lábios bem perto dos dela.

Desta vez, ela não beija Kelly. Ela não o convida para a casa dela, onde os dois iriam passar a noite toda conversando na cama.

Em vez disso, ela inventa uma desculpa. O rosto dele murcha de decepção.

Kelly segue pela rua, acenando para ela por cima da cabeça pois sabe que ela ainda vai estar olhando.

Jen fica ali na rua, sozinha, como esteve mil vezes desde que tudo isso começou. Ela abraça o próprio corpo, pensando em como salvar o filho e pensando, também, em como ninguém vai salvá-la, ninguém é capaz disso, nem mesmo o pai dela, e sobretudo não o seu marido.

Ryan

Ele foi longe demais.

Ryan está de pé no quarto de Jen. Já é de manhã. Ela está dormindo, o cabelo espalhado pelo travesseiro como o de uma sereia. É a segunda noite consecutiva que passa com ela. Desde que a encontrou no café, anteontem, ele não volta para a quitinete.

E não quer ir embora nunca mais.

Esse é o problema.

Joseph mandou uma mensagem para ele hoje, perguntando como estavam as coisas. Joseph vai ficar sabendo que ele passou a noite na casa de Jen. A mente de Ryan dá voltas, tentando pensar no que fazer. Em como conter os danos. É nisso que está focado.

— Você não estava brincando quando disse que acordava cedo — murmura Jen, virando-se de lado. Está nua. Seus seios giram consigo, e ela os cobre com o edredom.

— Desculpa — diz ele, a voz meio rouca.

Ele está investigando o pai dela. Ele está investigando o pai dela. Ela acha que ele se chama Kelly. *Não tem como isso funcionar, nunca.*

Ela abre os olhos e o encara. Então se ergue na cama e sorri para ele, um sorriso lento e feliz, como se não pudesse acreditar que ele está ali.

— Fica — pede ela, tão ousada. Ela nua, ele vestido do outro lado do quarto.

— Eu…

Não tem como isso funcionar, nunca.

— Fica aqui comigo. — Ela levanta o canto do edredom, convidando-o a voltar para a cama.

Vai ter que funcionar.

— Eu tenho que ir...

— Kelly — chama ela, e ele adora o som daquele nome sendo referido a ele. Algo ao mesmo tempo velho e novo. — A vida é comprida demais para trabalhar.

A vida é comprida demais. Tão inteligente. Ele baixa a cabeça nas mãos, de pé ali, feito um louco. Ele a ama. Ele a ama para caralho.

A vida é comprida demais para trabalhar.

Ela está certa.

Ela está cem por cento certa. Em um minuto, ele está de volta na cama com ela, sem roupa.

— Já aprendeu a gostar de acordar cedo? — pergunta ele.

— Com você eu gosto.

Ryan passou a noite acordado, pela terceira noite consecutiva. Está em casa de novo, finalmente. Desgrudou o corpo do dela hoje, quase à meia-noite, fingindo cansaço, e voltou para a quitinete, onde passou a noite inteira na cozinha, sentado à mesa de compensado, fazendo um café depois do outro depois do outro.

Só consegue pensar em Jen. Jen — e no que fazer a respeito. *Dormindo com o inimigo, é?*, Joseph mandou uma mensagem para ele hoje, mais cedo. Uma mensagem grosseira e simplista que desconsiderava o sentimento envolvido, fazendo parecer que era só sexo. Ryan ficou olhando para a mensagem antes de responder, tentando pensar no que fazer.

À 00:59, tomou a sua decisão. Tinha esquecido que os relógios seriam adiantados naquela noite. Quando 01:00 virou 02:00, já estava decidido.

Ou você sai da polícia ou perde ela.

No fim das contas, pensou ele naquela quitinete de merda, com a carteira falsa na mesa, aquela não era nem uma questão.

Ele está esperando embaixo do poste na esquina da Cross Street, mudando o peso do corpo de um pé para o outro, dizendo a si mesmo que não tem escolha. Nenhuma. Está morrendo de frio, e suas mãos estão tremendo com a adrenalina.

Ryan está apaixonado.

Ryan não quer mais mudar o mundo. Ryan quer ficar com Jen. Jen, filha do facilitador da quadrilha de crime organizado que ele está investigando.

Jen, que acha que ele se chama Kelly, um homem que perdeu pai e mãe e parou de estudar aos 16 anos.

Jen, cujos olhos brilham como se ela estivesse chorando de tanto rir.

Jen, que falou para ele, no primeiro encontro oficial deles, que achava lontra um bicho escroto, e que também queria ter filhos, que só queria ajudar as pessoas, cujo corpo se encaixa no dele como se sempre tivesse estado ali, como se fosse parte dele. Jen, que diz que come demais, que beija como se tivesse sido inventada só para beijar a boca dele.

A merda do pai dela. O pai dela é quem dá a Joseph Jones a lista de propriedades vazias que ele repassa para os soldados rasos, para que roubem os carros. Ele trabalhava com contratos de casas de férias compartilhadas e mantinha uma lista de quem estaria na casa e quando. Era assim que sabia quem estaria viajando, deixando a própria casa vazia. Um crime tão simples, nascido das informações rotineiras a que os advogados têm acesso.

E agora. Ryan passa ambas as mãos pelos cabelos, olhando para o céu. Ele quer gritar, mas não pode.

O homem aparece. Um comparsa de um comparsa de um comparsa. Com sorte alguém longe o suficiente de Joseph, mas como saber?

O estranho é um sujeito atarracado e que está ficando careca.

— Taí a bolsa — diz ele.

Ryan pode estar de volta a Cross Street, mas está ali por outro motivo desta vez. Ele entrega a bolsa de dinheiro ao estranho.

O homem conta o dinheiro, então abre um sorriso ferino e lhe entrega um envelope pequeno e amassado que tira do bolso da calça jeans. Ryan pega o envelope e vai embora, alimentado apenas pelo pânico. Sem olhar para trás.

Ryan entra no escritório de advocacia quando sabe que Jen não se encontra. Kenneth está na sala dele e ergue o rosto, assustado, assim que Kelly entra.

— Eu preciso te falar uma coisa e preciso que você me escute.

Kenneth engole em seco, só uma vez. Ele se parece com a Jen. O rosto fino.

— Que isto nunca saia desta sala — diz Ryan.

— Certo.

Kenneth solta o contrato que estava lendo com as mãos trêmulas e volta toda a sua atenção para Ryan. Ryan se debruça por cima da mesa para apertar a mão de Kenneth. Seu aperto é firme e curto.

— Eu sou policial. O Joseph vai ser preso a qualquer momento. Ele faz parte de uma quadrilha muito maior, mas ele é o chefe do esquema, e eu tenho certeza de que você sabia disso.

— Não… eu…

— Se você der com a língua nos dentes, eu te coloco na cadeia. — Ryan nunca falou assim antes, mas não tem outro jeito. Tem que fazer de tudo para sair dessa.

Kenneth olha para ele.

— O que você quer?

— Me fala como você se envolveu.

— Kelly, eu… Eu nunca… começou tão fácil.

— Como? — Ryan cruza os braços.

— Eu não estava conseguindo pagar as contas — diz Kenneth em voz baixa. — Literalmente não estava dando conta. A gente ia falir. Vários anos atrás, eu defendi o Joseph num caso de fraude civil. Ele veio pagar os meus honorários e viu as contas atrasadas. Aí disse que podia me ajudar. Nós bolamos tudo juntos. Eu trabalhava para os clientes no processo de compra e venda de casas de férias compartilhadas e mantinha uma lista de quem ia usar a propriedade e quando. Com isso, eu montava um calendário de quando essas pessoas estariam na casa de férias, ou seja, fora da própria casa. Quase sempre dava certo. A maioria das pessoas tinha dois carros, então deixava um em casa: em geral, o modelo esportivo caro e pouco prático para viajar. Umas poucas vezes a pessoa resolvia não usar a semana dela na casa de férias, ou emprestava a casa para alguém. E, quando isso acontecia, a gente pulava fora. Eu ganhava dez por cento do valor do carro.

— As suas ações resultaram no sequestro de uma bebê.

— Eu não... eu não sabia que eles iam tentar a casa do lado também — gagueja ele.

— Você não teve o menor problema em aceitar o produto do crime.

— Para pagar as contas.

— A Jen sabe disso?

— Meu Deus, claro que não — exclama Kenneth, e Ryan acha que ele está dizendo a verdade.

— Ela não pode descobrir. Nunca — diz Ryan. — Ela não pode ficar sabendo do seu envolvimento.

— Não. Eu concordo — diz Kenneth com cuidado.

— Nem de mim. Eu quero... eu quero ficar com ela.

Kenneth pisca, surpreso, e Ryan espera, em silêncio. Ele tem um trunfo.

— Se você colaborar, eu livro a tua cara.

— Certo — responde Kenneth com um suspiro. — Tá bem. Como eu...

— Se livra das contas. Queima tudo. Joga no mar. Sei lá.

— Eu… tá bem.
— E, se você abrir o bico… pra mim, você morreu.
— Tá bem.
— Ótimo.
— Antes de você ficar com a minha filha — diz Kenneth, lançando mão do próprio trunfo —, me diz quem é você. Quem você é de verdade. E me conta por que você quer ficar com ela. Porque, se não fizer isso, eu me entrego agora mesmo. Por ela.

— Não é pra mim — diz Ryan, na sala de Leo. Ele só esteve ali poucas vezes, ficava sempre na sua salinha. A sala de Leo é absurdamente grande. Duas pessoas poderiam ter ocupado aquela sala, sem o menor problema. — Sabe como é — continua ele —, as mentiras, a enganação. A polícia, de uma forma geral. Detestei trabalhar atendendo chamadas, e detestei isso também — diz ele.

Sua voz falha de leve na última palavra, porque não é verdade. É a maior mentira que já contou para alguém desde que mentiu para Jen sobre seu nome. Seu nome e sua carreira, tão novos, e já parecem atados um ao outro. Seu eu original e verdadeiro, abandonado. Ele se pergunta o que Leo diria se lhe contasse a verdade. Mas não pode arriscar. Eles não iam deixá-lo viver como Kelly. Foram eles que criaram aquela identidade, para inserir Ryan no mundo do crime. Essas identidades falsas são destruídas assim que o propósito delas termina. Manter aquilo tornaria a polícia passível de receber ações judiciais, acusações criminais, de sofrer represálias dos próprios criminosos.

Eles iriam obrigá-lo a contar tudo. Que se dane o risco que isso representa para ele mesmo, e para Jen.

Ryan não tem escolha. Tem que sair da polícia. Tem que fazer isso antes que ela descubra. Ela é mais importante que ele agora. Isso é que é amor, presume Ryan. Sempre soube que um dia se apaixonaria de verdade… afinal de contas, ele é assim, não é? Só não achava que aconteceria desse jeito. E agora tem que continuar como Kelly.

Ele fita o mentor e amigo, e estremece com as mentiras que está contando.

— Olha, eu tenho que dizer que fico muito triste — admite Leo, com sinceridade.

— Eu sei. Obrigado — responde Ryan.

Ele hesita, só por um segundo, se perguntando se está fazendo a coisa certa. Mas é a polícia... ou ela. Sua escolha se consolida feito argila solidificada. Não há a menor dúvida.

— Certo, bom, sabe como é... — Leo faz uma pausa, e Ryan acha que ele vai acrescentar alguma coisa, mas, então, ele parece mudar de ideia, pois se limita a olhar para Ryan e diz: — É. Eu entendo. Desligamento imediato... tem que ser assim, quando é com trabalho infiltrado.

— Eu sei.

— Uma pena que não tenha dado certo, Ryan.

— Pois é.

— Tem alguma ideia do que você vai fazer agora?

Ryan fita a mesa imaculada de Leo. A pergunta o faz abrir um sorriso irônico. Imagina que agora vai ter que virar pintor/decorador, como disse que era.

— Ainda não. Eu vou arrumar alguma coisa.

— Você pode testemunhar no caso? Seu trabalho foi... inestimável.

Ryan olha para Leo de relance. Dá para sentir a frieza do seu olhar.

— Eu sei — continua Leo. — Eu sei que a gente não achou a Eve.

— É — devolve Ryan. Isso é o que mais o incomoda. Talvez, se não tivesse conhecido Jen. Quem sabe as coisas não teriam evoluído de outro jeito. Quem sabe não teria ficado mais tempo. Mas não pode optar por isso. Não agora que a conheceu. Está perdidamente apaixonado, para sempre. E feliz com isso. — A filha... no escritório de advocacia — acrescenta ele depressa. — Eu tenho certeza de que ela não sabe de nada. E o pai... sinceramente, ele é só um matuto de cidade pequena.

— Ah, é?

— Se concentra no Joseph. Nem sei se o pai entendeu o que implicava passar os endereços — mente Ryan.

— Seu depoimento vai ser muito útil...

— Eu posso testemunhar... se você não for atrás do pai. Só do Joseph. E dos outros soldados rasos.

— Vou conversar com o pessoal no alto escalão — responde Leo lentamente, como se tivesse entendido que Ryan está negociando, embora não saiba por quê.

— Tá bem.

Um problema resolvido. Talvez consiga se safar dessa. Tudo o que precisa fazer agora é virar outra pessoa.

— Mas, ei... a gente vai pegar o chefão, né? Ele vai levar uns vinte anos nas costas.

— É. Bom — comenta Ryan, triste, de pé diante da mesa de Leo. — Não parece o suficiente, sei lá. Não sem a bebê.

— Eu entendo — diz Leo, sendo gentil. Isso deve acontecer o tempo todo, principalmente com trabalho infiltrado. Ele estende a mão, e Ryan entrega a lenda criada por eles. O passaporte emitido pela polícia e a carteira de motorista com o nome de Kelly. Foi-se tudo. — Pois é. Sabe de uma coisa, Ry, eu acho que também não faria isso de novo, se tivesse a oportunidade — comenta Leo, pegando os documentos.

Isso espanta Ryan.

— Ah, não? — pergunta ele.

— É, quer dizer, não é jeito de viver. Qual é a diferença, na verdade, entre ser um criminoso e fingir que é um?

Ryan não responde à pergunta retórica, fica só olhando para Leo, que, depois de alguns segundos, o conduz até a porta.

— *Adieu* — diz Leo baixinho enquanto ele sai.

Ryan sempre quis mudar o mundo, mas isso não importa mais. Talvez esteja amargurado, mas, de repente, sente-se massacrado por um sistema a respeito do qual nem refletiu antes de se envolver. Dali para a frente, Ryan jura a si mesmo que nunca mais vai dar a mínima para o que as pessoas pensam dele: a sociedade, empregadores...

ninguém. Não vai deixar que ninguém o conheça de verdade. Só vai deixar uma pessoa entrar: ela.

Ele vai até a sua salinha para se despedir. Deixa a maioria das coisas lá, na delegacia. As únicas coisas que leva consigo são os talismãs dos quais não consegue se separar. O distintivo da polícia e o cartaz com a bebê desaparecida. São preciosos demais para abandonar.

Vai guardar aquilo para sempre. Qualquer que seja a sua identidade.

Ao sair, pensa no envelope escondido debaixo do banco do carona do carro, com a carteira falsa nova, comprada de um criminoso na noite anterior. Ele não tem escolha a não ser se tornar Kelly. Se fizer qualquer outra coisa, vai alertar as pessoas. Joseph sabe que ele gosta da Jen. Ele não pode ficar com ela e virar outra pessoa. Não tem mais saída: ele mergulhou na identidade do Kelly, bandido pequeno, e agora tem que viver isso.

Kelly Brotherhood: foi o sobrenome que escolheu quando decidiu se infiltrar como Kelly, o criminoso.

Brotherhood. Irmandade. Uma homenagem ao verdadeiro Kelly.

Pensa no que Leo falou sobre os chefões do crime organizado. Como eles se mantêm inalcançáveis. Não viajam, não pagam imposto.

Então ele não vai mais viajar para o exterior, não vai passar por segurança de aeroporto, nunca vai ser parado pela polícia. Mas pode viver. Amar. Se casar.

Ele conta para a mãe aos prantos. Então fala para alguns dos comparsas de Joseph que, quando voltar à ativa, ele entra em contato, mas que, por enquanto, vai dar um tempo, por causa da prisão de Joseph. Depois disso, faz uma tatuagem. A pele arde e queima, quente, à medida que a agulha o cicatriza para sempre. Ele marca no pulso a sua decisão, tomada às pressas no meio da noite, no momento em que os relógios adiantavam uma hora, mas ele sabe que nunca vai se arrepender. A data em que se apaixonou por ela e a data em que se tornou ele mesmo.

Dia Menos Sete Mil, Cento e Cinquenta e Oito, 12:00

É o dia em que Jen conhece Kelly. Nunca esqueceu a data, quando um estranho bonito apareceu no escritório de advocacia. Mas, hoje, trabalhando à sua mesa diante de um enorme computador de 2003, espera o momento em que vai vê-lo pela primeira vez.

Ela está com aquela sensação que tem todo mês de março. Rindo e se divertindo ao sol, com ele. Sempre vai se sentir assim… aconteça o que acontecer. Quem quer que ele seja. Quaisquer que sejam as suas razões para a traição, os seus segredos, as suas mentiras.

Nunca gostou de trabalhar na recepção do escritório do pai — as pessoas sempre pensavam que ela era uma secretária, e não uma estagiária —, mas, hoje, fica satisfeita de ter aquele ponto de vista. O janelão de vidro. A rua comercial sombria lá fora, naquele dia de março. O silêncio da recepção antiga, imensa e só dela.

— Jen — chama seu pai, entrando no saguão. Ela se vira para ele. Está com 45 anos. Forte. Grande, feliz, saudável. Não suporta aquilo. A juventude dele, a sua traição. A conexão com Joseph. Quando o visitou em 2021, quando colocou aquele pão de alho no forno… ele devia saber… ele devia saber no que Kelly estava envolvido. Não devia? — Precisamos arquivar aquele formulário de requerimento até as quatro da tarde — diz ele.

— Pode deixar, pode deixar — responde ela, sem a menor ideia do que ele está falando.

Enquanto ela finge digitar, clicando a esmo naquela porcaria de computador gigante e velho, percebe um movimento do lado de fora.

E lá está ele. Kelly. Tentando parecer discreto, mas, como ela já o conhece, ela o vê. Ele se destaca.

E ele a está observando. Tentando parecer que não está. De capuz, com a mesma jaqueta jeans que vai usar no dia seguinte, no encontro deles. Aquele cabelo…

— Jen? — chama o pai dela. — O formulário de requerimento?

Mas Kelly está entrando. Ele passou a cabeça pela porta da frente. Uma rajada do vento de março entra. Eles não gostavam de deixar a porta fechada, não queriam afastar os clientes.

— Oi — diz Kelly. Seu marido, que ainda não sabe o nome dela. Cujas motivações ela ainda não descobriu. — Só queria saber se vocês estão precisando de algum serviço de pintura e decoração?

Estão voltando do almoço no pub. Dividindo um guarda-chuva. Kelly roçou o ombro no dela várias vezes.

— Eu estou tão atrasada — diz ela, rindo.

— Eu sou uma má influência.

O saguão está silencioso, o único barulho é o do seu computador, zumbindo, e o pai dela ao telefone, em algum lugar lá dentro.

— Aceita um chá? — oferece ela para Kelly.

Ele pisca, não estava esperando aquilo, mas faz que sim com a cabeça.

— Aceito.

Ela entra na pequena copa da recepção, mas, desta vez, espera e o fica observando. E é então que ele entra em ação: faz o que ela agora sabe que iria fazer, mas mesmo assim isso parte o seu coração. Lentamente, ele começa a vasculhar a mesa dela. Ele é bom. Mantém a cabeça baixa. As mãos mal se movem enquanto seus dedos reviram com cuidado. A menos que estivesse olhando para as mãos dele, jamais saberia o que estava fazendo.

Jen o deixa continuar. Fica só observando, demorando bastante com o chá. Ele abre uma gaveta e — meu Deus. Tantos anos atrás, ele estava fazendo exatamente isso. Seu coração está em disparada.

Ele tira uma folha da gaveta e guarda de novo, depois de ler o conteúdo.

Seu pai sai da sala dele bem na hora que Jen começa a achar que está demorando demais com o chá. Ele assente com a cabeça para Kelly, e Jen decide não se juntar a eles e ficar só ouvindo.

— Obrigado pela lista que você me passou hoje — diz Kelly em voz baixa para o pai dela. — Eu fiquei com uma dúvida aqui, nesse contrato de casa compartilhada... esse número aqui, é um oito ou um seis?

— Ah — diz o pai dela, perfeitamente educado, nem um pouco surpreso. Ele apalpa em vão o bolso do paletó, procurando os óculos. — É seis.

— Ah... obrigado — diz Kelly. Ele está olhando para a folha de papel.

Jen engole em seco. Os contratos de casas de férias compartilhadas que o pai fingiu que não lembrava. O pai dela, um facilitador do crime organizado. O marido dela, investigando o crime.

Era o pai dela o bandido. O mundo parece rodar e girar. O próprio pai. Um advogado corrupto.

E Kelly o estava investigando. Todas aquelas perguntas no primeiro encontro deles. A intensidade dele, parte da história de como se conheceram, como se apaixonaram.

Só que não.

— O que foi aquilo? — Jen tinha saído para levar uns documentos em outro escritório, para esfriar a cabeça, pensar melhor. E agora está de volta, pronta para interrogar o pai enquanto pode.

— Nada.

— Não... o que tinha no papel que vocês estavam olhando? Eram endereços?

Seu pai evita olhar para ela.

— De casas vazias? — pergunta ela.

— É só um projeto paralelo, coisa pequena. — Ele desvia os olhos. Mas não é burro. Sabe o que está por vir e caminha até a janela para fechar a persiana, então passa por ela para fechar a porta.

— Fazendo o quê? Vendendo informações? Pra... bandido? Não mente pra mim — diz ela. — Se você não me disser, eu vou perguntar pro Kelly.

Seu pai desiste de fitar o armário de arquivos e se vira para ela.

— Eu... — começa ele. — Eu duvido que o Kelly te conte alguma coisa — diz, por fim.

Jen se senta na cadeira no canto da sala.

— A gente não tinha dinheiro nem pra pagar o aluguel — seu pai gagueja. — Eu achei que... que eram só informações. Como as pessoas que vendem informações de acidentes para pedir reembolso do seguro.

— Mas isso não é um reembolso de seguro.

— Não.

— Eu achava que você era o cúmulo da honestidade.

— Eu era.

— Mas... aí...

— Dinheiro, Jen. — A força da declaração chega a fazê-lo girar na cadeira, ainda que bem de leve. — Foi uma decisão ruim. Mas, depois que você começa a trabalhar com alguém assim... você não consegue mais voltar atrás. Eu me arrependo todos os dias.

— Acho bom.

Seu pai volta os olhos na direção dela. A conversa está sendo excruciante para ele. Talvez a coisa mais estranha de voltar no tempo sejam as mudanças pelas quais as próprias pessoas passam. Kelly, indo de sombrio, em 2022, a leve e ingênuo, em 2003. O pai dela, da abertura à repressão.

— Você se lembra de antes de começar a trabalhar aqui, quando a gente não conseguia pagar o aluguel? Nós mudamos o intervalo de pagamento para um período mais longo. Você redigiu o contrato quando ainda estava na faculdade.

Seu primeiro contrato. Claro que lembra.

— Lembro.

— Bom, depois daquilo, apareceu um antigo cliente aqui. E... Jen, ele me fez uma proposta que não tinha como eu recusar. Repassar os nomes e os endereços foi o que nos manteve de pé todos esses anos. Foi o que pagou o seu curso de direito. É o que está pagando o seu estágio.

— Com gente sendo roubada.

— Como você descobriu?

— Não importa — diz ela.

Quase queria não ter descoberto nada, pensa ela, fitando o pai, pensando em como nunca vai poder "des-descobrir" aquilo. Mas saber que Kelly desvendou o terrível segredo bem no coração da sua família e nunca contou para ela... é uma bondade. Kelly escondeu dela a identidade dele, a transformação pela qual passou.

Porque a ama. E porque, um dia, em 2003, ele entrou no escritório de advocacia e se apaixonou perdidamente por ela e não quis mais olhar para trás.

Dia Menos Sete Mil, Duzentos e Trinta, 08:00

Jen acorda novamente em seu apartamento. Ela pisca, olhando para a janela de guilhotina e para as almofadas roxas no parapeito. Cobre os olhos com o braço.

Está aqui.

Ela gira de lado na cama de solteiro. Ainda no passado.

Ele fez isso porque a amava.

Tem vinte anos que ele está mentindo para ela.

O *que mais ele poderia fazer?*

Ele não é quem diz ser.

Ele desistiu de tudo. Por ela.

Ele nunca falou que o pai dela era corrupto.

Por que ela está aqui? Ela sai do quarto e entra na cozinha. O lugar está banhado pelo sol matinal de janeiro. Ela ainda não conheceu Kelly. Ainda não tem o número dele na agenda do celular.

Ele trabalha como policial infiltrado. Investigando o pai dela. Foi por isso que nunca contou para ela.

É por isso que ele a adverte, no futuro, a não investigar mais nada.

É por isso que Joseph vai ao escritório de advocacia, atrás de Kelly, para recomeçar as coisas… e para descobrir qual dos seus antigos comparsas não era quem dizia ser. É por isso que, em 2022, Kelly avisa que ela está em perigo, que tem que parar de investigar: Joseph presumiu que ela sabia o que o pai fazia. Ele mesmo falou isso quando se encontraram na prisão.

Ela vai até a janela com vista para as ruas movimentadas, já cheias de pessoas de terno a caminho do trabalho. Seu futuro marido está lá fora, em algum lugar, trabalhando como policial, ainda prestes a conhecê-la.

Ela se afasta da luz do sol. Dia 12 de janeiro.

A data no noticiário de televisão que ela viu depois de sair do banho.

Hoje é o dia em que Eve desaparece.

A noite em que ela é sequestrada.

Jen pega um ônibus e vai até a delegacia de polícia de Merseyside, em Birkenhead.

O prédio é muito parecido com a delegacia de Crosby por fora. Uma construção dos anos 1960. Ela entra por uma porta giratória e chega a um saguão iluminado. É maior que a de Crosby, mas tão ultrapassada quanto, o mesmo tipo de cadeira aparafusada uma à outra. Ela lembra deles sentados numa cadeira daquelas, naquela primeira noite, tantas semanas atrás, mas anos no futuro, Kelly tremendo de raiva.

Imagina que deve ser fácil desaparecer. Sair da polícia, viajar de motorhome com a mulher que ama. Morar fora de Liverpool. Nunca viajar de avião. Se casar usando um passaporte falso que ninguém confere. Milhares de pessoas devem fazer isso, por razões mais ou menos honrosas que as de Kelly. Em Crosby, Jen nunca esbarrou em alguém que conhecesse de seu tempo de criança. Ela se pergunta se Kelly alguma vez se viu numa situação assim. O mundo é um lugar enorme.

Uma recepcionista de sobrancelha fina e maquiagem no olho do jeito que todo mundo fazia em 2003 digita num computador quadrado.

— Preciso falar com um policial — diz Jen. — O nome dele deve ser Ryan ou Kelly.

— É sobre o quê?

— Tenho uma denúncia. Sobre a quadrilha que ele está investigando — diz Jen.

Assim que ela fala aquilo, um homem abre uma porta. É um policial mais velho, uns 50 anos talvez, e cabelo grisalho nas têmporas. Ele faz uma cara de espanto.

— Ryan ou Kelly? — pergunta ele.

— É, eu preciso falar com ele. Eu sei que ele está investigando uma quadrilha.

— É melhor você entrar — chama ele. Então aperta a sua mão. — Meu nome é Leo.

Kelly está sentado na frente de Jen numa das salas de interrogatório e não sabe quem ela é. É uma loucura, mas é verdade. Para Kelly, eles nunca se viram.

— Escuta — explica Jen com paciência. — Eu não posso te dizer como fiquei sabendo. Mas a casa que vai ser alvo deles hoje... eles pretendem levar dois carros. — Ela dá o endereço de Eve Green, que viu no noticiário, e Leo e Kelly anotam.

É o mesmo endereço na lista do pai — só muda um dígito no final: Greenwood Avenue, número 125.

— Obrigado — diz Kelly, com muito profissionalismo. Seus olhos azuis se fixam nos dela. — Nenhuma informação sobre de onde isso veio?

Jen sustenta o seu olhar.

— Desculpa... não posso dizer.

— Certo, tudo bem. Bom — diz ele, dispensando-a como se fosse uma estranha —, a gente vai verificar. — Um sorriso contido e cuidadoso.

Ela olha para ele, perguntando-se onde está a junção entre ele — este Ryan — e o seu Kelly. Se ele se tornou o segundo, ou se sempre foi, no fundo. De repente, ali na delegacia, olhando para aquele homem que ama há vinte anos, ela se pergunta se isso importa. Alguém se importa como ou por que nos tornamos quem somos? Sombrio, reservado, engraçado. Seja o que for. Ou o que importa é *quem* somos?

— Você vai investigar?

— Vou... claro — responde ele, descontraído. — A vida é comprida demais para não seguir uma pista.

Jen fica esperando na rua onde tudo acontece naquela noite. Está sentada numa lata-velha que chamava de carro, se perguntando como o seu pai teve a coragem de fazer aquilo: passar informações para bandido, esconder isso dela...

Começa a chover, gotas enormes de primavera que batem de forma irregular no teto do carro. Ela pensa, também, no que o pai falou na noite em que morreu. Que Kelly era bom. Por que iria dizer aquilo se não acreditasse que Kelly era bom? Talvez ele soubesse. Talvez Kelly tenha falado para ele.

Algo lhe vem à cabeça, como que do nada. O letreiro que viu na feira de ciências, mas que na hora não deu importância. Ecodoppler da aorta abdominal. É possível detectar a doença que matou o pai dela. Ela se pergunta se a tecnologia já existe. Se existir, ela poderia fazer isso — ligar para ele agora, mandar fazer o exame. Salvar mais de uma vida hoje.

Ela apoia o cotovelo na janela e o rosto na palma da mão. Sabe, em algum lugar lá no fundo, que não é a coisa certa a fazer.

Pensa nele pedindo para fazer aquele pão de alho. Tão satisfeito. Pensa também na mãe, que morreu antes dele. Talvez fosse a sua hora de partir. Você não pode salvar todo mundo. Não pode.

Deve ter acordado no dia em que ele morreu para falar com ele e descobrir alguma coisa sobre os contratos das casas de férias compartilhadas. Deve ter sido para isso. E mais nada, mas algo ainda lhe parece inacabado.

A polícia cercou o número 123 da Greenwood Avenue com carros à paisana.

Por fim, lá pelas onze e meia da noite, eles aparecem. Dois adolescentes, dois meninos, na verdade, praticamente da mesma idade que Todd. Eles saem do carro, de preto, os corpos parecendo umas aranhas, e ela os observa entrando.

Jen sabe o que vai acontecer, e mesmo assim fica impressionada quando acontece. Que ela, Jen, aos 43 anos de idade, esteja ali ainda no corpo de uma Jen muito mais jovem, observando coisas que ela sabia que iam acontecer, coisas que ela descobriu, mesmo sem acreditar que conseguiria, que seria capaz.

Ela os observa pescando a chave pelo buraco para cartas na porta. Sabe que as coisas estão chegando ao fim. Sabe que é o último dia, qualquer que seja o desfecho.

Como se estivesse programado, uma mulher de ares cansados sai da casa vizinha ao número 125, carregando uma bebê no colo. Ela coloca a bebê, chorando, na cadeirinha do carro, depois para e apalpa os bolsos. Ela hesita e olha a rua tranquila. Não vê o carro mal estacionado. Não vê o crime cuidadoso acontecendo na porta do vizinho, os dois garotos vestidos de preto, camuflados na sombra da casa.

Naquele momento: uma luz azul. Uma explosão de luz tão azul que é como se alguém tivesse saturado a imagem.

Polícia para todos os lados, saltando dos carros e por trás de arbustos e prédios, prendendo os adolescentes.

Ela ouve alguém lendo os direitos deles. Pensa em Kelly na delegacia. Ele ainda não deve ter se tornado agente infiltrado. Não fez nada que exija depoimento sob sigilo. Ainda não se tornou a Testemunha B e tudo que se tornaria depois. Ainda não conheceu Jen como a conhece.

A mulher com a bebê não saiu da porta de casa, ficou só olhando tudo se desenrolar, segurando Eve, sem a menor ideia do risco que correu; por um triz... A gente só pensa nas coisas ruins que aconteceram, e não nas coisas das quais, por sorte, nos esquivamos.

Jen fecha os olhos, encosta a cabeça no volante e quer dormir. Está quase pronta. Ela tem uma noção profunda, enterrada embaixo de tudo, exatamente como Andy falou que teria. Ela viveu a própria vida uma vez, e deixou tudo isso passar, mas sua mente inteligente, seu inconsciente, sabia algumas coisas.

Ela está quase pronta.

É quase uma da manhã e a polícia volta para a delegacia de Merseyside, onde Jen está esperando. E Kelly também. Exatamente como ela estava torcendo para acontecer.

A lua está no céu, é uma noite limpa e clara, e Jen está quase indo embora. Ela sabe disso.

Kelly e Leo saem de um carro à paisana. Leo entra na mesma hora no próprio carro, mas Kelly fica por ali. Ele caminha lentamente em direção à delegacia, a respiração saindo num sopro de fumaça por causa do ar frio do inverno. Ele pega um celular do bolso, provavelmente para chamar um táxi.

Ela salta do carro antes que ele possa ligar. Eles só se viram uma vez, hoje mais cedo, e ele parece um tanto inseguro. Confusão misturada com diversão: é igualzinho ao Todd.

— Oi. A gente se conheceu hoje mais cedo — diz Jen, correndo para o marido com quem vive há vinte anos.

— Oi — diz Kelly, franzindo a testa. — Tudo bem?

— Tudo — responde ela, sem fôlego. Voltou tanto no tempo, uma flecha apontada para o futuro: o menor deslize, por menor que seja, e vai errar. — Eu só queria saber... os bandidos... a minha denúncia... vocês os pegaram?

— Pegamos — responde ele, cauteloso. Ele guarda o celular de volta no bolso, mas vira o corpo magro para o outro lado.

O distanciamento a pega de surpresa, ali na garoa de janeiro, quase igual à névoa de outubro. Ele não sabe, pensa ela, olhando para ele. Esse homem que ela amou e com quem riu, de quem engravidou, para quem fez seus votos de casamento, com quem dividiu a cama. Ele não sabe. Não a conhece. Ela está vendo o Kelly cauteloso, o jeito como ele fala com estranhos. Ele não tem do que desconfiar, agora, no passado, mas desconfia. Ainda é ele. Ela estava certa. Ele continua sendo ele. O homem que ela ama.

— Que bom que vocês os pegaram.

Ele parece se deixar levar pela curiosidade.

— Como é que você sabia?

— Não posso revelar as minhas fontes — diz ela, exatamente o tipo de resposta engraçadinha de que ele gosta.

Ele deixa escapar um sorriso.

— Você pediu para falar com alguém chamado Ryan ou Kelly.

— É. Eu sei.

— Como você sabia da conexão entre esses dois nomes?

Jen dá de ombros, erguendo as mãos na lateral do corpo.

— Foi o que eu falei. Não revelo as minhas fontes. — Ela está ficando molhada, sob aquele chuvisco frio.

— Rá, tá bem. Sabe, a gente interferiu cedo demais. O chefão fugiu, ou pelo menos a gente acha que fugiu. Quando prendemos os soldados rasos, isso alertou ele.

Joseph. Joseph se safou. Jen treme com algo mais do que só frio. Ela não deveria se preocupar com uma coisa: consequências não intencionais? Mas ela não fez a coisa certa, sempre que pôde? Ela não jogou na loteria. Não salvou nem o pai, não desta vez, embora tenha tido a oportunidade. Ela deixou essas coisas para lá. Ela aperta o casaco junto ao corpo e se aproxima de Kelly, torcendo para que fique tudo bem.

— Eu acho que vocês fizeram a coisa certa — diz ela baixinho, meio triste, pensando na bebê Eve. Pensando em como a gente nem vê os riscos que corre, como flechas que passam por nós roçando a pele de raspão.

Ele ainda não chamou o táxi. Seus olhos brilham para ela. E ela conhece muito, mas muito bem aquele olhar.

Ele levanta uma das sobrancelhas. E então diz uma coisa, a frase que muda tudo:

— Eu sei que o que vou falar é um puta clichê, mas: a gente se conhece? De algum lugar?

Ela não consegue conter o riso.

— Ainda não — diz, a troca descontraída com o marido fluindo com a naturalidade de sempre.

Ela mira os olhos dele, ali no estacionamento. Ele se apaixonou por ela tão profundamente que abriu mão da própria vida por ela. Do próprio nome. Da mãe. Da sua *identidade*. Ela não acha que ele estava fingindo durante todo o casamento deles. Ela acha que ele estava tentando *não* fingir.

— Meu nome é Ryan. E o seu?

— Jen.

E este é o momento. Jen sabe. Ela está pronta. Ela fecha os olhos, como se estivesse adormecendo. E se vai. E tudo o que aconteceu se apaga, assim como ela suspeitava.

Dia Zero

01:59 vira 01:00. Jen Hiles está no patamar da escada.

A abóbora está lá. Está tudo lá. Ela ainda sente na pele a névoa fantasma daquela noite de janeiro, ainda sente os olhos do marido nos dela.

Seu marido sai do quarto.

— Tá tudo bem? — pergunta ele.

— Me conta do dia que a gente se conheceu — pede ela, aproximando-se para ganhar um abraço caloroso.

— Hein? — pergunta ele, sonolento.

— Me conta — insiste ela, com a urgência de alguém que tem tudo em jogo.

— Hum… você apareceu na delegacia…

Jen fica boquiaberta, incrédula. Ela conseguiu. Ela viveu isso, esses vinte anos inteiros, com ele, com Ryan.

— Eu sou advogada? — pergunta a ele.

— Hum… É? Eu tenho que dormir. Tô de plantão amanhã.

Ele é policial. Jen fecha os olhos de prazer. Ele vai ser mais feliz. Não vai mais viver insatisfeito, incompleto.

— Tá tarde pra caralho — reclama ele.

Mas continua sendo ele.

— Meu pai ainda está vivo? — pergunta ela.

— O que aconteceu com você?

— Por favor, só responde.

— Não… — diz ele, e é aí que Jen entende.

O corte no dedo, o dia em que salvou seu pai. Nenhuma daquelas mudanças vingou. Andy estava certo: os eventos se seguiram ao que aconteceu naquele dia chuvoso de março há quase vinte anos, apagando todas as outras mudanças que ela foi fazendo à medida que voltava no tempo. Mudanças que só fez porque lhe deram a informação necessária para voltar ao lugar certo, à hora certa, e resolver o mistério.

— Oi? — diz Todd.

Algo se acende no coração de Jen, como um nascer do sol, um amanhecer rompendo sobre as suas vidas. É o Todd. Ele está em casa. Em casa, subindo a escada, e não andando pela rua com uma faca na mão.

— Vocês ainda estão acordados? — exclama Todd. — E na janela, igual a uma foto tosca!

Kelly dá uma gargalhada animada.

— Ei... Ryan? — chama Jen.

— Ahn? — pergunta ele, como se não fosse nada, mas, para ela, o nome confirma tudo.

Jen fica olhando para ele. Os mesmos olhos azuis. O mesmo corpo magro. Uma tatuagem que diz apenas *Jen*.

Então Joseph não foi pego, mas a bebê também nunca foi sequestrada. Jen reflete sobre isso, só por um segundo, na janela da frente. Bom, tem umas que você ganha, mas outras você perde. Bandidos sempre vão contrabandear drogas, armas, informações. Vão roubar e mentir. Não dá para pegar todo mundo, mas você pode salvar os inocentes. E, no fim das contas, vinte anos de prisão ensinaram alguma coisa a Joseph?

Ela olha para o marido e para o filho, subindo a escada de dois em dois degraus. Não é um preço que vale a pena pagar?

Algo a incomoda lá no fundo. Algo sobre como ela vai tirar sentido disso, desse estranho período da vida que passou revivendo tudo.

— Tá tudo bem? — pergunta Todd, interrompendo seus pensamentos.

— Onde você estava... saiu com a Clio?

— Quem é Clio? — pergunta Todd, olhando para o telefone.

É lógico. Joseph não veio atrás de Kelly, então Todd não chegou a conhecer Clio. Jen olha fixamente para o filho. Ela lhe negou o seu primeiro amor. *Esse* é um preço que vale a pena pagar também?

— Tive um sonho que você conhecia uma menina chamada Clio — diz ela, querendo confirmar.

— A Eve não ia gostar nada disso, né? — comenta Todd.

— A Eve? — devolve Jen, confusa. — Quem?

— A minha… — Todd olha indeciso para Kelly, que dá de ombros. — A minha namorada?

— Qual é o sobrenome dela?

— Green…?

A bebê. A bebê sequestrada que não chegou a ser sequestrada. Jen está de pé na beira de um furacão, sentindo só a brisa dele balançando seu cabelo.

— Posso ver uma foto?

Todd olha para ela como se fosse uma louca e passa algumas fotos no celular. E lá está ela. É a Clio. Caramba, é a Clio! A Clio era a bebê sequestrada. Não é à toa que ela achou que conhecia a bebê quando viu a foto. Jen estica a mão, atordoada, e pega o telefone. Ele a deixa pegar sem o menor problema, sem segredos, nada.

— Uau — diz Jen, ampliando o rosto dela.

— Nunca viu mulher antes? — comenta Todd.

— Me deixa olhar em paz — devolve Jen, pensando.

Então, agora. A bebê Eve não foi sequestrada. Jen impediu que isso acontecesse. Ela ficou com a mãe, como Eve Green. Jen impediu que eles se conhecessem de um jeito, mas, olha só: eles se conheceram de outro. Eve se apaixonou pelo filho dela em 2022 do mesmo jeito que se apaixonou quando era Clio, quando foi roubada e mandada para morar com parentes do Joseph. Destino.

Jen olha para o marido e para o filho. Clio. Ryan. Eve. Kelly. Pessoas cujos nomes mudaram, mas cujo amor perdurou apesar de tudo.

Jen estica o braço para ele, e Todd entra no abraço dos dois, e eles ficam ali, na janela da frente, só os três. A respiração de Jen vai se acalmando.

Depois de alguns minutos, ela desce a escada, só para dar uma olhada, ver como estão as coisas. Ela pousa a mão na maçaneta da porta.

Jen é tomada por um sentimento estranho, como uma névoa fina. Um *déjà-vu*. O que foi isso? Ela balança a cabeça. Bebês sequestrados e… Gangues? Ela pisca, e se foi. Que estranho. Ela nunca tem *déjà-vus*.

E numa noite tão normal, também.

Dia Mais Um

Jen acorda. É dia 30 de outubro e, por algum motivo que ela não sabe qual, se sente como se tivesse a vida inteira pela frente.

— Tá tudo bem? — pergunta Todd da escada, no segundo andar, enquanto ela veste um roupão. — Você tá legal?

— Tô… — responde Jen, na dúvida. Está com uma dor de cabeça, mas é só isso. Sente cheiro de comida lá embaixo. Ryan deve ter começado a preparar o café da manhã.

— Você falou um monte de merda ontem à noite. Achou que eu tinha uma namorada chamada Clio?

— Quem é Clio? — pergunta Jen.

Epílogo
Dia Menos Um,
A consequência não intencional

Nos primeiros minutos depois de acordar, Pauline não lembra.

Então a memória volta. E, com ela, um pavor, e Pauline levanta da cama feito um fogo de artifício. *Connor.*

Tem meses que sabia que isso ia acontecer. Ele tem andado reservado, malcriado, emburrado. Ela fica acordada, esperando por ele a noite toda. Seu comportamento só vem piorando. E agora isso.

Começou com o *déjà-vu*. Na noite passada. E então, logo depois, Connor foi preso. A polícia falou que ele tinha cometido todo tipo de delitos: drogas, roubo, o pacote completo. Ele andou se envolvendo há pouco tempo com uma pessoa chamada Joseph. Era para ter a vida inteira pela frente, e aqui está ele, desperdiçando tudo.

Precisa ligar para um advogado. Tem que consertar isso. Tem tanta coisa que precisa fazer. Precisa descobrir por que ele fez o que fez.

Ela vai até a escada de casa, pronta para ligar o computador e achar um advogado. Mas então o vê, seu menino, bem ali.

— Ué? — pergunta para ele. — Eles te soltaram?

— Quem?

— A polícia?

— Que polícia? — pergunta ele, com uma gargalhada.

É então que ela percebe. A data, no jornal da BBC na televisão do quarto dele. É dia 30 de outubro. Ontem não foi dia 30? Tem certeza de que foi.

FORÇA HISTÉRICA

Força histérica é uma demonstração de força extrema por parte de seres humanos, além do que se acredita que seria normal, em geral em situações de risco de vida, sobretudo envolvendo mães. Existem evidências de mulheres que levantam carros para resgatar bebês recém-nascidos, criando às vezes um enorme campo de força de energia. Na verdade, existem também relatos sobrenaturais, como loops temporais, embora até hoje nada tenha sido provado. Os que os experimentam muitas vezes descrevem uma sensação de *déjà-vu* associada ao episódio de força histérica.

Agradecimentos

Eu me lembro exatamente do momento em que tive a ideia para este livro. Segundo as mensagens que troquei com a minha amiga e também autora Holly, foi no dia 27 de novembro de 2019.

Eu, 18:32: Quero escrever um livro tipo Boneca russa, mas com um esfaqueamento.

Holly Seddon, 18:37: Ai, meu Deus, que sonho.

Holly, 18:38: Como você vai fazer isso? A pessoa vai ficar sendo esfaqueada repetidas vezes?

Eu, 18:38: É, acho que sim. E o cara tem que voltar mais e mais no tempo até o momento em que entrou na gangue, talvez, ao ponto onde as coisas não começam. Ai, meu Deus, então eu vou ter que escrever de trás pra frente?

Holly, 18:38: Meu Deus.

Eu, 18:38: Acabei de ter uma ideia boa?

Simples assim.

Eu tinha acabado de assistir a *Bonecas russas* e sentei para ver o jornal, e aí começou uma reportagem sobre crimes com arma branca que atraiu a minha atenção. Com autor é assim. Você nunca está na sua mesa, nunca é na hora certa, mas sempre, inevitavelmente, as ideias vêm, e acho que esta foi a minha melhor até agora. Foi uma honra escrever este livro, passar o ano com a Jen e o Todd e me apaixonar por eles, como espero que você também tenha se apaixonado.

É lógico que a ideia mudou muito ao longo do planejamento e do processo de escrita, mas o cerne continua aqui: um romance policial em que você tem que impedir o desfecho, contado de trás para a frente. Faz sentido para mim, de um jeito meio simplista — todo crime não tem o seu início no passado, enterrado profundamente na história?

Escrevi este livro entre julho de 2020 e maio de 2021, durante dois lockdowns, um que durou quase cinco meses. Foi só o que fiz durante a pandemia. Eu pensei que, se pudesse lançar um bom livro, então pelo menos algo de bom viria daquele período obscuro. (Meu namorado me pediu em casamento durante o lockdown de janeiro e mesmo assim alcancei minha meta de palavras naquele dia.)

Dediquei este livro às minhas agentes, Felicity Blunt e Lucy Morris. É difícil para um autor explicar a importância que é para a sua carreira ter duas agentes fantásticas. Elas dão conselhos, editam, seguram a minha mão, vendem o meu projeto e, acima de tudo, fazem de mim uma autora melhor. Elas nunca ficaram preocupadas com a ideia, nunca acharam que seria ambiciosa demais, e por isso lhes sou eternamente grata.

Também não é exagero nenhum dizer que os meus editores Maxine Hitchcock e Rebecca Hilsdon, na Penguin Michael Joseph, mudaram completamente a minha vida. Afirmo isso em todos os meus agradecimentos, mas é porque é verdade: já escrevi seis best-sellers, e isso é por causa do time maravilhoso da PMJ: Max, Rebecca, Ellie Hughes, Sriya Varadharajan, Jen Breslin (o gênio) e todo o pessoal da equipe de vendas, além da minha copidesque Sarah Day. Seis best-sellers no *Sunday Times*, uma indicação para o clube do livro de Richard e Judy, um e-book no primeiro lugar na lista de mais vendidos... quase meio milhão de livros vendidos: a lista das coisas que eles conquistaram com os meus livros não tem fim.

Obrigada, também, à minha nova editora nos Estados Unidos, Lyssa Keusch, e à equipe da William Morrow, HarperCollins. Mal posso esperar para começar a trabalhar com vocês!

Enquanto escrevia este livro, consultei alguns especialistas. Richard Price (que tem mesmo uma camisa de malha do J. D. Salinger), por sua experiência em física e em curva fechada do tipo tempo. Neil Greenough, pela ajuda com protocolos policiais. Nem sei como explicar a importância de conhecer alguém capaz de ajudar com isso, e o Neil é imensamente generoso com o tempo dele e com as minhas perguntas estranhas (os erros são todos meus e, na verdade, são deliberados: unidade nenhuma de polícia secreta trabalharia numa delegacia, é claro).

Paul Wade, por conversar sobre multiversos comigo. Tyler Thomas, por ser tão legal e tão parecido com Todd. Obrigada aos meus gurus de Liverpool, John Gibbons e Neil Atkinson.

E ao meu pai, lógico, pelas muitas conversas, as sugestões inestimáveis e por ser sempre o meu primeiro leitor.

Obrigada, também, a Jo Zamo, por dedicar seu nome, e a Kenneth Eagles e Kacie, por me deixarem pegar emprestada a sua tradição familiar.

Quanto mais perto do fim da casa dos 30 anos eu chego, mais percebo que não seria muita coisa sem as minhas muitas e tão variadas melhores amizades. A Lia Louis, Holly Seddon, Beth O'Leary, Lucy Blackburn, Phil Rolls e os Wades: vocês são os meus terapeutas, os meus comediantes e os confidentes de meus segredos mais íntimos.

E, por fim, obrigada, também, a David. Escrevo este agradecimento a vinte horas de ele se tornar meu marido. (Ah, escritores que se casam: quem mais escreveria o agradecimento do seu livro numa tarde de domingo, quando vai se casar no dia seguinte?). Em qualquer universo, qualquer que seja a linha do tempo, qualquer que seja o seu nome, vou te amar até o Dia Menos Cinco Mil, Trezentos e Setenta e Dois (e de volta).

Este livro foi composto na tipografia Berling LT Std,
em corpo 11,5/15,35, e impresso em papel off-white
no Sistema Cameron da Divisão Gráfica
da Distribuidora Record.